Weisses Feuer

Von Ralf Schneider

Buchbeschreibung:

Um endlich ultimative Macht zu erlangen, entwirft Viktor Bashkoff den ultimativen Plan: Verbünde dich mit Gleichgesinnten, schüre Chaos und Zerstörung und schiebe alles auf deinen alten Erzfeind.

Nachdem er in den Besitz eines Raumschiffes mit unglaublicher Zerstörungskraft gelangt ist, lässt Viktor die Sektor-Welten mit einer Welle der Gewalt überziehen und lenkt den Verdacht auf Marcus Dhellyann, seinem Todfeind aus vergangenen Tagen. Doch es geht nicht nur darum, eine alte Rechnung zwischen zwei bis aufs Blut verfeindeten Gruppen zu begleichen.

Je länger die Angriffe andauern, umso verheerender wird die Verleumdungskampagne, die nicht nur Marcus selbst, sondern auch seine Heimatwelt an den Rand der Vernichtung bringt. Nur der riskante Einsatz eines Spions könnte Marcus und dem freien System Skyye den lange gesuchten Hinweis geben, wer hinter den grausamen Attacken auf die Sektor-Welten steckt. Doch zum Handeln bleibt kaum mehr Zeit, denn Viktors entscheidender Schlag ist längst in Vorbereitung.

Über den Autor:

Ralf Schneider wurde 1971 in Südhessen geboren. Schon seit seiner Kindheit haben ihn epische Abenteuer im Weltraum und das gefährliche Leben eines Geheimagenten in ihren Bann gezogen. Im Jahr 2009 begann er, in die fantastischen Welt der Science Fiction einzutauschen. Nach vielen kleinen Projekten verwirklicht er mit der Veröffentlichung des Titels "Weisses Feuer" einen lange gehegten Traum und eröffnet damit dem Leser die Reise in ein Abenteuer, das nach zwei weiteren spannenden Teilen seinen grandiosen Abschluss findet.

Weisses Feuer

Von Ralf Schneider

**Bibliografische Information
der Deutschen Nationalbibliothek**
Die Deutsche Nationalbibliothek verzeichnet diese
Publikation in der Deutschen Nationalbibliografie.
Detaillierte bibliografische Daten sind im Internet über
dnb.d-nb.de abrufbar.

2. Auflage,
© 2019 Ralf Schneider
Alle Rechte vorbehalten.
Lektorat: Dr. Frank Weinreich – textarbeiten.com
Webseite: ralf-schneider.com

Herstellung und Verlag:
BoD – Books on Demand, Norderstedt
Coverdesign:
Zsschreiner/saicle/Shutterstock.com
ISBN: 9783750400405

Prolog

Datum: 8. März 2267 – Terra-Standardzeit

… in Swanton Alpha

Adrian packte Marcus an den Schultern und schleuderte ihn mit einem Ruck auf den Boden. Dann stürzte er zurück zur Computerkonsole. Da stand:

Missionscode erfolgreich eingegeben durch: Dhellyann, Marcus - Team Ares-Falken, Mission beendet

Mit einem Urschrei bäumte sich Adrian auf und schlug mit der Faust auf die Konsole ein. »Nein, das ist nicht wahr. Das kann unmöglich …«

In abgrundtiefem Zorn brüllte er seine Frustration heraus, riss sich den Helm vom Kopf und schleuderte ihn davon. Schweratmend stützte sich Adrian auf die Konsole und ließ den Kopf hängen. Dann sah er mit Hass in den Augen langsam hinüber zu Marcus.

»Du hast den Code eingegeben. Du … hast … den verdammten Code … eingegeben.«

»Das hab ich.«

Marcus hatte sich ein wenig aufgerappelt und saß jetzt auf dem Boden der spärlich beleuchteten Computerzentrale. Mit der rechten Hand hielt er sich die Rippen, die ihm sein vermeintlicher Partner kurz zuvor mit dem Kolben seines Gewehres gebrochen hatte. Das etwas gequälte Lächeln, das ihm entschlüpfte, bereute er schnell.

Adrian drehte sich um. »Du mieser Bastard. Hast du überhaupt eine Ahnung, was du da angerichtet hast?«

Mit einem Schwung zog er sein Gewehr vom Rücken und

legte auf Marcus an.

»Sachte, Adrian«, entgegnete Marcus. »Ganz sachte. Beruhige dich! Die Sache ist vorbei. Wir werden sehen, wie die Prüfer entscheiden.«

Adrian lachte. »Die Prüfer? Sag mal, hältst du mich für dämlich? Du kapierst es wirklich nicht, oder? Hast absolut keine Ahnung.«

Marcus verstand wahrhaftig kein Wort, aber das kümmerte ihn in diesem Moment auch nicht, denn Adrian presste das Gewehr noch fester an die Schulter.

»Dafür wirst du jetzt bezahlen.«

Dann drückte er ab. Marcus hörte das Klicken des Abzugs und zuckte zusammen, doch es löste sich kein Schuss. Adrian zog wütend noch ein paar Mal den Abzug durch, doch das Gewehr feuerte nicht. Da brodelte erneut rasende Wut in ihm empor. Er drehte das Gewehr herum, hob es über den Kopf und ließ es mit dem Kolben voran niederfahren.

Marcus warf sich zur Seite. Die Waffe knallte auf den Boden. Genau in der Mitte bekam sie einen Knick und blaue Funken stoben aus der Energiezelle. Wieder hob Adrian die Waffe und schlug zu. Marcus wich erneut aus und der Kolben hinterließ eine Schramme im Boden. Adrian warf das zerstörte Gewehr weg und zog sein Kampfmesser. Das bedeutete höchste Gefahr. Marcus konnte sich zwar halbwegs aufrecht halten, aber einem Messerangriff hatte er unbewaffnet nicht viel entgegenzusetzen.

»Adrian, verdammt. Lass den Scheiß. Was soll das?«

»Zeit, deinem Schöpfer gegenüber zu treten, Dhellyann. Könnte vielleicht ein bisschen wehtun.« Adrian hob das Messer über den Kopf, doch mitten in der Bewegung schien er einzufrieren. Sein erhobener Arm zitterte unter Krämpfen und sein gesamter Körper vibrierte plötzlich. Marcus sah, dass das Halsband des Headlinks kleine weiße Blitze aussandte. Es versetzte ihm einen Stromschlag nach dem anderen.

Doch Adrian biss die Zähne zusammen. Er wollte nur noch

eines: diese Klinge in Marcus` Körper treiben. Er schaffte einen Schritt, dann sank er auf die Knie. Mit der freien Hand stützte er sich am Boden ab, das Messer immer noch erhoben. Das Zittern wurde schlimmer. Speichel begann aus seinem Mund zu fließen. Er hielt den andauernden Stromschlägen noch ein paar Sekunden stand, dann entglitt ihm die Klinge und er sank zu Boden. Seine Beine zuckten noch einmal und Adrian verlor das Bewusstsein.

Zu Tode erschöpft ließ auch Marcus sich endgültig zu Boden sinken. Er atmete vorsichtig, um die lädierte Seite zu schonen. Langsam breitete sich der Gedanke in seinem Kopf aus, dass es endlich vorbei war.

Ein volles Jahr der Schinderei im Trainingscamp der Skyye-Rangers. Die endlose Schleiferei der Ausbilder, der Stress von fünf Testmissionen, die er zusammen mit seinen Kameraden Tabiros, Almeida, Nadasky und Joss La Cara als das Team der Ares-Falken hinter sich gebracht hatte. Das alles fand jetzt endlich sein erfolgreiches Ende.

Nach einer Weile fühlte er sich endlich kräftig genug, um aufzustehen. Er ging vor Adrian auf ein Knie und fühlte seinen Puls. Der Anführer der Apokalyptischen Reiter schlief tief und fest. Marcus beschloss, es dabei zu belassen. Dann suchte er sein Gewehr. Als er es ein paar Schritte entfernt aufhob, meldete sich eine Stimme in seinem Kopf.

Rekrut Dhellyann, hier spricht Jacinto. Ihre Vitalwerte lagen eine Zeitlang außerhalb der Norm. Wie ist Ihr Status?

Dass sein Ausbildungsleutnant nach dem, was sich hier noch vor wenigen Minuten abgespielt hatte, immer noch den militärisch sachlichen Ton an den Tag legte, entlockte Marcus ein Lächeln.

»Mein Status?«, antwortete er, ohne das Headlink zu benutzen. »Ich würde sagen, fix und fertig, total hinüber oder völlig am Arsch. Sie können sich eins davon aussuchen.« Schnell fügte er noch ein »Leutnant« hinzu.

Gute Arbeit, Rekrut. Die Mission ist beendet. Gratulation zu

Ihrem Erfolg. Sie haben sich tapfer geschlagen. Alle Kampfhandlungen wurden eingestellt.

»Wie geht es den anderen?«

Wir haben den Rest Ihrer Gruppe über den Ausgang der Mission informiert. Medizinische Teams sind bereits auf dem Weg, auch zu Ihrer Position. Was den Wettbewerb angeht, sieht es gut für Sie aus. Obwohl die letzte Entscheidung des Prüfungsausschusses natürlich noch fehlt.

»Verstehe.«

Mehr fiel ihm im Moment nicht ein. Er hatte gerade auch viel zu starke Schmerzen, um an die Phönix-Trophäe oder an irgendetwas anderes von Bedeutung zu denken. Doch eine Frage wollte er noch stellen.

»Das mit dem Headlinkband und dem Stromschlag, das waren doch Sie, oder?«

Natürlich, Rekrut. Wir haben immer ein Auge auf unsere Schützlinge.

Marcus schulterte sein Gewehr. »Wenn es Ihnen recht ist, warte ich unten.« Dann wandte er sich zur Tür. »Ich muss an die frische Luft.«

Kapitel 1

Datum: 6. April 2286 – Terra-Standardzeit

Das Hon-Chi-System war im Vergleich zu den großen Kolonien ein eher kleines Sternensystem. Es besaß nur drei Planeten, die um eine Sonne mit unterdurchschnittlicher Leuchtkraft kreisten. Nur wegen eines fahrlässigen Navigationsfehlers hatte es das Forschungsschiff *Donryu* soweit nach draußen an die äußeren Grenzen des Hanzon-Raums verschlagen. Um vor seinem Forschungsleiter zuhause auf Kirishima nicht als vollkommen inkompetent dazustehen, beschloss der Skipper, die Planeten auf nutzbare Rohstoffquellen zu scannen: ein verzweifelter Versuch, nicht mit leeren Händen von dem angeforderten Sprungschiff eingesammelt und nach Hause gebracht zu werden. Doch die Chancen, so weitab vom Schuss etwas Brauchbares aufzustöbern, fielen erfahrungsgemäß gering aus.

Die Verzweiflung löste sich auf, als das Sensorendeck bei einem Planeten Hinweise auf zahlreiche Mineralvorkommen in nicht allzu großer Tiefe entdeckte. Besonders ein Scan, der auf ein wahrhaft gigantisches Vorkommen eines möglicherweise unbekannten Metalls oder Minerals hindeutete, löste Euphorie aus. Die Vermessungsergebnisse aus dem Orbit zeigten eine Massenansammlung von großer Dichte und voluminöser Ausdehnung. Ein wahrer Glücksfall. Der Skipper war so erfreut über diesen Fund, dass er ihn noch vor dem Eintreffen des Rettungsschiffes seinem Forschungsleiter in der Heimat mit über eine Paulsen-Welle mitteilte; der teuersten Funkübertragung, die zurzeit für die interstellare Kommunikation zur Verfügung stand. Der nahm den spektakulären Fund mit nicht mehr als einer steinernen Miene und einem kurzen Kopfnicken zur Kenntnis. Das Geld zur Rettung der *Donryu* musste trotzdem ausgegeben werden.

Felix Rivendecker schloss die schwere Stahltür der Druckausgleichkammer und die Verriegelungsanzeige sprang auf Grün. Er nahm den Helm seines Raumanzuges ab, steckte sich den Bordkommunikator ans Ohr und schaltete ihn ein.

»Ich bin drin.«

Einige Lichter wechselten von Rot auf Grün und Rivendecker verließ den stählernen Raum. Im anschließenden Umkleidebereich legte er den Helm in ein Regal und machte sich daran, den Raumanzug abzulegen. Rivendecker war heilfroh, dass man für die Arbeit auf der Oberfläche von Hon-Chi 2 mit der leichteren Version der Anzüge auskam. Der Abstand des Planeten zu seiner Sonne war ideal für die dünnhäutige Ausführung.

Rivendecker war ein grauhaariger, leicht gebeugt gehender Endfünfziger und fungierte als Expeditionsleiter auf Hon-Chi 2. Er ließ es sich nicht nehmen, jeden zweiten Tag draußen an den fünf unterschiedlichen Bohrstellen nach dem Rechten zu sehen. Davon abgesehen verbrachte Rivendecker gerne Zeit an der Oberfläche. Es erinnerte ihn daran, wie er als junger Wissenschaftsassistent noch jeden Tag selbst neue Entdeckungen gemacht hatte. Diese Ausflüge sorgten auch dafür, dass er mit der aktiven Forschungsarbeit in Berührung blieb und nicht von der endlosen Bürokratie bei Hanzon Industries erdrückt wurde.

Nachdem er drei Decks im Hauptgebäude der Forschungsanlage hochgestiegen war, betrat er die Zentrale; das Herz des gesamten Komplexes auf Hon-Chi 2. Nur zwei Personen saßen bei der Arbeit an ihren Steuerkonsolen. Seine Assistentin Lois Cramer und der Geologe Ludwig Hoobergh beobachteten gebannt einen Holoschirm, der die topografische Darstellung ihres neuen Ausgrabungsplatzes zeigte. Das Bild leuchtete an den Rändern in gelben und orangenen Farbtönen. In der Mitte zeichnete sich ein dunkelrotes Areal ab, das fast den gesamten Bildschirm ausfüllte.

»Also, was habt ihr?«

»Doktor, das müssen Sie sich ansehen«, antwortete Lois.

»Diese Erhöhung der Gesteinsdichte ist wirklich signifikant.«

»Die Scans der *Donryu* hatten etwas Derartiges schon angedeutet«, merkte Hoobergh an. »Alle Werte, die wir bis jetzt empfangen, deuten tatsächlich auf ein Metall hin.«

Er wechselte die Auflösung des Holoschirms. Aus den verzerrten Linien entstand eine gleichmäßige Kontur mit Ecken und Kanten, die in etwa die Form eines Rechtecks bildeten.

»Haben Sie es schon vermessen?«, fragte Rivendecker.

»Gerade kommen die Werte rein«, Lois rief die Daten auf. »Es ist etwa achthundertfünfzig Meter lang und dreihundertsiebzig Meter breit. Die Höhe konnten wir noch nicht exakt ermitteln. Wir haben aber ein bisschen mit den Zahlen gespielt und eine Massenschätzung vorgenommen. Unter Annahme von ähnlichen Dichtewerten schätzen wir das Gewicht dieses Vorkommens auf ungefähr zweihundertachtzigtausend Tonnen. Das würde dann eine Höhe von etwa zweihundertfünfzig Metern ergeben. Das ist immer noch sehr grob und der Wert muss wahrscheinlich noch korrigiert werden.«

Rivendecker stieß die Luft mit einem leisen Pfiff aus. Was hier vor ihnen lag, mochte sich durchaus als wahre Goldgrube erweisen.

»Wie tief liegt es in der Erde?«

»Wir haben den höchsten Punkt dieser anormalen Dichte in achtzig Metern Tiefe gemessen. Man muss zwar noch eine Menge Sand wegschieben, aber ich denke, wir können in weniger als einem Tag eine Probe nehmen.«

Rivendecker verschränkte die Arme und dachte darüber nach, ob es sich lohnen könnte, vielleicht ein paar Ressourcen umzuschichten. Die Entscheidung fiel ihm leicht.

»Ziehen Sie die Mannschaft von Grube drei ab und beordern Sie sie dorthin. Sie sollen sofort mit den Grabungen beginnen, wenn der Schlafzyklus vorbei ist. Und nehmen Sie die erste Probe persönlich, Ludwig. Ich will so schnell wie möglich wissen, was wir da unten haben.« Rivendecker sah Cramer und

Hoobergh zufrieden an. »Gute Arbeit. Ich habe das Gefühl, da wartet etwas Großes auf uns.«

Sechs Stunden später begannen die Arbeiten. Ein zwanzig Mann starker Trupp verlegte fünfundfünfzig Tonnen Grabungsausrüstung an ihren neuen Einsatzort. Die Proteste des verantwortlichen Geologen von Grube Drei verhallten ungehört; der Mann konnte nur hoffen, irgendwann später wieder eine neue Grabungsmannschaft zu bekommen.

Die Maschinen fraßen sich durch das Gemisch aus losem Geröll, Sand und hartem Fels. Ständig vermaßen und korrigierten geologische Sensoren die Bohrrichtung und den Kurs. Nach achtzehn Stunden lagen nur noch fünf Meter Fels zwischen den ersten Ausläufern des Vorkommens und dem Grubenbohrer. Ludwig Hoobergh befahl den Rückzug des schweren Geräts und ließ nur noch mit leichten Infraschallbohrern weiterarbeiten. Als die Grabungsmannschaft noch knapp zwei Meter von der ersten messbaren Ader entfernt war, setzte sich Hoobergh selbst an das Steuerpult der Maschine. Vorsichtig löste er die letzten Schichten Sand und Fels, während Cramer mit einem Dichtesensor neben ihm stand.

»Weiter links«, sagte sie. »Du bist fast da.«

Hoobergh ließ das Gerät vorsichtig nach links gleiten und steuerte den Bohrkopf sanft vorwärts.

»Ich glaube, ich bin schon drauf.«

»Stopp«, rief Cramer. »Die Ader müsste jetzt direkt voraus sein. Der Sensor schlägt voll aus.«

»Gut. Ich vergrößere das Loch noch ein wenig.«

Hoobergh ließ den Bohrer kreisförmig um den Punkt des höchsten Messausschlags gleiten und nahm die letzten Zentimeter Geröll weg. Dann verließ er das Steuerpult und stieg in das mannshohe Loch, das er gebohrt hatte. Er starrte angestrengt auf die von Lampen erhellte Wand und zischte einen Fluch. Trotz des klimatisierten Raumanzugs fing sein Visier an, zu beschlagen. Er griff an den Helm und veränderte die Einstellungen des Klimageräts. Das sprach jedoch nicht sofort an und so tastete Hoobergh zunächst blind die Wand vor sich ab. Sand löste sich unter den Berührungen seiner Finger. Dann spürte er einen harten Widerstand. Das ist es, dachte er, aber im nächsten Moment zuckte er zurück. Er hatte schon tausende Gesteinsproben in Händen gehalten. Üblicherweise fühlte sich verwittertes Gestein grob, rau und manchmal auch scharfkantig an. Das hier aber war glatt und eben … Nein, nicht eben, sondern gewölbt. Dieser Stein wies eine leicht gerundete Oberfläche auf, wie die eines sehr großen Rohres oder eines ähnlichen Gegenstands.

Er sah immer noch nicht richtig. Verdammter Anzug, dachte Hoobergh. Das Klimagerät blies zwar jetzt kühle Luft in den Helm, doch das Visier klarte nur langsam auf. Er wischte mit dem Handschuh über den Fels, um die gewölbte Fläche zu säubern.

»Könnt ihr was sehen?«, fragte er die Arbeiter hinter sich. Er bewegte ungelenk den Kopf, um durch einen klaren Teil des Visiers zu spähen.

»Du bist genau drauf, Ludwig. Geh mal näher ran«, hörte er Lois rufen.

Endlich war das Helmvisier klar und Hoobergh näherte sich der Wand. Er spürte sein Herz heftig schlagen. Und dann konnte er es sehen. Mitten in der zerklüfteten Wand zeichnete sich eine zylindrische Form ab. Der größte Teil davon war noch in der Wand verborgen, aber die Oberfläche erschien glatt und wirkte unter dem künstlichen Licht bronzefarben.

»Ruft Rivendecker her. Das hier muss er selber sehen.«

Felix Rivendecker schritt durch die Höhle, die Hoobergh seit seiner Nachricht soweit hatte vergrößern lassen, dass mehrere Personen darin stehen konnten. Wenn man den Wissenschaftler einfach so betrachtete, musste man um sein Leben fürchten.

Rivendecker stand ohne Raumanzug in der Höhle, der Kälte des Vakuums anscheinend schutzlos ausgesetzt. Doch der leicht silbrige Schein, der ihn umgab, ließ erkennen, dass es sich nur um eine holografische Simulation handelte. Der echte Rivendecker befand sich in einer Holosphäre im Grabungszentrum. Die Bergarbeiter hatten in der Wand ein gut zwei Meter langes Stück des geheimnisvollen bronzefarbenen Rohres freigelegt, das jetzt fremdartig glänzend vor aller Augen dalag. Rivendeckers Holobild näherte sich dem Rohr, bis er es fast mit der Nasenspitze berührte.

»Wirklich unglaublich. Was sagt die Laserspektralanalyse?«

Lois Cramer hob ein Datenpad: »Es gibt Spuren von Chrom, Tantal, Bauxit, Zink und ein paar anderen bekannten Metallen. Es ist extrem stabil. Wir haben mit Müh und Not ein paar Atome abkratzen können.« Lois Cramer senkte ihr Pad. »Die genaue Analyse dauert noch an, aber alles deutet darauf hin, dass wir hier ein unbekanntes Material vor uns haben.«

Rivendecker richtete sich auf.

»Ich stimme Ihnen zu, Lois. Wir werden uns dieser Entdeckung wie echte Wissenschaftler zuwenden. Ich möchte die Gruppenleiter jeder Ausgrabungsstätte in zwanzig Minuten im Konferenzraum sehen. Dann werde ich meine Entscheidung bekanntgeben, wie wir weiter vorgehen werden.«

Dann verschwand Rivendeckers Holobild. Die anwesenden Wissenschaftler und Arbeiter sahen sich ratlos an. Hoobergh zuckte mit den Achseln.

»Also, ihr habt ihn gehört. Lasst uns gehen.«

Die Leiter der fünf Grabungsstätten und ihre Vorarbeiter mussten nicht lange auf Felix Rivendecker warten. Er betrat genau zwanzig Minuten nach seinem Aufruf den Konferenzraum, schob den Stuhl an der Stirnseite des großen Tisches zurück und stellte sich demonstrativ vor seinen Kollegen auf.

»Meine Damen und Herren, ich habe eine Entscheidung

getroffen. Ab sofort werden wir unsere ganze Kraft und sämtliche verfügbaren Ressourcen auf die Erschließung dieser Fundstätte verwenden.« Er hielt einen Ausdruck der Laserspektralanalyse von Grube sechs hoch. »Die Gruben eins bis fünf bleiben bis auf weiteres geschlossen. Ich möchte, dass jeder Geologe, jeder Ingenieur und auch jeder Grabungsarbeiter mit vollem Einsatz daran arbeitet, herauszufinden, was in dieser ominösen Grube verborgen liegt.«

In den Gesichtern der Kollegen konnte er lesen, dass sie alle mit einer solchen Entscheidung gerechnet hatten. Auch die Leiter der anderen Grabungsstätten zeigten sich nicht überrascht.

»Ich glaube, wir haben hier eine der größten Entdeckungen der Menschheitsgeschichte vor uns. Wir bereisen nun seit gut dreihundert Jahren das All, aber noch nie hat jemand einen solchen Fund gemacht. Stellen Sie sich nur die Möglichkeiten vor, die sich auftun, wenn wir allein schon die genaue Zusammensetzung dieser Legierung herausbekommen. Neue Materialien für bessere Raumschiffe, Baumaterialien für erdbebensichere Gebäude - die Möglichkeiten sind endlos.« Er machte eine Pause, um den Gedanken in der Vorstellungskraft seiner Zuhörer wirken zu lassen. »Wir stehen vielleicht an der Schwelle eines neuen Zeitalters. Auf jeden Fall aber können wir hier Großes leisten, wenn wir jetzt alle zusammenarbeiten. Deshalb frage ich Sie alle: Sind Sie bereit, mir in den nächsten Wochen und Monaten zu folgen? Und sind Sie willens, dieses Geheimnis zu lüften?«

Die Wissenschaftler sahen sich an. Keiner sagte etwas, aber es zeigte auch niemand ein Zeichen des Widerspruchs. Alle hier Versammelten arbeiteten lange genug in dem Geschäft, um eine einmalige Gelegenheit zu erkennen, wenn sie sich ihnen bot. Der erste Vormann der Grubenarbeiter, Joseph Malliani, ergriff schließlich das Wort.

»Was ist, wenn Sie sich irren, Doktor? Was ist, wenn das einfach nur ein gewöhnliches Erzvorkommen ist? Wir haben Logbücher und Zeitpläne für die anderen Projekte auf Hon-Chi. Die Firma erhält regelmäßig Berichte, wie es bei uns vorangeht. Wenn die mitbekommen, dass wir die Schaufeln in den anderen Gruben hingeschmissen haben und nur noch in der Sechs arbeiten, werden sie Fragen stellen.«

Das war in der Tat ein Problem. Für die übermächtigen Konzerne hatte ein beständiger Informationsfluss immense Bedeutung. Wer weit entfernt von der Zentrale seine Aufgaben verrichtete, musste regelmäßig Bericht erstatten, wie sich die Arbeiten entwickelten. Ansonsten blieben dringend benötigte Nachschübe oder Ersatzpersonal aus und stattdessen wurde man von unangenehmen Kontrolleuren aufgesucht.

»Wir werden erst einmal keine weiteren Fortschrittberichte schicken. Die aktuelle Fuhre Papierwerk ist letzte Woche rausgegangen, das gibt uns etwas Luft«, antwortete Rivendecker. »Wenn sich unser Verdacht bewahrheitet, sind die fehlenden Berichte problemlos zu erklären. Falls wir hingegen falsch liegen, können wir uns möglicherweise alle neue Jobs suchen. Aber ich bin der Meinung, es ist das Risiko wert.«

»Was mich zur nächsten Frage bringt, Doktor«, mischte sich Lois Cramer ein. »Angenommen, wir finden, was wir vermuten. Wann informieren wir die Firma?«

»Darüber habe ich auch nachgedacht. Wir werden Bericht erstatten, sobald wir genügend Informationen gesammelt haben. Deshalb müssen wir jetzt hart und schnell arbeiten, damit sich die Sicherheitsabteilung erst gar nicht fragt, warum wir uns nicht mehr melden, und keine Leute losschickt, um nachzusehen.«

Die militärisch straff geführte Sicherheitsabteilung von Hanzon Industries gehörte innerhalb des Konzerns zu den wichtigsten Aktivposten und war bekannt für ihr rigoroses Vorgehen.

»Aber das sind Probleme, mit denen wir uns vielleicht nie beschäftigen müssen. Wenn keiner mehr eine Frage hat, ist die Sache beschlossen.«

16

Kapitel 2

Viktor Bashkoff entspannte sich. Er atmete flach und konzentrierte sich auf die Wärme, die er in der Mitte der Brust, direkt über dem Sonnengeflecht empfand. Das angenehm ausstrahlende Gefühl war das Zeichen, dass die Meditation wirkte, und er die letzten Windungen innerer Unruhe loszulassen vermochte.

Viktor saß im Lotussitz in dem kleinen Meditationszimmer, das an sein Büro auf der *Yamato* angrenzte. Das elegante Schiff gehörte zu den riesigen Luxuskreuzern, die sich das höhere Management von Hanzon Industries als persönliches Spielzeug zu leisten erlaubte. Jedes Vorstandsmitglied und die ihnen unmittelbar nachfolgenden Ränge verfügten über ein solches Gefährt zum freien Gebrauch. Viktor Bashkoff hatte sich nach seinem stetigen Aufstieg innerhalb Hanzons vor drei Jahren für die *Yamato* entschieden.

Es gab Momente, in denen Viktor darüber im Stillen schmunzeln musste, wenn er Revue passieren ließ, wie sich sein Leben entwickelt hatte. Früher war er ein Snob, ein Raufbold ohne Manieren, ein ungehobelter Klotz ohne Respekt vor der Obrigkeit gewesen. Erst recht hatte er seinem Vater und der Firma, der sein alter Herr ein Leben lang gedient und die ihn dafür mit einem Sitz im Vorstand belohnt hatte, keinerlei Wertschätzung entgegengebracht. Wie jeder Halbwüchsige rebellierte Viktor damals gegen alles, wofür Sergej Bashkoff einstand: Fleiß, Einsatzbereitschaft, eiserner Wille, absolute Loyalität gegenüber seiner Familie, der Firma und Streben nach Erfolg. Und der Erfolg war bedeutend größer gewesen, als alles, was die Konkurrenz verbuchen konnte. Viktor hingegen trieb es so wild, dass sein Vater ihn irgendwann vor die Wahl gestellt hatte, nachdem er von der Polizei wiederholt mit Sterix im Blut aufgegriffen worden war: entweder neun Monate auf den Strafplaneten Sixtus oder ein Jahr ins Kadettenaustauschprogramm auf Skyye.

Von Sixtus hatte er nur die schlimmsten Gerüchte gehört. Ein Eisbrocken in der Nacht und ein Backofen am Tag. Riesige Arbeitslager, denen der Ruf vorauseilte, selbst die übelsten Verbrecher kleinzukriegen. Darauf konnte Viktor wahrlich verzichten. Also war es Skyye geworden.

Sein Vater hatte damals gehofft, dass die gefürchteten Kadettenausbilder Viktor die Flausen austreiben und ihn zurück auf den rechten Weg bringen würden. Und genau das war den Ausbildern gelungen. Zwar hatte er das Trainingslager nicht als vollständig geläuterter Mann verlassen und benahm sich immer noch gern wie ein kleines verwöhntes Arschloch, aber Viktor begann aufzuwachen.

In den Jahren danach machte er die genau die Wandlung durch, die sich sein Vater erhofft hatte. Der entscheidende Auslöser dafür war eine ganz besondere Erkenntnis, die Viktor aus seiner Zeit in Swanton Alpha mitnahm: die Lust an der Macht. Das Wissen, Einfluss auf andere zu haben, sie zu manipulieren und zu lenken, wie er es wollte. Das hatte ihn das erste Mal in Swanton Alpha geradezu berauscht. Zusammen mit seinen einzigen Freunden Adrian Saavredu, Ludenkow, Sorensen und Uchida hatte sie als das Team Apokalyptische Reiter dem Idioten Marcus Dhellyann, Luc Tabiros und dieser Schlampe Joss La Cara das Leben im Wettkampf um den Titel des erfolgreichsten Einsatzteams zur Hölle gemacht. Die Reiter hatten damals zwar nur den zweiten Platz hinter Dhellyanns Ares-Falken erreicht, aber das nahm Viktor gelassen, denn er wusste jetzt, was er wollte: Macht.

So viel Macht wie möglich. Und wo gab es die? Praktisch vor seiner … Nein, hinter seiner Haustür. Sergej Bashkoff konnte ihn dorthin bringen, wo sich die Macht konzentrierte. Viktor folgte den Ratschlägen seines Vaters und begann mit seinem Aufstieg. Heute gehörte er zur zweiten Garde im

Management von Hanzon Industries. Der Konzern hatte seine Wurzeln im ostasiatischen Raum der Erde und pflegte immer noch die Traditionen, die dort einst entstanden waren. Seiner Kontrolle unterstanden mittlerweile fast achtzig Millionen Angestellte und Arbeiter. Er kontrollierte riesige Ströme von Finanzmitteln und unterhielt Verbindungen in jeden Bereich des besiedelten Raumes. Und er achtete darauf, was die neuesten militärischen oder ziviltechnologischen Entwicklungen anging, immer auf dem aktuellen Stand zu sein.

Viktor hatte fast unumschränkte Macht, doch gab es immer noch Personen, die noch mehr zu sagen hatten als er: Hanzons Vorstand. In den Händen dieser Männer und Frauen lag wahrlich die ultimative Kontrolle. Dort gehörte er hin. Er fühlte es bis in jede Spitze seines schwarzen Haars. Dort musste er hin und die Kontrolle übernehmen. Aber wie sollte ihm das gelingen? Diese Frage beschäftige Viktor seit Jahren. Wie konnte er es schaffen, dorthin vorzudringen? In die heiligsten Hallen von Hanzon Industries.

Dass sein Vorwärtskommen in den letzten Monaten eher gebremst verlaufen war, lag daran, dass die meisten seiner neuen Projekte vom Vorstand und speziell von Sergej abgelehnt worden waren. Dabei waren es vielversprechende Vorhaben gewesen, die dem Konzern neue Gewinnmöglichkeiten erschlossen hätten. Natürlich gab es ein Risiko, aber das gab es bei neuen Geschäftsideen immer. Doch die übertriebene Vorsicht seines Vaters verbot ihm, die Projekte weiter zu verfolgen. Meditationssitzungen wie die Letzte nahmen in den vergangenen Wochen immer mehr Raum ein, sobald ein innerer Zorn von Viktor Besitz ergriff und er darum kämpfen musste, seine wachsende Frustration zurückzudrängen. Er wusste, dass er Hanzon mit seinen Ideen in eine noch erfolgversprechendere Zukunft führen konnte.

»Exzellenz. Ich bitte, die Störung zu verzeihen.«

Die Worte aus dem Datenpad strömten wie eine Welle auf Viktor ein. In seinem Zustand vollkommener Gelöstheit entsprach jeder Eindruck von außen einer grausamen Störung. Er fühlte den Funken einer aufsteigenden Wut und konzentrierte sich darauf, ihn zu unterdrücken. Wie konnte es Tonshi wagen, ihn jetzt zu stören? Hier in einem seiner wenigen Momente der Ruhe. Die Wärme im Inneren begann, sich zu verändern.

Tonshi arbeitete jetzt seit über zehn Jahren als Viktors Sekretär. Er wusste Dringlichkeiten einzuschätzen und wann er seinen Herrn stören durfte, sogar stören musste. Die Wärme in Viktors Bauch begann sich aufzulösen, aber nicht so, wie es die Meditation verlangte. Viktor würde sich danach nicht frisch und erholt fühlen, sondern nur leer und ausgebrannt. Er musste diese Sitzung zum richtigen Abschluss bringen. Der Bittsteller hatte sich einfach zu gedulden.

Viktor konzentrierte sich jetzt voll auf das Sonnengeflecht und übernahm wieder die Kontrolle. Er stellte sich vor, wie die von dort ausstrahlende Wärme sich langsam über seinen Körper ausbreitete, wie sie den Brustkorb erfüllte, sich über die Gliedmaßen erstreckte und hinaus in die Außenwelt abstrahlte. Kurz darauf war die Wärme angenehm kribbelnd aus Viktors Leib verschwunden und er fühlte sich entspannt.

Langsam öffnete er die Augen. Der Raum, in dem er saß, wurde von nur wenigen, warmen Lichtern erleuchtet. Zu drei Seiten konnte er ungehindert in die Schwärze des Alls sehen. Wie schon im alten Japan auf der Erde üblich war der Raum nur minimalistisch eingerichtet. Die eine undurchsichtige Wand war cremefarben und mit Schriftzeichen verziert. Tatamimatten aus feinstem Reisstroh bedeckten den Boden und vereinzelt standen kunstvoll geschnittene Bonsai auf kleinen Tischen aus dunklem Edelholz. Alles in diesem Raum strahlte Harmonie aus. Viktor löste den Lotussitz auf und erhob sich mit achtsamen Bewegungen. Er ging langsam zu der blankpolierten Ablage und dem einfachen Hocker in einer Ecke des Raumes. Der Bildschirm des Datenpads leuchtete. Viktor drückte auf die Verbindungstaste, schaltete aber nur auf Audiokontakt.

»Was ist?«

»Exzellenz, ich habe hier eine Gesprächsanfrage, die mir äußerst dringlich erscheint. Es handelt sich um Doktor Felix Rivendecker, ein Forschungsgruppenleiter, der zurzeit im Hon-Chi-System ein Projekt leitet.«

»Geben Sie ihm einen Termin in den nächsten vier Wochen und schicken Sie mir gleich seine Daten.«

»Nochmals Verzeihung, Exzellenz. Ich hätte es nicht gewagt, Sie zu stören, aber Doktor Rivendecker hat eine Paulsen-Welle in Anspruch genommen, um mit der *Yamato* Kontakt aufzunehmen.«

Viktor zog eine Augenbraue hoch. Entweder hatte dieser Rivendecker völlig den Verstand verloren oder er hatte etwas wirklich Bedeutendes zu sagen. Viktor beschloss, ihm zuzuhören. Er konnte ihm unter Umständen auch gleich die Kündigung mitteilen, wenn es sich nicht um eine Angelegenheit von angemessener Tragweite handelte. Dann wäre die Welle zumindest nicht ganz umsonst aufgebaut worden.

»Na schön, Tonshi. Stellen Sie die Verbindung her.«

Der Bildschirm des Datenpads erwachte und Viktor sah das Gesicht eines nervösen grauhaarigen Mannes.

»Verehrter Beisitzer Bashkoff. Es ist mir eine wahrhaft große Ehre, dass Sie mich so kurzfristig empfangen. Ich hoffe, ich habe Sie nicht bei etwas Wichtigem gestört?«

Viktor machte sich in Gedanken eine Notiz, Rivendeckers Hintergrund sorgfältig durchleuchten zu lassen.

»Nicht der Rede wert, Doktor. Ich hoffe, Sie haben einen guten Grund, eine so kostspielige Funkverbindung zu benutzen, um mein Schiff zu rufen.«

Rivendecker verbeugte sich schnell.

»Exzellenz, Sie haben natürlich Recht, aber ich habe in

diesem Fall die Regeln des Konzerns genauestens befolgt, wonach ungewöhnliche Entdeckungen sofort dem obersten Führungsstab mitgeteilt werden sollten. Mit Verlaub, ich glaube, wir haben hier auf Hon-Chi etwas entdeckt, das in diese Kategorie fällt. Und da Sie, werte Exzellenz, in den letzten Jahren ein so großer Förderer der Forschung innerhalb unseres geliebten Konzerns waren, hielt ich es nur für richtig, Sie als Ersten zu informieren.«

Rivendecker beherrschte die Regeln der Geschäftskonversation, das musste Viktor ihm lassen. Er wusste, wie man mit seinen Oberen sprach und achtete die Umgangsformen.

»Also, Doktor«, fragte Viktor. »Was haben Sie gefunden?«

Rivendecker sah kurz vom Bildschirm auf und tippte etwas in eine Tastatur, während er zu sprechen begann.

»Sie erinnern sich doch sicher an die verunglückte Fahrt des Forschungsschiffs *Donryu*, das es vor sechs Monaten in einen abgelegenen Sektor im Hanzon-Raum verschlagen hat.« Natürlich hatte Viktor das nicht vergessen. Der Vorfall mit der *Donryu* hatte die Forschungsabteilung ein paar Millionen Kronen gekostet, um das Schiff wieder zurück in seinen Raumhafen zu bringen. Nur die besonderen Sensoraufzeichnungen, die der Forschungsleiter mitbrachte, hatten ihn und den Skipper vor dem Rausschmiss bewahrt.

»Ich erinnere mich. Erzählen Sie weiter.«

Rivendecker hatte aufgehört zu tippen und sah wieder in seine Kamera.

»Wie meiner Gruppe aufgetragen wurde, haben wir die Messdaten der *Donryu* vor Ort überprüft. Wir haben die üblichen Grabungen begonnen und Proben genommen. Was wir zuerst gefunden haben, war von mittlerer Qualität. Einige Erze von schwankender Güte, vereinzelte Gaslagerstätten. Es erschien fraglich, ob sich eine Ausbeutung lohnen würde.«

»Überlassen Sie das mir, Doktor«, antwortete Viktor. Seine Geduld schwand allmählich. »Und kommen Sie zur Sache.«

»Natürlich, Exzellenz. Entschuldigung. Vor acht Wochen haben wir dann die ersten Spuren von dem hier gefunden.«

Ein selbstsicheres Lächeln breitete sich auf Rivendeckers Gesicht aus, als er eine Taste drückte. »Ich schicke Ihnen jetzt die Daten. Wenn Sie die Datei bitte gleich öffnen wollen.«

Nach drei Sekunden erschien eine Nachricht mit angehängter Datei auf dem Pad. Viktor tippte seinen Freigabecode ein und sie öffnete sich. Textblöcke liefen über den Bildschirm, zu klein und zu schnell, um sie zu lesen. Als eine Reihe von Skizzen erschien, stoppte der Ablauf. Die Darstellungen zeigten eine grobe Struktur, geometrisch einem liegenden, flachgedrückten Zylinder ähnlich. Etwa in der Mitte ragte ein großer Auswuchs heraus, der sich über die gesamte Breite der Struktur erstreckte. Die Enden erschienen wie abgeschnitten.

»Was glauben Sie, ist das?«

»Wenn Sie erlauben, Exzellenz. Wir haben eine kamerabestückte Drohne gestartet, mit der Sie den Fund genauer inspizieren können.« Er nickte jemandem zu. Die Diagramme verkleinerten sich und verschoben sich vom Zentrum des Bildschirms in eine Ecke. Jetzt erschien ein Bild aus der Vogelperspektive. Es war gerade Tag auf Hon-Chi 2 und die Sonne schien von einem graublauen Himmel.

»Wir wenden uns jetzt der Fundstelle zu. Achten Sie auf die Grube, Exzellenz.«

Die Kamera schwenkte nach rechts unten und zeigte die ersten Ausläufer der riesigen Grabungsstätte. Die Drohne überflog die Grube der Länge nach und Viktor sah ein gigantisches, grausilbriges Gebilde. Aus etwa fünfhundert Metern Höhe passte das Ungetüm immer noch nicht ganz auf den Bildschirm. Sie überflogen jetzt den großen zentralen Aufbau, dessen Aussehen an eine gigantische Kathedrale erinnerte. Die Drohne stieg noch höher, bis sie das gesamte Bauwerk einfing.

»Ich warte auf Ihre Erläuterungen, Doktor.« Viktor versuchte, seine Aufregung mit formaler Distanz zu überdecken.

Die Architekten der heutigen Zeit vollbrachten wahre Wunder, was Größe und Pracht eines Gebäudes anging. Aber etwas wie das hier, das hatte er noch nie gesehen. Und ganz sicher außer dem Team vor Ort auch noch kein anderer Mensch.

»Wir sind uns noch nicht ganz sicher, Exzellenz.«, antwortete Rivendecker. »Wir haben zuerst auf ein Gebäude getippt. Unsere Vermutungen über den Zweck dieses Artefakts gingen allerdings schnell in eine ganz andere Richtung. Ich lenke die Drohne jetzt an das gegenüberliegende Ende der Grabungsstätte. Dann können Sie es selbst sehen.«

Die Drohne erreichte das Ende der Grube, flog einen Bogen und richtete die Kamera wieder auf das Artefakt aus. Viktor hätte fast das Datenpad fallen lassen.

Rivendecker sagte: »Wir glauben, es ist ein Raumschiff.«

Geschockt starrte Viktor auf vier gigantische Antriebsdüsen; eine jede mindestens haushoch. In Gedanken schob er weiteres Erdreich von dem Artefakt weg und stellte es sich vollkommen freiliegend vor. Das, was er vor sich sah, konnte tatsächlich ein Raumschiff sein.

Viktor holte tief Atem und erlangte die Kontrolle über seine Gefühle zurück. Es geziemte sich nicht für ein hohes Mitglied in der Führungshierarchie, vor seinen Untergebenen Überraschung oder gar Fassungslosigkeit zu zeigen.

»Geben Sie mir ein paar technische Daten.«

Rivendecker sah auf ein Datenpad und begann vorzulesen. »Die Länge beträgt etwa achthundertfünfzig Meter, die Breite dreihundertachtzig Meter. Die Höhe des Kernkörpers misst gute zweihundertzwanzig Meter, inklusive des zentralen Aufbaus sogar knappe vierhundert Meter. Die Masse schätzen wir auf ungefähr zweihundertfünfzigtausend Tonnen. Diesen Wert müssen wir noch überprüfen, weil wir eine unbekannte Legierung gefunden haben, die in großem Maße verbaut worden ist. Die Dichte der Legierung haben wir noch nicht exakt festgestellt, aber es sollte sich in diesem Bereich bewegen.«

Zweihundertfünfzigtausend Tonnen. Einfach unglaublich. Damit wog dieses Ding mehr als die schwersten Kriegsschiffe, die heute bei Hanzon, der Ratsflotte oder einem anderen Konzern im Dienst standen. Dieser Fund mochte sich als der Aufsehenerregendste erweisen, seit die Menschheit die Erde verlassen hatte. Die nächsten Schritte mussten mit Bedacht geplant werden.

»Doktor Rivendecker, ich beglückwünsche Sie zu Ihrem grandiosen Fund. Ihre Taten werden in die Annalen unserer Firmengeschichte und in die Aufzeichnungen der gesamten Menschheit eingehen. Aber wir müssen die Bekanntgabe dieses Funds sehr, sehr sorgfältig vorbereiten. Deshalb klassifiziere ich das gesamte Projekt im Hon-Chi-System mit der Geheimhaltungsstufe Schwarz.«

Rivendecker öffnete den Mund, doch Viktor sprach weiter.

»Ab sofort senden und empfangen Sie nur noch Nachrichten von der *Yamato*. Jegliche Kommunikation mit anderen Parteien hätte für die entsprechenden Mitarbeiter schwere Folgen. Sie persönlich führen das Projekt weiter wie gehabt. Das heißt zunächst einmal: Sie finden so viel wie möglich über diesen Fund heraus. Ich werde den Kurs der *Yamato* ändern lassen und Sie aufsuchen. Dann unterhalten wir uns über die weiteren Schritte. Ihre Kompetenz ist jetzt gefragt, Doktor. Hanzon braucht Sie. Haben Sie alles verstanden?«

Rivendecker richtete sich reflexartig auf.

»Jawohl, Exzellenz.«

»Sehr schön, Doktor. Wir sehen uns bald. *Yamato*, Ende.«

Viktor beendete die Verbindung und legte das Datenpad auf den Tisch zurück. Noch beeindruckt von der neuen Nachricht empfand er die wiederkehrende Stille des Meditationsraumes als äußerst wohltuend. Viktor ging zu einem der Fenster und sah hinaus ins All. Die Sterne funkelten herrlich und er erfreute sich einige Minuten an ihrem Anblick. Dann drückte er einen Knopf der Sprechanlage.

»Tonshi, kommen Sie herein.«

Nach ein paar Sekunden stand sein kleingewachsener hagerer Sekretär im Raum.

»Was wünschen Sie, Exzellenz?«

»Wie lange brauchen wir bis zum Hon-Chi-System?«

»Bis zur nächsten Sprungstation benötigen wir achtzehn Stunden, wir befinden uns bereits auf einem entsprechenden Kurs. Hon-Chi können wir in drei Tagen erreichen.« An dieser Stelle nahm Tonshi sein Datenpad hervor. »Der Rückflug von Hon-Chi zur nächsten Sprungstation würde zwanzig Stunden bei voller Kraft in Anspruch nehmen. Von dort dauert der Rückflug ins Zentralsystem fünf Tage.«

Die Sprungstationen waren das Herz der kommerziellen Raumfahrt. Riesige ringförmige Stationen erzeugten die Impulsblasen und die spezifischen Wurmlöcher, die ein Schiff direkt zu seinem Bestimmungsort führten. Die Transferflüge zu den Stationen mussten allerdings immer noch mit konventionellen Fusionstriebwerken durchgeführt werden, was je nach Ziel mehr oder weniger Zeit kostete. Zu einem bestimmten Punkt zu gelangen war eine Sache, zurückzukommen eine andere. Im Fall der *Yamato* auf ihrem Weg nach Hon-Chi nahm der Umweg nicht allzu viel Zeit in Anspruch.

»Lassen Sie den Skipper einen Kurs nach Hon-Chi berechnen. Ich will so schnell wie möglich dort hin.«

»Wie Sie wünschen, Exzellenz.«

Tonshi verbeugte sich und verließ den Raum. Viktor sah wieder hinaus zu den Sternen. Ein fremdes Raumschiff, unter seiner Kontrolle und niemand wusste bis jetzt davon. Was für Möglichkeiten daraus entstehen konnten. Er lächelte den Sternen zu und begann nachzudenken.

Nach knapp vier Tagen Flugzeit kollabierte die Einstein-Rosen-Brücke und der Lichtimpuls löste sich auf den Meter genau am Standard-Bremspunkt über Hon-Chi 2 auf. Nach dem

Transferflug zur Oberfläche in einer der bequemen Landfähren wurde Viktor von einem sich unterwürfig verbeugenden Felix Rivendecker empfangen.

Viktor hatte es sich nicht nehmen lassen, vor der Landung noch eine Runde über die riesige Ausgrabungsstätte zu fliegen, und der Anblick war atemberaubend gewesen. Dieses Artefakt war gigantisch, geheimnisvoll, und voller Möglichkeiten, wenn man es sich nur nutzbar machen konnte. Jetzt saßen er, Doktor Rivendecker und zwei seiner Mitarbeiter, Lois Cramer und Ludwig Hoobergh, im großen Besprechungszimmer und berieten sich. Viktor hatte auf dem Flug nach Hon-Chi Rivendeckers Daten über das Artefakt gründlich studiert und stand mittlerweile fest hinter der von den Forschern vertretenen Ansicht, dass es sich um ein Raumschiff handeln müsse. Und jetzt wollte er Fakten sehen, die das untermauerten.

»Also Doktor«, begann Viktor. »Wie ist der aktuelle Stand?«

Rivendecker fuchtelte etwas fahrig mit einem Datenpad und der Fernbedienung des Holoprojektors herum. Offenbar hatte er so viel zu sagen, dass es ihm schwerfiel, den Anfang zu finden.

»Exzellenz, die neuesten Information stammen von heute Morgen. Wir haben jetzt die genaue Masse des Schiffs bestimmen können. Es wiegt zweihundertachtzigtausend Tonnen. Die Länge beträgt achthundertsechsundsechzig Meter, die Breite dreihundertachtundachtzig Meter und die Höhe über Alles vierhundertfünf Meter. Wir haben Gamma-Lotmessungen durchgeführt und sehr viele unterschiedlich große Hohlräume im Inneren lokalisiert. Wir haben mehrere Eingänge am Schiff gefunden, die wir ... «

»Sie wollen sagen, dass es Eingänge sein könnten, Doktor«, unterbrach ihn Viktor.

»Nein, Exzellenz, ich meinte wirklich Eingänge, weil wir einen davon geöffnet haben.«

Viktor war sicher, dass er den Doktor falsch verstanden hatte.

»Sie haben dieses Ding geöffnet?«

»Ja, das haben wir. Vor drei Wochen haben wir eine Art Port gefunden. Wir haben es geschafft, einen tragbaren Fusionsgenerator anzuschließen und den Port mit Energie zu versorgen. Damit ist es uns gelungen, die Tür zu öffnen. Erstaunlicherweise war dieses System nach einer kleinen Anpassung mit den unseren kompatibel.«

»Worauf warten wir dann noch?«, fragte Viktor und stand auf. »Zeigen Sie mir das Innere.«

Die Mienen der drei Wissenschaftler verrieten, dass sie genau mit dieser Reaktion gerechnet hatten. Lois Cramer versuchte, auf Viktor einzuwirken, während die drei ihm in Richtung des Schleusenbereichs hinterherliefen.

»Exzellenz, ich bitte Sie. Das Schiff ist bei Weitem nicht ausreichend erforscht. Bedenken Sie die Gefahr. Es könnte alles Mögliche passieren.«

»Keine Diskussion«, entgegnete Viktor. »Zeigen Sie mir die Bereiche, die Sie für sicher halten.«

»Exzellenz, ich flehe Sie an«, versuchte es Hoobergh. »Es ist alles sicher und wiederum auch nicht. Es handelt sich hier um völlig unerforschte Technologie. Wir wissen nicht, wie sie auf das Eindringen von Menschen reagieren wird.«

»Dann lassen Sie es uns herausfinden.«

Viktor und der Doktor schritten in leichte Raumanzüge gekleidet durch helle, von warmem Licht erleuchtete Gänge. Alles, was sie sahen, ganz gleich ob Unterkünfte oder Kontrollräume, Aufbauten oder Ausrüstung bestach durch elegante Einfachheit gepaart mit hoher Funktionalität. Das Schiff war offensichtlich für den Betrieb durch humanoide Lebensformen entwickelt worden. Viktor kam während des gesamten Weges aus dem Staunen nicht heraus.

»Wann wollten Sie mir das alles zeigen, Doktor Rivendecker? Und seit wann haben Sie Energie auf dem Schiff?«

»Es wäre einer meiner nächsten Punkte gewesen, Exzellenz.

Sie sind meinen Erklärungen leider etwas vorausgeeilt.«

»Schon gut, Doktor.« Viktor strich mit einer Hand über die makellosen Wände und befühlte die kühle Glätte. »Also, wo kommt dieses Wunder her und was wissen Sie noch darüber?«

»Die Antwort auf die Frage, wo es herkommt, würde ich gerne verschieben, Exzellenz«, erwiderte Rivendecker. »Sie werden das verstehen, wenn wir an dem Ort angelangt sind, den man wohl als Brücke des Schiffes bezeichnen kann. Ich möchte Sie nicht mit zu vielen allgemeinen Informationen langweilen, aber bis jetzt haben wir dreiundzwanzig Decks entdeckt. Wir kartographieren sofort jeden Raum, in den wir vordringen. Und seit wir die Hauptenergiequelle des Schiffes aktivieren konnten, überstürzen sich die Ereignisse ein wenig.«

»Sie haben tatsächlich die Hauptenergie starten können?«

»Ich muss gestehen, dass hier das Prinzip Versuch und Irrtum zum Zug gekommen ist.«

»Konnten Sie herausfinden, wie das Schiff seine Energie erzeugt?«

»Ich denke, ja«, antwortete Rivendecker. »Wir sind auf eine Art Maschinenhalle gestoßen. Die Kollegen versuchen noch, genau festzustellen, wie die Maschinen funktionieren. Aber man kann schon jetzt sagen, dass es sich um ein ähnliches Prinzip wie bei unseren Fusionsreaktoren handelt. Zuerst musste allerdings das Sprachproblem gelöst werden. Wir sind zwar auf einem guten Weg, aber langsam stößt diese Expedition an ihre Grenzen.«

»Was meinen Sie mit dem Sprachproblem?«

»Die Sprache des Schiffes, Exzellenz«, antwortete Rivendecker. »Die Bildschirmmenüs und die Datenausgabe sind auf den Betrieb in englischer Sprache ausgelegt. Unilingua kennt dieses Schiff nicht und Englisch ist im offiziellen Sprachgebrauch und in der Raumfahrt schon lange tot.«

Ein englischsprachiges Raumschiff! Viktor ließ sich seine große Überraschung nicht anmerken. Das war der Beweis, dass dieses Schiff von Menschen erbaut worden war. Er hatte zunächst vermutet, ein wahrhaftiges Alien-Raumschiff vor sich zu haben, und wahrscheinlich dachten das alle auf Hon-Chi 2. Aber jetzt wusste er: Wenn es von Menschen geschaffen worden war, konnte er es kontrollieren. Die beiden Männer wanderten weiter durch das Schiff, bis sie in einen großen Raum traten. Schaltkonsolen und Computerarbeitsplätze reihten sich aneinander.

»Das ist das Steuerzentrum des Schiffes. Von hier haben wir die meisten Systemversuche durchgeführt. Und hier drüben muss ich Ihnen etwas Besonderes zeigen.«

Viktor und Rivendecker gingen zu einer zentralen Konsole und der Doktor deutete auf eine mittig angebrachte gravierte Messingtafel. Das Metall war angelaufen und der alte Glanz schon lange verschwunden.

Dieses Raumschiff ist Eigentum der Tomlyn Corporation.
Vom Stapel gelaufen am 22.03.2134.
Registrierung: EDH-13398-TTOQ

Viktors Stirn legte sich in Falten. »Eigentum der Tomlyn Corporation.« Er dachte nach. »Von dieser Firma habe ich noch nie etwas gehört.«

»Das ist das Merkwürdige, Exzellenz. Wir nämlich auch nicht«, bestätigte Rivendecker. »Wir haben unsere Datenbanken auf den Kopf gestellt, haben sämtliche Register durchgearbeitet. Es gibt nirgendwo einen Eintrag, dass eine Tomlyn Corporation je ein Schiff angemeldet hätte. Es gibt absolut nichts darüber. Nicht im Melderegister der Raumverkehrsverwaltung, nicht in den Aufzeichnungen der Werftbehörden; gar nichts. Dieses Schiff ist offensichtlich über einhundertfünfzig Jahre alt und von Menschen gebaut worden. Trotzdem haben wir nichts über seine Herkunft herausfinden können. Ich habe sogar eine Verbindung zum Zentralrechner auf Kirishima herstellen lassen, aber nicht einmal dort gab es Verwertbares. Sicher, der Name Tomlyn ist ein paar hundert Mal angezeigt worden, aber nie im Zusammenhang mit einem Schiffsbauprojekt. Wir haben keine Ahnung, wo dieses Schiff herkommt und wer es gebaut hat.«

Rivendecker deutete auf ein mehrsitziges Schaltpult, das etwas abseits des Zentrums lag. »Außerdem habe ich noch eine weitere Neuigkeit, über die ich Sie aufklären muss. Dazu muss ich Sie bitten, auf Kanal Drei zu schalten. Es handelt sich hier um eine Vorrichtung, deren Bekanntwerden die Welt sprichwörtlich aus den Angeln heben könnte.«

»Warum so geheimnisvoll, Doktor?«, fragte Viktor immer noch nachdenklich. »Dieses ganze Schiff wird die Welt aus den Angeln heben. Aber wenn Sie es für nötig halten, schalte ich auf Kanal Drei.« Viktor drückte eine Taste an seinem Kommunikationsgerät.

»Also, Doktor. Lassen Sie hören.«

Rivendecker sah sich um, als ob er nach Lauschern suchte. »Exzellenz, wir haben vor einer Woche eine zweite Antriebsquelle auf dem Schiff entdeckt. Dieser Antrieb war offenbar nicht für den normalen Raumflug vorgesehen, sondern zum Erzeugen und Passieren von Einstein-Rosen-Brücken für interstellare Flüge.«

»Das ist doch nichts Neues«, entgegnete ihm Viktor. »Wir fliegen schon lange mit dieser Methode durchs All.«

»Da haben Sie natürlich recht, Exzellenz. Aber wie Sie auch wissen, sind wir dafür vom Einsatz des Voloniaskristalls abhängig. Ohne dieses exotische Element funktioniert keine Sprungstation. Ohne Sprungstationen gibt es keine Lichtimpulse und keine Wurmlocherzeugung und somit auch keinen interstellaren Raumflug. Kein Schiff, mit Ausnahme der Sprungschiffe, kann aus eigener Kraft eine Impulsblase und ein Wurmloch erzeugen.«

»Doktor, das weiß ich alles.« Viktor begann, ungeduldig zu werden. »Wollen Sie mir jetzt bitte sagen, was an dieser

Antriebsart so besonders ist?«

»Dieses Schiff, Exzellenz, kann eine Einstein-Rosen-Brücke aus sich selbst heraus erzeugen, ohne dabei auf ein exotisches Element wie den Voloniaskristall angewiesen zu sein.«

Nach einer knappen Stunde weiterer Führung durch das Schiff saßen Viktor und Rivendecker wieder im Besprechungsraum.

»Sagen Sie es frei heraus, Doktor. Was brauchen Sie zusätzlich, um alles über dieses Schiff herauszufinden?«

Rivendecker musste nicht lange nachdenken. »Tja, Exzellenz. Wir bräuchten noch viel mehr Computerexperten, mehr Ingenieure, vor allem Waffenexperten. Dieses Waffensystem, das wir im Kiel des Schiffs gefunden haben, muss von Fachleuten erforscht werden. Dann unbedingt Steuerungsspezialisten, Maschinenexperten. Ich könnte die Liste endlos fortsetzen. Wir brauchen praktisch jegliche Expertise, die auch beim Bau eines Raumschiffs benötigt wird. Und dabei jeweils immer drei Spezialisten, um ununterbrochen arbeiten zu können.« Er legte das Datenpad, das er in den Händen hielt zurück auf den Tisch. »Wir bräuchten eigentlich den gesamten Nagasaki-Forschungskomplex auf Kirishima hier bei uns. Bei allem Respekt, aber mein Team besteht aus Geologen und Wartungstechnikern und nicht aus Spezialisten für alte terranische Technologie. Dass wir überhaupt so viel herausgefunden haben, liegt an dem großen persönlichen Einsatz, den jeder hier gebracht hat. Natürlich haben wir auch Glück gehabt. Das Schiff hätte uns ebenso gut um die Ohren fliegen können.«

Viktor hatte die Augen geschlossen. Wenn der Plan funktionieren sollte, den er seit Beginn der Führung durch das Schiff wie eine kleine leuchtende Kerze in sich barg, konnte er nicht die ganze Mannschaft von Nagasaki hierher bringen lassen. Er musste andere, gleichwertige Wissenschaftler finden. Und er würde zusätzlich einige Spione nach Hon-Chi schicken, die ihn unabhängig vom Projektverantwortlichen auf dem Laufenden hielten.

Viktor stand auf. »Doktor Rivendecker, schreiben Sie mir genau auf, was Sie benötigen und ich lasse es Ihnen so schnell wie möglich zukommen. Die Geheimhaltung bleibt bestehen, und Sie berichten ausschließlich direkt an mich.« Er sah dem Doktor fest in die Augen. »Wenn Sie hier gute Arbeit leisten, mache ich Sie und Ihren Stab zu den ersten Wissenschaftlern bei Hanzon. Da winken Ihnen unbegrenzte Möglichkeiten auf allen Gebieten der Forschung und Sie haben für den Rest Ihres Lebens ausgesorgt.«

Er reichte ihm die Hand. Rivendecker ergriff sie und verbeugte sich. »Ich danke Ihnen, Exzellenz. Sie können sich auf mich verlassen.«

Auf dem Rückweg zur *Yamato* ließ sich Viktor jenen entscheidenden Satz des Doktors immer und immer wieder durch den Kopf gehen. Eine unabhängige Wurmlocherzeugung. Keine Sprungtore und kein Voloniaskristall mehr. Was für eine Vorstellung! Vier Wochen später starteten die ersten Versorgungsschiffe vom Hanzon-Zentralplaneten Kirishima und ein nicht enden wollender Strom aus Material, Maschinen und Personal setzte sich nach Hon-Chi in Bewegung.

Kapitel 3

Datum: 23. Juni 2286 – Terra-Standardzeit

Ein sonniger Tag in Atlantika, der Hauptstadt der menschlichen Gesellschaft. An diesem bedeutsamsten Ort auf der Erde mit seinen zweiundneunzig Millionen Einwohnern drängte sich der größte soziale, wirtschaftliche und militärische Verwaltungsapparat, den die Menschheit jemals geschaffen hatte. Die Entscheidungsgewalt der Administration dieser Stadt bestimmte das Leben aller Bürger auf der Erde und den bewohnten Welten in den Sektoren. Jedes Unternehmen von Bedeutung war hier mit einem zentralen Standort vertreten. Hier wurden umfangreiche Handelsabkommen zwischen Konzernen und Sternensystemen geschlossen; Absprachen, die über das Wohl und Wehe von Planeten irgendwo in den äußeren Territorien entscheiden konnten.

Und es wurde um jede Chance gebuhlt, mit einem Vertreter der Großen Sechs einen Vertrag über den regelmäßigen Austausch von Waren, Dienstleistungen, Nahrungsmitteln und sonstigen Gütern auszuhandeln. Die Großen Sechs repräsentierten die mächtigsten Wirtschaftskonzerne, die jeweils größer waren als alles, was es seit den ersten Tagen des Handels an Unternehmen auf der Erde gegeben hatte. Jedes dieser Konglomerate beschäftigte über eine Milliarde Menschen, und sie waren es auch, die die extraterrestrischen Kolonien betrieben. Die Großen Sechs hatten vom Terranischen Rat die Verfügungsgewalt über je einen Teil des erforschten Weltalls zugesprochen bekommen; sechs Gebiete, von denen jedes mehrere Dutzend Welten umfasste, auf denen die Großen Sechs innerhalb des eher lockeren Rahmens der terranischen Gesetzgebung das uneingeschränkte Sagen hatten. Wann immer man sich vor dem Verwaltungshintergrund von Atlantika über die Modalitäten eines

Abkommens einig war, kam es in einem feierlichen Rahmen schließlich zur Unterschrift. In der Regel unterzeichneten die obersten Vertreter eines Systems zusammen mit den Prokuristen der Vorstände auf der Erde am höchsten terranischen Feiertag zu Ehren des Wirtschaftsvisionärs Willard Thompson die entsprechenden Dokumente. Dieser dreiundzwanzigste Juni stand wieder vor der Tür und die Mächtigen der Galaxie versammelten sich im terranischen Regierungsbezirk zur Feier des höchsten Tages im Jahresverlauf.

Marcus Dhellyann stand im Schlafzimmer der Suite, die er mit seiner Familie bewohnte, vor dem Spiegel und kämpfte mit seiner Fliege um einen halbwegs passablen Knoten. Lilly, Marcus' sechsjährige Tochter, saß auf dem Bett und ließ die Beine baumeln.

»So eine verdammte …« Er hielt inne und drehte sich mit gespielt ernster Miene um. »Du hast nichts gehört.«

Die Kleine setzte ein breites Grinsen auf und rief: »Mama, Paps hat geflucht.«

Draußen erklang eine weibliche Stimme. »Schatz, du weißt doch, was wir gesagt haben.«

»Ich weiß, Liebling. Tut mir leid.«

Marcus wandte sich ganz seiner Tochter zu und hob drohend die Arme.

»Verräterin. Warte, bis ich dich kriege.«

Dann stürzte er sich spielerisch auf sie. Lilly schrie lachend auf, rollte sich über das Bett und lief aus dem Zimmer. Marcus deutete an, ihr nachzulaufen, als sie kurz noch mal den Kopf ins Zimmer streckte, woraufhin das Kind fröhlich kichernd verschwand. Seufzend wandte sich Marcus wieder seinem Spiegelbild zu und startete einen neuen Versuch.

Fünfundzwanzigtausend Mann unter deinem Kommando und du kannst nicht mal diese verfluchte Fliege binden, dachte er. Ich hasse feierliche Anlässe.

Der Gedanke war natürlich rhetorischer Art. Seit fast fünf Jahren bekleidete Marcus Dhellyann den Posten des Oberbefehlshabers seiner Einheit, des Fünften Verteidigungskontingents auf seiner Heimatwelt, dem Sternensystem Skyye. Ihm unterstanden drei schwere Kreuzer und vier Fregatten. Auf den Kreuzern waren zusammen fünfundsiebzig atmosphären- und vakuumflugtaugliche Jagdflugzeuge stationiert. Insgesamt zweihundert Landefähren konnten die ihm ebenfalls unterstellten vierzehntausend Infanteriesoldaten zusammen mit ihrer Ausrüstung in jedes Kampfgebiet transportieren.

Seine Ernennung zum Oberbefehlshaber war nicht unumstritten gewesen. Als Sohn von Chester Dhellyann, einem ehemaligen Mitglied des Oberkommandos, hatte er Neider, die ihm oder der Familie den Erfolg nicht gönnen wollten, oder die meinten, sich über Marcus an dessen Vater rächen zu können. Einige einflussreiche Persönlichkeiten brachten regelmäßig das Argument der familiären Bevorzugung ins Spiel. Doch allgemein herrschte die Überzeugung, dass Marcus sich dieses Kommando durch harte Arbeit und mutig durchgeführte Einsätze verdient hatte.

Nach der Basisausbildung war er zusammen mit seinem Freund Luc in die Armee eingetreten und hatte sich völlig ohne Protektion durch den Vater als einfacher Gefreiter die ersten Sporen verdient. Er hatte über dreißig Besetzungsversuche durch die Großen Sechs oder anderer kleinerer Firmen abwehren können. Und dies nicht nur auf Skyye, sondern auch auf anderen Welten, die dem Bund der freien Systeme angehörten. Skyye war Mitglied einer Gruppe von Planeten, die keinem der von den Großen Sechs kontrollierten Sektoren angehörten. Um vor dem Terranischen Rat eine Stimme erheben zu können, hatten sich diese unabhängigen Welten irgendwann zum Bund der freien Systeme zusammengeschlossen und sich untereinander verpflichtet, den anderen Mitgliedern des Bundes sowohl zivile als auch militärische Hilfe zu leisten, sobald eine Notlage eintrat. Das kam leider immer noch recht regelmäßig vor, denn der Bund der freien Systeme verfügte über zahlreiche Welten mit heißbegehrten Bodenschätzen. Im Rahmen der terranischen Rechtsprechung waren unfreundliche Übernahmen solcher Systeme legal, solange« sie begrenzt waren und mit minimalen Opfern abliefen. Über die Reichweite der Begrenzung hatten die Toten, Verletzten und Mittellosen, die es im Verlauf einer Übernahme immer gab, allerdings sehr unterschiedliche Meinungen.

Zwischen den Einsätzen drückte Marcus immer wieder die Schulbank. Er lernte alles über Taktik, Strategie, Waffentechnologien und Mannschaftsführung, und mit der Zeit stieg er in der Befehlskette auf und immer mehr Soldaten wurden seinem Kommando unterstellt. Dann war Samantha in sein Leben getreten und das hatte dafür gesorgt, dass Marcus neben der strengen militärischen Philosophie auch den Menschen nicht vergaß, wann immer er Männer in einen schweren Kampf schicken musste. Sie bändigte den wilden Soldaten und formte ihn zu einem liebevollen Ehemann, der mit der Geburt ihrer Tochter Lilly auch zu einem liebenden Familienvater geworden war. Und für ihn war sie mit ihrem langen blonden Haar, ihren sanften Gesichtszügen und den braunen Augen einfach die schönste Frau der Welt.

»Soll ich dir helfen, Schatz?« Samantha kam herein, im Wissen, was ihren Mann so erzürnte.

»Was täte ich nur ohne dich?« Marcus streckte seinen Hals nach vorn, und Samanthas geschickte Finger banden im Nu einen perfekten Knoten und zupften die Fliege in die richtige Position.

»Jetzt, mein Schatz, siehst du auch aus wie ein richtiger General.«

Marcus legte die Arme um ihre Hüften und Samantha strich mit den Finger durch sein glattes, braunes Haar. Sie küssten einander innig und rieben zärtlich die Nasenspitzen aneinander.

»Tut mir leid, dass wir erst so spät hier angekommen sind, Sam.«

»Ach, nicht so schlimm«, antwortete sie. »Wer kann schon mit technischen Defekten rechnen?«

»Ich weiß, aber die zwei Tage, die wir an der Sprungstation verbracht haben, hatte ich eigentlich als Kurzurlaub verplant. Wir haben so selten Gelegenheit, mal richtig was als Familie unternehmen. Ich sehe den Krümel und dich viel zu wenig. Es ist das erste Mal, dass Lilly auf die Erde kommt und da hätte ich ihr so gern ein bisschen was von ihrer Stammwelt gezeigt.«

»Wir finden schon wieder Gelegenheit, herzukommen. Und wenn die Verhandlungen gut laufen, bist du ja vielleicht früher mit den ach so wichtigen Staatsgeschäften fertig. Dann können wir immer noch etwas unternehmen.«

Marcus seufzte. »Ich hoffe, du hast recht.« Sie küssten sich noch einmal und hielten sich in den Armen.

Während Samantha ihrem Mann im Schlafzimmer half, hüpfte Lilly durch die weitläufige Suite, als der Türsummer piepte. Sie lief zur Tür und drückte den Knopf der Gegensprechanlage.

»Wer ist da?«

»Wenn du nicht sofort die Tür aufmachst, komme ich als Monster in der Nacht zu dir und dann werde dich genüsslich auffressen.«

Es war eine tiefe, gefährlich rollende Stimme, die da aus dem Lautsprecher drang, aber Lillys Miene hellte sich sofort auf.

»Onkel Tabby!«.

Sie drückte den Türöffner und Luc Tabiros kam lachend herein. Lilly sprang ihn an und ließ sich auf den Arm nehmen.

»Hallo, meine kleine Prinzessin. Na, wie geht's dir?«

»Gut«, lachte Lilly. »Und wie geht's dir?«

»Mir? Gut! Und jetzt wo ich dich Goldstück wiedersehe, geht's mir gleich noch viel besser. Sag, wo sind deine Eltern, Lilly?«

Das Kind verzog sein Gesicht. »Sie küssen sich schon wieder. Im Schlafzimmer.«

»Ach so.« Luc zog die Brauen hoch. »Aber wir können doch reingehen oder stören wir sie etwa?«

Lilly schüttelten den Kopf.

»Na, dann lass uns die beiden Turteltäubchen mal besuchen. Wo geht's lang?«

»Tabiros ist da«, bemerkte Marcus.

»Sieht ganz so aus«, erwiderte Samatha mit einem Lächeln. »Er ist perfekt darin, einem den letzten Nerv zu rauben. Und ich werde ihm irgendwann die Pfanne überziehen, wenn er sich nochmal auf diese Weise an der Tür meldet.«

»Ich halte ihn für dich fest.«

»Gut.«

Die beiden lösten sich voneinander und gingen in den Wohnraum, wo Luc mit Lilly auf dem Arm sie breit angrinste.

»Hey, ihr zwei. Schön, euch zu sehen.« Luc ließ Lilly wieder auf den Boden und drückte Samantha. »Hallo, Prinzessin Nummer zwei. Ich hoffe, ich hab euch nicht bei etwas Wichtigem gestört.«

»Hast du wohl, Tabiros. Wir beide haben gerade beschlossen, dir die große gusseiserne Pfanne überzuziehen, wenn du dich noch einmal mit dieser Gruselstimme meldest.«

Luc spielte den Erschrockenen. »Ist das wahr, General?«

»Sie hat dich nur bei deinem Nachnamen angesprochen, Luc. Was glaubst du wohl, wann sie das immer macht?«

»Hm, sieht aus, als ob ich auf Leib und Leben aufpassen muss. Was denkst Du, Prinzessin?«

Er sah zu Lilly hinunter, die eifrig nickte.

»Wenn sie wieder mal nachts aufwacht und nicht mehr einschlafen kann, dann lass ich sie dich anrufen«, sagte Samantha schneidig.

»Okay, okay. Ich bessere mich. Keine Türscherze mehr.«

»Das rate ich dir auch.« Jetzt lachte Samantha. »Ihr müsst los. Ich hol dir deine Uniformjacke, Marcus.«

»Danke.«

Die Männer reichten sich die Hände. Luc Tabiros war Marcus´ längster und bester Freund. Sie kannten sich schon von Kindesbeinen an und hatten auch gemeinsam ihre Basisausbildung beim Skyye-Militär absolviert. Die ersten Monate ihrer Dienstzeit als Berufssoldaten hatten sie im selben Zug gedient, bis sich Luc dafür entschied, zum Geheimdienst zu gehen. Marcus trat ein paar Schritte zurück und betrachtete seinen Freund. »Du siehst wirklich schick aus in deiner Ausgehuniform.«

Luc trug die Galauniform des fünften Verteidigungskontingents. Sie bestand aus einem dunkelgrünen Uniformrock und schwarzer Hose. An der linken Brust steckten einige Auszeichnungen, an der rechten Seite des Gürtels hing das Galaschwert.

»Ach, der verdammte Kragen macht mich fertig. Ich schaff es einfach nicht, das Ding mal zum Schneider zu bringen.« Luc schob einen Finger in den Kragen. »Und du? Seit wann seid ihr hier?«

Marcus nahm den Uniformgürtel vom Stuhl: »Es war eine verdammte Schinderei. Die Sprungstation bei Teomar hatte einen Defekt. Wir waren glatte zwei Tage im Transferschiff eingesperrt und sind erst vor zwölf Stunden hier angekommen. Mit der Wartezeit kann ich leben, aber aus dem Miniurlaub, den ich mit den Mädchen machen wollte, ist nichts geworden.«

»Warum hängst du die Zeit nicht einfach dran? Ich fliege erst in drei Tagen wieder zurück und kann bestimmt noch freie Plätze auf meinem Schiff für euch organisieren.«

»Ich kann nicht bleiben. Die Vorbereitungen für das Leuchtfeuer-Manöver stehen an und da muss ich dabei sein.«

»Ach was. Die können auch ohne dich anfangen. Flieg runter nach Saint Etienne. Da gibt's wunderschöne Plätze zum Ausspannen und Lilly bekommt endlich mal das Meer zu sehen. Ich lass dir ein paar Daten zuschicken.«

Marcus grübelte. Saint Etienne klang genau nach dem, was er sich vorgestellt hatte.

»Na schön, ich überleg's mir.«

Samantha kam mit seinem Uniformrock, der einige Auszeichnungen mehr aufzuweisen hatte als Lucs. Er schlüpfte hinein, knöpfte ihn zu und legte den Gürtel an.

»Zweifellos der schickste General im Universum«, bemerkte Samantha, die ihrem Ehemann anerkennend zusah, während er Uniform und Gürtel richtete.

»Hey, und was ist mit mir?« Luc drehte sich vor ihr wie ein Model.

»Allerhöchstens der Zweitschickste«, sagte Samantha mit einem von einem Lächeln begleiteten knappen Seitenblick. »Und du bist nicht General, sondern nur Oberst.«

Luc ließ die Schultern hängen. »Ich bin froh, dass du sie geheiratet hast.«

Mit diesem Satz wurden die beiden unter spielerischer Empörung aus der Suite gejagt. Samantha küsste ihren Mann zum Abschied und Luc konnte gerade noch einem Tritt in Richtung seines unteren Rückens ausweichen.

Die Fahrt in der Botschaftslimousine dauerte dreißig Minuten. Marcus und Luc fuhren an den riesigen Wolkenkratzern der Konzerne vorbei, die bis zu zweitausend Meter in die Höhe ragten. Sie überquerten die Grenze zum Regierungsdistrikt, wo der alljährliche Empfang der Systemvertretungen mit einem luxuriösen Mittagessen seinen Anfang nahm.

Der Regierungsdistrikt bildete das unaufhörlich schlagende Herz der menschlichen Zivilisation. In diesem zwei Quadratkilometer großen Teil der Stadt arbeiteten ständig mehr als vierhunderttausend Menschen. Hier wurden sämtliche Regierungsgeschäfte des Terranischen Rates und der beisitzenden Firmen getätigt. Der immense Verwaltungsapparat mit den Ministerien und Botschaften der Nationen war in unzähligen Bürohäusern untergebracht. Jedes System und alle bewohnten Welten hatten im Regierungsdistrikt einen Sitz und konnte diesen im großen

Parlament wahrnehmen. Das große Parlament war nicht nur der geografische Mittelpunkt des Distrikts. Hier fanden alle Sitzungen, Anhörungen und Aussprachen statt. Von dieser Stelle aus wurde die Menschheit auf der Erde und überall in den Sektoren regiert. Mit seinen zweihundert Metern Durchmesser war das Parlament das größte Gebäude im Distrikt. Darin fanden bis zu hundertzehntausend Menschen Platz und einmal im Jahr wurde das Parlament in die größte Konzerthalle auf dem Planeten umfunktioniert. Nach dem Essen, an dem mehr als achttausend Personen teilnahmen, fand ein zweistündiges Konzert mit klassischer Musik zu Ehren von Willard Thompson statt. Danach hielt ein Mitglied des Terranischen Rats noch eine ausschweifende Abschlussrede, bei dem auf eine erfolgreiche Zukunft angestoßen wurde. Damit war der offizielle Teil beendet.

Während des Konzerts war es üblich, dass sich hohe Repräsentanten der Systeme und der Konzerne zurückzogen, um nach einer gewissen Zeit wieder auftauchten. Man konnte meinen, dass sie einfach einem menschlichen Bedürfnis nachgingen, aber die Männer und Frauen beschäftigten sich in Wahrheit mit wesentlich Wichtigerem. In diesen Momenten wurden in kleinen Räumen abseits des Konzertsaals all jene Wirtschaftsabkommen unterzeichnet, auf die die Systeme und Konzerne so lange hingearbeitet hatten.

Im Laufe des Konzerts sah Marcus immer wieder hoch zu Orlando La Caras Loge, dem obersten Repräsentanten und ersten Botschafter des Skyye-Systems. Während des Essens war ihm La Caras leerer Stuhl aufgefallen, aber jetzt nahm der Botschafter gerade rechtzeitig zum Konzertbeginn seinen Platz in der Loge ein. Ein Vertreter von Bogatyr Alliance folgte ihm. Orlando La Cara lag seit Monaten mit dem Mitglied der Großen Sechs in Verhandlungen. Er flüsterte dem Bogatyr etwas ins Ohr und sie diskutierten leise, aber irgendwann lehnten sie sich zurück und lauschten der Musik.

Etwas später sah Marcus wieder zu La Caras Loge hinauf.

Der Skyye-Repräsentant und der Bogatyr hatten ihre Plätze verlassen. Das war ein gutes Zeichen. Wenn Skyye und Bogatyr ein Abkommen unterzeichneten, bedeutete das, der Wohlstand seiner Heimat würde weiter steigen. Marcus nahm sich vor, gleich nach dem Konzert La Cara zu den erfolgreichen Vertragsverhandlungen zu gratulieren.

Nach dem Konzert standen Marcus und Luc mit einigen Mitgliedern der Verhandlungsdelegation von Skyye zusammen. Die Gruppe teilten den beiden mit, dass das Wirtschaftsabkommen mit Bogatyr Alliance erst heute zustande gekommen war. Die letzten Vertragsbestandteile hatten noch auf dem Weg zum Konzert endgültig geregelt werden müssen. Wahrscheinlich hatte Marcus die letzten Absprachen zwischen La Cara und dem Bogatyr beobachtet. Die Verhandlungen waren zäh verlaufen. Immer wieder hatte Bogatyr Alliance versucht, für sich bessere Konditionen auszuhandeln. Aber Orlando, der alte Fuchs, hatte es anscheinend noch jedes Mal geschafft, einen augenscheinlichen Nachteil in einen Vorteil für Skyye zu verwandeln.

Nach einiger Zeit tauchte auch Orlando selbst zusammen mit dem Vertreter Bogatyrs auf. Seine Miene zeigte das zufriedene Lächeln nach einem erfolgreichen Vertragsabschluss.

»Meine Damen und Herren«, begann La Cara feierlich. »Es ist getan. Das neue Abkommen über die wirtschaftliche Zusammenarbeit zwischen dem System Skyye und der Bogatyr Alliance ist soeben von meinen geschätzten Verhandlungspartner, dem Repräsentanten Korriliov, und mir unterzeichnet worden. Damit ist der Weg frei für eine weitere Phase erfolgreicher Geschäftsbeziehungen.«

Die Gruppe klatschte anerkennend und Korriliov verneigte sich. »Sie haben es mir wie immer nicht leicht gemacht, mein lieber Freund. Ich werde mich vor meinen Vorgesetzten verantworten müssen, weil ich Ihnen erneut viel zu viel zugestanden habe. Aber ich denke, dieses Abkommen wird für beide Seiten akzeptable wirtschaftliche Zuwächse bringen.«

»Das denke ich ebenfalls, Repräsentant.«, erwiderte La Cara. »Die Verhandlungen waren hart, aber letztendlich erfolgreich und nur das zählt.«

Korriliov verneigte sich abermals. »Wenn Sie mich nun entschuldigen wollen. Ich habe jetzt die Pflicht, den Systemen, mit denen wir nicht übereingekommen sind, mitzuteilen, dass die Verträge mit anderen Parteien geschlossen wurden. Wie Sie sich denken können, ist dies der unangenehmere Teil meiner Arbeit. Meine Herren!« Danach wandte er sich ab und ging davon.

»Wie sind die Verhandlungen wirklich gelaufen, Herr Botschafter?«, fragte Luc.

»Dass wir uns mit Schwertern duelliert hätten, war eigentlich das Einzige, das noch gefehlt hat. Bogatyr ist scharf auf unsere neu entdeckten Beryllium-Vorkommen. Trotzdem wollten sie die Verhandlungen lieber ein halbes dutzend Mal platzen lassen, als meinen Forderungen zu weit nachzugeben. Letztendlich wird Bogatyr aber einen feinen Gewinn einstreichen und Korriliov soll sich nicht so haben. Übrigens, meine Herren.« La Cara drehte sich um und schien jemanden in der Menschenmenge zu suchen. Eine attraktive Frau in einem wunderschönen festlichen Ballkleid aus dunkelblauer Seide löste sich aus der Menge und kam auf die Gruppe zu.

»Sie erinnern sich bestimmt an meine Tochter Josefine. So viel ich weiß, war sie mit Ihnen beiden zusammen in der Basisausbildung.«

»Sicher, Botschafter«, antwortete Marcus. »Wir erinnern uns lebhaft. Hallo, Joss.«

Raul Kascinta bekleidete seit vielen Jahren den Posten des ersten Botschafters für das Omtaris-Systems auf der Erde, aber seine Gedanken waren in all der Zeit nie so sorgenvoll gewesen. Das Konzert war jetzt seit einer halben Stunde vorbei und niemand war an ihn herangetreten, um mit ihm ein Abkommen abzuschließen. Die monatelange Arbeit, die endlosen Verhandlungen mit den Konzernen schienen ausnahmslos umsonst gewesen zu sein. Zwar zeigten sich einige Repräsentanten zuversichtlich, aber in den Tagen vor Thompsons Feiertag hatte sich niemand mehr gemeldet, um die letzten Punkte einer Vereinbarung zu besprechen. Auf seine mehrfachen Rückfragen hatte er nur jede Menge Ausreden zu hören bekommen und jetzt musste er feststellen, dass das schlimmste aller möglichen Szenarien für Omtaris tatsächlich Realität zu werden drohte: kein Abkommen in diesem Jahr. Es wäre eine Katastrophe.

Kascintas Heimatsystem ging es nicht gut. Zwar konnte Omtaris als Teil des Bundes der freien Systeme ohne neues Handelsabkommen überleben, aber ein solches Ereignis sprach sich herum. So würde das System auch in der Zukunft für neue Abkommen zunehmend unattraktiv werden. Letztlich würde sich eine Spirale in den Abgrund in Gang setzen, aus der es kein Entrinnen gab. Es sei denn, seine Welt konnte durch neue Entwicklungen oder Erschließungen von Rohstoffquellen den Stellenwert für die Konzerne wieder erhöhen. Aber davon war nicht auszugehen.

»Wie sieht es aus? Hat sich noch jemand gemeldet?«

Kascinta drehte sich um und sah in die Augen von Adrian Saavredu. Als hochrangiger Offizier des Omtaris-Millitärs war Adrian dieses Jahr dem Besucherstab für die Festlichkeiten auf der Erde zugeteilt worden. Adrian hatte sich über die Anweisung gefreut, denn obwohl seine Leidenschaft beim Militär lag, hatte er sich auch immer für wirtschaftliche Zusammenhänge interessiert.

»Ich fürchte nicht.«

»Verdammt«, fluchte Adrian.

»Ziehen Sie sich bitte etwas zurück, Oberst. Vielleicht gibt es noch eine Chance.«

Kascinta deutete mit dem Kopf vorsichtig in Richtung eines Mannes, der auf sie zukam. Es war der Repräsentant von Bogatyr Alliance Korriliov.

»In Ordnung«, brummte Adrian und trat einige Schritte beiseite, behielt aber Kascinta und seinen Gesprächspartner im Auge, während sie sich miteinander unterhielten. Kascinta redete auf Korriliov ein und versuchte noch einmal, die Vorteile eines Abkommens mit Omtaris hervorzuheben. Dieser ließ sich seinem ganzen Gestus nach jedoch nicht beirren und konterte Kascintas Argumente zusehends ungeduldiger. Schließlich ließ Kascinta resigniert die Schultern hängen und verneigte sich leicht. Die Männer schüttelten sich die Hände und Korriliov ging davon.

»Was hat er gesagt?«, fragte Adrian.

Kascinta war die Enttäuschung ins Gesicht geschrieben. »Der Repräsentant bedauert, dass er sich die letzten Tage nicht melden konnte und er bedauert ebenfalls, dass das Abkommen, um das sich Omtaris beworben hat, einem anderen System zugesprochen wurde.«

»Dieser verdammte Bastard«, zischte Adrian. »Wer hat es bekommen?«

Kascinta wollte ausweichen, doch Adrian bohrte weiter. »Mit wem hat Bogatyr das Abkommen geschlossen?«

Kascinta haderte mit sich, doch dann sagte er: »Skyye hat es bekommen.«

Adrian war wie vor den Kopf geschlagen. »Skyye. Schon wieder. Das ist doch nicht möglich.«

»Beruhigen Sie sich, Oberst«, versuchte Kascinta, Adrian zu beschwichtigen. »Ich werde jetzt noch mit einigen Repräsentanten der kleineren Firmen reden. Jeder weiß, dass nach dem Konzert immer noch die lukrativsten Geschäfte abgeschlossen werden.«

»Ja, lukrativ für die Konzerne. Jeder weiß auch, dass die Firmen jetzt die Gelegenheit nutzen, um den Systemen, die in den Verhandlungen leer ausgegangen sind, ihre Bedingungen aufzuzwingen. Man wirft uns Brosamen hin, die wir auch noch teuer bezahlen müssen.«

Einige der Umstehenden drehten sich zu den beiden um.

»Ich flehe Sie an, Oberst. Beruhigen Sie sich, sonst bleibt uns gar nichts mehr.«

Adrian ballte die Fäuste, um seiner Wut irgendwie Ausdruck zu verleihen.

»Hallo, alter Freund. Warum so griesgrämig?«

Adrian und Kascinta drehten sich um. Viktor Bashkoff kam ihnen fröhlich lächelnd mit ausgestreckter Hand entgegen. Sofort hellte sich Adrians Miene auf.

»Viktor, alter Kamerad. Schön, dich zu sehen.«

Sie schüttelten die Hände und umarmten sich. Adrian stellte Raul Kascinta vor, und auch er wurde von Bashkoff mit einem Handschlag begrüßt.

»Na, wie sind die Verhandlungen für euch gelaufen? Habt ihr einige erfolgreiche Abschlüsse getätigt?«

Adrians Miene verdüsterte sich wieder und Kascinta antwortete: »Leider nicht. Ich fürchte, unser System muss bis zum nächsten Jahr warten, um an ein attraktives Abkommen zu gelangen.«

Viktor wirkte betroffen. »Oh, das ist schade. Mit wem haben Sie denn gesprochen?«

»Mit allen von den Großen Sechs«, antwortete Kascinta. »Fennix, Norton-Harvard, Bengal Garuda, African Mining, Bogatyr. Auch mit Ihrem Haus, obwohl das, was wir zu bieten hatten, für Hanzon von Anfang an nicht lukrativ war. Ich werde mich jetzt auf die Runde machen und versuchen, noch ein paar Randvereinbarungen zu bekommen.«

»Ich glaube, ich kann Ihnen da helfen, mein lieber Botschafter.« Viktor drehte sich um und deutete auf einen kleinen asiatischen Mann, der sich angeregt unterhielt. »Sehen Sie diesen Herrn? Er arbeitet für mich. Gehen Sie doch zu ihm und sagen ihm, meine Wenigkeit würde es gerne sehen, wenn das Omtaris-System einige Vereinbarungen mit ihm abschließt. Er wird zuhören und Ihnen ein gutes Angebot machen.«

»Das ist eine mehr als großzügige Geste, Exzellenz. Ich bedanke mich im Namen unseres Systems.« Kascinta verneigte sich tief und verließ die beiden in Richtung des kleinen Mannes. Viktor wandte sich wieder seinem alten Freund zu.

»Ihr habt euer Abkommen an Skyye verloren, nicht wahr?«

»Woher weißt du das?«, fragte Adrian. Dann fiel ihm ein, mit wem er sprach. »Seit wann weißt du es?«

»Es ist praktisch auf dem Weg zum Konzert entschieden worden. Selbst wenn ich vorher davon gewusst hätte, wäre nicht mal ich in der Lage gewesen, auf den Repräsentanten von Bogatyr noch Einfluss zu nehmen.«

»Trotzdem danke, mein Freund«, gab Adrian zurück. »Aber ausgerechnet Skyye, diese elenden Hunde.«

Und sie sahen zu, wie ihre alten Feinde nicht weiter als zwanzig Schritt entfernt lachten und ihren Erfolg feierten.

»Hallo, General. Wir haben uns ja ewig nicht gesehen. Wie geht es dir?«

»Mir geht es glänzend, Joss«, antwortete Marcus lächelnd. »Freut mich, dich mal wiederzusehen. Ich hab gehört, du bist jetzt im diplomatischen Dienst?«

»Ja, ich arbeite viel mit meinem Vater zusammen. Er glaubt immer noch, dass er mir so einiges beibringen muss, aber ich komme gut zurecht.«

»Du musst tatsächlich noch viel lernen«, wandte Orlando ein. »Aber sie ist auf dem besten Wege, zu einer der führenden Diplomaten in Skyye aufzusteigen. Ich werde euch junges Gemüse jetzt verlassen und versuchen, noch ein paar Kontakte zu knüpfen. Dieses Jahr gibt es viele neue Gesichter. Und die müssen eingeordnet werden.«

»Selbstverständlich, Botschafter. Gute Jagd«, erwiderte Luc. »Kommt schon, Leute. Wir gehen an die Bar und quatschen über die alten Zeiten.«

»Na klar, Luc«, flötete Joss und hängte sich bei Marcus ein. »Gibst du mir Begleitschutz, General?«

»Aber natürlich, Botschafterin.«

Sie gingen in Richtung des nächsten Bartresens, als eine alte bekannte Stimme sie aufhielt.

»Das Universum ist wirklich klein, findet ihr nicht?«

Die drei drehten sich um und sahen in die Gesichter von Viktor Bashkoff und Adrian Saavredu.

»Ja, manchmal muss man sich wirklich wundern«, erwiderte Marcus trocken. »Viktor, Adrian.« Er nickte den beiden zu. »Es ist lange her.«

»In meinen Augen nicht lange genug.« Adrian funkelte Marcus an.

»Hängt dir die Sache von damals immer noch nach? Ich hätte gedacht, ein so erfolgreicher Offizier wie du ist über solche Kleinigkeiten längst erhaben«, entgegnete ihm Luc.

»Ja, tut es. Auch wenn es lange her ist, muss sogar ich manchmal daran zurückdenken, auf welch zweifelhafte Art und Weise ihr an die Phönixtrophäe gekommen seid«, mischte sich Viktor ein.

»Dabei hätte es sogar was mit dem Sieg der Reiter werden können, wenn unser hitziger Freund hier«, Marcus deutete auf Adrian, dessen Augen sich zu Schlitzen verengten, »sich an die Regeln gehalten hätte. So hattet ihr noch Glück, dass ihr nicht disqualifiziert worden seid.«

Adrian wollte vorspringen. »Du elender…«, begann er, aber Viktor hielt ihn zurück. Adrian senkte die Stimme. »Deinetwegen haben wir nicht gewonnen. Deinetwegen und um deiner jämmerlichen Bande von Versagern willen. Das habe ich dir in der Tat nie vergessen, Dhellyann.« Er spuckte Marcus` Namen förmlich aus.

»Damit werde ich dann wohl leben müssen, Adrian. Wenn du uns jetzt entschuldigst. Wir wollen was trinken.«

Marcus schob seine Freunde an Viktor und Adrian vorbei und sie gingen zur Bar.

Adrian war immer noch wütend, als er am Abend sein Zimmer betrat. Sein Hotel gehörte zu den Ersten am Platz und alle Mitglieder der Omtaris-Delegation waren dort für den Feiertag untergebracht. Die Ergebnisse bei der Vergabe der Wirtschaftsabkommen und die Begegnung mit seinen alten Feinden wühlten ihn immer noch auf. Nachdem Adrian die Tür hinter sich zugezogen hatte, nahm er den Uniformgürtel mit dem geschwungenen Säbel ab und warf ihn auf den nächsten Sessel. Dann entledigte er sich seiner Jacke. Im Badezimmer, das so großzügig war, dass alle Mitglieder einer Großfamilie es gleichzeitig benutzen konnten, ließ er kaltes Wasser in seine Hände laufen und tauchte das Gesicht hinein. Die Kühle tat seinen brennenden Augen gut und sein überhitztes Gemüt beruhigte sich. Nachdem er sich abgetrocknet hatte, ging er zur Zimmerbar und schenkte sich einen Whisky ein. Mit dem Glas in der Hand ging Adrian hinaus auf den Balkon und beobachtete den Sonnenuntergang, wie er Atlantika in purpurfarbenes Licht tauchte. Seine Gedanken glitten zurück in die Vergangenheit.

… Swanton Alpha

»Also sechsundvierzig Punkte klingen doch wirklich nicht schlecht«, sagte Almeida und zog die Tür des Haupteingangs hinter sich zu. Die Ares-Falken verließen das Kommandogebäude und schlenderten die Straße zu ihrer Unterkunft entlang.

»Wenn es wirklich so wenige gute Ergebnisse in der Vergangenheit gab, können wir uns ruhig auf die Schulter klopfen«, stimmte Joss zu. »Na ja, vielleicht bis auf Tabiros.« Sie deutete auf Lucs gebrochenen Arm und machte eine flapsige Geste.

»Ha ha, wahnwitzig witzig, La Cara. Ich lach mich tot«, konterte Luc. »Ich dachte, mir fliegt der Kopf weg, als mich der Schleudersitz rausgeschossen hat.«

Einen Tag zuvor hatten die Ares-Falken ihre Stingermission absolvieren müssen. Die Aufgabe bestand darin, mit fünf leichten Atmosphärenjägern eine Fabrikstadt zu beschützen, die von drei Seiten von unterschiedlichen Angriffsfahrzeugen attackiert wurde. Sie hätten die Aufgabe problemlos bewältigen können, wenn nicht urplötzlich ein Fahrzeug mit Flugabwehrraketen der neuesten Generation aufgetaucht wäre. Die Technologie war noch immer klassifiziert, sodass sie eigentlich nichts in einem Testprogramm für Rekruten zu suchen hatte. Doch mit allergrößter Mühe schafften die Ares-Falken es, den Gargoyle abzuwehren. Nur Luc Tabiros musste sich mit dem Schleudersitz aus seiner Maschine schießen. Noch während des Rückflugs zur Basis rätselten die Falken darüber nach, wie es sein konnte, dass dieser Gargoyle Teil ihrer Mission geworden war. Und sie blieben bei der Idee hängen, dass die Apokalyptischen Reiter, Adrians und Viktors Team, etwas damit zu tun haben mussten. Einer ihrer Leute war ein Computergenie. Für ihn wäre es nicht allzu schwer gewesen, in die Missionssteuerung einzubrechen und den Falken einen Gargoyle auf den Hals zu hetzen.

»Sieh an, sieh an. Die wilden Täubchen sind zurück auf der Erde«, sagte eine Stimme hinter ihnen. Auf einer Bank am Rand einer kleinen Grünfläche saßen die Apokalyptischen Reiter und grinsten breit.

»Hab gehört, ihr hattet Probleme bei der Stingermission?«, feixte Adrian Saavredu. »Tja, diese Boden-Luft-Raketen sind schon ein echtes Ärgernis, wenn man damit nicht umgehen kann.«

Marcus schoss ein Gedanke durch den Kopf. Konnten die Reiter jetzt überhaupt schon wissen, wie es den Falken bei ihrer Mission ergangen war? Es gab durchaus Möglichkeiten, dass Informationen vorzeitig ins Camp durchsickerten. Nadasky hatte offenbar denselben Gedanken, doch der zögerte nicht, seinen Verdacht in deutliche Worte fassen.

»Das habt ihr ausgeheckt, nicht wahr?«, blaffte er Adrian an. Er baute sich vor dem Reiter auf, bis sich ihre Gesichter fast berührten. Adrian blieb stehen und hielt Nadaskys Blick stand.

»Ich weiß nicht, was du meinst«, erwiderte er mit Unschuld heischender Miene. Das feiste Grinsen konterkarierte diesen Versuch jedoch erheblich.

»Ach, das weißt du nicht? Dieser Gargoyle hat uns mit scharfen Raketen beschossen und Tabiros ist verletzt worden. Beim Schöpfer, wir hätten alle dabei draufgehen können.«

Jetzt verschwand das Grinsen und die pure Verachtung stand in Adrians Augen. »Für mich kein Verlust.«

Das war zu viel für Nadasky. »Du blödes Arschloch.«

Wütend stieß er Adrian so hart von sich, dass der nach hinten taumelte und von seinen Kameraden aufgefangen werden musste. Bevor Nadasky nachsetzen konnte, sprangen Luc und Almeida vor und hielten den sich nach Leibeskräften wehrenden Mann zurück.

»Lasst mich los. Ich dreh dem Penner den Hals um.«

Er zog und zerrte und versuchte sich zu befreien, doch nachdem auch Joss und Marcus zugegriffen hatten, konnte er nichts weiter tun, als still zu halten.

»Der Dreckskerl riskiert, dass wir alle den Löffel abgeben, und lacht sich dabei tot.«

Marcus ließ Nadasky los. »Kannst du mir eine Frage beantworten, Saavredu? Nur eine Einzige?«

Adrian grinste wieder und zog seine Uniform gerade. »Stell deine Frage, Dhellyann. Wieso solltest du dumm sterben müssen?«

»Warum, Saavredu? Warum das alles? Die manipulierten Gewehre. Der Gargoyle. Von Anfang an bist du nur auf Ärger aus. Ich habe dir nichts getan, keiner von uns. Ist es vielleicht wegen der Sache im *Scorpion Pit*? Willst du, dass ich mich entschuldige? Sag mir einfach, warum du so einen Hass auf uns hast.«

Jetzt kam auch Adrian näher: »Du willst wissen, warum ich dir so viele Schmerzen wie möglich bereiten möchte, Dhellyann? Warum ich dir das Leben zur Hölle machen will? Ganz einfach. Ich hasse Typen wie dich. Ich hasse Typen, denen alles hinterhergetragen wird. Denen einfach alles in den Schoß fällt. Ohne Anstrengung, ohne eigenes Bemühen, ohne Kampf. Dein Vater wird dir in deinem Leben stets alle Türen öffnen und dich unterstützen, auch hier im Camp. Typen wie du fallen die Karriereleiter hinauf, ohne dafür zu bluten, wie es auf Omtaris üblich ist. Typen wie du erreichen alles, ohne sich groß anstrengen zu müssen. Und wenn ich euch so sehe, könnte ich kotzen. Deswegen werde ich dir und deinen vier Vollpfosten so lange auf den Füßen stehen, bis ihr alle genug geblutet habt.«

Marcus musste die Worte erst mal verdauen, doch er ließ sich nichts anmerken.

»Ich weiß nicht, ob es dir aufgefallen ist, Saavredu. Aber wir alle hier müssen durch denselben Dreck kriechen. Und außerdem kennst du mich gar nicht. Mein Vater hat mir in meinem Leben noch nie etwas geschenkt. Ich musste mir alles erarbeiten und die einzige Unterstützung, die ich in diesem Camp von ihm kriege, sieht so aus, dass er beim Kommandanten anruft und ihn bittet, mich doppelt so hart ranzunehmen.« Jetzt kam Marcus Adrian so nah, dass er dessen Atem auf der Haut spüren konnte. »Und lass dir eines gesagt sein. Sprich nie wieder in diesem Ton von meiner Familie, sonst hast du Probleme, mit denen du nicht klar kommst.«

»Ach, ist das so?«, entgegnete Saavredu. »Na, warum klären wir das dann nicht gleich?«

»Gibt es hier Schwierigkeiten, Rekruten?«

Alle wandten sich um. Nur ein paar Meter entfernt stand ihr Ausbilder Leutnant Jacino und sofort fragte sich jeder, wie viel er von der Unterhaltung wohl mitbekommen hatte.

»Haben Sie alle Rückenprobleme?«

Sofort nahmen die Rekruten Haltung an. Mit gemächlichem Schritt ging Jacino durch die Gruppe hindurch und blieb vor Nadasky stehen.

»Rekrut Nadasky, was ist hier los?«

»Nichts, Herr Leutnant. Wir haben nur über die Mission gesprochen. Die Apokalyptischen Reiter waren an unserem Ergebnis interessiert.«

»So, so. Am Ergebnis interessiert …«, wiederholte Jacino. »Und deshalb hat es Rekrut Saavredu fast von den Beinen geholt, als Sie mit ihm wohl nur abklatschen wollten, richtig?«

Nadasky zögerte. Jacino hatte die kleine Schubserei also gesehen.

»So ist es, Herr Leutnant. Rekrut Saavredu ist manchmal etwas ungeschickt. Dann stolpert er schnell und verliert das Gleichgewicht. Aber es ist nichts passiert.«

Marcus konnte genau in Nadaskys Gesicht sehen und er empfand Hochachtung für seinen Kameraden, dass ihm diese Beleidigung über die Lippen kam, ohne dabei lachen zu müssen.

»Na ja«, kommentierte Jacino Nadaskys Antwort. »Ich darf Sie an die Lagervorschrift achtundzwanzig, Absatz zwei erinnern, wonach Konflikte zwischen den Rekrutenteams schwer bestraft werden. Also halten Sie sich gefälligst zurück und sparen Sie Ihre Energie für die Missionen auf.«

Mit diesen Worten zog er sein Datenpad hervor und drückte einige Tasten. Einen Moment später erklang auf den Pads aller anwesenden Rekruten der Eingangston einer neuen Nachricht.

»Sie haben gerade die vorläufigen Daten für Ihre letzte Mission erhalten. Das Briefing findet morgen um Nullneunhundert in Besprechungsraum Vier statt. Seien Sie pünktlich. Weitermachen.«

Damit drehte er sich um und ging seelenruhig davon. Kaum war Jacino weit genug entfernt, zogen die Teams ihre Datenpads hervor und begannen, die Missionsdaten zu lesen. Erst sahen sie sich völlig ungläubig untereinander an, dann das jeweils andere Team. Marcus war der Erste, der seine Sprache wiederfand.

»Gemeinsame Mission? Das muss einfach ein Witz sein.«

Doch den Rekruten war allesamt das Lachen im Halse steckengeblieben.

Kapitel 4

Aufzeichnung: Diskussion innerhalb virtueller Plattform
Zugriffsberechtigung: Bashkoff, Viktor; Hanzon Industries
Persönlicher Autorisationscode zur Wiedergabe erforderlich
Datum: unbekannt
Server-Position: unbekannt
Quelle der Eingangssignale: unbekannt
Speicherstatus: dauerhaft

*** Hallo. Ich freue mich, dass Sie alle meiner Einladung gefolgt sind. ***

^^^ Ihre Einladung war wirklich sehr speziell. Ich glaube, es ist noch nie jemandem gelungen, uns alle an so einem Ort zusammenzubringen. ^^^

*** Da könnten Sie recht haben. Aber machen Sie sich keine Sorgen. Dieser virtuelle Raum ist absolut abhörsicher. Alles, was wir besprechen, bleibt unter uns. ***

+++ Ich muss nicht extra darauf hinweisen, wie wir in der realen Welt zueinanderstehen und ich bin nicht gewillt, mit einigen der hier Anwesenden mehr Worte zu wechseln als unbedingt nötig. Und Sie gehören eindeutig dazu. +++

*** Ich kann Ihnen nur empfehlen, Ihre Differenzen für einen Moment zu vergessen und mir zuzuhören. Was ich Ihnen vorstellen möchte, ist das Angebot Ihres Lebens. Vertrauen Sie mir und stellen Sie mir die Mittel zur Verfügung, die ich von Ihnen erbitten werde. Dann bringe ich Sie alle in die höchsten Machtpositionen, die es zurzeit in unserer Galaxie gibt. ***

^^^ Jeder hier weiß, wer zurzeit die höchsten Machtpositionen innehat. ^^^

°°° Der Terranische Rat und die Vorstände der Großen Sechs. Und daran wird sich auch so schnell nichts ändern. °°°

*** Natürlich wird sich daran nichts ändern. Es sei denn, man tut etwas dafür. ***

--- Was meinen Sie? ---

*** Ich meine den vollständigen Austausch der gesamten Führungsriege der Großen Sechs und des Terranischen Rates. ***

Keine Daten aufgezeichnet.

+++ Sie wollen die Führungsriege und den Rat austauschen?
Wie soll dieser Wahnsinn vonstattengehen? +++

°°° Und durch wen wollen Sie sie ersetzen? °°°

*** Durch Sie. Durch Sie und mich, genauer gesagt. ***

Keine Daten aufgezeichnet

°°° Das ist unmöglich. °°°

^^^ Das ist Hochverrat. Wie können Sie es wagen, uns so etwas
anzubieten. ^^^

--- Nichts anderes hätte ich von einem… ---

+++ Still. Keine Namen. +++

--- Wir sind doch abgeschirmt, denke ich. ---

+++ Glauben Sie ihm das? Jetzt, nachdem er uns diesen Wahnsinn aufgetischt hat? Ich traue diesem Mann alles zu. +++

^^^ Wir hätten nicht herkommen sollen. Wenn herauskommt, was
wir hier besprochen haben, können wir froh sein, wenn wir nur
unseren Hut nehmen müssen. ^^^

*** Meine Damen und Herren, beruhigen Sie sich. Ich verspreche
Ihnen, dass alles, was wir hier besprechen, unter uns bleibt. Es
gibt keine Aufzeichnungen über dieses Treffen. Niemand wird
erfahren, dass es überhaupt stattgefunden hat. Es sei denn, Sie
selbst verraten etwas. Und Sie haben natürlich recht. Ich habe
Sie in eine schwierige Situation gebracht. Aber auch ich riskiere
viel dabei. Und Sie alle wissen, wo ich herkomme. ***

°°° Angenommen, wir vertrauen Ihnen, was verlangen Sie von
uns? °°°

*** Gewisse Ausrüstungsteile, die ich nicht beschaffen kann,
ohne Verdacht zu erregen. Dann Personal. Spezialisten, deren

Fachgebiete ich Ihnen noch bekanntgeben werde. Und natürlich Geld. Wahrscheinlich sehr viel Geld. Aber das sollte für Sie ja kein Problem sein. Es fällt alles viel weniger auf, wenn solche Sammelaktionen über das gesamte wirtschaftliche Einflussgebiet verteilt ablaufen. ***

--- Sie wollen also die gesamte Führung der menschlichen Gesellschaft austauschen? Erklären Sie mir, warum. ---

*** Nun, Tatsache ist, dass Sie alle seit vielen Jahren darauf warten, in die erste Etage Ihrer Firmen aufzurücken. Ebenso wie ich. Sie alle haben eine Menge Ideen, wie man die Geschäfte noch lukrativer machen kann. Aber im Moment stehen andere an der Spitze. Wenn alles so funktioniert, wie ich es plane, sind bald wir die Herrscher des von Menschen bewohnten Raumes. Und als ganz besonderer Bonus wird der Bund der freien Systeme aufhören, zu existieren. Das bedeutet neue Geschäftsmöglichkeiten für uns alle. ***

--- Wie wollen Sie das anstellen? Die Beseitigung des Bundes. ---

*** Das ist sozusagen ein Nebeneffekt meines Planes. Und ich will gestehen, dass es auch einen kleinen Anteil an persönlicher Befriedigung bei dieser Sache gibt. Sie können aber alle sicher sein, dass für mich nur die hundertprozentige Durchführung meines Plans und die Erreichung unserer Ziele zählen. ***

--- In Ordnung. Dann erzählen Sie uns doch ein paar Einzelheiten Ihres sogenannten Plans. Bisher haben Sie uns nur Honig um den Bart gestrichen. Handfestes habe ich bis jetzt noch nicht gehört. ---

*** Ich werde Ihnen Einzelheiten offenlegen, aber zuerst brauche ich Ihre unwiderrufliche Zusage, dass Sie bei dieser Sache mitmachen werden. ***

Keine Daten aufgezeichnet.

^^^ Ich glaube, ich spreche im Namen von uns allen, wenn ich Ihnen sage, dass wir Ihre Aktion in vollem Umfang unterstützen. Jetzt aber wollen wir Einzelheiten hören. ^^^

*** Vielen Dank. Also, zuerst muss ich speziell Ihnen leider einen unangenehmen Teil des Planes mitteilen. Es wird Ihnen nicht gefallen, aber dieser Schritt ist unumgänglich. ***
~~~ Und was soll das sein? ~~~
*** Der Berg muss fallen. ***

Keine Daten aufgezeichnet.

~~~ Das soll doch ein Scherz sein! Oder wir haben eine Störung im Datenfluss. Könnten Sie das wiederholen? ~~~
*** Sie haben mich schon richtig verstanden. Die gesamte Anlage muss zerstört werden. Ich weiß, dass damit ein großer Teil der Einkünfte Ihrer Firma verloren geht. Aber ich biete Ihnen zum Ausgleich einen Anspruch auf Vorzugsbehandlung bei unseren angestrebten Expansionsbemühungen an. Wenn Sie diesen Schritt wagen, wird es sich für Sie lohnen. ***
~~~ Sie wissen, dass die Zerstörung des Bergs die größte Krise seit vielleicht dreihundert Jahren auslösen wird. Die Umbrüche, die dadurch in Gang gesetzt werden, dürften biblische Ausmaße annehmen. ~~~
*** Und wir nutzen diese Verwerfungen, um das neue Regime zu festigen. Kein System wird sich mehr unserem Einfluss entziehen können. Wer durch den Raum fliegen will, kann dies nur zu unseren Bedingungen tun. Ich bin sicher, wenn Sie erst mal ein paar Stunden über meinen Vorschlag nachgedacht haben, werden Sie dessen Tragweite vollständig begreifen. Also, habe ich weiterhin Ihr Vertrauen? ***

Keine Daten aufgezeichnet.

^^^ Sie zahlen den höchsten Preis. Aber so, wie sich das anhört, erhalten Sie auch das größte Stück, wenn der Kuchen neu verteilt wird. Kommen Sie damit klar? ^^^
~~~ Ich schätze, das werde ich. ~~~
^^^ Dann sagen Sie uns, was Sie brauchen. ^^^

Kapitel 5

… Atlantika

Seit sechs Jahren war Adrian jetzt der Oberkommandierende des Spezialeinheitenkorps von Omtaris. Damit unterstanden ihm über achttausend Mann hochspezialisierter Soldaten. Es gab keine Mission, keinen noch so schwierigen Einsatz, auf den seine Einheit nicht vorbereitet war. Er war stolz auf seine Truppe, stolz auf ihre Leistungen und ganz besonders stolz auf den Ruf, den sie sich erworben hatte. All die Jahre hatte er nur für sein Korps gelebt und ihm alles andere untergeordnet. So war ihm beispielsweise der Gedanke, eine Familie zu gründen, zwar durchaus gekommen, als er jedoch immer wieder sah, wie die Ehen vieler Kameraden zwischen den hochbrisanten Einsätzen zerbrachen, hatte er sich entschlossen, sein Leben mit der einzig wahren Braut zu verbringen, seinem Korps.

Adrian ging zurück ins Wohnzimmer, um sich noch einen Schluck nachzuschenken. Als er die Kristallkaraffe anhob, fiel sein Blick auf den kleinen Sekretär an der Wand und er hielt inne. Auf der polierten Schreibplatte lag ein etwa zwanzig Zentimeter großes schwarzes Kästchen. Adrian wusste sofort, um was es sich handelte. Ein portabler Tresor in Form eines hermetisch versiegelten Behältnisses, in dem kleine Gegenstände vor unberechtigtem Zugriff geschützt werden konnten. Der Tresor ließ sich nur durch eine Genprobe öffnen, in der Regel ein Tröpfchen Blut.

Adrian zögerte. Er war sicher, dass der Tresor bei seinem Einzug noch nicht dort lag und er war lange genug im Geschäft, um zu wissen, dass solche Gerätschaften unangenehme Überraschungen beinhalten konnten. Doch wer sollte ihm hier etwas antun wollen? Adrian hatte sicher den einen oder anderen Feind, das ließ sich in seinem Beruf gar nicht vermeiden. Aber ein

Anschlag auf sein Leben am höchsten Feiertag mitten in der Hauptstadt, das war doch ziemlich unwahrscheinlich. Er ging zum Sekretär, hob den rechten Daumen über die Scannerfläche des Tresors und drückte ihn auf das Glas. Das Display begann zu blinken und Adrian spürte einen haarfeinen Stich im Daumen. Eine Lasernadel hatte sich ihr Tröpfchen Blut geholt. Ein paar Sekunden später klickten die Schnappverschlüsse an der Innenseite und der Deckel des Tresors hob sich ein kleines Stück an.

Adrian klappte den Deckel vorsichtig ganz hoch. Im Inneren lagen ein kleines silbernes Gerät und ein zusammengelegter Beutel. Adrian nahm das Gerät heraus und betrachtete es von allen Seiten. Es hatte etwa die Größe seiner Handfläche und auf der Oberseite befand sich eine weitere Scannerfläche. Adrian hob beeindruckt eine Augenbraue. Dieser Scanner funktioniert nicht auf so profane Weise wie der Tresor mit einer Blutprobe, sondern konnte mit einer Kombination aus laseroptischer und molekularer Messtechnik die DNA des Anwenders überprüfen, ohne ihm auch nur ein Haar zu krümmen. Die Technologie war in dieser kleinen Baugröße extrem teuer und selten. Adrian nahm den Beutel auf und zog ein zusammengerolltes Kabel mit einem Stecker heraus, der zu der Buchse an der Seite des Gerätes passte. Am anderen Ende des Kabels war ein Klebesensor für die Anbringung auf der Haut befestigt. Adrian hatte einen virtuellen Signaltransmitter vor sich, und zwar einen der neuesten Generation. Ein solches Gerät war auf die Benutzung von nur einer einzigen Person abgestimmt.

»Hallo, alter Freund.«

Adrian fuhr herum. Die Innenseite des Tresordeckels bestand aus einem Bildschirm und der mutmaßliche Absender der Box grinste ihn an.

»Viktor.«

Als ob der Sprecher Adrians Ausruf geahnt hätte, fuhr er fort: »Ja, ich bin es. Du siehst richtig. Entschuldige die kleine Prozedur mit der Tresorbox, aber ich musste sicher gehen, dass nur du diese Box öffnen und diese Nachricht abhören kannst. Die Sache, über die ich mit dir reden will, ist freundlich gesagt etwas delikat. Soll heißen, es sind keine fremden Zuhörer erwünscht. Als Erstes solltest du wissen, dass sich diese Aufnahme nach dem Abspielen von selbst löscht. Also hör gut zu.«

Viktor machte eine Pause.

»Mein Freund, ich habe ein Raumschiff gefunden. Ein mehr als außergewöhnliches Schiff und ich habe vor, mit diesem Schiff einen Plan umzusetzen. Dieser Plan wird einen Umsturz zur Folge haben, infolge dessen sich die Machtverhältnisse in unserem Teil der Galaxie grundlegend verändern werden. Zur Durchführung dieses Plans brauche ich allerdings Spezialisten von der Art, wie nur du sie mir besorgen kannst. Ich habe vor, noch einen anderen Kandidaten für unsere kleine Verschwörung hinzuzuziehen. Er muss mir ganz spezielle Ausrüstungsteile besorgen, die für die Durchführung unerlässlich sind. Wenn alles wie geplant läuft, werden deinem System gewaltige Vorteile nicht nur in wirtschaftlicher Hinsicht zuteilwerden. Unser beider Lieblingsfeind, das Skyye-System und darin ganz besonders unser Freund Marcus Dhellyann, werden danach keinen Fuß mehr auf den Boden bekommen. Sie werden verachtet werden und die Menschheit wird sie ausstoßen. Und niemand wird je wieder auch nur den Versuch machen, ein Geschäft mit ihnen abzuschließen. Wenn dir diese Aussichten zusagen, dann leg am ersten August um zwölf Uhr mittags Terra-Standardzeit den Transmitter an und schalte ihn ein. Du weißt, wie so ein Gerät funktioniert. Es hackt sich in den Dschungel der Datenströme ein und reitet als blinder Passagier zu seinem Ziel. Niemand kann es auf dieser Trägerwelle orten. Wir werden dann zusammen mit unserem dritten Mitstreiter alles genauer besprechen. Also, Adrian. Ich hoffe, du entscheidest dich für mich. Große Taten erwarten uns. Auf bald.«

Das Display der Box erlosch und Adrian versuchte, das Gehörte einzuordnen, nachdem er die erste Überraschung überwunden hatte. Sein alter Kamerad war also dabei, etwas auszuhecken. Etwas, das sich sehr groß und äußerst gefährlich anhörte. Aber er hatte auch etwas zu bieten, das Adrian gefiel, stellte er doch Rache in Aussicht. Rache an Dhellyann, diesem Bastard. Und Rache an Skyye. Vergeltung für seine Leute, für all die Erniedrigungen, die sie hatten ertragen müssen. Das alles hörte sich nach einem einmalig guten Angebot an. Adrian steckte den Transmitter ein, verschloss die Box und legte sie wieder ordentlich auf den Sekretär. Dein Angebot klingt wirklich verlockend, mein Freund, dachte er dabei. Bin sehr gespannt, wie du das anstellen willst.

Datum: 10. Juli 2286 – Terra-Standardzeit

Josefine La Cara warf das Kleid für den Besuch bei ihrer Mutter im Sanatorium auf das Bett und schloss den Kleiderschrank wieder. Es war Bernadette La Caras Geburtstag und wie jedes Jahr hatte Joss vor, ihre Mutter zu besuchen, um mit ihr den Tag zu verbringen. Natürlich versuchte sie, so oft wie möglich bei ihr zu sein, aber die Arbeit im Diplomatischen Korps beanspruchte viel Zeit. Immerhin hatte sie es aber geschafft, an allen Geburtstagen der letzten zehn Jahre bei ihrer Mutter zu sein, und das würde sie auch weiterhin so halten. Nachdem sie fertig angekleidet war, packte sie das Geburtstagsgeschenk ein; ein wunderschönes Armband mit Steinen aus den Goldklippen, einem neu erschlossenen Abbautestgebiet am anderen Ende des Kontinents. Joss war sicher, dass es ihrer Mutter gefallen würde, auch wenn Bernadette ihre Gefühle nicht zu zeigen vermochte. Das Telefon auf ihrem Schreibtisch summte. Joss ging hinüber und sah auf den Wählcode. Ihr Vater rief an. Sie drückte die Empfangstaste und Orlando La Caras Gesicht erschien auf dem Holoschirm.

»Hallo, Josefine«, sagte Orlando. Er wirkte bedrückt und

unsicher. Joss wusste genau, was dahintersteckte.

»Hallo, Vater«, antwortete sie kühl.

»Hast du die Daten über die Gespräche mit dem Soleere-System bekommen?«

Es war Orlando anzusehen, dass er versuchte, eine unverfängliche Einleitung für ihr Gespräch zu finden. Der schwelende Konflikt stand an diesem einen Tag im Jahr stets wie dicker Qualm zwischen seiner Tochter und ihm, aber er sehnte sich nach nichts mehr als nach einer Aussöhnung. An diesem speziellen Tag im Jahr fiel es ihm andererseits aber auch ein kleines Bisschen leichter, das heikle Thema ihrer Vergangenheit bei seiner Tochter anzusprechen.

»Ja, hab ich«, antwortete Joss weiterhin eisig. »Ich werde mich morgen darum kümmern.«

»Josefine. Du weißt, heute ist Mutters Geburtstag und ich dachte, vielleicht können wir sie ja zusammen …« Weiter kam er nicht.

Joss ging ruckartig näher an den Holoschirm und ihre Empfindungen kippten von reservierter Kälte zu heißem Zorn.

»Wage es ja nicht, sie zu besuchen, du Mistkerl. Nicht heute.«

Erschrocken wich Orlando zurück. »Kind, wir müssen diesen Streit begraben. Auch für deine Mutter. Wenn sie sieht, dass wir uns wieder vertragen, könnte es dazu beitragen, dass sich ihr Zustand bessert. Ich habe mit den Ärzten darüber gesprochen. Über Wege, wie wir deiner Mutter helfen können.«

Joss atmete tief ein, um ihre Wut unter Kontrolle zu bekommen.

»Ich schwöre dir, Vater. Ich werde dir niemals verzeihen, was du Mutter angetan hast. Niemals, hast du das verstanden? Und wenn du es wagst, heute bei ihr aufzutauchen, mache ich dir die Szene deines Lebens. Dann kannst du dich von deiner ach so wertvollen Reputation und deinem glorreichen Ruf verabschieden. Und jetzt stör mich nicht länger. Ich muss meine kranke

Mutter besuchen.«

Mit diesen Worten beendete Joss das Gespräch mit einem Tastendruck, ging in den Wohnraum ihres Appartements in einem der Wolkenkratzer in Skyye City und ließ sich in einen Sessel fallen. Zutiefst aufgewühlt vergrub sie das Gesicht in den Händen. Wieder einmal bahnten sich der Schmerz und die Erinnerung über jenes Ereignis in ihrer Jugend einen Weg in ihr Bewusstsein.

Auf den Tag genau war es jetzt dreiundzwanzig Jahre her. Vor jenem Tag hatte Joss ein völlig normales Leben geführt. Sie ging zur Schule, lernte die ersten Jungs kennen und tat alles Menschenmögliche, um ihren Eltern auf die Nerven zu gehen. Sie war sechzehn Jahre alt. Das änderte sich am Geburtstag ihrer Mutter.

Die La Caras gaben eine Party auf ihrem Anwesen und jede Menge wichtiger Leute waren eingeladen. An das, was während der Feier im Einzelnen geschah, konnte sich Joss heute nicht mehr richtig erinnern. Sie wusste nur noch, dass ein hochrangiger Hanzon-Repräsentant zu viel getrunken hatte und enthemmt mit Bernadette La Cara zu flirten versuchte. Dass ihr Ehemann die ganze Zeit anwesend war, schien ihn dabei nicht im Geringsten zu stören. Zum Ende der Party war ihre Mutter dann auf einmal verschwunden. Alle dachten, Bernadette wäre vor dem aufdringlichen Hanzon-Repräsentanten geflohen und machten sich keine weiteren Gedanken um ihre Abwesenheit. Nur war irgendwann auch der Repräsentant nicht mehr zu sehen. Als sich die letzten Gäste verabschiedet hatten, war Joss´ Mutter schon seit über einer Stunde verschwunden. Vater und Tochter machten sich zusammen auf die Suche. Als sie am elterlichen Schlafzimmer vorbeikamen, hörten sie sofort den Lärm, und Orlando La Cara riss die Tür auf.

Auf dem Ehebett der La Caras lagen der Repräsentant und Bernadette, wild miteinander kämpfend. Der Hanzon-Mann versuchte, Joss´ Mutter das Kleid vom Leib zu reißen. Und er ging dabei äußerst brutal vor, wie Bernadettes von Platzwunden und blauen Flecken übersätes Gesicht bewies. An den Körperstellen, die man sehen konnte, war sie bedeckt von weiteren dunklen Flecken und blutunterlaufene Würgemale zeichneten sich an ihrem Hals ab. Sie schrie und weinte und wehrte sich nach Leibeskräften. Der Repräsentant trug keine Hose mehr. Sein weißes Hemd war von Bernadettes Blut verschmiert. An seiner Stirn und der linken Wange waren Kratzspuren zu sehen. Joss´ Vater schrie, wie sie ihn noch nie hatte schreien hören.

»Shinoza, Sie Schwein. Runter von meiner Frau.«

Repräsentant Shinoza fuhr herum und blickte Vater und Tochter erschrocken an. Orlando stürmte nach vorn, zog Shinoza mit einem Ruck von Bernadette weg und warf ihn hart gegen eine Anrichte. Die Lust in Shinozas Augen war verschwunden und er begann sofort, um Gnade zu winseln.

»Ich bitte Sie, Orlando. Es ist nicht das, was Sie denken.«

»Nicht das, was ich denke?«, brüllte Orlando. »Was ist es denn?«

Er packte Shinoza am Kragen, zog ihn hoch und verpasste ihm einen Schlag in den Magen, der dem Hanzon-Mann die Luft aus dem Körper trieb. Orlando ließ ihn fallen und lief zu seiner Frau, die wimmernd auf dem Bett lag. Er nahm sie in die Arme und hielt sie fest.

»Es wird alles gut mein Schatz. Es ist vorbei.«

Bernadette drückte sich an Orlandos Brust und begann zu zittern.

»Er ist einfach hier eingedrungen. Ich habe geschlafen, ich … Ich konnte nichts tun.«

Er strich ihr sanft übers Haar. »Ist schon gut.«

Joss hatte die ganze Zeit bewegungsunfähig in der Tür gestanden. Sie konnte nicht glauben, was hier gerade vorgefallen war. Mittlerweile wieder fähig zu atmen stammelte Shinoza vor sich hin.

»Bitte, Orlando. Mein Freund. Sie dürfen meinen Vorgesetzten nichts sagen. Ich bin sonst ruiniert.«

»Halten Sie den Mund, Sie Hurensohn«, fuhr Orlando ihn an. »Sie können froh sein, wenn Sie dieses Haus lebendig verlassen. Ich werde Sie so fertigmachen, dass nicht mal ein Hund noch etwas von Ihnen annimmt. Ich werde Sie für das, was Sie meiner Frau angetan haben, vernichten.« Er wandte sich seiner Tochter zu. »Josefine, komm her und halte deine Mutter fest. Ich rufe den Notarzt.«

Joss kam zum Bett und nahm ihrem Vater Bernadette ab. Sie spürte deutlich, wie ihre Mutter zitterte und dass sie eiskalt war. Bernadette klammerte sich an ihre Tochter. Orlando stand auf.

»Ziehen Sie sich an«, knurrte er.

Shinoza setzte alles auf eine Karte. »Bitte, Orlando.«, begann er hastig, während er sich anzog. »Wenn Sie mich gehen lassen, erhalten Sie Vergünstigungen. Ich habe die Kontrolle über die Vergabe von Kontrakten in Ihrem Sektor. Ich kann Ihnen Verträge besorgen. Ich kann Ihnen Technologie besorgen, an die Sie sonst nie rankämen. Ihrem System wird es so gut gehen, wie noch nie zuvor. Ich flehe Sie an, Orlando. Durch mich können Sie in die höchsten diplomatischen Ränge aufsteigen. Sie müssen mich nur gehen lassen.«

Shinoza war nun selbst den Tränen nahe. Orlando hielt inne. Joss konnte ihrem Vater nicht ins Gesicht sehen, aber sie spürte, wie die Versuchung nach ihm griff. Er war ein hungriger Diplomat, der noch nicht allzu viel erreicht hatte. Aber das würde er doch nicht tun. Die Vergewaltigung seiner Frau vergessen? Für ein paar armselige Kontrakte?

»Raus mit Ihnen«, sagte Orlando scharf und schob den Repräsentanten aus dem Zimmer. Er drehte sich zu Joss um. »Bleib bei deiner Mutter, bis der Arzt kommt.«

»Vater«, rief Joss.

»Bleib bei deiner Mutter«, schrie Orlando La Cara seine kleine Tochter an.

»Vater, lass ihn nicht gehen«, flehte Joss. »Bitte, lass ihn nicht gehen.«

Orlando wandte sich ab und zog die Tür zu. Mutter und Tochter blieben einsam und verlassen im Schlafzimmer zurück. Joss hörte die beiden Männer draußen reden. Es wurde mal lauter, mal leiser. Schließlich entfernten sich die Stimmen. Damit war es so still geworden, dass es fast weh tat. Ein paar Minuten später sprang ein Wagen vor dem Haus an und fuhr davon.

Er hat ihn gehen lassen, dachte Joss. Er hat ihn wirklich gehen lassen. Mit ihrer schwerverletzten Mutter im Arm fühlte sich Joss wie der einsamste Mensch der Welt. Wellen von Schmerz und Verzweiflung wogten über sie hinweg, bahnten ihrem Zorn einen Weg. Ein einziger Gedanke beherrschte alles andere.

Das wirst du mir büßen!

Joss fuhr mit dem Fahrstuhl in die Tiefgarage, stieg in ihren Wagen und fuhr auf die Straße. Im mäßigen Verkehr bog sie in Richtung Stadtrand ab. Die Straße zum Sanatorium führte über Land; links und rechts lagen riesige Kornfelder, auf denen automatische Landmaschinen ihre Arbeit verrichteten. Nach dreißig Minuten kam das Sanatorium *Mary Ainsworth* in Sicht. Sie bog auf den Parkplatz ein, nahm ihr Geschenk und lief das Stück über den Fußweg zum Empfangsbereich. Die diensthabende Krankenschwester begrüßte sie freundlich.

»Frau La Cara. Schön, Sie wieder begrüßen zu können. Sie waren lange nicht mehr hier.«

»Hallo, Martha«, antwortete Joss freundlich. »Ja, in den letzten Wochen war ich viel unterwegs. Aber Mutters Geburtstag würde ich nie vergessen.«

»Und das freut sie sicherlich. Unsere liebe Bernadette bekommt so selten Besuch, wenn Sie nicht da sind.«

»Wie geht es ihr?«, fragte Joss. „Irgendwelche Fortschritte?“

»Leider nicht«, antwortete Martha. »Ihr Zustand ist weiterhin unverändert. Wir glaubten vor zwei Wochen für kurze Zeit, tatsächlich zu ihr durchgedrungen zu sein. Aber es war nur ein kurzes Aufflackern neuraler Aktivität, und sie ist danach leider sofort wieder in ihren alten Zustand zurückgefallen.«

»Dann werde ich mal zu ihr gehen.«

Joss trug sich in die Besucherliste ein und steckte sich das kleine Namensschild an, das aus einem Drucker fiel.

»Es ist schönes Wetter draußen. Sie ist bestimmt im Garten, oder?«

Martha blickte kurz auf ihren Terminal und nickte.

»Richtig. Sie sitzt hinten bei der Lotus-Eiche. Sie kennen ja den Weg.«

»Ja, ich weiß Bescheid. Wir sehen uns nachher.«

Joss winkte der Krankenschwester zu und betrat den Hauptgang des Gebäudes. Sie schritt durch wohlbekannte Flure und nahm einige Abkürzungen, die sie über die Jahre ausgekundschaftet hatte. Nach ein paar Minuten stand sie im Garten des Sanatoriums. Von Weitem sah sie ihre Mutter auf einer Bank unter einem großen Baum mit fremdartigen Blüten sitzen. Joss musste einen Moment warten. Der Streit mit ihrem Vater hatte sie so aufgewühlt, dass es heute besonders wehtat, ihre Mutter in diesem Zustand dort sitzen … nein, vor sich hinvegetieren zu sehen.

Bernadette wurde gleich nach Shinozas versuchter Vergewaltigung ins Hospital gebracht. Die Ärzte schafften es zügig, ihre körperlichen Wunden zu heilen. Die Platzwunden konnten narbenfrei geschlossen werden, die blauen Flecken und die Prellungen verschwanden schnell unter dem Einsatz von Nanomeds. Sogar die Verletzungen im Genitalbereich bereiteten keine größeren Probleme. Um ein Haar wäre Bernadette nur ihrer Fähigkeit, Kinder zu gebären, beraubt worden.

Nach vier Wochen waren alle körperlichen Schäden so gut

wie verheilt und sie wurde entlassen. Aber da hatte Joss´ Mutter bereits begonnen, sich zu verändern. Bernadette sprach immer weniger. Sie verließ nur noch selten das Haus und dann auch kaum noch ihr Schlafzimmer, bis sie irgendwann morgens gar nicht mehr aufstand. Ein Psychologe wurde hinzugezogen. Der schaffte es mühevoll, Zugang zu Bernadette zu bekommen. Aber als es ein gutes Vierteljahr nach der Vergewaltigung zwischen Bernadette und Orlando zu einem Gespräch über jenen schicksalhaften Abend kam, begannen die beiden fürchterlich zu streiten. Sie schrien sich an wie wilde Furien, bis Bernadette völlig aufgelöst das Haus verließ. Zwei Stunden später fand Joss ihre Mutter zusammengekauert in dem kleinen Wäldchen hinter dem Haus.

Von jenem Tag an hatte sie ihre Mutter nie wieder ein Wort sprechen gehört. Bernadette war völlig in ihrer eigenen Welt versunken. Sie sagte nichts mehr und sah auch niemanden mehr an. Ihr verlorener Blick war meist nur noch auf einen Punkt am Boden gerichtet. Für die sechzehnjährige Joss stand fest, dass ihr Vater seiner Frau erklärt haben musste, was nach Bernadettes Schändung durch Shinoza passiert war. Dass ihr Mann seine Seele an den Teufel verkauft und er die Gesundheit und die Ehre seiner Frau für die Initialzündung seiner diplomatischen Karriere geopfert hatte. Diese Erkenntnis war zu viel für Bernadette gewesen und ihr Geist hatte auf seine eigene Weise begonnen, sie vor den Wirbelstürmen des Schmerzes zu schützen, indem er sie in die sanfte, sichere Welt der Apathie geleitete.

Joss nahm die Schultern zurück und ging federnden Schrittes zu der hölzernen weißen Bank.

»Hallo, Mutter«, rief sie fröhlich und setzte sich neben Bernadette. Sie nahm ihre Mutter in den Arm und drückte sie sanft.

»Herzlichen Glückwunsch zum Geburtstag«, flüsterte sie ihr ins Ohr. Bernadettes Haut war weiß und dunkle Täler standen unter ihren Augen. Ihr Blick war gefühllos und abwesend. Joss fühlte eine weitere Woge aus Zorn über sich hinwegrollen, aber sie drängte ihre Gefühle zurück.

»Ich habe ein Geschenk für dich. Hier.«

Joss holte das Päckchen hervor und packte aus es. Das Armband schimmerte golden und türkisfarben in der Sonne. Sie nahm es heraus und legte es ihrer Mutter um das Handgelenk. Selbst in Bernadettes angegriffenem Zustand wirkte es sehr elegant an ihr.

»Es sieht toll aus.« Sie legte ihr Gesicht an die Schulter ihrer Mutter. »Weißt du, wen ich vor Kurzem wieder getroffen habe? Marcus Dhellyann, den Casanova, mit dem ich beim Militär war. Er ist jetzt verheiratet und sie haben ihn zum General gemacht. Ich hätte nie gedacht, dass mal etwas so Großes aus ihm wird. Marcus ist der Sohn vom alten Chester Dhellyann. Den kennst du doch auch. Erinnerst du dich? Jedenfalls ist sein Sohn jetzt ein hohes Tier. Wir haben uns beim Konzert zum Thompson-Tag wiedergesehen und uns köstlich amüsiert. Ich glaube, ich muss ihn mal anrufen. Er hat mir ein Bild seiner Tochter gezeigt. Ein echtes Engelchen.«

Ein kurzer Stich fuhr ins Joss′ Herz. Sie musste an den kläglichen Versuch einer Ehe denken, den sie vor drei Jahren hinter sich gebracht hatte. Sie hatte einen Mann geheiratet, in den sie verliebt zu sein glaubte. Aber es war von Anfang an schiefgegangen. Sie fühlte sich eingesperrt, bedrängt und alleingelassen zugleich. Viele Gespräche mit einer Reihe von Therapeuten endeten allesamt erfolglos. Als sie sich am Ende nur noch stritten, folgte nach zwei Jahren die Scheidung. Er verschwand aus Joss′ Leben und sie stürzte sich wieder in die Arbeit. Erst viel später erkannte sie den Grund, aus dem ihre Ehe gescheitert war. Sie hatte nie das für eine Ehe erforderliche Vertrauen in ihren Mann gefasst. Aus Angst, so vom eigenen Mann enttäuscht zu werden, wie ihre Mutter enttäuscht worden war. Unbewusst hatte sie Blockaden aufgebaut, um sich zu schützen. So war es ihr zwar gelungen, die bösen Gefühle abzuwehren, die eine Beziehung manchmal mit sich brachte, aber sie schloß damit auch die guten Emotionen aus, die ein partnerschaftliches Leben so sehr bereicherten. Ihr Mann hatte es schließlich aufgegeben.

»Ja, ich muss Marcus wirklich mal anrufen«, stellte Joss mehr für sich selbst als für ihre Mutter fest, während ihre Gedanken zurückgingen nach …

… Swanton Alpha

»Alter, mir tun alle Knochen weh.«

Luc setzte sich auf dem Barhocker auf, und streckte sich, nur um danach die Stirn wieder stöhnend auf die Theke zu legen. Der heutige Tag war mit dem Dreißigkilometermarsch durch das Wüsten- und Dschungelgebiet besonders anstrengend gewesen, und zum ersten Mal fühlte sich auch Marcus dank der schier endlosen Strapazen richtig fertig. Sie waren fünf Stunden durch glühend heißen Wüstensand gelaufen, um anschließend fünf weitere Stunden durch dichten Dschungel zu stapfen. Dabei versanken sie regelmäßig bis zum Bauch in Sumpfwasser. Die besondere geografische Lage von Swanton Alpha erlaubte es den Ausbildern, die Rekruten mit jedem nur vorstellbaren Terrain zu konfrontieren. Auf dem achthundert Quadratkilometer großen Gelände gab es neben normalbewaldeten Gebieten, dem Dschungel und den Wüstengebieten auch Savannen und hohe Gebirgszüge, die jeder Rekrut mehrmals bezwingen musste. Sogar ein großer See, auf dem man mittels eines Pumpsystems Wellen erzeugen konnte, gehörte dazu. Beim Bewältigen all dieser Übungen zeigten sich die Führungspersönlichkeiten und die willensstarken Charaktere in einer Truppe. Marcus' und Lucs Zug hatte den Dschungel und die Wüste als Einzelherausforderung schon bewältigt, aber die Kombination aus beiden Territorien brachte alle an ihre Grenzen.

Marcus nahm einen Schluck Bier und sah sich in der Bar um. Ein paar Kameraden aus ihrer Truppe waren ebenfalls hier und er prostete ihnen zu. Die Drei sahen genauso ebenso fertig aus wie er selbst. Die Tür glitt auseinander und zwei weitere Rekruten traten in den Schankraum. Luc bemerkte sie zuerst.

»Sieh an. Unser dynamisches Duo.«

Adrian Saavredu und Viktor Bashkoff betraten das *Scorpion Pit*. Marcus´ gesamter Zug hatte sich von Anfang an den Rat der Ausbilder zu Herzen genommen und eine Kameradschaft aufgebaut, deren zunehmende Stärke jetzt schon vielen schwächeren Rekruten durch ihre Krisen geholfen hatte. Einzig Saavredu und Bashkoff schafften es erfolgreich, sich dem allgemeinen Kameradschaftsgeist zu entziehen. Seit der ersten Schießübung vor einigen Wochen hingen die beiden nur noch zusammen herum, unterhielten sich leise und hatten für den Rest ihrer Kameradinnen und Kameraden nur geringschätzige Blicke übrig. Die Folge davon war, dass niemand sich groß mit ihnen abgab. Gemeinsame Aktionen außerhalb des Trainingsprogramms wurden grundsätzlich ohne sie organisiert. Und das war den beiden nur recht. Heute steuerten sie auf einen freien Tisch in der Mitte des Schankraums zu. Die Bedienung, die ihre Bestellungen aufnahm, wurde mit dem üblichen giftigen Blick entlassen.

»Na, die beiden haben uns gerade noch gefehlt. Mir ist heute absolut nicht nach Ärger«, sagte Marcus und drehte sich dem Tresen zu.

»Vielleicht wird der Abend doch noch angenehm«, bemerkte Luc nach einem Blick zur Eingangstür. Marcus sah in die gleiche Richtung und seine Stimmung hellte sich sichtlich auf. Die außerordentlich hübsche Joss La Cara betrat mit gerade Nelly Torvin das Pit und die beiden sahen sich nach einem freien Tisch um. Als sie keinen fanden, flüsterte Torvin ihrer Freundin etwas ins Ohr und verschwand in Richtung der Toiletten. Joss drängte sich weiter durch die Tischreihen. Ein paar Rekruten sahen ihr hinterher, aber keiner hatte mehr die Kraft, sie anzusprechen. Keiner bis auf Adrian Saavredu.

»Hey, La Cara. Wie wär´s, wenn du deinen hübschen Hintern hier bei uns parkst. Für deine Freundin haben wir auch noch ein Plätzchen.«

Der größte Teil des Satzes ging im allgemeinen Lärm unter, aber Marcus und Luc hatten jedes Wort verstanden. La Cara drehte sich zu den beiden um, hob eine Augenbraue, sandte ihnen einen Dolchblick zu und ging weiter. Diese Reaktion war nicht, was Adrian und Viktor erwartet hatten. Wütend rief Adrian ihr hinterher: »Wir haben mit dir gesprochen. Du willst doch wohl nicht einfach so weitergehen?« Seine Gesichtsfarbe wechselte dabei zu tiefem Rot.

La Cara blieb gelassen. »Wie du siehst, tue ich es. Einfach so. Und jetzt lass mich zufrieden.«

»Ja, ist vielleicht auch besser«, erwiderte Adrian. »Als ich deinen Haufen heute bei der Übung gesehen habe … also das war schon ein echt jämmerlicher Anblick. Ein Wunder, dass ihr es überhaupt zurück ins Lager geschafft habt.« Um die Beleidigung noch zu verstärken, schickte er sie mit einer abfälligen Handbewegung weg. Das Interesse an Gesellschaft war ohnehin nicht wirklich ernst gemeint. »Geh doch besser zu deinen Verliererfreunden.«

»Schon merkwürdig, dass meine Verliererfreunde«, Joss machte die Anführungszeichengeste, »heute die Lagerbestzeit unterboten haben. Und deine Clowntruppe ist gerade mal innerhalb der Pflichtzeit geblieben. Also wäre ich an deiner Stelle ganz vorsichtig damit, die Klappe aufzureißen, wenn ich nur um Haaresbreite drum herum gekommen bin, den Trip nochmal machen zu dürfen. Aber mehr als Mittelmaß kann man von arroganten Schnöseln wie euch ohnehin nicht erwarten. Und jetzt hör auf zu nerven.«

Eine Provokation zu viel. Adrian sprang auf und stürzte sich auf sie.

»Du miese kleine … «

Weiter kam er nicht. La Cara wirbelte herum. Aus dem

Nichts zuckte ihre Faust nach vorn und traf Adrian hart vor den Solarplexus. Adrian bekam schlagartig keine Luft mehr und taumelte zurück. Das rief Viktor auf den Plan.

»Du elendes Miststück.«

Er sprang auf und holte mit der flachen Hand aus, um La Cara eine Ohrfeige zu verpassen. Doch die drehte sich geschickt zur Seite und der Schlag ging ins Leere. Sie verpasste Viktor einen Stoß mit beiden Fäusten vor die Brust, um ihn zurückzudrängen. Viktor fing sich ab und holte mit der anderen Hand aus, jetzt zur Faust geballt.

»Dir zeig ich´s«, zischte er. Doch auf halbem Weg wurde die Faust blockiert. Eine fremde Hand hatte sein Handgelenk im Flug ergriffen und hielt es mit eisernem Griff fest. Schnaubend vor Wut fuhr Viktor herum und sah in Marcus´ Augen.

»Na, na, Viktor. Was sind denn das für Manieren. Beim ersten Date schon Streicheleinheiten austauschen?«

Mittlerweile beobachtete die gesamte Kneipe den Streit.

Viktor funkelte ihn. »Das geht dich nichts an, Dhellyann. Mein Freund und ich wollen uns nur ein bisschen mit der Kleinen amüsieren.«

Adrian hatte sich von dem Schlag in den Magen halbwegs erholt, wagte es aber nicht, einzugreifen. La Cara stand bedrohlich vor ihm, schlagbereit mit einer leeren Flasche in der Hand.

»Sah für mich aber so aus, als wollte sich La Cara nicht mit euch amüsieren. Und da seid ihr beiden ein bisschen ungehobelt geworden.«

»Lass gut sein, Dhellyann. Sich mit denen anzulegen, ist es nicht wert«, sagte La Cara mit einem Blick zu Fender, dem Barmann, der mit einem Schockstab in der Hand um den Tresen herumgekommen war.

»Du, stell die Flasche hin«, zischte Fender und La Cara stellte sie auf den nächsten Tisch.

»Lass ihn los.« Fender deutete mit den Schockstab auf Marcus´ Brust. »Na wird's bald.«

Marcus und Viktor tauschten noch einen bösen Blick aus, dann ließ Marcus los. Ruckartig zog Viktor seine Hand zurück. Fender stellte sich breitbeinig vor den beiden auf.

»Wenn ihr verdammten Frischlinge hier noch mal Ärger macht, dann robbt ihr eine Woche lang auf dem Bauch durch den Dschungel. Habt ihr das kapiert?« Keiner zeigte eine Reaktion. »Ich fragte, ob ihr das, beim Höllenhund noch mal, kapiert habt?«

»Ja«, sagten Marcus und Viktor gleichzeitig. Die Drohung musste ernstgenommen werden. Louis Fender war ein Veteran mit dreißig Jahren Dienstzeit auf dem Buckel und er kannte jeden Ausbilder von Swanton Alpha schon seit dessen eigener Rekrutenzeit. Er schwenkte den Schockstab zu Adrian und Viktor.

»Ihr zwei, raus hier. Morgen seid ihr wieder willkommen«, sagte er in einem gemäßigteren, aber noch immer bestimmenden Ton. Viktor und Adrian nahmen ohne langes Zögern ihre Jacken. Im Vorbeigehen zischte Viktor Marcus und La Cara noch etwas zu.

»Dafür werdet ihr noch bezahlen.«

Joss La Cara gab ihnen durch ein lässiges Winken zu verstehen, dass sie sich jetzt besser davonmachen sollten. Unter den zufriedenen Blicken aller anwesenden Rekruten verließen Adrian und Viktor das *Scorpion Pit*. Torvin kam auf La Cara zugelaufen. Sie hatte von der ganzen Szene nur die letzten Augenblicke mitbekommen.

»Ach du liebe Zeit, Joss. Bist du ok?«

»Mir geht's gut, Nelly.« La Cara grinste Marcus an. »Mein strahlender Held hat mir aus der Patsche geholfen.«

Auch Marcus grinste, aber er versuchte, es nicht zu breit wirken zu lassen.

»Ach, halb so wild. Ich bin sicher, du hättest sie beide fertiggemacht.«

»Na klar hätte ich das.«

Marcus sah zu Luc und zwinkerte ihm so zu, dass die Mädchen es nicht sehen konnten. Luc verstand den Hinweis und wandte sich an Joss´Freundin: »Wie sieht´s aus, Torvin? Lust auf ein kühles Blondes?«

»Aber ich bin doch ... «

»Geh nur, Nelly«, winkte La Cara ab. »Ich glaube, mein Retter will mir auch einen ausgeben.«

»Na gut.« Torvin gab klein bei.

»Fein, lass uns zu den anderen setzen«, schlug Luc Torvin vor, offensichtlich hocherfreut. »Yoh, Fender. Kredenzt du uns noch zwei Bierchen?«

»Ihr verdammten Frischlinge macht mich noch fertig«, brummte Fender, während er wieder hinter die Bar ging und nach zwei Flaschen griff.

Marcus nickte Luc zu. Auf seinen Freund war einfach Verlass. Er ließ sich mit La Cara an der Bar nieder.

»Blinzel ihm das nächste Mal nicht so offensichtlich zu«, sagte sie. »Wir sind alle schließlich schon große Jungs und Mädchen. Ich bin Joss.«

»Erwischt …«, gab der Getadelte sich gespielt zerknirscht. »Ich bin Marcus.«

»Danke für die Hilfe. Hätte übel für mich ausgehen können.«
»Hab ich gern gemacht.«

Sie stießen mit den Flaschen an und tranken einen Schluck.

»Du bist also der Sohn des großen General Dhellyann«, begann Joss. »Wie ist das so? Der Nachwuchs von einem der hohen Tiere im Oberkommando zu sein?«

»Gar nicht so wild, wie man es sich vorstellen könnte. Mein Vater lässt zu Hause nie den Befehlshaber raushängen, obwohl er mich von Anfang an auf die Militärschiene gesetzt hat. Nachfolger, Familientradition und so. Für mich war´s okay. Und was ist mit dir? Die Tochter des großen Orlando La Cara.«

Joss Augen verloren für einen Moment ihr Leuchten, aber sie setzte schnell wieder ihr Lächeln auf. »Bei uns war es … Na sagen wir mal grenzwertig. Da Leben war nie einfach und wir sind die ganze Zeit durchs halbe Universum gereist.«

»Wir sollten uns zusammentun«, sagte Marcus. »Zwei Menschen mit schwerer Kindheit aus gutem Hause, die mit dem Erbe ihrer Eltern leben müssen.«

»Das würde dir gefallen, was?«, lachte Joss.

Sie unterhielten sich noch lange an diesem Abend und selbst der müdeste und betrunkenste Gast im *Scorpion Pit* konnte sehen, dass die Funken zwischen den beiden zu sprühen begonnen hatten.

Joss verharrte eine Minute still an der Schulter ihrer Mutter.

»Ich hab mich wieder mit Vater gestritten«, sagte sie leise. »Ich hab ihm gesagt, dass ich ihn zusammenschreien werde, sollte er heute herkommen. Er denkt immer noch, ich würde mich mit ihm versöhnen.« Joss sah ihre Mutter an. Bernadette starrte abwesend geradeaus. Nicht eine Regung stand in ihrem Gesicht.

»Ich werde mich nie mit ihm versöhnen, Mutter. Eher bricht die Welt zusammen, als dass es soweit kommt.«

Sie legte wieder ihren Kopf an Bernadettes Schulter und lauschte den sanften Atemzügen und dem fröhlichen Gezwitscher der Singvögel. Und sie drückte ihre Mutter noch ein wenig fester.

Kapitel 6

Datum: 1. August 2286 – Terra-Standardzeit

In den Wochen nach Viktor Bashkoffs Nachricht hatte Adrian nur gelegentlich über dessen Angebot nachgedacht. Zeitweise hatte er es sogar ganz vergessen, denn während der Tage auf der Erde war zu Hause eine Menge Arbeit liegengeblieben. Als der erste August jedoch nur noch eine Woche entfernt war, drehten sich seine Gedanken wieder regelmäßig um Viktors Botschaft und er überlegte, was alles dahinterstecken mochte. Adrian versuchte, so viel wie möglich aus den Worten seines alten Freundes herauszulesen, aber es gelang ihm nicht, sich ein Bild von dem zu machen, was ihn erwartete.

Die Ankündigung, Marcus Dhellyann nicht nur einfach eins auszuwischen, sondern ihn zu vernichten, empfand Adrian als äußerst verlockend. Auf der anderen Seite klang eine Veränderung des Machtgefüges in dem von Viktor beschriebenen Ausmaß doch ziemlich nach Hochverrat. Und sogar in einer Gesellschaft, in der nichts mehr als die Kronen auf dem Konto zählten, wurde dieses Verbrechen immer noch mit dem Tode bestraft.

Jedenfalls hatte sich Viktor auf eine Art geäußert, dass Adrian nichts anderes übrigblieb, als das Treffen abzuwarten. Vor allem aber interessierte ihn, wer ihr dritter Mitstreiter war und was dieser zu dem Vorhaben beisteuern sollte. Wenn Adrian die Sache zu riskant wurde, konnte er ja immer noch aussteigen.

Je näher der Termin rückte, umso mehr stieg Adrians Nervosität. Er ertappte sich sogar dabei, wie er einem unschuldigen Rekruten unbegründeten Strafdienst aufbrummte. Na ja, völlig unbegründet war es bestimmt nicht. Jeder Rekrut hatte etwas auf dem Kerbholz und umsonst war die Woche Küchendienst sicher nicht. Adrian beschloss danach, sich besser zusammenzureißen, um die letzten Tage störungsfrei zu überstehen.

Als der erste August vor der Tür stand, sandte Adrian alle Einheiten seines Stützpunkts in eine Nachtübung. Damit war die Anlage bis auf die Wachmannschaften verlassen. Seine Leutnants hatten die kurzfristig anberaumte Übung mit einer Mischung aus Verständnislosigkeit und Überraschung aufgenommen und waren zwei Stunden später mit der gesamten Mannschaft abgezogen. Natürlich war die Übung gut vorbereitet. Adrian hatte den Marschplan selbst entworfen und persönlich einige »Gedankenanstöße«, wie er sie gern nannte, in den Wäldern hinterlassen. Die Truppe würde nicht vor dem nächsten Mittag zurück sein und dann den Rest des Tages freibekommen. Die Moral seiner Leute sollte schließlich nicht unter einem geheimen Ferngespräch leiden.

Zwölf Uhr mittags Terra-Standardzeit bedeutete für ihn achtzehn Uhr sechzehn Omtaris-Ortszeit; auf Omtaris dauerte ein Tag nur neunzehn Stunden und zehn Minuten. Auf allen bewohnten Planeten gab es zwei Zeitsysteme, die nebeneinander existierten. Das eine System steuerte die Ortszeit, nach der das normale Leben ablief. Die übergeordnete Terra-Standardzeit war der dominierende Taktgeber und hatte seinen Nullpunkt auf dem Längengrad, der durch das Stadtzentrum von Atlantika führte. Vor hundertfünfzig Jahren hatte man das alte Zeitzonensystem, dessen Nullpunkt durch den Längengrad einer kleinen Stadt auf den Britischen Inseln lief, aus zwei Gründen für ungültig erklärt. Erstens ließ sich die Koordinierung von Staatsgeschäften und Raumfahrt wesentlich einfacher gestalten, wenn man sich nach dem politischen Nervenzentrum der Menschheit richtete. Zweitens existierte der besagte kleine Ort in Britannien seit dem englisch-französischen Krieg im Jahr 2136 nicht mehr, in dessen Verlauf er dem Erdboden gleich gemacht worden war.

Die unabhängig voneinander existierenden Zeitsysteme sorgten dafür, dass sämtliche Kommunikation mit Terra mit großem Aufwand organisiert werden musste. Natürlich nur mit großem Aufwand für die erdfernen Systeme. Terra legte die Zeit für alle

Aktivitäten fest und alle anderen mussten sich danach richten. Für Adrian auf Omtaris bedeutete dies aber keine allzu große Umstellung. Sein Gespräch würde einfach spätabends stattfinden. Um einundzwanzig Uhr zehn schloss er alle Türen und Fenster seines Hauses, das er allein bewohnte. Anschließend schaltete er den Multifrequenzstörer ein. Damit nahmen alle bekannten Abhörgerätschaften nur Rauschen auf. Eine Minute vor Ablauf der Zeit steckte er das Kabel in die Buchse des Signaltransmitters und klebte sich den Sensor an eine Schläfe. Das metallisch-organische Teil wirkte kühlend auf die Haut. Dann nahm er den Transmitter in die Hand und sah auf die Uhr. Noch zwanzig Sekunden.

Adrian beobachtete den Countdown und drückte bei Null den Daumen auf das Scannerfeld des Transmitters. Nach drei Sekunden begannen zwei grüne Lämpchen zu leuchten und die Verbindung wurde aufgebaut. Adrian sah plötzlich nur noch weiße Nebelschwaden um sich herum. Mit Hilfe einer kabellosen Übertragung stellte der virtuelle Signaltransmitter eine Verbindung zu einem bestimmten Teil im Gehirn her. Die Gehirnströme wurden manipuliert und mit der Trägerwelle des Transmitters gekoppelt. Die intelligente Trägerwelle klinkte sich in die unendliche Zahl der überlichtschnellen interstellaren Signalwellen ein und sprang selbständig von Empfänger zu Empfänger, bis sie schließlich bei ihrem vorprogrammierten Ziel eintraf. All das geschah in Zehntelsekunden.

Nachdem Adrian in ein riesiges weißes Loch zu fallen schien, hatte er unvermittelt wieder festen Boden unter den Füßen. Die Sicht wurde klar und Adrian sah sich um. Er stand … in einer Wüste. Um ihn herum war Sand. Nichts als Sand, soweit das Auge reichte. Der Himmel leuchtete blau und die Luft flimmerte vor Hitze. Adrian drehte sich um und erblickte den Beweis dafür, dass er sich in einer virtuellen Szene befand. Dort stand eine uralte knorrige Eiche. Definitiv kein Gewächs, das man in einer Wüste erwarten konnte. Adrian fühlte ein sanftes Kribbeln auf dem Gesicht und sah an sich hinab. Er war vollständig in Weiß gekleidet und das Kribbeln verriet ihm, dass seine Identität von einer Maske verdeckt wurde. Viktor hatte den virtuellen Raum so programmiert, dass Adrian und wahrscheinlich jeder, der den Raum noch betrat, automatisch unkenntlich gemacht wurde. Nicht schlecht, überlegte er, wenigstens hat er an alles gedacht.

»Schön, dass du dich für mich entschieden hast, mein Freund.«

Adrian drehte sich um. Hinter ihm kam eine Gestalt auf ihn zu, die ihm ganz ähnlichsah. In Weiß gekleidet mit einer ebenso weißen Maske, die jedes Mienenspiel verbarg. Die Maske verdeckte nicht nur das Gesicht, sondern umhüllte den gesamten Kopf. Die Augen waren nur durch breite waagrechte Streifen angedeutet, Mund und Nase bestanden bloß aus Konturlinien. Die Maske ahmte die Bewegung der Gesichtsmuskulatur zwar weitestgehend nach, aber die feinen, eventuell nicht zu kontrollierenden Reaktionen unterdrückte sie wirksam.

»Bleib stehen, Mann«, rief Adrian. Es war schließlich gar nicht klar, wer da auf ihn zukam.

»Was ist los, Adrian? Ich bin's. Viktor. Der Tresor mit dem Verbindungsequipment stammt von mir. Ich habe dich gerufen.«

»So, so. Hast du das.« Adrian suchte nach einem Beweis, dass das hier echt und er nicht in eine verdammte Falle getappt war. »Welche war unsere fünfte Plage?«

»Ich verstehe nicht.« Der Fremde wirkte ratlos.

»Damals im Camp, bei den Reitern. Welche war unsere fünfte Plage. Du hast zehn Sekunden, bevor ich von hier verschwinde.«

Das Gesicht des Fremden hellte sich auf. »Jetzt verstehe ich, was du meinst. Natürlich! Unsere fünfte Plage war die Furcht.«

Adrian entspannte sich. In Swanton Alpha hatte er mit Viktor und drei Anderen das Team der apokalyptischen Reiter gebildet, aber da die mythologischen Reiter nur vier Plagen repräsentierten, erfanden sie einfach eine Fünfte. Die Furcht. Nach Adrians Meinung eine ebenso verheerende Plage der Menschheit, die sich mit ihren vier Brüdern leicht messen konnte. Und sie hatten nie mit jemandem außerhalb des Teams darüber geredet.

»Sehe ich genauso bescheuert aus wie du?«, fragte Adrian, als sie sich die Hände schüttelten.

»Ich fürchte ja. Kabuki-Tarnprogamme. Das Neueste auf dem Softwaremarkt. So etwas könntest du dir bei deinem Oberst-Gehalt in zehn Jahren nicht leisten. Diese Tarnungen sind das Beste zum Schutz der eigenen Identität in einer virtuellen Umgebung und gehen noch weit über das hinaus, was du einfach so sehen kannst. Aber das kennst du ja.«

»Dir scheint die Show hier ja einiges wert zu sein«, bemerkte Adrian. »Ich bin gespannt auf das, was du hier vorschlagen willst.«

»Du wirst nicht enttäuscht sein.« Die Maske stellte ein Grinsen dar. »Ah, ich denke, unser Dritter im Bunde ist gerade angekommen.«

In einiger Entfernung zeichnete sich ein weißer Punkt ab. Eine Person kam ihnen entgegen.

»Ab sofort keine Vertraulichkeiten mehr«, sagte Viktor, ohne den Blick von der Gestalt abzuwenden.

»Kein Problem.«

Sie folgten der Person auf ihrem Weg durch die Dünen, bis sie schließlich die letzten schweren Schritte den Anstieg hinauf kam und vor den beiden stehenblieb.

»Ich nehme an, Sie sind meine Gesprächspartner«, sagte die Person, die ebenfalls eine Kabuki-Tarnung trug. Die Stimme war elektronisch verzerrt und ließ keine besonderen Charakteristika oder einen Akzent erkennen.

»Richtig«, antwortete Viktor. »Wenn es Ihnen beiden recht ist, möchte ich jetzt beginnen, mein Anliegen vorzutragen. Aber vorher sollten Sie einige Regeln für unser jetziges und für alle weiteren Zusammentreffen zur Kenntnis nehmen. Erstens, ich kenne Sie beide persönlich und Sie kennen mich. Aber Sie beide werden einander nie kennenlernen. Sie verstehen hoffentlich, dass dies nur zu Ihrem eigenen Schutz geschieht. Zweitens, nennen Sie niemals Ihren wahren Namen während eines Treffens. Auch niemandes Namen, dessen Nennung auf Sie schließen lassen könnte. Ich habe mir erlaubt, aus dem griechischen Alphabet drei Buchstaben als Pseudonyme für uns auszuwählen. Mein Pseudonym lautet Eta. Sie, mein Freund«, er wandte sich an Adrian, »heißen Rho. Und Ihr neuer Name lautet Tau.« Viktor sah zu dem Fremden.

»Gewöhnen Sie sich daran. Ich habe diese Namen bereits in die Software einprogrammiert, mit der wir arbeiten werden. Jetzt zum Grund unseres Treffens.« Viktor begann vor der alten Eiche hin und her zu flanieren.

»Ich beginne ganz von vorn. Es ist mir gelungen, in den Besitz eines Raumschiffs zu gelangen. Dieses Schiff ist alt und von unbekannter Herkunft.« Viktor hielt es für sinnvoll, die Informationen, die er über das Schiff gesammelt hatte, noch geheim zu halten. »Es ist von der Größe her mit den größten derzeit existierenden Raumschiffen vergleichbar. Allerdings hat es einen entscheidenden Vorteil gegenüber allem, was wir kennen. Es verfügt über einen Antrieb, der selbständig Wurmlöcher erzeugen kann. Sie fragen sich, was daran so besonders sein soll? Schließlich können wir das auch? Wir verfügen über den Lichtimpulsantrieb und unsere Sprungstationen erzeugen ebenfalls spezifische Wurmlöcher. Nun … dieses Schiff benötigt keine Sprungstation. Es benötigt auch keine Volonias-Kristalle, um die ER-Brückengenerierung mit Energie zu versorgen. Es kreiert die Verbindung zu seinem Flugziel aus sich selbst heraus.«

Viktor sah Erstaunen in den maskierten Gesichtern seiner Mitstreiter, jedenfalls so viel, wie die Masken zuließen.

»Das ist unmöglich«, sagte der Fremde. »Eine solche Konstruktion kann es nicht geben.«

»Glauben Sie mir, sie existiert«, widersprach Viktor. »Ich habe keine Kosten und Mühen gescheut, um hinter das Geheimnis dieses Raumschiffs zu kommen. Ich erhalte ständig neue Daten und mit jeder Sekunde wissen wir mehr. Wir wissen auch, dass es als Kriegsschiff gebaut sein muss. Im Rumpf haben wir Tausende von Marschflugkörpern gefunden und einige Dutzend Abschussvorrichtungen. Es gibt Mannschaftsdecks und ein Flugdeck. Das Einzige, was wir nicht gefunden haben, sind Hinweise auf die Besatzung. Es gibt nicht die kleinste Information, wohin die Mannschaft verschwunden ist, aber wir arbeiten noch an dem Teil des Bordcomputers, der uns darüber vielleicht Auskunft geben kann. Jedenfalls ist dieses Schiff leer, wie ausgestorben. Wir haben eine Menge unbenutzter Rettungskapseln gefunden, allerdings nicht ein einziges Shuttle und auch keinen der Raumjäger, die unserer Vermutung nach zur Ausstattung des Schiffs gehören. Es gibt massenhaft Dockplätze für solche Einheiten, aber leider sind sie alle verwaist. Es deutet vieles darauf hin, dass die Besatzung das Schiff absichtlich aufgegeben hat.«

Der Fremde unterbrach ihn. »Wenn Sie sich schon so viele Gedanken über dieses Schiff gemacht haben, könnte es da nicht einfach sein, dass die Besatzung ihr Schiff aus einem bestimmten Grund aufgegeben hat? Was ist, wenn es eine fatale Fehlfunktion gab. Sie spielen damit herum, als ob Sie wüssten, was Sie da tun. Woher wollen Sie wissen, dass es bei seinem ersten Flug seit weiß der Schöpfer wie vielen Jahren nicht in tausend Stücke gesprengt wird?«

Viktor schwieg, aber er war keinesfalls eingeschüchtert. Der Fremde bohrte weiter.

»Sie haben es doch schon gestartet, oder?«

»Ich muss gestehen, der Jungfernflug steht noch aus«, antwortete Viktor. »Aber Sie sollten das nicht falsch interpretieren.« Seine Maske nahm einen ernsten Charakter an. »Wir stehen kurz davor, die vollkommene Kontrolle über das Schiff zu erlangen und wenn es so weit ist, halten wir einen gewaltigen

Machtfaktor in unseren Händen.«

Adrian hatte den beiden zugehört. Und während sie noch über die Funktionsfähigkeit eines alten Raumschiffs diskutierten, wurde ihm klar, dass sie immer noch nicht wussten, warum er und sein unbekannter neuer Partner überhaupt hier waren. Es wurde wirklich Zeit, endlich den Grund für ihr exzellent geschütztes und streng geheimes Treffen zu erfahren.

»Wenn ich mich mal einmischen darf«, begann er. »Dass wir also ein verlassenes Schiff haben, ist gut und schön. Dass Sie es höchstwahrscheinlich starten und fliegen können, ist noch viel besser. Aber ich frage mich, warum wir eigentlich hier sind. Sie haben offensichtlich alle Mittel, um dieses Unternehmen durchzuführen. Sie scheinen ja eine Menge Leute und auch eine ganze Masse Technik am Fundort zum Einsatz zu bringen, wo immer der auch sein mag. Aber was haben Sie jetzt mit diesem Ding vor? Und was haben wir damit zu schaffen?«

»In Ordnung, meine Freunde.«, begann Viktor. »Dann wollen wir mal Nägel mit Köpfen machen.« Er sah die beiden an, doch die Tarnsoftware gab keinerlei Regung preis.

»Ich möchte das Machtgefüge zwischen den Großen Sechs und der Erde so verändern, dass der Terranische Rat keinen Einfluss mehr auf die Entscheidungen der bedeutendsten Wirtschaftsmächte in unserem Teil der Galaxie hat.«

Die Stille, die darauf folgte, war beängstigend laut.

»Natürlich geht das nicht einfach so.« Viktor schnippte mit den Fingern. »Ich habe dazu einen Plan ersonnen, um sämtlichen Verdacht von uns auf das Skyye-System zu lenken. Aber der Reihe nach.«

Viktor begann wieder, vor der alten Eiche umherzuwandern. »Als Erstes benötigen wir eine Mannschaft für das Raumschiff. Das Team, das derzeit die Forschungsarbeiten durchführt, können wir dafür nicht einsetzen. Wir brauchen Piloten, Navigatoren, Techniker - das volle Programm. Und etwa vierzig Jägerpiloten mit Atmosphären- und Vakuumerfahrung. Das wäre Ihre

Aufgabe, Rho.« Viktor sah zu Adrian. »Sie sollen eine Mannschaft anheuern, die das Schiff und die Jäger fliegen kann. Ich kenne Ihre Kontakte, was das angeht. Das Söldnernetzwerk wird uns da sicher weiterhelfen. Ich möchte so wenige Verbindungen wie möglich haben, die sich zu uns zurückverfolgen lassen.«

Dann wandte sich Viktor dem Fremden zu. »Sie, Tau, müssen zwei Dinge für mich erledigen. Ihre erste Aufgabe besteht darin, uns eine Reihe von Autorisationscodes für Orbitdurchflüge zu beschaffen sowie die Abschaltcodes für die Satelliten bestimmter orbitaler Verteidigungsanlagen. Eine Liste der Welten lasse ich Ihnen zukommen. Außerdem benötigen wir vierzig *Shepherd*-Jäger. Ihre Kontakte erlauben es Ihnen, bei der Flugzeugfabrik, die die Maschinen auf Skyye herstellt, die entsprechende Menge zu beschaffen. Das wird schwierig, ich weiß. Aber es ist möglich. Ich habe ein Szenario erdacht, mit dem Sie an die Maschinen herankommen, ohne dass es groß auffällt.«

Viktor machte eine kurze Pause. »Wir werden die Mannschaft mit Hilfe der Daten schulen, die wir über das Schiff bisher erheben konnten, und sie dadurch zu einer Kampfeinheit für diesen ganz besonderen Einsatz formen. Die vierzig *Shepherds* werden an Bord des Schiffes gebracht. Ich habe vor, mit diesen Maschinen bestimmte Ziele in unterschiedlichen Regionen anzugreifen. Die Angriffe werden an Intensität zunehmen. Leider wird es auch Opfer geben, das ist nicht zu vermeiden. Aber im Hinblick auf die Veränderungen, die wir letztlich bewirken werden, ist das ein angemessener Preis.«

Den du nicht zahlen musst, dachte Adrian.

»Die Tatsache, dass die Angriffe von einem fremden Raumschiff mit den Hoheitszeichen des Skyye-Systems durchgeführt wurden, wird die Galaxie ausschließlich dorthin blicken lassen. Dass die erwähnten Markierungen auch noch zu Marcus Dhellyanns fünftem Kontingent gehören, dürfte Dhellyann ziemlich schnell in Bedrängnis bringen. Ich selbst werde auf der Erde und den betroffenen Welten entsprechende Stimmung gegen Skyye machen lassen, und am Ende wird man ihn wie einen räudigen Verbrecher in das tiefste Loch auf Sixtus werfen. Die Großen Sechs werden ihre Abkommen mit Skyye aufkündigen und das System wird vor dem Ende stehen. Sie werden irgendwann darum betteln, okkupiert zu werden. Das wird natürlich den Zusammenhalt zwischen den Mitgliedern im Bund der freien Systeme schwächen und langfristig wird der Bund zerfallen. Nicht zufällig wird das uns die Möglichkeit geben, diese Welten endlich zu besetzen und ihre Ressourcen zu beanspruchen.«.

»Beantworten Sie mir eine Frage«, begann Adrian. »Sie wissen, wo ich herkomme. Warum sollte ich Ihnen helfen, diesen Plan umzusetzen. Was habe ich davon? Was hat meine Welt davon? Wenn alles so eintrifft, wie Sie es sagen, sind wir direkt betroffen und ich gedenke nicht, anlässlich eines fragwürdigen Machtstrebens, meine Welt dem Ruin auszusetzen. Also, was können Sie mir bieten, damit ich bei diesem Irrsinn mitmache?«

»Eine berechtigte Frage«, antwortete Viktor. »Wenn es zu den angestrebten Veränderungen kommt, wird Ihre Welt eine Ausnahmestellung einnehmen. Sie werden von allen Reparationsleistungen ausgenommen, die auf den Bund der freien Systeme zukommen. Bei der Neuerteilung von Wirtschaftsvereinbarungen wird man Sie zudem bevorzugt behandeln. Am Ende, mein Freund, wird Ihr System so wohlhabend sein, wie noch nie zuvor in seiner Geschichte. Und das dauerhaft. Ich vergesse meine Freunde niemals.«

Jetzt meldete der Fremde sich zu Wort. »Ich muss Ihnen dieselbe Frage stellen. Wenn alles so eintrifft, wird man von Skyye nicht mal mehr ein Stück Brot annehmen und ich bin ebenfalls nicht bereit, meine Welt so zu verraten.«

So, so, du kommst also von Skyye, dachte Adrian. Das ist ja interessant. Ich bin gespannt, wie Viktor dich rumkriegen will.

»Sie haben recht. Es besteht in der Tat kein Grund für Sie, diesem Plan zuzustimmen«, antwortete Viktor. »Aber ich kann

Ihnen etwas bieten, das Ihnen ansonsten für immer verwehrt bleiben wird. Ich habe mich natürlich ausgiebig damit beschäftigt, wie ich Sie motivieren könnte. Ich weiß, was Sie bewegt und ich verspreche Ihnen, auch Sie werden Ihr Recht bekommen. Ich kann mich in Gegenwart von Rho darüber nicht weiter äußern, aber lassen Sie mich eines sagen. Die Demütigung wird ohne Gleichen sein.«

Der Fremde schwieg. Ein Ausdruck von Entspannung zeichnete sich schwach auf seiner Maske ab.

»Also, meine Freunde, wie sieht es aus? Bevor ich Sie in die Tiefen des Plans einweihe, brauche ich Ihre verbindliche Zustimmung. Sind Sie bereit, mir zu folgen und glorreichen Zeiten entgegenzugehen?«

Nach einer kurzen Pause nickten ihm beide zu. Das Bündnis war geschmiedet.

Kapitel 7

Datum: 30. September 2286 – Terra-Standardzeit

Das System Triesta mit seinem gleichnamigen Hauptplaneten lag am äußeren Rand des terranischen Sektors in einer Gegend, die man das Drei-Zäune-Eck nannte. Der Name ergab sich aus der Nähe zu den Sektorgrenzen, die von Fennix L.M., Norton-Harvard und Bengal Garuda kontrolliert wurden. Die Situation in dieser Region erinnerte an drei Nachbarn, die sich Tag für Tag an den Grenzen ihrer Grundstücke misstrauisch beäugen und dabei nichts unversucht lassen, den anderen etwas ans Zeug zu flicken.

Triesta hatte nur zwei wirklich bedeutsame Exportartikel. Der eine war das Fleisch des Shamrock-Rinds, einer widerstandsfähigen Rinderrasse, die vor vielen Jahrzehnten auf der Erde gezüchtet worden war, um den Kolonisten auf ihren Reisen als Nahrungsquelle zu dienen. Seltsamerweise entwickelte das Fleisch der Rinder nur auf Triesta einen so exzellenten Geschmack, dass die Shamrocks zu einem weltenübergreifenden Verkaufshit werden konnten.

Der zweite Exportschlager hatte seine Wurzeln indirekt auch im Fleischmarkt Triestas. Viele Soldaten hatten sich nach dem Ende ihrer Dienstzeit als Züchter und Cowboys auf dem Planeten niedergelassen und ein Auskommen in der Fleischwirtschaft gefunden. Da diese jedoch zu Fluktuationen neigte, waren viele der Neusiedler gezwungen, ihr Geld sporadisch mit dem alten Kriegshandwerk zu verdienen und als Söldner zu arbeiten. Mit den Jahren entwickelte sich eine so große Industrie um die käuflichen Soldaten, dass Triesta die zentrale Welt des Söldnergeschäfts in allen sieben Sektoren geworden war. Die Zahl an Kämpfern, die sich um eine Stellung bei einem der unzähligen Vermittlungsbüros bewarben, stieg ständig an, so dass den Soldaten ein eigener Bezirk in der Systemhauptstadt Fort Loudon zugewiesen wurde. Treffenderweise erhielt dieser Stadtteil den Namen Mercenary.

In Mercenary tummelten sich jederzeit Tausende Söldner, die eine Anstellung suchten oder gerade auf der Durchreise zum nächsten Auftrag waren. Es gab dort alles, was das Soldatenherz begehrte: Sportanlagen, Trainingsparcours, massenhaft zwielichtige Unterhaltungsetablissements und jede Menge Schießplätze, auf denen die Vertreter aller Waffenproduzenten ihre neuesten Entwicklungen feilboten. Wo so viel Testosteron und chemisch gesteigerte Muskelkraft auf die verlockenden Angebote der behördlich kontrollierten Amüsierbetriebe traf, kam es zwangsläufig zu kleineren und größeren Reibereien. In den seltensten Fällen wurden Streitigkeiten rein verbal gelöst und in der Regel flogen nach einem kurzen, aber heftigen Disput zwischen den Beteiligten die Fäuste. Oder noch Schlimmeres.

In den Zeiten vor Mercenary, als sich die fahrenden Krieger noch im Stadtzentrum von Fort Loudon die Köpfe einschlugen, gab es regelmäßig Verletzte und sogar gelegentlich Tote unter der Zivilbevölkerung. Deswegen waren gleich nach der Gründung Mercenarys ein stadtteileigenes Krankenhaus und ein Gefängnis gebaut worden. Beide Institutionen litten nie ernsthaft unter mangelnder Beschäftigung. Alles in allem ließ es sich jedoch ganz gut in Mercenary leben, wenn man diese speziellen Besonderheiten anerkannte. Die Zivilen, wie die Söldner die Normalbürger Fort Loudons nannten, blieben in ihrem Teil der Stadt und die Kämpfer in dem ihren. Natürlich war der Söldnerbezirk kein abgeschotteter Bereich. Jeder konnte das Viertel betreten und wenn er sich normal verhielt, hatte er dort auch nichts zu befürchten. Manche Touristen, die den Kitzel der Gefahr erleben wollten und das Risiko eines Spaziergangs durch das Viertel eingingen, kehrten sogar enttäuscht in ihre Hotels zurück. Nach seinen Erlebnissen befragt, winkte manch einer mit dem Kommentar ab, dass man im Geschäftsviertel von Fort

Loudon wahrscheinlich mehr Aufregung erleben konnte als in diesem verschlafenen Nest.

Sam Reilly lief die Hauptstraße Mercenarys entlang. Es war früh am Morgen und seine Nachtschicht im Vorzimmer des Fleischbarons endlich zu Ende. Sam arbeitete seit drei Monaten als Personenschützer für einen der größten Fleischerzeuger Triestas. Er spielte für den übergewichtigen, haarlosen, aber stinkreichen Rancher Leibwächter und Kindermädchen in einer Person. Der Mann gönnte sich den Luxus, zu jeder Tages- und Nachtzeit zwei Leibwächter um sich zu haben. Dafür hatte er eine Agentur beauftragt, sechs zuverlässige Männer zu finden, die im Dreischicht-System auf ihn aufpassten.

Sam hatte das zweifelhafte Glück, ein halbes Jahr nach seiner Ankunft auf Triesta in diesen edlen Kreis der Kindermädchen aufgenommen zu werden. Aber er beklagte sich nicht. Der Job war gut bezahlt und nicht gerade anstrengend. Sam hatte rasch erkannt, dass sein Boss zwar durchaus eine wichtige Person im Fleischgeschäft darstellte, er aber andererseits längst nicht wichtig genug war, um sechs Personenschützer zu beschäftigen. Genaugenommen hätte der Fettsack überhaupt keines Schutzes bedurft. Umso leichter ließen die Kronen sich verdienen.

Sam ging an den Vermittlungsbüros vorbei und steuerte sein Lieblingsrestaurant an, das *Jacobs*. Dort gab es auch morgens schon die besten Rindersteaks der Stadt und Sam hatte jetzt genug Geld in der Tasche, um sich zwei oder drei Mal in der Woche eines davon leisten zu können. Danach stand erst mal eine Mütze voll Schlaf auf dem Plan. Da rief jemand hinter ihm seinen Namen.

»Sam. Hey, Sam. Warte auf mich.«

Sam drehte sich um und warf dem Typen, der gerade auf ihn zulief, einen bösen Blick zu.

»Sandy, wenn du noch einmal meinen Namen so unverblümt durch die Straßen brüllst, werde ich dir leider die Stimmbänder amputieren müssen.«

Sandy kam schnaufend zu Stehen. »`Tschuldige, Alter. Aber ich wollte dich noch erwischen, bevor du verschwindest.«

Sandy Grissom war ein leicht untersetzter Typ mit Hang zum Übergewicht und reichte Sam höchstens bis ans Kinn. Die beiden arbeiteten für das gleiche Vermittlungsbüro. Gelegentlich hatten sie zusammen Konvoi-Begleitschutz für wichtige Kunden absolviert. Obwohl man in der Sicherheitsbranche absolut niemandem trauen konnte, pflegten Sandy und er zumindest eine gute Kameradschaft. Jedenfalls solange Sandy nicht weiter Sams Namen auf der Straße ausposaunte.

»Wo gehst du hin?«, fragte Sandy. »Wie üblich?«

»Ja«, antwortete Sam und lief weiter. »Zu *Jacobs*.«

»Was dagegen, wenn ich dich begleite? Bist auch eingeladen.«

Sam sah seinen Kumpel beim Gehen an. Der war offenbar bester Laune. »Seit wann bist du Geizhals denn so spendierfreudig?«

»Ich habe ´nen neuen Job, Mann. `Ne richtig große Sache«, antwortete Sandy euphorisch.

Sam fand es merkwürdig, dass er noch nichts von einem neuen potenten Auftraggeber gehört hatte. Er durchforstete jeden Tag das Söldnernetzwerk nach Angeboten, die seiner Qualifikation entsprachen. Schließlich wollte er nicht für immer Kindermädchen spielen.

»Wie bist du da rangekommen?«

»Stiller Kontakt. Gestern Abend im *Shooters*.«

Die Kontaktaufnahme mittels eines stillen Kontaktes war nichts Ungewöhnliche in der Szene. So nahmen die Vermittlungsbüros normalerweise Verbindung mit möglichen Kandidaten auf, wenn die Sache für die sie Leute suchten, wirklich groß und streng geheim war.

Sie erreichten das *Jacobs* und gingen hinein. Rupert, der als Empfangschef und Rausschmeißer zugleich diente, begrüßte sie.

»Hallo, Sam. Wieder extrem schick heute, was? Hi, Sandy.«

»Ach, lass mich in Ruhe und bring mir das Übliche«, erwiderte Sam genervt. »Aber heute mal genießbar.«

Wenn Sam etwas nicht leiden konnte, dann die Kommentare über den teuren Anzug, den er beim Job für den Fleischfettsack tragen musste. Sie setzten sich und die Bedienung brachte ihnen die üblichen Drinks. Sandy begann zu erzählen.

»Also, gestern Abend quatscht mich so'n Typ an, groß wie'n Bär, und fragt mich, ob ich Sandy Grissom bin. Dann will er wissen, ob ich Interesse an einem Job hätte. Sie suchen eine Schiffsmannschaft und Piloten, die *Shepherd*-Erfahrung haben, sagt er. Wie du dir denken kannst, hat er ziemlich geheimnisvoll getan. Wollte nicht so recht mit der Sprache rausrücken, als ich ihn gefragt hab, woher er kommt und für welchen Laden er hier arbeitet. Er meinte nur, seine Firma sei neu in Mercenary und sie würden auch nicht lange bleiben. Sobald sie ihre Mannschaft zusammen hätten, würden sie wieder verschwinden. Als ich ihn dann fragte, wohin es denn geht, sagte er nur, ich müsse erst einsteigen, um Genaueres zu erfahren.«

»Hat er gesagt, wie viele Leute sie suchen? Und wie lange soll der Job denn dauern?« Die Sache begann sich interessant anzuhören.

»Sie suchen zweihundertfünfzig Mann Schiffsbesatzung. Und vierzig *Shepherd*-Piloten.«, antwortete Sandy. »Geplant sind sechs Monate mit Option auf Verlängerung. Und alles, wie gesagt, streng geheim. Eigentlich dürfte ich dir gar nichts davon erzählen.«

»Du bist und bleibst nun mal ein Tratschmaul. Wenn sie so viele Piloten suchen, müssen die wohl ein ganzes Geschwader ausrüsten. Aber für ein Trägerschiff mit vierzig Jägern braucht man eigentlich mehr als zweihundertfünfzig Mann. Das kommt mir nicht geheuer vor, Sandy.« Sam kratzte sich am Kinn. »Wie sind die überhaupt auf deinen Namen gekommen?«

»Der Typ sagte nur, er hätte Empfehlungen erhalten und die

arbeite er ab. Und jetzt rate mal, wie viel er mir für den Job geboten hat.«

»Spann mich nicht auf die Folter, Mann. Ich hab Hunger und bin müde. Also rück die Zahl schon raus.«

»Achthunderttausend Kronen. Geil, was?« Sandys Augen begannen zu glänzen.

Sam pfiff durch die Zähne. »Nicht schlecht. Für sechs Monate ist das ein echter Spitzenpreis.«

Sam tat zunächst so, als wäre das Thema für ihn erledigt. Die Bedienung brachte ihre Steaks und sie unterhielten sich über dies und das. Doch dann versuchte Sam im weiteren Verlauf des Essens, Sandy mehr Details über den ominösen Deal zu entlocken. So erfuhr er, dass der Abflug für die rekrutierten Söldner bereits für Morgen Nachmittag feststand und Sandy deshalb heute Abend noch eine kleine Sause im *Shooters* steigen lassen wollte. Sam sei natürlich auch herzlich eingeladen.

»Na klar schau ich rein. Wenn du doch bald so eine wohlhabende Persönlichkeit bist, wirst du dich doch kaum noch mit uns einfachem Fußvolk an einen Tisch setzen.«

»Ja, kann schon sein. Aber du weißt ja, ich vergesse meine Freunde nicht.« Mit einem gönnerhaften Gesichtsausdruck schnippte Sandy seinen Vitachip in die Luft und fing ihn lässig auf. Der Vermittler hatte diesen Chip am Ende ihres Gesprächs in ein kleines Codierungsgerät gesteckt und einen Erkennungscode eingespeichert. Mit diesem Chip musste sich Sandy morgen bei der Adresse, die ihm der Vermittler genannt hatte, vorstellen und seine Identität nachweisen. Außerdem waren darauf Sandys persönliche Daten mit einer Liste aller Jobs, die er jemals angenommen hatte, gespeichert. Jeder Söldner besaß so einen Vitachip.

Nachdem sie gegessen und noch eine Zeitlang über Sandys geheimnisvollen Auftraggeber gerätselt hatten, machte sich Sam auf den Weg in sein Appartement. Er versprach Sandy, später noch im *Shooters* vorbeizuschauen, um ein oder zwei Gläschen auf gutes Gelingen und viel Glück mit ihm zu nehmen. In Gedanken war er aber schon viel weiter. Er würde noch heute Abend seine Kündigung bei der Vermittlungsfirma einreichen und die Nachricht so konfigurieren, dass das Büro sie erst morgen Nachmittag erhielt.

Sam hatte sich noch drei Stunden Schlaf gegönnt. Dann verbrachte er die Mittagszeit in seinem Appartement am Computer und bewegte sich stundenlang durch hochgesicherte virtuelle Räume. Nachdem er damit fertig war, besuchte er eines seiner Verstecke, von denen er in Mercenary ein Dutzend angelegt hatte und nahm einen Laserinjektor an sich. Den Rest des Tages verbrachte er mit allerlei gewöhnlichen Tätigkeiten. Er schneite bei einigen Vermittlungsbüros herein, um dort nach neuen Jobs zu fragen; natürlich ohne die Absicht, einen anzunehmen. Dann ging er ins Sportzentrum und trainierte an Gewichten. Zum Abschluss überquerte er noch ein paar Mal den Hindernisparcours. Alles sollte so aussehen, als wäre heute ein ganz gewöhnlicher Tag im Leben des Söldners Sam Reilly.

Der Abend war schon weit fortgeschritten, als Sam im *Shooters* eintraf. Es war mächtig was los in der weitläufigen Kneipe, bestimmt zwei Dutzend Gäste verwandelten den Schankraum in einen lauten Festsaal. Sam sah seinen Freund mit einigen Kollegen an einem großen Tisch Arm in Arm alte Kampflieder singen. Alle hatten offensichtlich gehörig einen sitzen. Umso besser, dachte Sam. Er gesellte sich zu ihnen und wurde standesgemäß von jedem Teilnehmer der Runde begrüßt. Keine zehn Sekunden später stand das erste Bier vor ihm. Sie stießen gemeinsam an, tranken und ließen ihren Freund hochleben, der morgen in den Einsatz zog. Dabei jubelten sie nicht nur, weil Sandy heute die Spendierhosen anhatte. Es war Sitte unter Söldnern, die Kameraden ausschweifend zu verabschieden, wenn es in den Kampf ging. Möglicherweise sah man seine Freunde nach einem solchen Abend nie wieder. Viele Biere später entschuldigte sich Sandy schwankend.

»Leute, ihr müsst mir verzeihen, dass ich nochmal die glänzend weiß gekachelten Nebenräume dieses herrlichen Ortes aufsuchen muss.« Er deutete auf einen seiner Trinkkumpel. »Steven, Finger weg von meinem Bier. Bestell dir gefälligst ein Eigenes.«

Alle lachten und schon wurde erneut nach der längst genervten Bedienung gerufen. Sam wartete kurz, dann stand auch er auf.

»Ich werd´ mal nachsehen, ob er sich nicht verlaufen hat und gleich selbst was erledigen.« Erneutes Gelächter und Steven sagte: »Wenn er ihn nicht findet, können wir ihm Mary nachschicken. Sie kann ja mal nachsehen, ob sie was zum Vorschein bringt.«

Die Truppe lachte noch lauter und als Mary, die Bedienung, Steven kräftig eins mit dem Tablett überzog, grölten alle in maximaler Lautstärke. Sogar Sam musste grinsen, obwohl er sich bereits auf das Kommende konzentrierte.

Er folgte Sandy auf die Toilette und stellte fest, dass niemand außer ihnen vor Ort war. Perfekt. Sam blieb hinter einer Trennwand stehen und wartete, bis Sandy unter Summen eines weiteren Kampflieds sein Geschäft verrichtet hatte. Nachdem er fertig war und alles wieder sorgfältig eingepackt hatte, stellte sich Sam hinter ihn.

»Tut mir leid, mein Freund.«

Er packte Sandy und stieß ihn leicht mit der Stirn an die Wand. Nicht zu fest, gerade so hart, dass Sandy die Orientierung verlor und zusammensackte. Er versuchte, etwas zu sagen, brachte aber nur ein Stöhnen von sich. Sam griff ihm unter die Arme und führte ihn vorsichtig zu Boden. Dann holte er den Injektor aus der Tasche, schaltete ihn ein und setzte die hauchdünne Lasernadel in Sandys Nacken an. Er drückte den Auslöser und eine farblose Flüssigkeit wurde nach vorn zur Nadel gepumpt. In der gebündelten Energie löste sie sich auf und schoß in Sandys Körper. Einen Moment später setzten Krämpfe ein. Sam ließ den Injektor wieder in der Tasche verschwinden und durchsuchte den stark zitternden Sandy nach seinem Vitachip. Als er ihn endlich gefunden hatte, steckte er ihn ebenfalls weg. Alles lief wie geplant. Dann stürmte Sam nach draußen in den Schankraum.

»Leute, holt die Ambulanz! Sandy ist zusammengeklappt«, brüllte er aufgeregt. Alle sahen ihn entgeistert an. Nur der Barkeeper vom *Shooters* reagierte und griff nach dem Telefon.

»Scheiße, steht jetzt endlich einer auf und hilft mir, ihn da rauszuschaffen? Der Typ kratzt gleich ab.« Steven und zwei weitere Söldner sprangen auf und rannten zusammen mit Sam zurück auf die Toilette.

Der Krankenwagen war keine fünf Minuten später vor Ort. Die Sanitäter hatten Mühe, den immer noch unter Krämpfen leidenden Sandy Grissom auf ihre Trage zu schnallen. Die Gäste im *Shooters* beobachteten mit besorgten Gesichtern die Szene. Einige tuschelten darüber, wie der etwas dickliche aber äußerst trinkfeste junge Söldner von einer Minute auf die andere so zusammenbrechen konnte. Andere blickten in ihre Gläser. Der Gedanke, man könne vielleicht mal etwas weniger trinken, um auf seine Gesundheit zu achten, war jedoch schnell beiseite gewischt, und schließlich wandte sich jeder wieder seinen eigenen Angelegenheiten zu.

Nachdem die Ambulanz verschwunden war, verabschiedete sich Sam von den anderen und ging nach Hause. Auf seinem Gesicht zeigte sich ein zufriedenes Lächeln, während er mit zügigen Schritten die Straße entlang lief. Alles hatte schulbuchmäßig geklappt. Das Nervengift, das er Sandy injiziert hatte, sorgte dafür, dass der die nächsten acht Wochen im Krankenhaus verbringen würde. Das Gift war so tückisch, dass es zuerst eine schwere Herzattacke auslöste und anschließend alle Erinnerungen der letzten vier Stunden davor ausradierte. Und es war mit keinem bekannten Diagnoseverfahren nachweisbar. Sam mochte solche Aktionen nicht, denn sie bargen immer ein hohes Risiko. Doch hin und wieder ließ es sich einfach nicht vermeiden, einen Schachzug entsprechend vorzubereiten. Vor allem wenn man bedachte, dass Sam Reilly eigentlich gar nicht Sam Reilly war.

Selbstverständlich wusste Sam um seine aktuelle Identität. Aber das hieß eben nur, dass Sam bloß der Name des fiktiven Charakters war, den er zurzeit darstellte. An seinen richtigen Namen erinnerte er sich nicht. Die Gedächtnisimplantate, die ihm eingepflanzt worden waren, beinhalteten nur Informationen über seinen derzeitigen Charakter, was in seiner Rolle als stiller Läufer für den Geheimdienst Salamander des freien Systems Skyye auch absolut notwendig war. Sam gehörte zu einer Gruppe von Agenten, die an strategisch bedeutsamen Orten in den Sektoren für das Skyye-System die Augen und Ohren offenhielten. Jeder Läufer war mit allerlei Equipment und einer Fülle an Kompetenzen ausgestattet. Diese Kompetenzen erlaubten es einem Läufer auch, von seiner Beobachtungspositionen abzurücken und verdächtigen Vorgängen auf eigene Faust nachzugehen. Und das, wovon der arme Sandy Grissom da gesprochen hatte, war für Sam ausreichend, um davon Gebrauch zu machen. Er würde sich morgen an Sandys Stelle in dem Rekrutierungsbüro vorstellen und mit etwas Glück würde er bei dieser geheimnisvollen Aktion dabei sein.

Kapitel 8

Datum: 1. Oktober 2286 – Terra-Standardzeit

Um elf Uhr vormittags trat Sam durch die Tür des kleinen Vermittlerbüros in einer unauffälligen Seitenstraße von Mercenary. Im Empfangsraum stand nur ein Schreibtisch mit zwei Stühlen; die spärliche Ausstattung deutete darauf hin, dass man sich hier nicht häuslich einzurichten gedachte. Hinter dem Schreibtisch saß ein grimmiger Typ mit zerfurchtem Gesicht und tippte etwas in einen tragbaren Computer. An einer Wand lehnten zwei weitere Männer. Die beiden waren mit dunkelgrünem Overalls bekleidet. Außer den Dreien war sonst niemand im Raum. Am hinteren Ende des Zimmers führte ein kurzer Gang auf eine Tür zu, die mit einem elektronischen Schloss gesichert war.

Der Schreiber sah auf. »Sie wünschen?«

»Ich komme anstelle von Sandy Grissom«, antwortete Sam. »Der Gute ist leider verhindert.«

Sam griff in die Tasche und holte Sandys Vitachip hervor. Lässig warf er den Chip dem Schreiber zu, der ihn mit einer schnellen Bewegung auffing. Dass sich jemand anstelle eines anderen vorstellte, bedeutete normalerweise, dass Vorgänge nicht so liefen, wie sie geplant waren. Die beiden grüngekleideten Männer im Raum beendeten ihre Unterhaltung und widmeten ihre Aufmerksamkeit dem Neuankömmling. Der Schreiber sah den einen fragend an. Der schüttelte leicht den Kopf. Nein, Sam war nicht die angekündigte Person.

»Sie bleiben da stehen«, knurrte der Schreiber, während er den Vitachip in den Computer schob. Schweigend betrachtete er die Daten, die der Chip hergab. Immer wieder zuckten seine Augen zwischen Sam und dem Bildschirm hin und her.

»Was wollen Sie hier?«, fragte er schließlich.

»Sandy hat mir erzählt, dass Sie Leute suchen. Eine Schiffsbesatzung und Piloten mit *Shepherd*-Erfahrung. Ich hab 'ne 1B-Qualifikation.«

»Ihr Name?«

»Sam Reilly«

Der Schreiber tippte Sams Namen in den Computer. »Haben Sie Ihren Chip dabei?«

»Den gebe ich nur dem Boss dieser Veranstaltung«, erwiderte Sam. »Man hört ja so viel über gestohlene Vitachips.«

Das Gesicht des Schreibers verfinsterte sich. Auch die beiden Männer kamen jetzt näher.

»Willst du damit andeuten, wir arbeiten hier nicht seriös?«, fragte der Schreiber.

»Na ja, ihr seid wohl neu in der Stadt. Ich kenne euren Laden nicht und da muss man als ehrlich arbeitender Soldat aufpassen, wem man seinen Chip in die Hand gibt. Hoffentlich ist wenigstens euer Netzwerk gesichert.«

»Du spuckst ziemlich große Töne für jemanden, der hier allein reinkommt.«

»Ich wüsste nicht, worüber ich mir Sorgen machen sollte. Bei nur zwei Wachen und einer Schreibkraft.«

»Du bist ganz schön frech«, zischte der Schreiber. »Vielleicht sollten wir dir 'ne kleine Lektion erteilen, bevor wir dich wieder raus in den Dreck schmeißen, aus dem du gekommen bist.« Er stand auf und hielt auf einmal einen Elektroschocker in der Hand. Sam fühlte zwei Hände auf seinen Schultern, die ihn festhalten wollten. Mit einer fließenden Bewegung glitt er zwischen den beiden Männern hindurch, sodass er plötzlich hinter ihnen stand und sie ihren Griff an Sams Schultern verloren. Sam stieß den Linken hart in den Rücken, sodass er dem Schreiber entgegenstürzte. Der drückte, von der Wendung der Ereignisse überfordert, den Auslöser des Schockers und verpasste seinem eigenen Mann eine volle Ladung. Schreiend und zitternd ging der zu Boden.

Sam hatte in der Zwischenzeit dem zweiten Kerl einen Arm

um den Hals gelegt, ihm die Pistole aus dem Halfter gezogen und hielt sie ihm jetzt an die Schläfe. Der Schreiber drückte eine versteckte Taste unter dem Schreibtisch und grinste hämisch. Eine Sekunde später flog die hintere Tür auf und drei weitere Männer stürmten in den Empfangsraum. Alle drei trugen große Lasergewehre. Sie erfassten die Situation und richteten ihre Waffen sofort auf Sam.

»Was ist hier los«, rief der Vorderste.

»Dieser Typ will sich unter falschem Namen hier einschleichen«, antwortete der Schreiber.

»Das ist gelogen«, rief Sam. Mit seiner Geisel als Schutzschild drehte er sich den drei Neulingen zu. »Ich sagte, ich komme anstelle von jemandem, den ihr rekrutieren wolltet. Ich hab sogar seinen Chip dabei. Und meinen Namen hab ich genannt.«

»Der Dreckskerl wollte seinen eigenen Chip nicht rausrücken, Rufus«, maulte der Schreiber.

»Ich hab gesagt, nur euer Boss kriegt meinen Chip. Ich lasse mich nicht von der Vorzimmerdame verarschen.«

Der Schreiber schien vor Wut gleich zu platzen, doch da griff der Truppführer ein.

»Halt dich zurück, Jonesy. Und nimm den Schocker runter.«

Er sah zu dem Mann an seiner Linken und deutete auf den Geschockten am Boden.

»Sieh nach ihm.«

Der Angesprochene glitt mit einem misstrauischen Blick auf Sam an diesem vorbei und half seinem Kameraden auf die Füße.

»Und Sie?«, fragte Rufus. »Wer sind Sie und was wollen Sie hier?«

»Mein Name ist Sam Reilly. Alles, was ich will, ist der Job, den Sie anbieten.«

»In Ordnung. Wir kommen jetzt alle erst mal runter und werden in Ruhe miteinander sprechen«, erwiderte Rufus. »Wir senken die Waffen und Sie lassen unseren Mann gehen. Ich verspreche Ihnen, dass Ihnen kein Haar gekrümmt wird.«

»Einverstanden«, antwortete Sam nach ein paar Sekunden, in denen er Rufus genau im Auge behielt.

Jonesy jedoch wollte die Sache nicht so einfach auf sich beruhen lassen. »Du kannst doch nicht ernsthaft mit diesem Typ verhandeln wollen, Rufus.«

»Kann er wohl«, ertönte eine Stimme aus dem Gang. Ein großer Mann mit den Rangabzeichen eines Majors trat in den Raum.

»Wenn es einem einzelnen Mann gelingt, zwei meiner besten Nahkämpfer auszuschalten, ohne sich eine Schramme einzufangen, dann möchte ich mit diesem Mann gern ein paar Takte reden. Also, Sam Reilly. Wenn Sie freundlicherweise die Waffe wegstecken und meinen Mann freilassen würden, bevor er erstickt, könnten wir uns unterhalten.«

Die Läufe der drei Männer mit den Lasergewehren senkten sich langsam. Als sie ihre Waffen gesichert hatten, nahm auch Sam die Pistole vom Kopf seiner Geisel. Mit einem »Nichts für ungut« ließ er den Mann los, der nach Luft ringend zu Boden sank.

Der Major deutete auf die Tür in seinem Rücken. »Wir reden hinten, Reilly.«

Er ging zuerst, gefolgt von zweien seiner Männer vor. Der Dritte wartete auf Sam und bildete die Nachhut.

»Ach, übrigens«, rief der Major über die Schulter. »Ich bin der Boss dieser Veranstaltung. Mir können Sie Ihren Vitachip also ruhig anvertrauen.«

Das Büro des Majors sah nicht viel anders aus als der Empfangsraum; ein schlichtes Zimmer mit hellblauen, schmucklosen Wänden. Auch hier gab es einen Schreibtisch mit Computer, einem bequemen Sessel dahinter und einem Stuhl davor, außerdem stand noch ein kleines Stehpult mit einem weiteren Rechner an der Wand. Der Major ließ sich in den Sessel nieder und machte es sich bequem.

»Nehmen Sie Platz«, bot er an.

»Ich stehe lieber.«

»Wie Sie wollen.« Der Major nahm eine Tasse vom Tisch und trank einen Schluck. »Mein Name ist Major Connelly. Laut dem Regelwerk für Söldnerkontrakte bin ich für diese Operation der kommandierende Offizier. Über mir gibt es nur noch den Auftraggeber, den Sie nie kennenlernen werden. Ich denke, das ist für Sie kein Problem?«

»Sicher nicht.«

»Sie sind also für den guten Sandy Grissom gekommen. Was ist denn mit Sandy passiert?«

»Er liegt im Krankenhaus«, antwortete Sam. »Ist gestern Abend im *Shooters* zusammengeklappt. Hatte wohl was mit dem Herzen.«

»Wir werden das überprüfen.« Connelly nickte einem seiner Männer zu, der sofort den Computer auf dem Stehpult aktivierte.

»Was hat er Ihnen von dem Job erzählt?«

»Dass Sie Leute suchen. Eine Schiffsmannschaft und Piloten. Für *Shepherds*. Und dass er sich hier mit seinem Auftraggeber treffen sollte.«

»Sehr interessant.«

Connelly war anzusehen, dass es ihm überhaupt nicht passte, wenn einer seiner Kandidaten den Mund nicht halten konnte, noch dazu in einer Kneipe. Der Mann am Stehpult, ein junger Bursche von höchstens fünfundzwanzig Jahren, war bei seiner Suche fündig geworden.

»Es stimmt. Sandy Grissom wurde gestern spät abends ins Krankenhaus eingeliefert. Diagnose: schwere Herzattacke. Er liegt im Koma.«

»Hat mich sowieso gewundert, dass jemand ausgerechnet Sandy für eine offensichtlich strenggeheime Aktion ausgewählt hat«, bemerkte Sam beiläufig.

»Ach, hat es das.« Connelly zog die Augenbrauen hoch.

»Und warum bitte schön?«

»Na ja, bei Sandys Lebenswandel. Verstehen Sie mich nicht falsch. Ihr Headhunter wird schon wissen, was er tut, aber ich hab mit Sandy hin und wieder zusammengearbeitet. Wir waren beim gleichen Vermittler und ehrlich gesagt, ich würde Sandy nicht mal meinen Füllfederhalter anvertrauen. Geschweige denn irgendwelche Sachwerte oder Menschenleben.«

»Was disqualifiziert ihn denn so?«, wollte Connelly wissen. »Bis jetzt habe ich noch keinen Grund dafür gehört, ihn abzulehnen und stattdessen Sie zu engagieren.«

»Sandy ist ein Partylöwe, ein Säufer. Und Herzprobleme hatte er schon immer.« Sam deutete auf den Computer. »Das hat er mir selbst erzählt. Haben Sie denn seine Krankengeschichte nicht gecheckt?«

Connelly nickte wieder dem jungen Mann am Stehpult zu und nach wenigen Sekunden las er vor.

»Sandy Grissom. Gesundheitswerte kritisch. Das letzte EKG wurde als bedenklich eingestuft und eine schwere Herzinsuffizienz diagnostiziert. Mehrere Krankenhausbesuche im letzten Jahr.«

Connellys Gesicht wurde auf mit einem Mal ärgerlich. »Verdammt. Ruf Cjeyko an. Sag ihm, wenn er mir noch einmal so einen Blindgänger schickt, reiß ich ihm persönlich den Kopf ab.«

Sam grinste innerlich. Die Stunden, die er gestern am Computer zugebracht hatte, um Sandys Krankenakte zu verändern, führten genau zum richtigen Ergebnis. So vorzugehen barg ein gewisses Risiko. Wenn die Söldner tatsächlich Sandys Krankenakte vor Sams Eingreifen geprüft hatten, wäre ihnen die Veränderung vielleicht aufgefallen. Aber das Risiko hatte sich gelohnt.

»Und Sie, Reilly? Warum sollte ich Sie nehmen?«

»Schauen Sie nach«, sagte Sam und legte seinen Vitachip auf den Tisch. Connelly nahm ihn und steckte ihn in den passenden

Anschluss am Computer. Er drückte ein paar Tasten, verschränkte die Hände, als ob er beten wollte und las.

»Interessant. Mit achtzehn zum Militärdienst auf Skyye. Mit neunzehn Berufssoldat.« Connelly blätterte weiter. »Zahlreiche Einsätze und Belobigungen. Eine Handvoll Auszeichnungen. Sie haben Garudas White Tigers von Alamiro vertrieben. Nicht schlecht. Die Tigers sind ein harter Haufen.«

»War auch keine leichte Sache«, erwiderte Sam. »In meinem Trupp haben nur drei Mann überlebt.«

Connelly las weiter, als ob er nichts gehört hätte.

»Oh, das gefällt mir. Mehrere Verweise wegen Beleidigung eines Vorgesetzten. Zwei Wochen Urlaub im Militärgefängnis.«

Sam wollte etwas erwidern, doch Connelly wischte seine Antwort mit einer Handbewegung weg. »Sie müssen nichts erklären. Ich will sowieso keine hirnlosen Ja-Sager in meiner Kompanie. Das ist die Vergangenheit und dabei belassen wir es.«

Er las weiter, dann erhellte sich sein Gesicht nochmal. »Unehrenhaft aus dem Dienst entlassen wegen tätlichen Angriffs auf einen Vorgesetzten.« Connelly lehnte sich in seinem Sessel zurück und verschränkte die Arme hinter dem Kopf. »Also die Story würde ich dann doch gern von Ihnen selbst hören.«

»Als wir auf Costaris eine Bande Schmuggler aufgebracht haben, wollte mein Feldwebel, dass wir durch eine schmale Schlucht vorrücken. Der Feind lag über uns in der optimalen Position, um meinen Trupp mit Leichtigkeit abzuknallen. Der Feldwebel wollte keine fünfzehn Minuten auf die Luftunterstützung warten und den Pass unbedingt vorher einnehmen. Nachdem drei meiner Männer verwundet worden waren, habe ich den Rückzug befohlen. Das hat dem Penner natürlich nicht gepasst. Da hab ich ihm eine gescheuert.«

»Was hat er denn abbekommen, Ihr Feldwebel?«

»Kieferbruch und Gehirnerschütterung.«

Connelly lachte und auch die anderen im Raum konnten sich

ein Lächeln nicht verkneifen.

»Wirklich sehr gut, Reilly. Sehr gut.« Dann verschwand das Lachen. »Wenn Sie unter meinem Kommando einen Befehl verweigern, lege ich Sie höchstpersönlich um.«

»Dazu müssten wir erst mal handelseinig werden.« Sam tat unbeeindruckt.

»Ja, das müssen wir wohl.« Connelly überflog weiter den Inhalt des Vitachips. »Danach diverse Jobs bei verschiedenen Firmen. Nichts Besonderes bis auf diese vier, die hier immer noch als geheim eingestuft sind. Was waren das für Einsätze?«

»Immer noch geheime Einsätze.«

»Ja, natürlich. Was sonst.« Connelly blätterte weiter. »Ihre Akte sagt, Sie hätten eine 1B-Qualifikation.« Er sah auf. »Ich glaube, wir können Sie nicht brauchen. Dieser Job erfordert Piloten mit 1A-Qualifikation. Sie sind leider nicht gut genug.«

Sam ließ sich nicht beirren. »Nach meiner Entlassung bei den Skyye-Rangers bin ich heruntergestuft worden. Das wird mit allen Aussteigern so gemacht. Ich kann die Qualifikation auf meinem Chip erst wieder ändern, wenn ich von einem Kunden entsprechend bewertet worden bin. Aber ich kann fliegen, wie unter 1A gefordert.«

Connelly Grinsen wurde breit. »Oh, das können wir sofort überprüfen.« Er sah zu Rufus. »Den Simulator.«

Rufus drehte sich um und erst jetzt sah Sam eine Tür, die der Mann die ganze Zeit verdeckt hatte. Der Söldner streckte einladend den Arm aus. »Wenn ich bitten darf?«

Sam trat an die Tür, vermied es aber, hindurchzugehen. In dem kleinen Zimmer standen zwei kugelförmige Simulator-Sphären. Sie waren so groß, dass sie den Raum fast ausfüllten.

»Was soll das werden?«, fragte Sam, obwohl er bereits ahnte, was auf ihn zukam.

»Ein kleiner Testflug«, antwortete Connelly. »Wir müssen schließlich Ihre Fähigkeiten auf Herz und Nieren testen. Sie kommen nicht auf Empfehlung, da muss ich mich selbst überzeugen, dass Sie was drauf haben. Claus hier«, er deutete auf den jungen Mann am Stehpult, »wird mit Ihnen einige Runden fliegen. Danach werden wir wissen, wie gut Sie sind.«

Ein Grinsen, das Sam Übles befürchten ließ, erschien auf Connellys Gesicht. »Wenn Sie Ihre Leistung bringen, bekommen Sie nach der Mission nicht nur Sandys Anteil, sondern auch Ihre 1A-Qualifizierung auf den Chip.«

Sam kratzte sich am Kinn, als er würde nachdenken. Natürlich hatte er nicht vor, abzulehnen.

»Na schön. Eine kleine Spritztour kann nicht schaden.«

Claus öffnete eine der Sphären und Sam stieg in die perfekte Kopie eines *Shepherd*-Cockpits. Die Sphäre schloss sich und ein paar schwache Lichter an der verspiegelten Innenwand begannen zu leuchten. Über seinem Kopf hatte Sam keine zwanzig Zentimeter Platz und die Arme konnte er kaum seitlich ausstrecken. Nicht gerade der Ort, um Platzangst zu kurieren, aber Sam kannte solche Sphären. Mit diesen Simulatoren ließ sich jede Umgebung absolut detailgetreu darstellen. Ebenso sämtliche situationsbedingten äußeren Einflüsse, wie Hitze, Kälte, G-Kräfte oder Null-Schwerkraft. Rechts von ihm piepte etwas auf dem Boden der Kugel. Er griff nach unten und hob ein Headset mit Kopfhörern und Mikrofon auf. Sam drückte einen rot blinkenden Schalter und setzte es auf. Connellys verzerrte Stimme erklang.

»Sehr gut, Pilot Reilly. Wir starten jetzt die Simulation.«

Die Innenflächen der Sphäre begannen zu glühen, dann erschien das Weltall um ihn herum. Der *Shepherd* war ein atmosphären- und vakuumtaugliches Jagdflugzeug; sehr schnell, äußerst gefährlich und praktisch ohne Einsatzbeschränkungen. In einer Atmosphäre brachte er es auf fünffache Schallgeschwindigkeit und im All konnte er ohne den Schutz eines Trägerschiffs durch ein Lichtimpulsportal fliegen, ohne in tausend Stücke zu zerbrechen. Sam verschaffte sich einen Überblick über die unzähligen Instrumente. Jede Menge Holo-Anzeigen und Touchpanels. Der Sitz verschob sich zu einer Art Liege. Neben Sams rechter Hüfte lag der Steuerknüppel, links von ihm die Beschleunigungskontrolle. Die Pedale der Steuerung drückten gegen seine Füße. Um sie zu testen, trat er sie abwechselnd bis zum Anschlag durch. Obwohl die Simulation des Weltraums nicht real war, erstarrte er einen Augenblick vor Ehrfurcht, als er die Erde unter sich sah.

»Dann wollen wir mal loslegen. Starten Sie die Maschine und fliegen Sie zu den Koordinaten 63,15 zu 27,12 zu 18,01. Checken Sie Ihr Waffenarsenal. Sie werden Raumziele angreifen, einige Atmosphärenanflüge durchführen und Bodenziele bekämpfen. Claus sagt Ihnen, welche Waffen Sie einsetzen sollen. Am Ende der Übung steht noch ein kleiner Luftkampf an. Und nur damit Sie es wissen.« Sam konnte das feiste Grinsen in Connellys Gesicht vor sich sehen. »Claus ist mein bester Pilot. Nur wenn er mit Ihnen zufrieden ist, sind Sie im Team. Ab jetzt hat er die Führung. Gute Jagd.«

Claus' *Shepherd* stürzte an Sam vorbei in Richtung Erde.

»Starten Sie Ihr Triebwerk und folgen Sie mir.«

Sam schaltete den Fusionsgenerator ein und initiierte die Zündung der beiden Antriebe. Sofort konnte er das sanfte Rauschen der einsetzenden Maschinen hören und der *Shepherd* tat einen Satz nach vorn. Sam ruderte kurz mit dem Steuerknüppel und den Pedalen, um ein Gefühl für die Empfindlichkeit der Steuerung zu bekommen. Dann aktivierte er mit einem Knopfdruck die achtundzwanzig Steuerdüsen, die man benötigte, um im All überhaupt eine Kurve fliegen zu können. Im Bereich der Gravitation eines Planeten konnte der Jäger konventionell mit Flügelklappen gesteuert werden, aber im All würde es ohne Steuerdüsen auf ewig immer nur geradeaus gehen. Sam überprüfte seine Lage und die Position. Er erfasste Claus' Kurs und drückte den Gashebel auf halbe Leistung nach vorn.

Der *Shepherd* beschleunigte. Alle Anzeigen standen auf Grün. Sam lächelte zuversichtlich und gab Vollgas. Er jagte hinter Claus´ Maschine her und hatte sie nach kurzem Flug eingeholt.

»Bleiben Sie an meiner rechten Seite, eine Länge versetzt«, hörte er die Stimme des jungen Piloten in seinem Ohr und ließ sich leicht zurückfallen. Sie flogen einige Minuten dahin und Claus beschrieb ein paar Standardmanöver, denen Sam mühelos folgte. Bis jetzt war der Testflug eine Kleinigkeit. Sam dachte gerade, dass es wohl noch ein paar Überraschungen geben müsse, da kündigte Claus die erste bereits an.

»Sehen Sie vor uns das Transportschiff?«

Sam erkannte auf dem 3D-Radar einen pulsierenden Lichtpunkt, der langsam näher kam.

»Bestätigt.«

»Dieses Schiff ist unser Ziel. Ihre Aufgabe ist es, die Verteidigungsphalanx am Bug auszuschalten. Dort sind fünf Geschütztürme installiert. Je weniger Überflüge Sie benötigen, desto besser. Ich werde mich um die Heckphalanx kümmern.«

Das Schiff kam in Sichtweite. Sam legte den Schalter für den Waffenscanner und die Leitstrahlsteuerung um. Aber nichts passierte. Die Kontrollleuchten blieben rot.

»Ich habe eine Fehlfunktion. Waffenscanner und Leitstrahl sind nicht aktiv.«

»Fliegen Sie das Transportschiff manuell an«, hörte er Claus antworten und wusste, dass es jetzt ernst wurde. Im modernen Weltraumkampf waren alle Kombattanten mit Waffenscannern ausgerüstet, die die Bordwaffen des Feindes registrierten und mit der Leitstrahlsteuerung den Anflug auf das Ziel vereinfachten. Zu oft waren ehedem durch einen allzu ungestümen Einsatz der Bordwaffen nicht nur die Verteidigungsanlagen, sondern gleich das ganze Schiff, das man eigentlich erobern wollte, zerstört worden. Ein Feindanflug ohne technische Unterstützung trennte die Spreu vom Weizen. Nur die besten Piloten vermochten ein bewegliches Ziel im All anzugreifen, die Aufbauten gezielt zu zerstören, dabei selbst im Abwehrfeuer zu stehen und das Ganze unbeschadet zu überleben. Sam hatte solche Anflüge trainiert und es waren immer gefährliche Manöver. Heute würde er alles zeigen müssen, was er beherrschte.

»Verstanden. Ich fliege die Bugsektion an.«

Ohne Vorwarnung begann Claus ein Rollmanöver. Er drehte sich über Sams Kanzeldach hinweg und tauchte nach unten ab. Danach zog er nach links, um sich in eine bessere Position für seinen Anflug zu bringen.

Das sollte mich wohl erschrecken, Kumpel, dachte Sam und hielt weiter auf sein Ziel zu. Das Transportschiff war jetzt fast in Schussweite und Sam aktivierte die Waffen. Zwei mittelschwere Laserkanonen an den Flügeln und das schwere Lasergeschütz unter der Nase. Das Bombenfach im Bauch der Maschine aktivierte er ebenfalls, ließ es aber noch gesichert.

»Benutzen Sie nur die Flügelkanonen.«

»Verstanden.«

Sam korrigierte ständig mit leichten Bewegungen seinen Anflugvektor und langsam konnte er auch seine fünf Ziele erkennen. Claus meldete sich.

»Starte jetzt meinen Anflug. Achten Sie auf Sperrfeuer.«

Die Warnung war unnötig, denn im nächsten Moment begannen die fünf Geschütze, die er zerstören sollte, aus allen Rohren auf ihn zu feuern. Eine Wolke aus Laserprojektilen schlug ihm entgegen und schien mit ihren grünen und weißen Fingern nach ihm zu greifen.

Sam tauchte unter den Strahlen weg und begann einen Pendelflug. Die Wolke aus kohärentem Licht folgte seinen Bewegungen. Je näher Sam dem Schiff kam, umso dichter wurde der Beschuss. So konnte er sein Ziel nicht erreichen, geschweige denn, es zerstören. Aber er hatte eine Idee.

Sam brach den direkten Anflug ab und begann weitere Ausweichbewegungen zu fliegen, bis der Beschuss sich langsam entfernte. Er drehte nach rechts und schoss unterhalb des Schiffs an der Bugspitze vorbei. Der Beschuss hörte abrupt auf, als Sam den toten Winkel der Geschütztürme durchflog. Nachdem er unter dem Schiff durch war, zog er die Maschine steil nach oben und tauchte auf der anderen Seite wieder auf. Sam zog weiter am Steuerknüppel und zwang den *Shepherd* in einen Looping. Am höchsten Punkt schoss er mit hoher Geschwindigkeit abwärts und genau auf die fünf Geschütztürme zu. Als Sam das Ziel vor sich hatte, zog er den Abzug der Flügelkanonen durch und eine Salve gleißend weißer Laserstrahlen zuckten aus den Läufen an den Flügelspitzen.

Die ersten Strahlen trafen die vorderen zwei Türme, die sofort explodierten. Sam hielt den Feuerknopf gedrückt und zog leicht nach rechts. Die Türme drehten sich und richteten sich auf Sams neuen Anflugvektor aus, doch er hatte seine Ziele bereits anvisiert. Nacheinander wurden die verbliebenen Geschütze von dem hochenergetischen Licht durchbohrt und vergingen in Splitterwolken. Als der letzte Turm zerstört war, zog Sam den Knüppel leicht an, jagte mit nur wenigen Metern Abstand am Schiffsrumpf vorbei und drehte auf einen Fluchtkurs. Er suchte und fand Claus auf dem 3D-Radar. Nach ein paar Augenblicken hatte der wieder seine alte Führungsposition eingenommen.

»Gut geflogen, Reilly. Unkonventionell, aber gut. Nur ein Überflug! Folgen Sie mir wieder.«

Während sie das Schiff überflogen, stellte Sam fest, dass auch Claus seine fünf Ziele in einem einzigen Anflug erledigt hatte. Sie steuerten ihre Maschinen zurück zur Erde.

»Unser neues Ziel ist eine Fabrik im Norton-Harvard-Territorium. Sie werden dort eine Bombe auf die große Halle in der Mitte des Komplexes abwerfen. Es ist nur leichte Gegenwehr zu erwarten. Umfliegen Sie den Beschuss, platzieren Sie die Bombe und drehen Sie ab. Das war`s.«

Das allein kann es unmöglich sein, dachte Sam.

»Die atmosphärischen Bedingungen über dem Ziel sind, sagen wir mal … etwas schwierig. Aber damit müssten Sie klarkommen«, ergänzte Claus in diesem Moment.

Na also. Sam fragte sich, wie schwierig »etwas schwierig« wohl tatsächlich sein mochte. Er rechnete sicherheitshalber mit dem Schlimmsten.

Sie durchbrachen die obersten Luftschichten der Atmosphäre und ihre *Shepherd*s wehrten sich mit Knirschen gegen die Hitze und die Überbelastung des Wiedereintritts.

Nach der Eintauchphase zogen die Maschinen am Himmel des ehemaligen Staates Arizona ihre Bahn. Der Himmel war, soweit das Auge reichte, von schweren Gewitterwolken bedeckt. Auf dem 3D-Radar tauchte ihr Ziel in etwa zweihundertfünfzig Kilometer Entfernung auf.

»Ziel voraus. Erreichen des Ziels in drei Minuten. Anflug nach eigenem Ermessen. Ich ziehe mich zurück und beobachte.«

Claus zog seine Maschine steil in die Höhe und verschwand. Sam wollte noch eine Frage stellen, obwohl er die Antwort zu kennen glaubte.

»Frage: Leitstrahlsteuerung?«

»Negativ. Manueller Anflug.«

Das riesige Fabrikareal war jetzt in Sichtweite und prompt begannen die »etwas schwierigen« atmosphärischen Bedingungen noch heftiger zu werden. Von einer Sekunde auf die nächste wurde Sams Maschine von schweren Turbulenzen erfasst. Er wurde so hart durchgeschüttelt, dass er beinahe die Kontrolle über den *Shepherd* verloren hätte. Sam zerrte am Steuerknüppel und gab stoßweise Schub, um die Maschine wieder in seine Gewalt zu bekommen. Zusätzlich schaltete er einen Teil der Steuerdüsen für den Raumflug ein, die auch in der Atmosphäre halfen, den *Shepherd* auf Kurs zu halten. Als er den halbwegs eingeschlagen hatte, machte er die Bombe im Bauch der Maschine zum Abwurf bereit. Sam schwenkte die immer noch bockende Maschine auf das Ziel ein und sah instinktiv kurz in den Himmel über ihm, als ihn ein gleißendes Licht blendete.

»Scheiße.«

Sam riss die Maschine herum, aber der Blitz fuhr trotzdem in seine rechte Tragfläche und zerstörte die Laserkanone. Sofort schlugen Alarmtöne los und rote Warnlichter fluteten das Cockpit. Mit einem armdicken Loch im Flügel bockte die Maschine noch mehr. Sam schaltete die defekten Stromkreise ab. Es begann, scharf nach verschmortem Kabel zu riechen und weißer Qualm trieb ihm die Tränen in die Augen.

Dann war das Ziel in Reichweite. Die große Fabrikhalle umfasste eine Fläche von mindestens zwei Quadratkilometern. Eigentlich kaum zu verfehlen … solange man nicht in einem Gewittersturm und mit einer beschädigten Tragfläche unterwegs war. Kaum in Schussweite setzte das Abwehrfeuer der Verteidigungsanlagen ein. Der Beschuss erschien jedoch nicht sonderlich gut koordiniert. Es fiel Sam selbst mit der lädierten Maschine nicht schwer, ihm auszuweichen. Als er den Rand der Halle überquert hatte, löste Sam die Bombe aus und gab Vollgas. Die Last flog pfeifend ihrem Ziel entgegen und durchschlug das Hallendach. Die anschießende Explosion hüllte für zwei Sekunden die gesamte Umgebung in grellweißes Licht, dann fegte eine Druckwelle über das Gelände und zerstörte, was im Feuer der Explosion noch nicht verdampft war.

Sam stieg höher und wurde von der Druckwelle sogar noch ein wenig angeschoben. Er zog in eine Rechtskurve, um sich das Resultat seines Anflugs anzusehen. Das riesige Fabrikgebäude, das größte Bauwerk des ganzen Komplexes, war einem brennenden Krater gewichen, dessen Grenzen weit in die umliegenden Gebäude hineinreichten.

»Guter Abwurf«, meldete sich Claus zurück und tauchte an Sams rechter Seite auf. Sam hatte jetzt die Führungsposition.

»Danke«, erwiderte Sam. »Hat mich aber die rechte Laserkanone und zwei Stabilisatoren in der Tragfläche gekostet.«

»Sie sind dem Blitz gut ausgewichen. Ein Großteil der Kandidaten ist an dieser Stelle des Tests rausgeflogen oder hat danach den Bombenabwurf verpatzt. Sie liegen ganz gut im Rennen.«

»Und wie geht es jetzt weiter?«

»Als Erstes wird Ihre Maschine repariert.«

Sam blickte zu der beschädigten Tragfläche und sah, dass die rauchenden Beschädigungen bereits verschwunden waren. Auch die Laserkanone war wieder einsatzbereit. Die Simulatorkontrolle hatte die virtuellen Schäden seiner Maschine mit einem Knopfdruck beseitigt.

»Der letzte Test ist ein klassischer Luftkampf. Sie gegen mich.« Claus zog seinen *Shepherd* hoch und verschwand aus Sams Blickfeld. »Alles ist erlaubt. Jede Waffe, jedes Manöver. Der Kampf beginnt … jetzt.«

Instinktiv gab Sam Vollgas und verhinderte so, dass Claus' erste Salve seine Antriebssektion traf. Sam zog in einer Linkskurve nach oben. Claus fegte an ihm vorbei und zog ebenfalls nach links, um hinter Sam zu bleiben. Beide flogen minutenlang wilde Manöver, wobei Claus' Laserfeuer Sam mehrmals bedrohlich nahe kam. Trotzdem schaffte er es, nicht getroffen zu werden.

Claus war tatsächlich ein fantastischer Pilot. Der junge Mann schien die körperlichen Strapazen eines Luftkampfs unter Gravitation ohne Probleme wegzustecken, während Sam immer öfter auf alte Pilotentricks wie die Pressatmung zurückgreifen musste. Sie jagten von den Rändern der Stratosphäre in kürzester Zeit hinunter auf Baumwipfelhöhe und fegten durch Schluchten und über Wälder hinweg. Nur einmal gelang es Sam, sich mit einem alten Immelmann-Manöver hinter seinen Gegner zu setzen und ein paar Schüsse abzugeben. Doch der konterte seinerseits mit einer halsbrecherischen Rolle, und verpasste Sam damit die ersten Treffer. Zum Glück gab es nur leichte Schäden, aber die Reaktortemperatur begann, langsam zu steigen. Sam musste etwas unternehmen. Er konnte diesem Ass nicht ewig entkommen, dabei hatte er das Gefühl, dass Claus noch nicht einmal sein ganzes Können gezeigt hatte. Während Sam weiter wilde Ausweichmanöver flog, kam ihm eine Idee.

Mit Standardmanövern war einem solchen Piloten nicht beizukommen. Also musste Sam zu unkonventionellen Mitteln greifen. Er schaltete die Umgebungskarte auf die topographische Darstellung und fand die optimale Stelle für seinen Plan. Dann drückte er den Steuerknüppel nach vorn und lenkte den Jäger mit vollem Schub auf eine Gebirgskette zu. Dort angekommen tauchte die Maschine in die Schluchten zwischen den hoch aufragenden Gipfeln ab. Nach einigen Sekunden zeigte ihm der Zielerfassungswarner an, dass auch Claus in den Schluchten angekommen war und ihn bereits wieder ins Visier nahm. Gemeinsam jagten sie durch die engen Wände der Berge.

Die G-Kräfte und die Anstrengung forderten Sams letzte Reserven. Sein Anzug war mittlerweile schweißnass. Claus kam immer näher und erhöhte den Druck weiter. Sam musste sich aber nur noch eine Minute halten, dann hatte er die Talsenke erreicht, in der er den letzten Trumpf ausspielen wollte. Nach seinem Gefühl brauchte er aber noch mehr Abstand und erhöhte die Geschwindigkeit über jedes vernünftige Maß hinaus. Tatsächlich fiel Claus etwas zurück, offenbar überrascht vom Wagemut seines Gegners. Doch geradezu spielend leicht begann er, wieder aufzuholen.

Sam beobachtete den gemeinsamen Tanz ihrer beider Maschinen auf einem der kleinen Bildschirme und überwachte ständig den Abstand zwischen sich und Claus und jenem Teil der Talsenke, die ihm den benötigten Raum für sein Manöver bieten würde. Nach ein paar weiteren halsbrecherischen Schlenkern war Claus im richtigen Augenblick nah genug heran. Sam schoss über den Rand der Talsenke, wo es im Vergleich zum Niveau der Schluchten noch einmal zweihundert Meter abwärts ging. Sam konzentrierte sich vollkommen auf das unter ihm liegende Terrain. Gerade war Claus in die Senke eingeflogen und eröffnete das Feuer.

Sam flog geradeaus, um Claus die Möglichkeit zu geben, genau auf ihn zuzuhalten. Das barg ein großes Risiko. Wenn er zu lange wartete, konnte Claus ihn jetzt einfach vom Himmel holen. Der Zielerfassungswarner summte unaufhörlich. Sam ließ seinen Gegner langsam näher herankommen, bis er sicher war, den optimalen Abstand erreicht zu haben. Dann zog er den Steuerknüppel zu sich heran. Die Maschine stieg ruckartig senkrecht in die Höhe und schoss aus der Talsenke hinaus.

Das Manöver drückte Sam so hart in den Sitz, dass ihm für einen Augenblick schwarz vor Augen wurde. Er behielt den Steigflug für zwei Sekunden bei, dann drückte er das Querruder bis zum Anschlag nach rechts und schaltete die vorderen Steuerdüsen an der linken Rumpfseite hinzu. Der *Shepherd* vollführte auf geringstmöglichem Raum eine harte Wendung um die Längsachse und drehte wieder in die ursprüngliche Flugrichtung. Sam drückte den Steuerknüppel nach unten und sah im Sturzflug den völlig überraschten Claus unter sich vorausfliegen. Das Retournment-Manöver hatte ihn erfolgreich mit geringem Abstand hinter seinen Gegner gebracht.

Nur Sekundenbruchteile später heftete sich die Zielerfassung an Claus´ Antrieb und Sam gab ohne zu zögern Dauerfeuer. Die Laserstrahlen bohrten sich zuerst in das Triebwerk, dann nach vorn durch das Kanzeldach bis in den Rumpf hinein. Sam ließ seine Maschine nach links kippen und drehte ab, bevor er dem schwerbeschädigten *Shepherd* zu nah kam. Claus versuchte noch ein Wendemanöver, doch es war bereits zu spät. Nur Sekunden nach den Lasertreffern explodierte seine Maschine und die Trümmer verteilten sich auf dem Grund der Talsenke.

Die simulierte Umgebung in der Sphäre erstarb in einem milchig weißen Nebel und die verspiegelte Oberfläche wurde wieder sichtbar. Sam starrte auf sein verzerrtes und verschwitztes Spiegelbild. Er war völlig fertig. Der Testflug hatte jedes Quäntchen Kraft aus ihm herausgezogen. Die Tür der Sphäre öffnete sich und Connelly blickte grinsend herein. Sofort setzte Sam wieder sein Pokerface auf.

»Sie können aussteigen, Reilly.«

Mit schmerzenden Knochen schälte sich Sam aus der Kugel. Claus stand bereits neben seiner Sphäre. Er hatte zwar Schweißflecken unter den Armen, wirkte aber nicht sonderlich erschöpft. Der junge Pilot kam ihm entgegen und reichte ihm die Hand.

»Starkes Manöver. Sah zwar mehr nach Selbstmord aus als nach Fliegerei, aber Sie haben es geschafft. So hat mich noch nie jemand abgeschossen.«

»Danke für die Blumen.« Sam ergriff die Hand.

Alle saßen wieder in Connellys Büro. Sam und Claus hatten Wasserflaschen vor sich stehen. Niemand sagte etwas, während Connelly sich die Aufnahme des Testflugs ansah. Gelegentlich stoppte er eine Sequenz, spulte zurück und sah sie sich nochmal an. Nach fünfzehn Minuten schien er genug gesehen zu haben.

»Ihre Meinung, Claus.«

»Ich halte Reilly für ausreichend qualifiziert. Er beherrscht alle notwendigen Standardmanöver und kann improvisieren, wenn es gefordert ist. Seine Luftkampffähigkeiten sind überdurchschnittlich. Die Reflexe und die Reaktionszeit bewegen sich im erwarteten Rahmen. Von mir aus kann er mitmachen.«

Connelly schien nachzudenken. Immer wieder warf er einen Blick auf die Daten von Sams Vitachip. Dann hatte er seine Entscheidung getroffen.

»In Ordnung, Reilly. Sie sind dabei. Ich heure Sie hiermit als Jägerpilot an. Ihr Sold wird nach Erledigung der Mission ausgezahlt und beträgt achthunderttausend Kronen. Ab jetzt gilt für Sie absolutes Stillschweigen über unser Vorhaben, auch wenn Sie noch gar nichts wissen. Sie werden einem Jägergeschwader zugeordnet, über das Claus die Befehlsgewalt hat. Dieses Geschwader wird auf einem Trägerschiff stationiert, auf dem Sie die nächsten Monate Ihre Zeit verbringen werden. Geplant sind sechs Monate Missionsdauer mit Option auf Verlängerung. Sie werden sich in das Team einordnen und die Befehle befolgen oder man wird sich Ihrer entledigen. Haben Sie verstanden?«

»War unmissverständlich.«

»Ein einfaches Ja oder Nein reicht ab jetzt. Abflugzeit ist heute Nachmittag sechzehn Uhr. Fort Loudon-Raumhafen, Terminal achtzehn. Sie melden sich mit dem Chip an und dürfen einen Koffer Privatzeug mitnehmen. An Bord des Trägerschiffs werden Sie mit Kleidung von uns ausgestattet.« Connelly zog den Vitachip aus dem Computer und warf ihn Sam zu. »Noch Fragen?«

Sam wagte einen Vorstoß. »Wann erhalten wir Einzelheiten über die Mission?«

»Noch andere Fragen?«

»Schätze nicht.«

»Dann wär´s das erst mal, Reilly.«

Alle standen auf. Die Besprechung war beendet.

»Willkommen im Team. Und bauen Sie keinen Scheiß.«

»Werd´ mein Bestes tun, Major.«

Auf dem Weg nach draußen wurde Sam von dem Typen namens Rufus begleitet. Sie gingen an dem zornig dreinschauenden Jonesy vorbei. Der wollte Sam etwas entgegengiften, aber Rufus unterband die Tirade.

»Halt die Luft an. Der Junge spielt jetzt bei uns mit. Also sei nett zu ihm.«

Sam ging zu Jonesy und bot ihm die Hand an. »Tut mir leid, das mit dem schwierigen Anfang.«

Jonesy schien nicht gewillt zu sein, Sams Entschuldigung anzunehmen. Sein Blick sprühte immer noch Gift und Galle.

»Nun reiß dich am Riemen, Mann«, warf Rufus ein. „An diesem Jungen werden wir noch viel Freude haben.“

 Langsam hob Jonesy die Hand und für nicht mehr als einen Augenblick schüttelten sie sich die Hände.

»Das muss dann wohl erst mal reichen«, entschied Rufus. Sie gingen zum Ausgang.

»Sie haben Eindruck hinterlassen, Pilot Reilly. Ihre Manöver waren nicht von schlechten Eltern. Der Alte hat echt gestaunt, als Sie Claus mit diesem Retournment vom Himmel geholt haben.«

»Ach, hat er?«, entgegnete Sam und versuchte, unbeeindruckt zu wirken. »Sie haben doch bestimmt dutzendweise Fliegerasse engagiert. Die werden sicher alle ́ne gute Show geboten haben.«

»Das haben sie auch«, antwortete Rufus. „Aber Sie, mein Junge, waren der Erste, der es geschafft hat, Claus abzuschießen. Ich war mir zwar sicher, dass Ihre Maschine mitten in der Drehung auseinanderbricht, aber es hat funktioniert.«

»Na ja. Jeder hat mal Glück. Wir sehen uns.«

Sie schüttelten ebenfalls die Hände und Sam verließ das Büro. Rufus sah ihm nach, dann wandte er sich um und wollte zurück in Connellys Büro gehen, doch Jonesy hielt ihn auf.

»Ich sag dir, der Typ bedeutet Ärger. Das hab ich im Gefühl. Glaub ́s mir.«

Rufus schob ihn genervt zur Seite. »Geh mir nicht auf die Eier mit deinem ewigen Pessimismus. Ist ja nicht zum Aushalten.«

Jonesy fuchtelte ihm mit der Faust hinterher. »Ich schwör ́s dir. Jede Menge Ärger!«

Nach dem Testflug ging Sam zurück in seine Wohnung und nahm eine lange Dusche. Nachdem er in einem kleinen Lokal etwas zu Mittag gegessen hatte, suchte er eines seiner Verstecke auf; einen alten, nicht mehr benutzten Wartungsschacht unter einer Zubringerbrücke. Von dort nahm er ein silbernes Kästchen mit. Damit ging er zu einer der öffentlichen Informationssäulen, die überall in Fort Loudon aufgestellt waren. Er schaltete das Kästchen ein und legte es direkt neben die drahtlose Transferschnittstelle. Dann aktivierte er das Eingabeterminal der Säule. Sam begann eine zusammenhangslose Folge von Zeichen einzutippen. Dabei sah er immer wieder auf das Display des Kästchens, in dem jetzt ein grünes Licht blinkte.

Das Gerät griff in die Funktionen des Terminals ein und verschob die Zeichenfolge in einen entlegenen Winkel des Massenspeichers. Gleichzeitig sendete es eine harmlose Nachricht an einen bestimmten Adressaten irgendwo in Fort Loudon. Nachdem Sam mit der Eingabe der Nachricht fertig war, nahm er das Gerät von der Schnittstelle, deaktivierte es und ließ es wieder in seiner Tasche verschwinden. Er schaltete das Terminal der Säule aus und schlenderte wie jeder normale Bürger davon.

Eine Stunde später trat ein anderer, nicht weniger normaler Bürger an die Informationssäule heran. Kein Mensch bemerkte das kleine silberne Kästchen, das er beiläufig neben die Transferschnittstelle des Terminals legte. Der Bürger sah sich unauffällig um und tippte einen Code ein. Das Gerät machte sich auf die Suche nach der Nachricht, die Sam in dem zum Briefkasten umfunktionierten Terminal hinterlassen hatte. Nach wenigen Sekunden war die Nachricht gefunden und entschlüsselt. Sie lautete: »Stichwort: Dunkles Wasser - Neue Quelle. Kommunikation, wenn neue Informationen vorliegen.«

Der Bürger las die Nachricht und prägte sich die Worte ein. Danach löschte er alle Spuren aus dem Terminal, die auf ihre Existenz hinweisen konnten. Er steckte sein silbernes Kästchen wieder ein und ging davon. Einer der stillen Läufer Skyyes war auf dem Weg in eine Schlangengrube.

Kapitel 9

Datum: 15. November 2286 – Terra-Standardzeit

Das Skyye-System hatte das Glück, bei seiner eher geringen Größe über drei habitable Planeten zu verfügen. Insgesamt bewegten sich sogar sechs Planeten um Skyyes gelbweiße Sonne, doch nur Skyye-Soolar, Skyye-Periphé und Skyye-Midlánd wiesen den idealen Abstand zur Sonne auf, der erst die Entstehung von Leben ermöglichte. Soolar stand der Sonne am nächsten. Danach folgten Midlánd und Periphé. Die relative Distanz der Planeten zueinander war verhältnismäßig gering und betrug nur wenige Millionen Kilometer. Ein weiterer glücklicher Umstand sorgte dafür, dass sich alle drei Welten mit der gleichen Geschwindigkeit um ihre Sonne bewegten.

Die Systemregierung von Skyye residierte auf Midlánd. Dort lebten mit knapp zwölf Millionen Menschen auch die meisten Bewohner. Soolar wurde völlig als Bergbauplanet genutzt. Tag für Tag wurden seine Schätze im Drei-Schicht-Betrieb abgebaut, veredelt und zum Verkauf an die gesamte besiedelte Galaxie vorbereitet. Soolar stand schon immer im besonderen Fokus für Okkupationsversuche durch andere Konzerne, doch Periphé hatte das bisher immer erfolgreich verhindern können. Auf Periphé war die militärische Zentrale des Skyye-Systems angesiedelt. Dort wurden in gigantischen Bodendocks und Raumschiffswerften die Systemverteidigung und Hilfseinsätze für die Partnerwelten des Bundes der freien Systeme organisiert. Dazu schwebte ein riesiges Raumdock majestätisch im Orbit, in dem alle Wartungsarbeiten durchgeführt wurden, für die Schiffe nicht landen mussten. Diesen Service konnten gegen eine Gebühr auch zivile Einheiten nutzen. Jeder Bürger auf Skyye kam mindestens einmal im Leben nach Periphé, um dort in den Trainingscamps seine Basisausbildung abzuleisten.

Auf Periphé wurden auch die meisten der Waffen hergestellt, mit denen ein Skyye-Ranger umzugehen lernte, unter anderem auch der *Shepherd*-AVK, ein atmosphären- und vakuumtauglicher Ein-Mann-Raumjäger. Der *Shepherd* war ein Teil des Lieferprogramms der Hephaistos-Fabrikstadt. Bei Hephaistos wurde der gesamte militärische Bedarf der System-Verteidigung hergestellt. Die Flugzeugfabrik lag am Rand des mehrere Quadratkilometer großen Areals. Gleich daneben war ein Flugfeld angeschlossen, auf dem regelmäßig Testflüge stattfanden. Auf der anderen Seite der Fabrikhalle lag das Auslieferungsgelände, wo das fertige Fluggerät auf seine Abholung wartete.

Chef-Inspekteur Charly Brauer, ein fünfzigjähriger untersetzter Mann mit grauen Schläfen sah auf seinem Datenpad die wachsende Zahl der auf ihre Abschlussinspektion wartenden *Shepherd*s. Wie zur Bestätigung für das sich anbahnende Chaos schlenderte er gerade neben einer weiteren Maschine her, die aus der Fabrikationshalle gefahren und auf ihrem Abnahmeplatz geparkt wurde. Die Zahl der freien Plätze hatte sich mittlerweile bedenklich reduziert. Zweiundzwanzig Jahre arbeitete Charly Brauer jetzt bei Hephaistos, aber eine solch schwerfällige Abwicklung der Endabnahme hatte er noch nie erlebt. Was ihn aber am meisten ärgerte, war der Umstand, dass er rein gar nichts dagegen tun konnte. Verdammte Computer!

Die Aufgabe von Brauers Team bestand darin, bei jeder Maschine die Endabnahme durchzuführen. Ein Teil dieser Arbeit umfasste die Abschlussprogrammierung des Flugsystems. Speziell bei den *Shepherd*s war jede Maschine bereits für einen bestimmten Piloten reserviert. In der Flugzeugfabrik von Hephaistos wurde selten etwas auf Lager gebaut. Bei der Abschlussprogrammierung erhielten die Maschinen einen personalisierten Endschliff, wie er von ihren zukünftigen Piloten vorab gewünscht worden war. Das konnte alles Mögliche beinhalten, angefangen von einer besonderen Gruppierung der Bordwaffen über Stabilisatoreinstellungen und spezielle Reaktionsmuster des Bordcomputers bis hin zu Details wie der Justierung des Widerstands von Steuerknüppel und Fußpedalen. Besondere Sorgfalt legte man auf die persönliche Codierung der Maschine auf ihren Piloten, die durch Stimmerkennung und die Speicherung des Biomusters in einem speziell abgesicherten Abschnitt des Systemkerns sichergestellt wurde. Ohne die Autorisation des Geschwaderkommandanten sowie dessen vorgesetzten Offiziers konnte die Personalisierung nicht geändert werden. Wegen der Bedeutung dieser Prozedur war hierfür ein fest eingeplanter Produktionsschritt vorgesehen. Und genau diesen Schritt konnte die Inspektionsmannschaft im Moment nicht ausführen.

Charly klemmte sich das Datenpad unter dem Arm und lief zur Kontrollkanzel, einer drei Meter hoch gelegen verglasten Box, in der normalerweise drei Mann aus der Produktionssteuerung die Arbeitsfortschritte überwachten. Charly griff sich an den Ohrhörer mit Mikrofon und drückte die Sprechtaste.

»Chip, kannst du mich hören?«

Er lauschte. Jemand auf der anderen Seite hatte den Verbindungsknopf gedrückt, antwortete aber nicht. Charly hörte nur aufgeregtes Durcheinanderreden.

»Hallo, Chip. Kannst du mich hören, verdammt?«, rief er jetzt in das Mikrofon.

Wieder nur Durcheinander. Dann knackte es kurz und jemand antwortete.

»Scheiße, Charly. Geh mir nicht auf die Eier.«

Die äußerst gereizte Stimme gehörte Chip Harling, dem Chef der Systemadministration. Obwohl er auch einen normalen Vornamen hatte, riefen ihn all nur bei seinem Spitznamen. Chip Harling hatte zwei Dutzend der besten Computerspezialisten des gesamten Bundes unter sich. Doch im Moment schienen sogar diese Profis an ihre Grenzen zu stoßen.

»Wie sieht's denn aus, Chip?«

»Das ist mit Sicherheit die Urmutter aller bescheuerten

Fragen«, fauchte Chip. »Es sieht beschissen aus. Absolut beschissen. Das ganze System steht kurz vor dem Kollaps.«

Charly behielt seinen ruhigen Ton bei, obwohl schon lange niemand mehr so mit ihm gesprochen hatte.

»Hast du wenigstens schon eine Ahnung, mit was du es da zu tun hast?«

»Ob ich eine Ahnung habe? Tja, schätze, die hab ich«, kam es zurück. »Meine Ahnung sagt mir, dass wir es hier mit einem gottverdammten Virus zu tun haben. Dieses Drecksteil steckt im Quantenkern und fängt an, sich in die Subsysteme auszubreiten. Es unterbricht den Datentransfer zwischen den Systemebenen und nicht ein verdammtes Byte geht mehr durch die Leitung. So eine Scheiße.«

»Wisst ihr schon, wie ihr dem Ding zu Leibe rücken könnt?«

»Geregelt kriegen wir das schon. Die Programmierung ist nicht sonderlich kompliziert, aber im Moment verbreitet sich der Virus immer noch zu schnell. Es ist nur eine Frage der Zeit, bis wir das Ding knacken, aber das kann eben noch dauern.«

»Also keine Daten für die Maschinenprogrammierung in der nächsten Stunde?«

Chip lachte verzweifelt auf. »Vergiss es, Alter. Frag in acht Stunden noch mal nach. Ich hab schon den Rest meiner Mannschaft aus dem Bett geklingelt, damit die uns helfen.«

»Meine Abnahmeplätze hier sind langsam alle voll. Wenn ich die Kisten nicht aus der Halle kriege, muss ich die Produktion anhalten lassen und du weißt, wie sauer der PL dann wird.«

»Wie sauer soll ich werden?«

Charly drehte sich um. Hinter ihm kam der Produktionsleiter der Fertigung für Luft- und Raumfahrzeuge bei Hephaistos auf ihn zu. Ein zwei Meter großer Mann mit strengen Falten unter den Augen.

»Standby, Chip«, sagte Charly.

Der PL deutete auf die wartenden Maschinen. »Warum geht's nicht voran? Die *Shepherds* werden übermorgen abgeholt und ich hab hier noch nie so viele Maschinen rumstehen sehen.«

»Es gibt ein Problem mit der Programmierung, PL. Wir kriegen keine Daten aus der Kontrollkanzel. Die Admins sind an der Sache dran.«

Der PL drückte eine Taste am Ohrmikrofon, das er ebenfalls trug.

»Wer ist vor Ort?«

»Chip Harling.«

Der PL sah zur Kontrollkanzel hoch. »Hallo, Chip. Bitte melden.«

»Hier ist Harling.«

»Chip, warum stehen mein Chef-Inspekteur und seine Mannschaft hier nutzlos rum und können ihre Arbeit nicht machen? Wir haben Termine einzuhalten.«

»Tut mir leid, PL. Aber das ist leider nicht so einfach.«

Dann erklärte Chip, dass es wohl noch einige Zeit benötigen würde, bis die Computer wieder liefen. »Es wird bestimmt noch bis morgen Vormittag dauern, bis alles wieder normal läuft. Wir arbeiten über Nacht an der Sache.«

»Danke, Chip. Tun Sie Ihr Bestes. PL, Ende.«

Der PL schwieg. Charly konnte seine Gedanken erraten.

»Wenn wir keine Daten kriegen, müssen wir die Maschinen unprogrammiert auf das Auslieferungsgelände stellen und uns morgen darum kümmern. Da bleibt uns wohl keine Wahl, wenn wir die Produktion nicht anhalten wollen.«

Der PL ging ein paar Schritte und dachte offensichtlich weiter nach, aber es gab nur diese eine Option. »In Ordnung, Charly. Wir machen's so. Schaffen Sie die Maschinen auf das Feld und fangen Sie mit der Programmierung an, sobald das System wieder läuft. Chip soll Sie benachrichtigen. Wenn nötig, schreiben Sie morgen ein paar Überstunden. Wir wollen auf jeden Fall pünktlich liefern.«

»In Ordnung, PL.«

Sie schüttelten sich kurz die Hände und der PL ging davon.

Charly gab seiner Mannschaft die neuen Instruktionen und kurz danach wurden die Hallentore geöffnet. Unter jeden *Shepherd* wurde eine kleine Zugmaschine geschoben, und die Maschinen langsam aus der Halle zu einem markierten Platz auf dem Auslieferungsfeld gefahren. Charly Brauer musste über Chips Worte nachdenken. Ein Virus in der am besten abgesicherten Datenbank von ganz Hephaistos? Er war sicher, dass der PL mehr über diesen Umstand nachgedacht hatte, als über die stockende Produktion. Wenn es wirklich ein Virus war, wer hatte ihn hier hereingebracht? So etwas konnte nur einem Insider gelingen, aber wer kam dafür in Frage? Vor allem aber: Warum?

Charly verdrängte den Gedanken und begann einen Plan für den morgigen Arbeitstag zu entwerfen. Sie würden sich jede der fünfundvierzig Maschinen nacheinander vornehmen müssen. Und das im Freien, mit minimaler technischer Unterstützung. Es war Sommer auf diesem Teil von Periphé. Charly bekam allein von dem Gedanken an den vor ihm liegenden Knochenjob einen Schweißausbruch.

Tau streckte die schmerzenden Glieder. Seit drei Stunden lag er jetzt auf seinem Beobachtungsposten, einer kleinen Gruppe Büsche auf dem Kamm eines sanft ansteigenden Hügels nur etwa dreihundert Meter vom Auslieferungsgelände der Hephaistos-Fabrikstadt entfernt. Tau beobachtete zufrieden, wie die *Shepherds* der letzten Produktionsreihe recht überstürzt auf das Auslieferungsgelände gefahren wurden und nicht wie üblich in gemächlichem Tempo einer nach dem anderen. Das, sowie die Nachricht seines Informanten bei Hephaistos, bestätigte ihm die erfolgreiche Umsetzung seines Plans, vierzig *Shepherds* in die Hände zu kommen, wie es ihm von Eta aufgetragen worden war. Lediglich der Umstand, dass er hier vor Ort sein musste, passte ihm überhaupt nicht. Im Augenblick trug Tau einen dunkelgrünen Kampfanzug ohne Rangabzeichen.

Er dachte noch einmal über die gesamte Sache nach, und

konnte keinen Fehler in dem Plan Etas entdecken. Nur was seinen Mitverschwörer anging, war er sich da nicht so sicher. Tau hatte Rho bisher nur zweimal - und dann virtuell getarnt - gesehen, aber er konnte ihn jetzt schon nicht ausstehen. Seine arrogante Art ging Tau schwer auf die Nerven.

»Sie, mein Freund werden bei der Aktion dabei sein«, hatte Rho ihn belehrt. »Bei uns trägt jeder einen Teil des Risikos, wenn er was vom Kuchen abhaben will. Wenn man uns schnappt, gehen wir alle in den Bau.«

Blödes Arschloch.

Also saß Tau ein gutes Stück von den Piloten entfernt, die die Maschinen vom Planeten fliegen sollten, im Gebüsch und beobachtete die sechs Männer, die sich im Schutz der aufziehenden Dunkelheit der Umzäunung des Auslieferungsgeländes näherten. Das Team sollte ins Wachgebäude eindringen, die Mannschaften möglichst ohne Verluste auf beiden Seiten ausschalten und das Sicherheitsnetz deaktivieren. Danach sollten sie die Tür für die restlichen Mitglieder des Teams öffnen, insgesamt vierzig Piloten. Anschließend war noch ein halbes Dutzend Bomben aus Fennix-Beständen zu platzieren, während jeder der Vierzig in eine Maschine kletterte, um damit in den Himmel zu steigen, wo bereits ein Trägerschiff auf sie wartete. Nachdem der letzte Jäger auf dem Schiff gelandet war, sollten die Bomben gezündet werden und bei der späteren Spurensuche würde alles danach aussehen, als hätte Fennix L.M. etwas dagegen gehabt, dass diese Maschinen ihre Endkunden erreichten. Solche Maßnahmen waren durchaus schon vorgekommen, wenn es die politische Situation erfordert hatte, auch wenn Tau bei der Einsatzbesprechung Bedenken gegenüber dem Plan äußerte.

»Wir können zwar das Sicherheitsnetz ausschalten und die Maschinen schnell in die Luft bringen. Aber der Raumüberwachung wird das nicht entgehen. Vierzig Raumjäger, die ungeplant starten, fallen ganz bestimmt auf.«

Eta tat den Einwand jedoch ab. »Darüber müssen wir uns keine Sorgen machen. Bis die Raumüberwachung reagiert, sind wir längst weg. Außerdem wird die Regierung eine Nachrichtensperre verhängen und Hephaistos seine Mitarbeiter zum Stillschweigen verdonnern. Niemand gibt gegenüber der Öffentlichkeit freiwillig zu, dass man ihm vierzig Raumjäger vor der Nase gestohlen hat. Und mit den Fennix-Bomben liefern wir auch gleich die passende Ausrede. Skyye kann seine Untersuchung starten und dann alles auf Fennix schieben.«

Das klang zumindest in der Theorie ganz gut. Man würde die Spionageabwehr darauf ansetzen, aber bis jemand herausbekam, dass die Bomben nur eine Finte waren, hatte das Universum längst Wichtigeres zu tun.

Sam saß mit sieben anderen Piloten in Deckung und wartete darauf, dass das Einbruchsteam endlich das Signal zum Vorrücken gab. Die vierzig Männer und Frauen waren in fünf Teams aufgeteilt worden, die sich gleichmäßig verteilt in dem Hügel vor dem Wachgebäude versteckt hielten. Das Einbruchsteam musste die Wachen ausschalten und das Überwachungssystem manipulieren. Danach konnten sie sich endlich die Maschinen unter den Nagel reißen und von hier verschwinden.

Es wurde auch Zeit, dass endlich etwas passierte. Sam und der Rest der Gruppe waren nach ihrer Rekrutierung sofort auf ein unmarkiertes Trägerschiff gebracht worden. Obwohl man alle offensichtlichen Kennzeichen entfernt hatte, erkannte Sam, dass es sich um ein Schiff von Hanzon Industries handelte. Vielleicht irgendein geheimes Projekt der Sicherheitsabteilung? Noch überraschender war, dass dem Trägerschiff ein eigenes Sprungschiff zugeteilt worden war. Auch das Sprungschiff trug keine Identifikationsmarken.

Nachdem sie zwei Wochen lang mit leichten Stinger-Jägern trainiert und einander kennengelernt hatten, war es nach Skyye gegangen. Die Piloten und einige Hilfsmannschaften hatte man mit einer falschen Identität ausgestattet und in kleinen Gruppen als Arbeiter getarnt auf Periphé abgesetzt. Die Vorbereitungen für das Eindringen in die Hephaistos-Fabrikstadt hatten dann noch eine weitere Woche beansprucht.

Welche Mächte standen hinter dieser Aktion? Wie konnte eine wie auch immer geartete Organisation an ein Trägerschiff und auch noch ein Sprungschiff herankommen? Sprungschiffe gehörten zu den wertvollsten Gütern, die es in der Raumfahrt gab und ihr Verkehr wurde schon wegen der hohen Kosten streng überwacht. Und welcher Experte hatte es geschafft, das beste Sicherheitssystem von Hephaistos mit einem Virus zu verseuchen, der in der Lage war, den gesamten Datenverkehr für zwölf Stunden lahmzulegen? Obwohl Sam darüber viel nachgedacht hatte, war ihm noch keine Lösung eingefallen.

Flyboys vorrücken, hörte Sam in seinem Kopf. Alle Mitglieder des Teams trugen Headlinks um ihren Hals. Spezielle Sensoren interagierten mit dem Sprachzentrum im Gehirn und wandelten gedachte Worte in Funksignale um. So konnten sie geräuschlos miteinander kommunizieren.

Sofort erhoben sich die Männer und schlichen geduckt hinunter zum Wachgebäude. Sams Gruppe erreichte den Eingang als zweite, wo sie von einem Mann des Einbruchteams empfangen wurde. Der schickte sie durch einen schwach beleuchteten Gang. Unterwegs sah Sam die Wachmannschaft am Boden liegen. Die meisten schienen bewusstlos zu sein, aber zwei von ihnen hatten tiefe Schnittwunden am Hals davongetragen und lagen mit totem Blick in ihrem Blut. Am Ende des Ganges war eine Tür geöffnet worden. Mit Handzeichen trieb ein weiterer Mann die Piloten an und sie strömten nacheinander hinaus. Sam trat beiseite, um die anderen nicht aufzuhalten. Er deutete auf die beiden Toten und sendete: *War das nötig?*

Der Mann des Einbruchteams zuckte mit den Achseln. *Haben Stress gemacht. Wir hatten keine Wahl.*

Befehl war: keine Toten. Verdammte Scheiße. Wenn man die

findet? Aufgeschlitzt?

Der Mann kam näher und sah ihn scharf an. *Kümmer dich um deinen Job, Flyboy und ich mach meinen.* Dann entspannte er sich ein wenig. *Außerdem, was soll's? Fliegt eh gleich alles in die Luft. Wenn sie von denen noch was finden, war es eben Fennix. Jetzt beweg dich und steig in deine Maschine!*

Sam beschloss, es dabei zu belassen. Es war sowieso nichts mehr zu ändern. Er schickte dem Mann noch einen bösen Blick zu und lief hinaus zu den geparkten *Shepherds*. Sam hielt sich links und begann, die Reihen abzuschreiten. Bei der vierten bog er ein und zählte die Maschinen. Bei der Fünften blieb er stehen. Die Zahlen- und Buchstaben-Kombination am Rumpf war korrekt, dies war seine Maschine. Er öffnete eine kleine Klappe an der Seite und tippte den Entsperrcode in ein Tastenfeld. Sofort hob sich zischend das Glasdach der Pilotenkanzel.

Sam sah sich kurz um. Auf dem Feld herrschte jetzt rege Aktivität. Etliche Triebwerke liefen bereits und die ersten Maschinen stiegen gerade in den Himmel. Sam setzte den Pilotenhelm auf, den er am Gürtel trug. Dann kletterte er über die kleine Einstiegsleiter hoch ins Cockpit und ließ sich in den Sitz fallen. Nachdem er die Kanzel wieder geschlossen hatte, gurtete er sich an und zog einen Datenchip hervor. Der Chip enthielt ein Programm zur Überbrückung der Sicherheitssperre. Sam steckte ihn in die Schnittstelle und tippte einen weiteren Code ein. Sofort leuchteten die Systemkontrollen auf und die Maschine schaltete in den Startmodus. Der Fusionsgenerator sprang an und Energie wurde in den *Shepherd* gepumpt. Sam startete die Triebwerke und behielt die Statusanzeige im Blick, während er weitere Einstellungen vornahm. Die Anzeigen wanderten langsam von Rot nach Grün und nach zwanzig Sekunden leuchtete auf einem kleinen Bildschirm die Meldung »Systeme startklar« auf. Sam nahm den Steuerknüppel und die Schubkontrolle in die Hände, gab leicht Gas und zog den Steuerknüppel vorsichtig zu sich heran. Der *Shepherd* stieg langsam in die Höhe.

Im weiteren Orbit um Skyye-Periphé kollabierte die ER-Brücke und die Impulsblase löste sich auf. Das eingetroffene Trägerschiff erhöhte seine Geschwindigkeit auf Orbitalstandard. Einen Augenblick später tauchte das Sprungschiff auf. Major Connelly saß auf dem Sessel des Kommandanten und beobachtete die neu hereinkommenden Daten. Er lächelt. Alles schien nach Plan zu laufen.

»Wie ist der Status der Bodengruppe?«, fragte er seinen ersten Offizier.

Ein junger, rothaariger Mann stand auf. »Wir erhalten die Signale von vierzig *Shepherd*-Maschinen und einer Fähre, die Kurs auf die Rendezvous-Koordinaten nehmen. Keine Reaktion von der Oberfläche. Keine Kontermaßnahmen erkennbar.«

»Sehr gut«, antwortete Connelly. »Bringen Sie uns zum Rendezvouspunkt und bereiten Sie die Aufnahme der Schiffe vor. Das Schiff soll so schnell wie möglich unseren Abflug vorbereiten. Wir wollen keine Zeit verlieren.«

»Aye, Major.« Der erste Offizier gab die entsprechenden Anweisungen an die Crew weiter. Connelly lehnte sich zurück. Jetzt geht es also los, dachte er. Noch paar Übungsflüge mit den neuen Maschinen und dem neuen Trägerschiff. Dann wir können zuschlagen.

Draußen in der Kälte des Alls näherten sich die vierzig gestohlenen Maschinen und die Fähre, die das Einbruchsteam transportierte, ihrem Basisschiff. Einer nach dem anderen flog durch das Barrierefeld des Flugdecks. Automatische Leitstrahlen empfingen jede einzelne Maschine und wiesen ihr einen Platz auf dem Deck zu. Während des Landevorgangs begann das Sprungschiff mit seinen Vorbereitungen zum Verlassen des Skyye-Systems. Das Schiff war eigentlich nicht mehr als eine containerförmige, detailarme Schiffshülle mit Triebwerken. Der interessante Teil bestand aus der ER-Erzeugungseinheit, die das Schiff an schweren Stahltrossen hinter sich herzog. An jeder Trosse hing ein Segment, das mit den anderen Teilen in aktiviertem Zustand einen Kreis bildete. Während der Skipper des Sprungschiffs seine Kursberechnungen durchgeführte, ließ er den Antrieb hochfahren. Für den Transport eines einzigen Trägerschiffs war nur eine Standardkonfiguration nötig. Trotzdem bedeutete jeder Flug mit einem Sprungschiff durch den Verbrauch von Volonias-Kristallen hohe Kosten für den Betreiber.

Nachdem die *Shepherds* und die Fähre sicher verstaut waren, nahmen beide Schiffe ihre Sprungpositionen ein und warteten auf den Lichtimpuls und den Aufbau der ER-Brücke. Das letzte Signal aus dem Orbit um Skyye-Periphé war das Zündsignal für die Detonation der Bomben, die das Auslieferungsfeld der Hephaistos-Flugzeugfabrik in Feuer und Rauch aufgehen ließen.

Kapitel 10

Datum: 6. Dezember 2286 – Terra-Standardzeit

Jeder Platz in der Kommandozentrale war besetzt. Ein ständiges Murmeln aus dem Abgleich von Statusberichten und der Besprechung neu eingegangener Daten erfüllte das Herz des Forschungsstützpunktes auf Hon-Chi 2. Felix Rivendecker starrte dessen ungeachtet wie gebannt auf die Bildschirme der Außenkameras. Sie hatten es geschafft!

Das fremde Raumschiff schwebte einen halben Meter frei in der Luft über den Stützsätteln. Es war ihnen gelungen, die interne Landesteuerung zu aktivieren und das Schiff anzuheben; ein riskanter Test, dem tagelange Planungen vorausgegangen waren. Nach monatelanger Arbeit und dem Einsatz immenser Ressourcen hatten sie die Kontrolle über sämtliche Primärsysteme und den größten Teil der Sekundärsysteme des Raumschiffes erlangt. Rivendecker freute sich wie ein kleines Kind und hieb wohl deshalb ein wenig zu fest auf Lois Cramers Schulter.

»Ausgezeichnet, Lois. Senken Sie sie wieder ab und schließen Sie die Halteklammern. Wir wollen doch nicht, dass unser Schätzchen in den Dreck purzelt, wenn der hohe Besuch vor Ort ist.«

Lois Cramer unterdrückte ein Stöhnen, grinste und drückte ein paar Tasten auf dem Kontrollpult.

»Warnleuchten an. Ich nehme die Energie weg.«

Auf den Bildschirmen konnte man sehen, wie das Schiff in Zeitlupentempo wieder zu Boden sank. Die schweren Halteklammern hoben sich in ihre Endposition und hielten das Schiff fest.

»Klammern gesichert.«

Rivendecker trat an ein anderes Kontrollpult und entfernte das kleine Datenpad aus der Schnittstelle. Er strich ehrfürchtig über die schwarze Oberfläche, dann ließ er es in seine Jackentasche gleiten.

»Ich mache noch einen Rundgang, bevor seine Exzellenz eintrifft. Ist die *Yamato* schon im Orbit?«

»Die *Yamato* wartet auf ihrer Parkposition. Es ist noch ein weiteres Schiff angekommen. Ich empfange ein Hanzon-Identifikationssignal. Beisitzer Bashkoff hat anscheinend beschlossen, ein paar Leute mitzubringen.«

»Bashkoff hatte recht«, sagte Rivendecker überzeugt. »Es war sinnvoll, die Existenz des Schiffs geheimzuhalten. Jetzt können wir mit einem Katalog von Forschungsergebnissen an die Öffentlichkeit treten und man wird uns mit Forschungsetats überschütten.«

Rivendecker ließ die Ereignisse der letzten Wochen Revue passieren. Sie hatten dem fremden Schiff fast all seine Geheimnisse entrissen, und die, die es noch zu finden galt, würden sicher in den nächsten Tagen folgen. Er ging durch die Schleuse nach draußen auf die Oberfläche und atmete die recycelte Luft ein. Für Rivendecker schmeckte sie nach Champagner.

Gleich mit der ersten Ladung an Ausrüstung, die auf Beisitzer Bashkoffs Anweisung auf den Weg nach Hon-Chi gebracht worden war, hatten sie ein Gaya-Habitatzelt erhalten. Das Gaya war ein gigantisches transparentes Forschungszelt, das über den gesamten Forschungskomplex gespannt wurde. Innerhalb des Gaya konnte eine menschenfreundliche Atmosphäre aufrechterhalten werden, die das Arbeiten ohne Schutzanzug und Sauerstoffmaske ermöglichte. Das Zelt war angenehm temperiert und schützte mit seiner fünfzehn Zentimeter dicken Folie die Forschungsgruppe vor den Gefahren des Vakuums. So war mit der Zeit aus einem bescheidenen Grabungsstützpunkt eine kleine Stadt entstanden. Woche für Woche trafen neue Ausrüstungsgüter ein, und jetzt reihten sich Lager- und Wohncontainer zu Dutzenden aneinander.

Rivendecker schlenderte an den arbeitenden Männern und

Frauen vorbei, die ihn zu dem erfolgreichen Test beglückwünschten und wechselte hier und da ein paar Worte. Heute war er zufrieden mit der Entwicklung der Dinge. Dass er hinter der Entscheidung des Beisitzers Bashkoff stand, war nicht immer der Fall gewesen. Noch Wochen nach Viktor Bashkoffs Besuch war ihm die Anweisung zur strikten Geheimhaltung merkwürdig vorgekommen. Theoretisch konnten sie die Existenz dieses Schiffes endlos geheimhalten.

Was wäre, wenn Bashkoff beschloss, das Schiff an Ort und Stelle auseinanderzunehmen und die einzelnen Komponenten in den Hanzon-Raum bringen zu lassen? Was würde geschehen, wenn Hanzon Industries die neu entdeckten Geheimnisse einfach für sich behielt? Wie konnte die Menschheit dann von diesem unglaublichen Fund profitieren? Diese Sorgen hatten ihn lange geplagt. Nur durch die Gespräche, die er regelmäßig mit dem Beisitzer geführt hatte, war er langsam zu der Überzeugung gelangt, dass sie hier das Richtige taten.

Und jetzt, wo das Ende ihrer Arbeit in Reichweite lag, schien es doch so zu kommen, wie Rivendecker es sich gewünscht hatte. Das zweite Schiff im Orbit konnte nur eine Delegation von Wissenschaftlern, Vertretern des Terranischen Rats und anderen hochrangigen Mitgliedern der Großen Sechs transportieren. Vielleicht war sogar ein Vorstandsmitglied an Bord.

»Doktor Rivendecker, bitte nehmen Sie mit der Kommandozentrale Kontakt auf.« Ludwig Hooberghs Stimme rief ihn über das Lagernetz aus. Das nächste Terminal war nur ein paar Schritte entfernt und Rivendecker öffnete einen Kanal.

»Was gibt es, Ludwig?«

»Wir haben gerade mit der *Yamato* gesprochen. Beisitzer Bashkoffs Shuttle ist auf dem Weg zur Oberfläche. Neben seinem eigenen sind aus dem anderen Schiff noch fünf weitere Shuttles gestartet. Die Fähren reagieren nicht auf unsere Rufzeichen, folgen aber dem Richtstrahl für den Landeanflug.«

Rivendecker zog die Augenbrauen hoch. Ganze fünf Fähren?

Damit konnten leicht vierzig bis fünfzig Personen transportiert werden. Offenbar handelte es sich wirklich um eine richtig große Delegation.

»Ich würde mir keine Sorgen machen, Ludwig. Wahrscheinlich halten sie sich aus Sicherheitsgründen bedeckt. Wann werden sie landen?«

»In spätestens zwanzig Minuten.«

»Gut. Checken Sie noch mal persönlich den Landungstrakt und sehen Sie zu, dass alles vorbereitet ist. Ich mache mich auf den Weg zu Ihnen.«

Der Landungstrakt bestand aus einer Erweiterung des Gaya-Habitats, dessen hundert Meter breiter und vierzig Meter hoher Zugang durch ein starkes Barrierefeld gegen das Vakuum abgeschottet war. Shuttles und kleinere Transportschiffe konnten das Feld durchfliegen und innerhalb des Gaya landen. Für größere Schiffe war außerhalb ein Landefeld eingerichtet worden.

Felix Rivendecker und Ludwig Hoobergh standen am zugewiesenen Landeplatz bereit, um Beisitzer Viktor Bashkoff mit seiner Delegation zu empfangen. Die sechs Fähren durchflogen das Barrierefeld und folgten Leitstrahlen, die sie zu ihren Parkpositionen dirigierten.

»Also. Heißen wir sie willkommen.«

Rivendecker nahm die Schultern zurück und ging auf das Shuttle zu, das den Schriftzug der *Yamato* trug. Seitlich öffnete sich die Luke und eine Treppe wurde ausgefahren. Einen Moment später trat Viktor Bashkoff aus dem Shuttle und stieg die Stufen hinab. Er erkannte Rivendecker und ging fröhlich lächelnd auf ihn zu.

»Doktor Rivendecker, mein Freund. Wie geht es Ihnen?«

Für einen Moment war Rivendecker von der übertriebenen Freundlichkeit des Beisitzers irritiert, aber er ließ sich nichts anmerken.

»Geehrter Beisitzer Bashkoff. Was für eine Ehre, Sie wieder bei uns begrüßen zu dürfen.«

Sie trafen sich und Rivendecker wollte sich standesgemäß verneigen.

»Ich bitte Sie, lieber Doktor. Lassen wir diese überflüssigen Förmlichkeiten doch beiseite. Wir beide haben doch schon so viel erreicht und werden noch viel mehr zusammen erleben.«

Noch irritierter ergriff Rivendecker Viktors ausgestreckte Hand. Dessen Griff war kräftig und kühl. Diese Vernachlässigung der typischen asiatischen Etikette entsprach überhaupt nicht dem Firmengebaren. Ein so hohes Maß an Freundlichkeit konnte nur zwei Dinge bedeuten. Entweder steckte eine Belobigung für eine wirklich große Leistung dahinter oder der Moment, da man für einen richtig großen Fehler bestraft wurde, stand kurz bevor. Rivendecker wusste nicht so recht, auf was er sich einstellen sollte.

»Exzellenz, darf ich Sie hereinbitten? Wir haben in den letzten Wochen viel erreicht und es wartet eine umfassende Präsentation auf Sie, die Ihre Erwartungen mehr als zufrieden stellen werden.«

»Da bin ich mir sicher, lieber Doktor.« Viktor drehte sich zu den anderen Shuttles um. »Wir sollten nur kurz warten, bis der Rest meines Stabes ausgestiegen ist.«

Aus den Shuttles strömten Männer und Frauen in Uniform und stellten sich in drei militärisch wirkenden Reihen hintereinander auf. Zwei von ihnen traten an Viktors Seite. Einer war ein großer Kerl mit Majorslitzen am Kragen. Der Zweite trug keine Rangabzeichen, strahlte aber unübersehbar Autorität aus. Bei beiden Uniformen waren die Namensabzeichen entfernt worden.

»Wir können los, Doktor«, sagte Viktor und wies Rivendecker mit einer eleganten Handbewegung an, voranzugehen. Rivendecker konnte seine Verwirrung jetzt kaum noch unterdrücken und ging zögernd los. Um die Spannung etwas zu lösen, begann er während ihres Weges über die neuesten Erkenntnisse zu reden. Die gesamte Truppe folgte den beiden und Ludwig

Hoobergh bildete das Schlusslicht der Gruppe. Diese Leute waren eindeutig Militär, vielleicht sogar Angehörige der Sicherheitsabteilung. Hoobergh sah vor seinem inneren Auge, wie der Beisitzer ihnen ihr Projekt aus den Händen riss und diesen Leuten übergab. Im Gegensatz zu Felix Rivendecker stand Ludwig Hoobergh zu seiner Meinung, dass die Geheimhaltung ihres Fundes ein Fehler war. Jetzt konnten alle nur hoffen, dass sie wenigstens ihre Jobs behielten. Als Rivendecker den Weg zum großen Besprechungsraum einschlagen wollte, hielt Viktor ihn auf.

»Ich glaube, wir sehen uns die Präsentation später an, Doktor. Zeigen Sie doch meinen Stab mal unser kleines Geheimnis. Bis jetzt haben es alle nur auf Holobildern sehen können.«

Rivendecker zögerte kurz, dann sagte er: »Aber selbstverständlich, Exzellenz. Bitte hier entlang.«

Sie nahmen einen verwinkelten Weg durch die Station und traten schließlich durch eine Schleuse hinaus ins Gaya-Habitat. Vor ihnen erhob sich das unbekannte Raumschiff. Es stand sicher in der Haltevorrichtung und seine Oberfläche glänzte golden im Sonnenlicht.

Die Gruppe blieb am riesigen Heck des Schiffs stehen. Während Rivendecker und Viktor es immer noch mit schwärmerischem Blick ansahen, wirkten die Besucher nicht so, als ob sie die größte Entdeckung der Menschheitsgeschichte zu würdigen wussten. Ihrem Verhalten nach hätten sie auch nur ein ganz gewöhnliches Raumschiff im Bodendock vor sich haben können.

»Sie ist und bleibt ein Schmuckstück«, bemerkte Viktor. »Wie ist der Schwebetest heute Morgen verlaufen?«

Rivendecker fuhr herum und im nächsten Augenblick war ihm diese Reaktion bereits unangenehm. Aber woher wusste der Beisitzer von dem Test? Rivendecker lag die Frage danach auf der Zunge, aber er zögerte, sie zu stellen. Bestimmt hatte er bei einem seiner letzten Berichte an die *Yamato* den Testplan übermittelt und der Beisitzer hätte seinen Posten nicht inne, wenn er sich solch wichtige Daten in einer Testreihe nicht merken würde, beruhigte Rivendecker sich selbst.

»Der Schwebetest verlief erfolgreich, Exzellenz. Das Schiff stand genau dreißig Minuten auf seinen eigenen Landepuffern. Unsere Messungen haben ergeben, dass es seine Position dabei nur um null Komma zwei Millimeter verändert hat. Danach haben wir es aus eigener Kraft zehn Meter steigen und wieder sinken lassen. Ohne die geringsten Probleme.«

Der Mann mit der Majorsuniform meldete sich aus dem Hintergrund.

»Sie haben also noch keinen richtigen Testflug durchgeführt?«

Rivendecker sah den Major an. »Natürlich nicht. Wir müssen erst alle Daten auswerten. Das geht zwar schnell, aber wir können den ersten Atmosphärenflug frühestens in drei Tagen riskieren.«

»So so, erst in drei Tagen. Was ist Ihre Meinung, Major?«

Der nickte. »Wir können loslegen.«

Viktor wandte sich wieder Rivendecker zu. Sein Blick war noch freundlicher als zuvor.

»Doktor, mein Stab wird den Erstflug noch heute durchführen.«

Rivendecker fühlte sich, als hätte ihn gerade ein Schlag getroffen.

»Ich verstehe nicht …«

»Was gibt es daran nicht zu verstehen?«, entgegnete Viktor. »Deshalb habe ich diese Leute mitgebracht. Ihr wertvolles Team kann diesen Flug unmöglich durchführen. Hier haben wir Spezialisten zur Verfügung, die sich mit solchen Einsätzen auskennen. Die werden das ganz hervorragend machen.«

Da platzte es aus Rivendecker heraus.

»Glauben Sie wirklich, dass eine solch unerfahrene Mannschaft dieses Schiff fliegen kann?«

»Warum soll sie das nicht können?«, fragte Viktor, den der

Einwand zu amüsieren schien.

»Warum?« Rivendecker fühlte, wie ihm das Blut in den Kopf schoss. Wut kochte in ihm hoch. Wut über eine solche Dummheit, eine solche Missachtung des technischen Wunders, das sie hier vor sich hatten.

»Weil diese Männer überhaupt keine Ahnung haben, wie man dieses Schiff steuert. Sie kennen die Systeme nicht. Sie kennen die Technologie nicht.« Rivendeckers Stimme überschlug sich. »Sie wissen rein gar nichts über dieses Schiff.«

Er griff in seine Tasche und holte das Datenpad heraus. »Sie hätten vielleicht eine Chance, wenn sie das hier studierten. Und selbst dann kann es noch Wochen dauern. Dazu benötigt man Trainingspläne, man muss Simulationen entwickeln.«

Viktor lächelte weiter unbekümmert und deutete auf das Datenpad. »Das ist das Handbuch. Nicht wahr, Doktor?«

Rivendecker senkte den Blick auf das Datenpad. Die Unterbrechung seiner Wutrede brachte ihn kurz aus dem Konzept. Er reichte Viktor zitternd das Handbuch.

»Trotzdem, Exzellenz. Ihre Mannschaft kann dieses Schiff unmöglich fliegen. Sie sind einfach nicht in der Lage dazu.« Er sah den Major an. »Bei allem Respekt.«

Der Major reagierte nicht. Fast beiläufig ließ Viktor unterdes das Datenpad in seiner Hosentasche verschwinden.

»Tja, Doktor Rivendecker. Da haben Sie grundsätzlich schon recht. Eine unerfahrene Mannschaft könnte dieses Wunderwerk der Technik tatsächlich nicht fliegen. Aber meine Leute«, er deutete auf die Spezialisten, die hinter ihnen standen, »haben ein ausreichendes Maß an Erfahrung im Umgang mit diesem Schiff. Wie Sie ganz richtig bemerkt haben, benötigt man eine Menge Trainingszeit an den spezifischen Anlagen und ich habe keine Kosten und Mühen gescheut, meinem Team entsprechende Einrichtungen zu Hause zur Verfügung zu stellen.«

»Aber …« Rivendecker war jetzt völlig von der Rolle. »Wie haben Sie das gemacht? Wir haben nichts nach draußen dringen lassen. Die Geheimhaltung war perfekt und ich lege für jeden meiner Leute die Hand ins Feuer.«

»Nun, Ihre Leute haben auch dichtgehalten, Doktor.« Ein gefährliches Leuchten trat in Viktors Augen. »Aber konnten Sie sich nicht denken, dass ich Ihnen mit der ganzen Technik und all dem Personal nicht auch den einen oder anderen Informanten zugeteilt habe? Männer und Frauen, die mich regelmäßig über Ihre Fortschritte auf dem Laufenden halten?« Er zog das Datenpad wieder hervor. »Glauben Sie wirklich, ich wüsste nichts über dieses Schiff? Jeder neue Eintrag, den Sie dem Handbuch hinzufügten, erreichte mich sozusagen fast in Echtzeit. Sämtliches Datenmaterial, das Sie erhoben haben, ist mir ebenfalls übermittelt worden. Wir haben diese Daten genutzt, um eine weitestgehend vollständige Simulation dieses Schiffes herzustellen. Und in dieser Simulation haben meine Leute wochenlang trainiert. Sie haben das Schiff so gut beherrschen gelernt, dass mein erster Bootsmann auf der *Yamato* wahrscheinlich schon mehr darüber weiß als Sie. In der Simulation ist jedes System längst mehrfach getestet worden. Den virtuellen Erstflug haben wir schon vor drei Wochen erfolgreich hinter uns gebracht.«

Rivendecker konnte Viktor nur mit offenem Mund anstarren. Der Beisitzer hatte Spione in seiner Forschungsgruppe platziert. Er hatte die Daten stehlen und eine Mannschaft parallel an dem Projekt arbeiten lassen! Mit einem Schlag wurde sich Rivendecker seiner Dummheit und Leichtgläubigkeit bewusst. Er hatte die Forschungsergebnisse eines jeden Tages akribisch in die Datenbank eingetragen. Und das auch noch unverschlüsselt. Jeder seiner Leute konnte darauf zugreifen. Es gab einen Passwortschutz und die Zugriffsberechtigungen waren sparsam verteilt, aber welchen halbwegs fähigen Spion hielt das schon auf? Rivendecker fühlte sich auf einmal schwach und kraftlos. Die Wut, die noch vor ein paar Minuten in ihm gekocht hatte, war verraucht. Die Erkenntnis, dass er auf so einfache Weise hintergangen worden war, nahm ihm jeden Antrieb zum Widerstand.

Ihm wurde klar, dass er sein Misstrauen gegenüber der geforderten Geheimhaltung hätte beibehalten sollen. Aber sie hatten wohl von Anfang an keine Chance gehabt.

»Nun machen Sie kein solches Gesicht, Doktor.« Viktor klopfte Rivendecker aufmunternd auf die Schulter. »Wir werden den Testflug heute durchführen und Sie werden selbstverständlich mit an Bord sein, wenn wir mit diesem Schatz hinauf ins All steigen.«

Rivendeckers Miene hellte sich ein wenig auf. Die Aussicht, den Jungfernflug seines Schiffes an vorderster Front zu erleben, erschien ihm für den Moment als eine akzeptable Wiedergutmachung. Sorge, Angst und Euphorie kämpften in seinem Inneren um die Vorherrschaft. Viktor ging derweil mit strammem Schritt an ihm vorbei und sah zur Habitatdecke direkt über dem Raumschiff hoch.

»Ah, ich sehe, die Gaya-Ingenieure haben auch eine Startöffnung vorgesehen. Ausgezeichnet.«

In der Habitathülle über dem Raumschiff war ein rechteckiger Rahmen zu erkennen, der die Ausmaße des Schiffs um ein gutes Stück übertraf. Auf dem Boden hatte man ein Äquivalent des Rahmens genau darunter positioniert. Die Konstruktion am Boden bestand aus Barrierefeldgeneratoren, die in aktiviertem Zustand den Rest des Gaya-Habitats vom Raumschiff abtrennen würden. Nach dem Druckausgleich und dem Öffnen der Decke konnte das Schiff starten, ohne den Rest der Forschungsstätte der Gefahr einer Dekompression auszusetzen.

»Major, schicken Sie Ihre Leute an Bord.«

Viktor wandte sich an Rivendecker. Sein Gesicht hatte die vorherige Freundlichkeit gegen die Miene des Geschäftsmanns ausgetauscht, der es gewohnt war, Befehle zu geben.

»Doktor, Sie gehen mit und weisen Ihre Leute an, das Schiff augenblicklich zu verlassen. Machen Sie ihnen klar, dass wir jetzt das Kommando über das Projekt haben und von jedem volle Kooperation erwarten. Rufen Sie die Zentrale und lassen

Sie die Startvorbereitungen treffen. Der Countdown zum Abheben endet in neunzig Minuten.«

Die knappe Zeitvorgabe des Beisitzers löste beim gesamten Forschungsteam Hektik aus. Nachdem Rivendecker seine Assistenten über die neue Situation informiert und die resultierenden wilden Proteste abgewehrt hatte, folgte er der neuen Mannschaft und ging an Bord. Wie bei Militärs üblich legten die Männer kein sonderliches diplomatisches Geschick an den Tag. Mehrere Male kam es fast zu Handgreiflichkeiten zwischen den Wissenschaftlern und der neuen Besatzung. Rivendecker konnte das Schlimmste verhindern und musste sich dabei weitere Schimpftiraden seines Teams anhören. Mit eindeutigen Unmutsbezeugungen verließen die Männer und Frauen das Schiff und begannen, lose Ausrüstungsgegenstände in den Bereich jenseits des Barrierefeldrahmens zu verlagern.

Adrian hatte den Gesprächen zwischen Viktor und dem Doktor schweigend zugehört. Für ihn gab es nichts zu sagen. Seine Arbeit begann erst, sobald sie ins All aufgestiegen waren und das Testprogramm hinter sich gebracht hatten. Er ging als Letzter an Bord des fremden Schiffs, um in Ruhe einen Eindruck von seinem vorübergehenden neuen Zuhause zu gewinnen. Dieses Raumschiff imponierte ihm. Er hatte sich zwar virtuell längst mit allen Einzelheiten vertraut gemacht, aber es jetzt leibhaftig vor sich zu sehen und darin herumzulaufen, war wirklich aufregend.

Nachdem die Zivilisten das Schiff endlich verlassen hatten, nahmen die Mitglieder seines Teams ihre Plätze ein und Major Connelly wies sie an, die Startsequenzen zu initialisieren. Überall in der Kommandozentrale leuchteten Steuerkonsolen auf und ein leises Summen erfüllte den Hintergrund. Alles sah genau so aus, wie in der Simulation. Connelly kam auf ihn zu.

»Na, was sagen Sie?«, fragte der Major.

»Ich muss zugeben, ich bin positiv angetan. Sind die Kontrollrechner schon angeschlossen?«

»Wird gerade erledigt.« Connelly deutete auf zwei Männer, die die Verkleidung der Hauptkonsole geöffnet hatten und jetzt tragbare Computer in einem Gewirr aus Kabeln anschlossen.

»Status?«

Nacheinander riefen die Männer an den Kontrollen Connelly Meldungen zu.

»Ausgezeichnet. Nehmen Sie Kontakt zur Kommandozentrale auf und melden Sie Startbereitschaft.«

Ludwig Hoobergh lief verärgert durch die Kommandozentrale. Die Teams arbeiteten fieberhaft daran, den Start in dem geforderten Zeitfenster möglich zu machen. Sie alle waren wütend, weil eine Einheit der Sicherheitsabteilung ihnen gerade ihr Projekt aus den Händen nahm. Aber jeder wusste auch, dass er sich seinem Schicksal fügen musste. Hoobergh fiel es besonders schwer, diesen Zustand zu akzeptieren. Genau das, was er sich vorgestellt hatte, war eingetroffen und die Hilflosigkeit, die sich in ihm breitmachte, stachelte seine Wut nur noch weiter an.

»Er hätte nicht so einfach kleinbeigeben sollen. Er hätte darauf bestehen sollen, dass wir den Erstflug frühestens in einer Woche machen.«

Lois Cramer drehte sich auf dem Stuhl zu ihm um. In ihren Augen stand keine Wut, sondern Resignation. Sie hatte sich damit abgefunden, dass sie ihr Projekt los waren.

»Ludwig, du weißt genau, dass der Doktor keine Wahl hatte. Und wir wussten doch alle, dass es eines Tages soweit kommen musste. Die Firma taucht auf und packt ein, was ihr gehört. Was hast du erwartet? Ich bin sicher, der Doktor holt noch das Beste für uns raus. Beisitzer Bashkoff hat ihm viel versprochen und wir werden ganz bestimmt unseren Anteil vom Kuchen abkriegen.«

»Ja, das werden wir ganz sicher«, brummte Hoobergh. »Wahrscheinlich in Form einer lebenslangen Geheimhaltungserklärung und der Wahl zwischen einem neuen Projekt noch weiter weg von der Zivilisation oder einem Tritt in den Arsch. Ich sage dir, ich werde mir das nicht gefallen lassen. Nicht in hundert Jahren.«

Die Brücke des fremden Schiffs fragte nach dem Stand der Vorbereitungen. Lois Cramer antwortete, dass sie in fünfzehn Minuten startbereit seien, exakt zum Ende des Countdowns. Hoobergh ließ sich in den Sessel neben ihr fallen, warf seine Brille auf die Konsole und rieb sich die Augen.

»Ich hoffe nur, dass die Raumjockeys von der Sicherheitsabteilung wissen, was sie tun.«

Die Kommandozentrale der Forschungsstation aktivierte die Barrieren rund um das Schiff. Mit einem scharfen Summen materialisierten sich zwanzig Zentimeter dicke Felder und verbanden sich mit ihren Gegenstücken am Himmel des Gaya-Habitats. Der Druckausgleich wurde durchgeführt und die Luft rund ums Schiff entwich ins All, während sich die große Luke öffnete und langsam unter die Habitatdecke schob. Der rotgoldene Himmel über Hon-Chi 2 war frei.

»Landeklammern gelöst. Schwebeflug etabliert«, meldete der Offizier am Hauptsteuerpult.

Connelly sah zu den zwei Männern an ihren Kontrollrechnern. Sie nickten ihm zu. Viktor, der Doktor und Adrian Saavredu saßen angeschnallt auf ihren Sitzen.

»Startbereitschaft hergestellt. Countdown endet in zwanzig Sekunden.«

Viktor lächelte zufrieden. »Nach Ablauf des Countdowns haben Sie Startfreigabe. Beginnen Sie dann sofort mit dem Testprogramm.«

»Verstanden.«

Connelly war nervös, aber er hatte in seinem langen Leben als Soldat gelernt, dieses Gefühl zu verbergen.

»Zehn Sekunden bis zum Start.«

Hände flogen über Kontrollen, als letzte Einstellungen vorgenommen wurden. Die Kommandozentrale der Forschungsstation meldete sich und begann mit dem Countdown.

»Vier Sekunden … drei … zwei … eins … Start.«

Mit einem sanften Ruck hob sich das Schiff langsam in die Höhe. Innerhalb des Schiffs war danach nicht das Geringste von dem Flugmanöver zu spüren. Keine Vibrationen, keine Schwerkraftschwankungen, nichts. Connelly sah noch mal zu den Männern an den Kontrollrechnern. Sie hielten die Daumen hoch, alles normal.

»Wir steigen mit null Komma fünf Metern pro Sekunde.«

»Erhöhen auf zwei.«

Das Schiff stieg schneller und näherte sich jetzt der Habitatdecke. Nach knapp dreißig Sekunden passierten sie die Luke und schwebten im freien Raum.

»Manöverdüsen ein. Steiggeschwindigkeit auf zehn Meter pro Sekunde erhöhen. Bei tausend Metern das Testprogramm starten.«

Connelly wandte sich an Bashkoff.

»Beisitzer, der Start wurde erfolgreich durchgeführt. Bei tausend Metern Höhe beginnen wir mit dem Testprogramm.«

»Besten Dank, Major. Fahren Sie fort.«

Viktor saß immer noch in seinem Sessel, als hätte er einen ganz gewöhnlichen Start mit der *Yamato* hinter sich gebracht. Adrian Saavredu beschränkte sich weiterhin auf das Beobachten. Er behielt die Mannschaft im Blick, um eventuelle Schwachstellen zu erkennen. Trotz ihres intensiven Trainings würde erst die Praxis zeigen, ob das Brückenteam richtig zusammengestellt war. Doktor Rivendecker hielt die Armlehnen seines Stuhls so fest umklammert, dass die Fingerknöchel weiß hervortraten.

In der Kommandozentrale der Forschungsstation sahen Cramer, Hoobergh und der Rest des Teams ihrem Schiff wehmütig nach, während sich die Luke in der Decke des Gaya-Habitats schloss. Insgeheim hatte jeder von ihnen gehofft, beim Erstflug dabei zu sein. Die Art und Weise, wie sie um dieses Erlebnis gebracht worden waren, ließ sie dem Schiff nur noch trauriger hinterherstarren. Aber sie würden ihre Chance sicher bei einem der nächsten Flüge kriegen. Das ließ sie alle ein wenig hoffen, doch noch einen fühlbaren Teil des Ruhms zu ergattern.

Vier Stunden lang flogen sie Übungsmanöver im Orbit von Hon-Chi 2, während derer alle Systeme des Schiffes bis in Kleinste getestet wurden. Rivendeckers Sorge legte sich langsam, während er dabei zusah, wie routiniert die Mannschaft das Testprogramm durchzog. Er begann zu akzeptieren, dass die Schulung einer zweiten Brückenbesatzung eine gute Idee war. Immer wieder brachte er sich ein, wenn es Probleme mit den Reaktionen des Schiffes gab. Mit seiner Hilfe konnten sie die letzten Macken zügig beseitigen.

Irgendjemand meinte im Zuge der Übungen, *Rubikon* sei doch ein ganz guter Name für das Schiff und Beisitzer Bashkoff sowie der befehlshabende Major namens Connelly fanden ihn ebenfalls passend. Rivendecker konnte an dem Namen nichts Besonderes finden.

Zum Abschluss des Fluges stand der Test des Einstein-Rosen-Antriebs auf dem Programm. Der ER-Generator wurde in genau definierten Stufen hochgefahren und als hundert Prozent Leistung erreicht waren, wurde die Beschleunigung ausgelöst. Die fünf ER-Düsen leuchteten grellweiß auf. Die Front des Schiffes wurde in die Länge gezogen und so verformt, als ob es sich durch ein viel zu kleines Loch zwängen wollte. Kurz bevor die Hülle zu zerreißen schien, blitzten die Düsen noch einmal auf und die *Rubikon* wurde ruckartig in die ER-Brücke gezogen und verschwand aus dem Orbit von Hon-Chi.

Außer einem intensiven Rauschen, das überall auf dem Schiff zu hören war, verlief der Flug durch die ER-Brücke unspektakulär. Jeder auf der Brücke und besonders die beiden

Männer an ihren Kontrollrechnern beobachteten die Reaktionen des Schiffes. Während des gesamten zehnminütigen Fluges ließen sie ihre Holoschirme nicht aus den Augen, tuschelten miteinander oder riefen der Navigationsmannschaft Anweisungen zu.

Nachdem die *Rubikon* wieder in den Realraum eingetreten war, sahen sich Major Connelly und die beiden Techniker die Daten an. Rivendecker hörte ihn nur sagen: »Sieht gut aus. Die Raumzeit ist angepasst. Verändern Sie noch diese beiden Parameter um zwei Strich nach oben. Und behalten Sie den Rückkopplungseffekt im Auge.«

Das sagte Rivendecker nicht viel, als Experte für Stellargeologie waren seine Kenntnisse von Überlichtflügen begrenzt. Offenbar redeten die Männer über das alte Problem der Zeitverschiebung bei Reisen mit einem Tempo jenseits der Lichtgeschwindigkeit. Mit der Erfindung des Einstein-Rosen-Generators waren diese Probleme ausgeräumt worden. Trotzdem musste man ausschließen, in irgendwelche Zeitparadoxien zu geraten, denn das konnte fatale Folgen für das Schiff und die Besatzung haben. Aber dieses Mal war offensichtlich alles problemlos abgelaufen. Die *Rubikon* machte sich auf den Rückweg und eine Stunde später schwebte sie wieder im Orbit von Hon-Chi 2.

Die beiden Männer an den Kontrollrechnern setzten zufriedene Gesichter auf.

»Major, Testprogramm abgeschlossen. Die Reaktionen des Schiffes entsprechen zu achtundneunzig Prozent den simulierten Werten. Nach den Optimierungsmaßnahmen können wir in etwa zwei Wochen einhundert Prozent erreichen.«

»Sehr gut. Danke.«

Connelly ging zu Bashkoff und dem unbekannten Offizier, der noch kein Wort gesprochen hatte und flüsterte mit den beiden. Rivendecker hatte das Gefühl, dass er bei diesem Gespräch unerwünscht war und spitzte erst recht die Ohren. Verstehen konnte er leidlich wenig. Dann nahm Connelly wieder seinen Platz ein.

»Position für Angriffsschema Thor anfliegen. Die Primärwaffe aktivieren.«

Die Männer an den Kommandopulten gaben Daten ein und das Schiff begann, sanft durch das All in Richtung des Forschungsstützpunktes zu gleiten. Rivendecker war sich nicht ganz sicher, ob er gerade wirklich das Wort Angriffsschema gehört hatte.

»Moment mal. Was haben Sie vor, Major? Wen wollen Sie hier angreifen?«

Rivendecker stand von seinem Sitz auf, doch er kam nicht weit. Aus dem Nichts tauchten zwei Männer neben ihm auf. Jeder ergriff einen von Rivendeckers Armen. Verwirrt sah der Wissenschaftler sich zu Viktor um.

»Exzellenz, was hat das zu bedeuten? Was redet Major Connelly da von Angriffen? Wen wollen Sie angreifen?«

Viktor erhob sich und setzte wieder sein freundliches Lächeln auf. »Mein lieber Doktor. Ich muss Ihnen nochmals für Ihre fantastische Arbeit danken. Ohne Sie würden die fundamentalen Veränderungen der nächsten Zeit nicht möglich werden.«

»Was soll das heißen? Was reden Sie da von Veränderungen?«

Viktor begann vor Rivendecker hin und her zu wandern, während er weitersprach.

»Ich rede von den Veränderungen, die meine Freunde und ich in Gang setzen.« Plötzlich war die Freundlichkeit verschwunden. »Wir werden mit Hilfe dieses Schiffes der Galaxie ein neues Gesicht geben. Die Gruppe, mit der ich zusammenarbeite, hat genug von der Bevormundung durch die Vorstände der Großen Sechs. Wir werden alles, was uns am Aufbau einer neuen Ordnung hindert, hinwegfegen. Nicht einmal der Terranische Rat wird uns aufhalten.«

»Was Sie da sagen, ist Hochverrat.«

»Hochverrat?« Viktor lachte. »Ist es Hochverrat, die Fesseln der Bürokratie abzuwerfen? Ist es so falsch, die alten, zu wirklich wichtigen Entscheidungen unfähigen Männer und Frauen aus dem Weg zu räumen? Ist es falsch, endlich mit neuer Zuversicht die Zukunft zu planen? Meine Freunde und ich haben viel zu lange darauf gewartet. Jetzt ergreifen wir unsere Chance.« Viktor hob die Arme. »Dieses Schiff gibt uns die Möglichkeit, an die Spitze zu treten und endlich das zu tun, was nötig ist, um die Menschheit in ein neues Zeitalter zu führen. Wir werden die Geschwüre des Stillstands und des Rückschritts gnadenlos entfernen. Wir werden wieder für echten Fortschritt sorgen. Ein neues goldenes Zeitalter wird anbrechen.«

Rivendecker spürte erstmals Angst in sich aufsteigen, und bemerkte zugleich, dass ihn Mitleid mit diesem armen, jungen Mann überkam. Er hatte solche Worte schon gehört und sie erinnerten ihn an die unzähligen Male, an denen sie von längst vergangenen revolutionären Eiferern benutzt worden waren. Die meisten von ihnen hatten ja tatsächlich einmal die Absicht gehabt, die Welt zum Guten zu verändern. Doch wann war jemals wirklich etwas Gutes aus solcher Rebellion entstanden? Und dieser Mann hier, der war kaum mehr als ein Kind, das sich gegen die Zügel seines Vaters wehrte. Dieses Kind kämpfte zusammen mit seiner Bande um Anerkennung, vor seinem Vater und vor sich selbst. Die Opfer, die dieser Kampf fordern würde, waren ihm egal. Was habe ich nur getan?, fuhr es ihm durch den Kopf.

»Leider habe ich jetzt keine Verwendung mehr für Sie, Doktor«, bemerkte Viktor. »Und Sie verstehen sicher, dass ich die Geheimhaltung wahren muss.«

Er wandte sich von Rivendecker ab. »Adrian, wärst du so nett und erledigst das?«

Der stille Oberst stand plötzlich vor Rivendecker und hielt ihm eine schlanke Laserpistole vor die Brust. Erst dieses irre

Gerede von Hochverrat und jetzt wollten sie ihn umbringen? Ihn, Felix Rivendecker? Den Kopf hinter der größten Entdeckung der gesamten Menschheitsgeschichte? Er hatte dieses Wunder dem Staub Hon-Chis entrissen. Er hatte es erforscht, seine Geheimnisse aufgedeckt, hatte sein Potential für die Spezies Mensch erkannt. Und jetzt wollten sie ihn tatsächlich umbringen? Wie ist das alles nur möglich geworden?, fragte sich Rivendecker, und diese Frage überlagerte sogar die Angst, die sich in ihm ausbreitete, als der Oberst die Waffe auf seine Stirn richtete.

Sam Reilly beobachtete im Cockpit seines *Shepherds*, wie das Schiff, das gerade den Namen *Rubikon* erhalten hatte, tiefer in den Orbit um Hon-Chi eintauchte. Der neue Name machte die Runde unter den Piloten der roten Staffel. Sam war erstaunt über die historischen Kenntnisse einiger Piloten, die tatsächlich Texte eines vor weit mehr als zweitausend Jahren verstorbenen römischen Feldherrn rezitieren konnten, der mit der Überschreitung des Flusses Rubikon dem Senat seiner Heimatstadt den Krieg erklärt hatte. Sam befürchtete für ihr wahres Missionsziel nichts weniger als einen gleichartigen Verrat. Trotzdem beteiligte er sich an der Possenreißerei und lachte mit seinen Staffelkollegen, denn er konnte sich hier keine Blöße geben.

Die rote Staffel war eine von sechs Staffeln des Raumjägergeschwaders der *Rubikon*. Das Geschwader bestand aus sechs Staffeln zu je sechs Maschinen. Die verbleibenden vier Jäger sollten als Aufklärerstaffel eingesetzt werden. Jetzt schwebte die rote Staffel im Orbit und wartete auf ihren ersten echten Einsatz. Das Trägerschiff, mit dem sie hierhergekommen waren, hielt seine Position fünftausend Meter über ihren Köpfen. Die Gruppe hatte eine widerwärtige Aufgabe.

»Absuchen des Zieles und Eliminierung von Überlebenden nach dem Angriff mit der Primärwaffe.«

Wenn das entsprechende Kommando kam, würden sie

hinunter in die Atmosphäre jagen und jeden töten, der den Angriff überlebt hatte. »Keine Zeugen«, so lautete die Ansage.

Sam hatte im Laufe ihrer Trainingszeit begonnen, sich unter der Schiffsmannschaft umzuhören. Er wollte unbedingt mehr über ihr eigentliches Missionsziel herausfinden, aber außer Vermutungen war bis jetzt nichts herauszubekommen. Und bei Major Connelly biss er auf Granit. Der wiederholte nur stets, sie würden zu gegebener Zeit die benötigten Informationen erhalten. Einen Forschungsstützpunkt einzuäschern war im Kampf der Konzerne um technologischen Vorsprung nichts Ungewöhnliches und obwohl Sam schon einige solcher Einsätze erlebt hatte, hatte er bei diesem hier ein äußerst ungutes Gefühl.

»Rote Staffel. Wir folgen der *Rubikon* und nehmen Abfangpositionen ein«, funkte Claus.

Sam erhöhte die Triebwerksleistung. Die sechs Maschinen nahmen eine pfeilförmige Formation ein und jagten ihrem neuen Chef hinterher.

Die *Rubikon* hatte ihre Position zweihundert Kilometer über dem Forschungsstützpunkt erreicht. Auf einen Befehl hin öffneten sich vier riesige Abschussschächte, die ein Drittel der gesamten Kielfläche einnahmen. Eine Minute später begannen Marschflugkörper aus den Abschussschächten zu auszutreten. Erst waren es nur wenige, nicht mehr als ein Dutzend pro Minute. Die silbernen Raketen durchquerten die Atmosphäre und rasten auf ihre Ziele zu. Nach acht Minuten Flugzeit schlugen die ersten Geschosse auf der Oberfläche ein. Die *Rubikon* erhöhte den Ausstoß von Raketen und ein wahrer Todeshagel ging auf dem Forschungsstützpunkt nieder.

Am Boden spielte sich ein unbeschreibliches Inferno ab. Die Mannschaften wurden von dem Angriff völlig überrascht. Nachdem ihr Schiff wieder sicher im Orbit angekommen war, hatte sich zunächst Erleichterung über den erfolgreichen Testflug breitgemacht und alle beglückwünschten einander und man lag sich mit Freudentränen in den Armen.

Als die Raketen auf den Holoschirmen auftauchten, war es vorbei mit der Fröhlichkeit. Das Gaya-Habitat hatte nicht die geringste Chance, dem Beschuss standzuhalten. Gleich nach den ersten Explosionen entwich die Luft ins All. Durch die Sogwirkung wurden Gegenstände und Menschen ins Vakuum gezogen. Ein Gebäude nach dem anderen wurde von den Geschossen getroffen und ging in Flammen auf, solange noch Sauerstoff vorhanden war, der sie nähren konnte. Der Beschuss wanderte vom Platz der großen Ausgrabung über die Hauptgebäude zum Landungstrakt. Diejenigen, die es schafften, in Panik ein Shuttle zu besteigen, überlebten nicht einmal die Startsequenz. Fast alle Mitglieder des Forschungsstützpunktes wurden entweder durch die Explosionen und die umherfliegenden Trümmerteile getötet oder vom Vakuum des Alls erstickt. Nur eine kleine Gruppe von Wissenschaftlern, die zum Zeitpunkt des Beschusses außerhalb des Habitats mit einem Digger-Rover eine Rundfahrt unternahm, überlebte den Angriff. Aber dafür war die rote Staffel vorgesehen.

Sam sah vom Orbit aus die in den Himmel steigenden Feuersäulen. Trotz der Flughöhe war es immer noch ein schreckliches Spektakel. Sogar die hartgesottenen Piloten unterbrachen ihre makaberen Wortgefechte und bestaunten wortlos die Feuerkraft der *Rubikon*. Keiner mochte sich vorstellen, was sich gerade auf der Oberfläche abspielte, denn es konnte nur die Hölle auf Erden sein. Dann gab Claus den Befehl zum Angriff und Sam kam wieder in die Wirklichkeit zurück.

Die *Rubikon* hatte fünf Minuten lang ihre Marschflugkörper ausgestoßen. Jetzt hieß es, nach Überlebenden zu suchen. Die rote Staffel drang in die Atmosphäre ein und überquerte die Forschungsstation. Es war ein grauenhaftes Bild. Vom Gaya-Habitat waren nur noch Fetzen übrig. Der fehlende Sauerstoff hatte die Brände ersterben lassen und gab den Blick auf die zerstörten Bauten frei. Die Gebäude waren nur noch Schutt und Asche.

Unzählige Tote lagen überall verstreut. Wo man hinsah, gab es gigantische Trümmer.

Claus meldete fünf Überlebende sechshundert Meter vom Landungstrakt entfernt. Sam wollte kaum glauben, dass irgendjemand diesen Angriff überlebt haben konnte. Sofort drehten drei Maschinen in Richtung des Landungstraktes ab und gingen tiefer. Sam wartete ein paar Sekunden, dann folgte er ihnen. Auch wenn er es vielleicht zu einem späteren Zeitpunkt nicht verhindern konnte, auf Unschuldige schießen zu müssen, wollte er dieser Situation solange wie möglich aus dem Weg gehen.

Claus war der Erste, der die Flüchtlinge fand. Als er in Schussdistanz kam, feuerte er ohne Zögern das schwere Lasergeschütz am Rumpf ab. Die Überlebenden und ihr Fahrzeug vergingen in einem Feuerball. Worte des Lobes für den gelungenen Abschuss wanderten durch den Äther, während die Staffel abdrehte. Sam gab nur einen kurzen Kommentar dazu. Er hatte immer noch das zerstörte Gaya-Habitat und die toten Wissenschaftler vor Augen.

Sie hatten gerade ein Kriegsverbrechen begangen. Dieser Angriff widersprach allem, was im Rahmen von Konflikten zwischen den großen Konzernen üblich war. Natürlich gab es immer Opfer, aber am Ende arrangierte man sich und es kam in fast allen Fällen zu Ausgleichszahlungen. Aber das hier war reiner Mord. Wenn man sie irgendwann einmal zur Rechenschaft ziehen würde, konnte es dafür nur lebenslang Sixtus geben. Oder die sofortige Todesstrafe.

Jetzt wusste Sam, dass er hier nur noch herauskam, wenn er mehr über die Zusammenhänge dieser Mission herausfand. Und er brauchte einen Weg, wie er mit seinem Führungsoffizier Kontakt aufnehmen konnte. Ein schwieriges Problem, denn das Funkdeck stand unter Dauerbewachung. Aber er würde schon einen Weg finden. Er musste.

Kapitel 11

Die Rockwood-Militärbasis auf Periphé bildete das Hauptquartier der Streitkräfte des freien Systems Skyye. Es war ein mehrere Quadratkilometer großes Gebiet angefüllt mit allem, was die Skyye-Rangers benötigten, um ihre Aufgaben erfüllen zu können: Kasernen, Übungsplätze, Schulungsgebäude, Bodendocks, Lagerhallen und natürlich Instandhaltungseinrichtungen für alle Arten von Militärgerät.

Jedes der sieben Militärkontingente verfügte über einen eigenen Gebäudekomplex, wo seine fünfundzwanzigtausend Mann Infanterie, die vierhundert Fahrzeuge starke Panzertruppe, die Feldmedizin und die Luft-/Raumjägereinheiten untergebracht waren. Natürlich befand sich die gesamte Truppe nur selten gleichzeitig in Rockwood. Es gab immer irgendwo kleine Streitigkeiten zu beenden. Die Abwehr von Piratenangriffen, das Aufbringen von Schmugglerbanden oder das Zurückschlagen kleinerer Okkupationsvorstöße gehörten zu den täglichen Aufgaben der Rangers. Besonders bei Übernahmeversuchen musste schnell reagiert werden. Kleinere Firmen versuchten immer wieder, Fabrikationsstätten kurzzeitig zu besetzen und eine bestimmte Menge der benötigten Waren von den Betreibern der Fabrik mit Waffengewalt produzieren zu lassen, nur um danach schnell wieder abzuhauen. Zurzeit gab es jedoch wenig im Bund der freien Systeme zu tun und die Rangers konnten sich Instandhaltungstätigkeiten und dem Training ihres Nachwuchses widmen.

Marcus Dhellyann saß in seinem Büro im Zentrum der Basis. Der Raum war militärisch schlicht, aber mit vielen Erinnerungsstücken seiner Familie eingerichtet. Wenn er aus dem Fenster schaute, konnte er die kleine Grünanlage sehen, in der Mitglieder der Truppe und die Angestellten der Verwaltung gern ihre Mittagspause verbrachten.

Marcus brütete über einem Berg aus Statusberichten, Informationen des Geheimdienstes, Bestandsmeldungen und allem anderen, was ein Kontingentskommandeur sonst noch zu erledigen hatte. Heute war er von dem nie endenwollenden Schreibkram jedoch besonders genervt. Marcus war natürlich klar, dass diese Arbeiten zu den Aufgaben einer Person seines Ranges dazugehörten. Trotzdem sehnte er sich hin und wieder nach der Zeit, als er noch im Dienstgrad eines Leutnants mit der Truppe die Besetzungsversuche übermütiger Firmen vereitelt hatte. Doch das war jetzt Vergangenheit. Je weiter er in der Befehlshierarchie aufstieg, umso mehr nahm der Papierkram zu und die Zahl der Fronteinsätze ab.

Auch wenn sich dieses Verhältnis nach Marcus' Ansicht in die falsche Richtung entwickelt hatte, unternahm er zumindest alles, um körperlich fit zu bleiben. Er lief regelmäßig den Querfeldeinkurs auf dem Trainingsgelände und war in vielen Sportgruppen aktiv. Marcus wollte verhindern, dass er die Körperform von einigen seiner Kollegen in der oberen Kommandoebene annahm, die einer Birne nicht unähnlich war.

Die Gegensprechanlage summte. Marcus drückte die Verbindungstaste, ohne von seinem Holoschirm aufzusehen. »Ja, Cedric?«

Cedric Taylor, sein Adjutant, saß im Vorraum und man konnte die Nervosität in seiner Stimme deutlich hören.»General, gerade hat die Flugleitung vom Star-Shuttle-Service angerufen.« Cedric schien nach den passenden Worten zu suchen. »Ich weiß nicht recht, wie ich es sagen soll.«

»Jetzt rücken Sie schon raus, was los ist.«

»Nun ja, Herr General. Die Flugleitung hat mir mitgeteilt, dass beim letzten Flug, der vor fünfzehn Minuten hereingekommen ist, hoher Besuch an Bord war. Sie müssen verstehen, wenn ich früher davon gewusst hätte, dann hätte ich auf jeden Fall etwas vorbereitet und Ihnen Bescheid gesagt. Aber die Mitarbeiter von Star-Shuttle sind von dem VIP angewiesen worden, eine Viertelstunde zu warten, bis sie uns informieren dürfen.«

Cedric hatte begonnen, immer schneller zu sprechen, und Marcus musste ihn ein bisschen beruhigen.

»Nun holen Sie erst mal Atem und sagen Sie mir, wer dieser VIP ist, der den Leuten von Star-Shuttle solche Angst macht.«

»General, es ist Admiral Sheamus O`Kearny, vom Oberkommando auf Midlánd.«

Marcus verschluckte sich beinahe an seinem Tee. »Admiral O'Kearny ist gerade gelandet?«

Marcus öffnete den Kalender auf seinem Computer. Dort war kein hoher Besuch eingetragen und schon gar keine Visite des Oberkommandos. So etwas wurde in der Regel mehrere Tage zuvor angekündigt. Marcus fand es auch merkwürdig, dass Admiral O'Kearny mit Star-Shuttle zwischen den Planeten des Skyye-Systems reiste. Ihm stand für solche Flüge eine eigene kleine Corvette zu, mit der das Reisen schneller ging und außerdem viel bequemer war.

»Ja, General. Und …« Marcus hörte durch die Gegensprechanlage, wie die Vorzimmertür geöffnet wurde und jemand in den Raum trat.

»… und er ist bereits hier.«

Cedric sprang von seinem Stuhl auf, nahm Haltung an und salutierte vor dem Admiral, einem großen, kräftigen Mann mit grauen Haaren und stahlblauen Augen. Sheamus O'Kearny strahlte ein hohes Maß an Autorität aus.

»Admiral«, sagte Cedric laut. »Ich begrüße Sie im Hauptquartier des fünften Kontinents. Sie hatten hoffentlich eine gute Reise.«

»Stehen Sie bequem, Leutnant.« O'Kearnys Stimme war sanft, aber bestimmt, und Cedric nahm die militärische Variante des bequemen Stehens ein. »Ist er hier?«

»General Dhellyann ist in seinem Büro«, antwortete Cedric. »Ich werde Sie sofort anmelden. Es tut mir leid, Herr Admiral, aber Ihr Besuch ist uns nicht angekündigt worden, sonst hätte der General Sie selbstverständlich vom Raumhafen abholen lassen.«

Cedric bückte sich nach der Gegensprechanlage, da ging bereits die Tür zu General Dhellyanns Büro auf und Marcus trat hinaus.

»Lassen Sie ruhig, Leutnant.«

Marcus baute sich vor dem Admiral auf und salutierte. »Melde mich zu Ihrer Verfügung, Herr Admiral.«

O'Kearny nahm ebenfalls Haltung an und erwiderte den Gruß.

»Guten Tag, General. Bitte entschuldigen Sie den kleinen Überfall. Ich war leider gezwungen, Sie auf diesem etwas unorthodoxen Weg zu besuchen, da wir einige, sagen wir mal … delikate Dinge zu bereden haben.«

»Selbstverständlich, Herr Admiral. Wenn Sie in mein Büro kommen wollen?«

»Natürlich.« Admiral O`Kearny ging an Marcus vorbei in dessen Büro, nachdem der demonstrativ einen Schritt zur Seite getreten war. Marcus sah dem Admiral kurz nach, dann wandte er sich an Cedric.

»Bis auf Weiteres keine Störungen.«

»Jawohl, General.«

Marcus zog die Tür hinter sich zu.

Admiral O'Kearny erwartete ihn mit strengem Blick. Marcus ging ihm entgegen und behielt die stramme Körperhaltung bei.

»Herr Admiral, wie war Ihre Reise? Ich habe erfahren, dass Sie mit Star-Shuttle geflogen sind. Gibt es Probleme mit Ihrem persönlichen Transportschiff?«

O'Kearny sah Marcus weiter streng an, doch dann verzog sich sein Mund zu einem Lächeln.

»Mit der *Betty Mae* ist alles in Ordnung, General. Und wenn

Sie mir nicht sofort zwei Finger breit von Ihrem vorzüglichen Talon-Whisky einschenken, werde ich Sie zum Gefreiten herunterstufen müssen.«

Marcus konnte den disziplinierten Gesichtsausdruck nicht mehr halten und begann ebenfalls zu grinsen.

»Tun Sie das nicht, Admiral.«

Dann lachten beide und fielen einander in die Arme.

»Onkel Sheamus, es ist gut, dich mal wieder zu sehen.«

Sheamus drückte seinen Neffen an die Brust.

»Mir geht es genauso so, Junge, ganz genauso. Du siehst gut aus. Das Kommando scheint dir zu bekommen.«

»Ja, wenn es da nicht die tausend Seiten Papierkram pro Tag gäbe, wäre der Job fast erträglich.«

Sie lachten wieder und setzten sich an den Besuchertisch. Marcus nahm die Flasche Talon-Whisky und füllte zwei Gläser. Es war wirklich ein gutes Gefühl, Sheamus O'Kearny wiederzusehen, denn obwohl der Admiral im Oberkommando der Skyye-Rangers saß, hatte Marcus wenig Kontakt zu dem Mann, den er schon sein ganzes Leben lang kannte. Sheamus und seinen Vater verband eine ebenso intensive Freundschaft, wie Marcus sie mit Luc Tabiros unterhielt. Chester Dhellyann und Sheamus kannten sich ebenfalls von Jugend an, und sie hatten sich gemeinsam nach der Basisausbildung bei den Skyye-Rangers gemeldet und zusammen unzählige Konflikte überstanden. Wer dem anderen wie oft das Leben gerettet hat, war dabei schon lange nicht mehr festzustellen. Sheamus war Marcus´ Patenonkel und er verband viele schöne Erinnerungen an seine Kindheit mit dem Admiral.

»Was macht dein alter Vater?«, fragte Sheamus. »Der Ruhestand hat aus ihm hoffentlich keinen Weichling werden lassen.«

»Vater geht es gut«, antwortete Marcus. »Es war absolut sinnvoll vom Oberkommando, ihn als Berater zu behalten. Vater wertet immer noch mit Vergnügen die neuen Arbeiten der Taktikabteilung aus und es macht ihm einen Heidenspaß, ein Szenario nach dem anderen mit einem Handstreich zu zerlegen.«

Sie plauderten noch zehn Minuten über alte Zeiten, dann hielt O'Kearny es für angebracht, mit dem Grund für seinen Besuch herauszurücken.

»Junge, du weißt doch als richtiger Kontingentskommandeur immer, wo sich deine Einheiten befinden, oder?«

Marcus wunderte sich über diese Frage.

»Natürlich, Onkel Sheamus. Die *Perseus*, die *Demeter* und die *Stoke-on-Trent* sind gerade auf dem Weg ins Korvus-System, um dort den Angriff einer kleinen Firma aus dem Bengal-Garuda-Raum abzuwehren. Der Rest der Truppe befindet sich zurzeit hier. Warum fragst du?«

»Und du führst selbstverständlich das Einheiten-Logbuch?«

»Das macht doch jeder. Das Einheiten-Logbuch ist Pflicht für jeden Kommandanten. Jede Bewegung eines Raumschiffes, eines Flugzeugs, eines Panzerfahrzeugs oder Transporters wird darin gespeichert. Das sind doch Standardvorgänge. Was ist denn so wichtig daran?«

Sheamus zog ein kleines Datenpad aus der Tasche.

»Auf diesem Pad befindet sich die Aufnahme eines Angriffs auf ein Versorgungsdepot im African Mining-Raum. Das war am sechsten Dezember und du solltest es dir mal ansehen.«

Sheamus schob das Datenpad in den kleinen Holoprojektor, der auf dem Tisch stand, und startete die Datei. Das Versorgungsdepot erschien, stark vergrößert durch die Kamera eines Satelliten aufgenommen. Marcus kannte diese Art von Vorratsstellen; Lagereinrichtungen von der mehrfachen Größe einer normalen Fabrikhalle.

»Solche Depots werden normalerweise in den Randbezirken zu abgelegenen Regionen platziert, um die Versorgung mit Lebensmitteln und was sonst noch gebraucht wird, sicherzustellen.«

»Ganz genau«, erwiderte Sheamus. »Dieses hier gehört zu einer Kette von Einrichtungen an der Grenze zur Tartarus-Region, die von African Mining kontrolliert wird. Da die

Gegend dort nicht gerade mit Sprungstationen übersät ist, hat man sich für die Platzierung dieser Depots entschlossen. Wie immer geht es dabei vor allem ums Geld. So will man die Kosten für die Versorgung der weiter entfernten Welten möglichst gering halten. Die Transportschiffe fliegen nur bis zu den Depots, laden ihre Waren ab und irgendwann kommen die Transporter einer Tartarus-Welt und verfrachten das Zeug an ihren endgültigen Bestimmungsort. Alle Depots funktionieren vollautomatisch. Du landest, gibst in das System ein, was du abholen willst, und eine Stunde später ist dein Transporter geladen. Eine feine Sache.«

»Wäre ja auch ein ziemlich langweiliger Job für eine menschliche Besatzung.«

»Pass auf. Jetzt wird es interessant.«

Auf einmal tauchten kleine Raumfahrzeuge auf, die das Depot überflogen. Marcus erkannte sie sofort. Es waren einsitzige AVK-Maschinen vom Typ *Shepherd*. Die sechs Raumjäger flogen im Tiefflug auf das Depot zu. Im nächsten Moment blitzten die Bordwaffen der *Shepherds* auf und Laserstrahlen trafen die Handvoll Geschütztürme, die normalerweise zu nicht mehr als der Zerstörung von kleinen Asteroiden bestimmt waren. Die Geschütze gingen schnell in Flammen auf. Nachdem sich die Maschinen zurückgezogen hatten, glitt ein riesiges, raumkreuzerähnliches Schiff ins Blickfeld. Es schwebte auf eine Position oberhalb des Depots, dann öffneten sich auf der Unterseite zwei große Luken und ein Dutzend silbriger Objekte kamen herausgeschossen. Die mannshohen Raketen jagten auf das Depot zu und zerstörten es vollständig. Eine gigantische Flammensäule stieg ins All, als die eingelagerten Waren explodierten. Danach gewann das Schiff an Höhe und verschwand aus dem Bild. Die *Shepherds* überflogen das zerstörte Depot ein letztes Mal, wie um ihr Vernichtungswerk zu begutachten, und entfernten sich ebenfalls.

Der ganze Film dauerte kaum länger als sechzig Sekunden.

Marcus wusste nicht, was er davon halten sollte. Warum griffen *Shepherds* und dieser Raumkreuzer, dessen Bauart er noch nie zuvor gesehen hatte, ein unbedeutendes Versorgungsdepot an? Doch etwas war ihm bei dem Kreuzer merkwürdig bekannt vorgekommen, auch bei den Raumjägern.

Sheamus beobachtete Marcus und wartete auf die erste Frage.

»War das das einzige Depot, das angegriffen wurde?«

»Es wurden noch zwei Weitere auf die gleiche Weise zerstört. Das hatte zur Folge, dass African Mining seine Versorgungsroute ändern musste, um seine Welten im Tartarus nicht verhungern zu lassen. Du kannst dir vorstellen, was das kosten wird«, antwortete Sheamus. »Aber ist dir sonst nichts aufgefallen?«

Der Admiral ließ den Film einige Sekunden zurücklaufen und hielt ihn an einer Stelle an, an dem einer der *Shepherds* deutlich zu erkennen war. Dann vergrößerte er das Bild. Marcus sah sich es sich intensiv an, doch er konnte nichts Konkretes erkennen, obwohl er immer noch das Gefühl hatte, etwas Vertrautes zu sehen.

Doch dann erkannte er es. Marcus ging näher an den Holoschirm. »Die Bemalung der *Shepherds*. Dieses sandfarbene Muster. Das ist das Skyye-Tarnmuster.«

Sheamus nickte nur. »Weiter.«

Das Nächste, was Marcus sah, traf ihn noch härter. »Das sind die Hoheitszeichen der Skyye-Rangers. Die Markierungen des fünften Kontingents. Das da sind meine Maschinen.«

Das Symbol des fünften Kontingents, ein herabstürzender blauer Greifvogel auf weißem Hintergrund, umrahmt von einem goldenen Ring, war deutlich auf den Seitenleitwerken des *Shepherd* zu erkennen.

»Der große Pott ist genauso markiert.« Sheamus fuhr den Film an die Stelle, als der unbekannte Raumkreuzer ins Bild kam. Auch der Kreuzer trug das Symbol des fünften Kontingents. Marcus lehnte sich zurück und musste erst mal Luft holen.

»Wo hast du diese Datei her?«

»Ein Kontakt in Atlantika hat sie mir über Umwege zugespielt«, antwortete Sheamus. »African Mining wird diesen Vorfall in den nächsten Tagen dem Terranischen Rat melden und eine Untersuchung fordern. Ich habe dir den Film gezeigt, damit du dich darauf vorbereiten kannst. Wenn die Untersuchung läuft, wird die eingesetzte Kommission Daten sehen wollen und unser einziges Ass im Ärmel werden die Einheitenlogbücher sein. Deswegen habe ich dich danach gefragt.«

»Aber wer in Schöpfers Namen nimmt sich *Shepherds*, fälscht das Einheitszeichen und greift damit Depots an? Und was ist das für ein Raumkreuzer?«

»Das ist die Frage, die wir werden beantworten müssen. Ich gehe nicht davon aus, dass du in einem Anfall von Irrsinn einige *Shepherds* vom Kontingent abgezweigt und damit einen Feldzug gegen African Mining gestartet hast? Dann würde ich es nämlich interessant finden, zu erfahren, wo der Kreuzer herkommt.«

»Du bist ein echter Scherzbold, Onkel Sheamus.«

Der Admiral grinste. »Ich wollte das nur klargestellt haben. Aber ernsthaft, diese Sache ist heiß. Ich habe den Flug hierher nur deshalb mit Star-Shuttle gemacht, weil ich unter allen Umständen verhindern will, dass der Verdacht einer Manipulation auf die Rangers fällt. Wenn die Untersuchungskommission erfährt, dass ich dich informiert habe, können wir uns auf Einiges gefasst machen. Unser Laden muss in dieser Sache absolut jungfräulich dastehen. Wenn die Kommission anfängt, jeden Stein bei uns umzudrehen, darf es nicht den Hauch eines Zweifels geben.«

»Ich gehe also davon aus, dass du nie hier warst.«

»Ganz richtig, mein Junge.«

»Wer ist dein Kontakt in Atlantika?«

»Das möchte ich im Moment noch geheimhalten. Wir können uns glücklich schätzen, dass wir jemanden dort haben.

Ich lass dir die Aufnahme da. Du solltest vielleicht auch deine eigene Untersuchung starten. Luc Tabiros kann dir bei der Sache sicher helfen. Aber mach ihm klar, dass er bei seinen Nachforschungen äußerst behutsam sein muss, sonst können wir alle unseren Hut nehmen.«

Selbst ohne Sheamus´ Hinweis hätte Marcus seinen Freund auf die Sache angesetzt. Je mehr er darüber nachdachte, umso klarer wurde ihm die Tragweite der Geschehnisse. Wenn diese Vorfälle genügend aufgebauscht wurden, wäre das nicht nur für das fünfte Kontingent ein Problem, sondern für das gesamte System. Luc Tabiros war der Verbindungsmann vom Skyye-Geheimdienst Salamander zum fünften Kontingent und Marcus vertraute ihm. Mit seinen Spezialkenntnissen im Nachrichtendienst und den Kontakten würde er bestimmt helfen können, Licht in diese Sache zu bringen.

Kapitel 12

Datum: 9. Januar 2287 – Terra-Standardzeit

Orlando La Cara und sein Assistent Sidney Pacheco gingen zügig durch die endlosen Gänge im Justizflügel des Regierungsdistrikts. Sie waren auf dem Weg zu einer Anhörung, bei der die jüngsten Angriffe auf mehrere Versorgungsdepots von African Mining durch das fünfte Verteidigungskontingent der Skyye-Rangers im Tartarus-Sektor aufgeklärt werden sollten. Die Vorwürfe wogen schwer und wenn es den beiden nicht gelang, sie wirkungsvoll zu entkräften, konnte das tiefgreifende Auswirkungen für das gesamte System haben.

Aber sie waren gut gerüstet. Der in diplomatischen Angelegenheiten erfahrene Orlando La Cara hatte seinem Assistenten punktgenaue Anweisungen erteilt, nach welchen Dateien er beim fünften Kontingent suchen sollte. Und Orlandos Name hatte für eine entsprechend beschleunigte Bereitstellung der Informationen gesorgt. Es war fast zu schnell gegangen.

Wie auch immer, sie zogen nun gut bewaffnet in die Schlacht. Auch Sidney war beim Studium der Daten schnell klargeworden, dass sie die Vorwürfe, die man ihnen machen würde, nur mit einer lückenlosen Beweiskette entkräften konnten. Aber er war recht zuversichtlich, dass sie eine solche würden vorlegen können.

Doch trotz des für sie offensichtlichen Ausgangs der Anhörung hatten Orlando La Caras Sorgen stetig zugenommen, je mehr sie sich mit der Angelegenheit beschäftigten. Es gab einfach zu viele Fragen, die mit dem Wort »Warum« begannen und auf die sie keine Antwort hatten, ja nicht mal in die Nähe einer Antwort kamen. Sie konnten jetzt nur versuchen, sich gut aus der Affäre zu ziehen, dann zeitigten diese mysteriösen Vorfälle vielleicht keine allzu schweren Nachwirkungen.

Orlando legte ein hohes Tempo vor und der kleinere Sidney kam kaum hinter seinem großgewachsenen Chef her.

»Da vorne ist es schon.«

Vor Anhörungszimmer 112-A stand ein Wachmann und beobachtete die beiden misstrauisch. Sie wiesen sich aus und zeigten ihre Vorladungen. Der Wachmann prüfte die Angaben in einem Datenpad, dann ließ er sie eintreten.

Das Anhörungszimmer war eines der Kleineren, dem frühen Stadium des Verfahrens entsprechend. Die Mitte des Raums nahm ein großer Tisch ein, auf dem eine Wasserkaraffe und sechs Gläser sowie ein Holoprojektor standen. Vor einer Wand waren zwei Reihen Sitzbänke aufgestellt, wo ungefähr fünfzehn Personen Platz hatten. Diese Bänke würden heute leerbleiben. Auf der gegenüberliegenden Seite standen zwei Tische für weitere beteiligte Parteien. Die aus dunklem braunem Holz bestehende Einrichtung wirkte erdrückend schwer. An der Stirnseite des Zimmers, gleich gegenüber dem Eingang befand sich das erhöhte Pult für den Vorsitzenden. Aber auch das sollte heute leer bleiben. Dieser Termin war nur eine Anhörung, um festzustellen, ob weitere Schritte gegen Skyye eingeleitet werden mussten.

Ein zweiter Wachmann erwartete sie. Nachdem er nochmals ihre Identität überprüft hatte, wies er ihnen ihre Plätze an dem großen Tisch zu. Mit Ausnahme des Wachmanns waren sie allein. Die Gegenspieler des heutigen Tages ließen noch auf sich warten. Sie setzten sich und Sidney begann, seinen Computer auszupacken. Er rief die relevanten Daten auf, gruppierte sie in chronologischer Reihenfolge auf dem Holoschirm und drehte den Bildschirm Orlando zu. Der holte ein Datenpad aus seiner Tasche und außerdem einen alten Papierblock mit Stift. Auch wenn sich das Datenpad als Alleskönner und transportables Multifunktionsgerät des täglichen Lebens durchgesetzt hatte, benutzte Orlando gerne noch Papier und Schreiber. Darauf konnte er seine Gedanken einfach schneller festhalten. Kaum waren sie mit ihren Vorbereitungen fertig, öffnete sich links hinter dem Pult des Vorsitzenden eine Tür. Der Wachmann begann zu sprechen.

»Erheben Sie sich.«

Orlando und Sidney standen auf. Zwei Männer und eine Frau betraten den Raum. Die Frau und einer der Männer im klassischen Anzug, der zweite Mann trug ein farbenprächtiges afrikanisches Wickelgewand.

»Es betreten das Anhörungszimmer 112-A die Justiziarin des Terranischen Rates Veronique Tierrina, der Justiziar von Hanzon Industries Hiro Wakanabe und der Justiziar von African Mining Didier M`Bele. Ihre Ehrenbezeugung.«

Orlando und Sidney verbeugten sich.

»Es sind anwesend der oberste Botschafter des freien Systems Skyye, der ehrenwerte Orlando La Cara, in Begleitung seines Assistenten Sidney Pacheco. Verhandelt wird die Sache mit dem Aktenzeichen 555-25UT-663, betreffend die vorsätzliche Zerstörung dreier Versorgungsdepots in der Stellarregion Tartarus durch mutmaßliche Kampfeinheiten des freien Systems Skyye. Bitte nehmen Sie Platz.«

Man begrüßte sich förmlich und alle nahmen ihre Plätze an dem großen Tisch ein. Orlando kannte die Vertreter der Gegenseite persönlich. Veronique Tierrina bekleidet den Posten der Vorsitzenden dieses Untersuchungsausschusses. Sie war bekannt dafür, eine besonnene Vertreterin ihrer Zunft zu sein, und hatte viele Jahre als eine der obersten Justiziare in der terranischen Regierungsmaschinerie gedient. Vor drei Jahren hatte sie sich auf eigenen Wunsch aus der vordersten Linie zurückgezogen, um dem Nachwuchs Platz zu machen. Jetzt war sie mit Fällen niedrigerer Tragweite beschäftigt und genoss nach der Zeit, die sie im Dauerkonflikt mit den Rechtsvertretern der großen Sechs verbracht hatte, ein weniger stressiges Leben.

Der Zweite war der unabhängige Vertreter, den die Rechtsvorschrift für Untersuchungsausschüsse vorsah. Hiro Wakanabe war Asiate und ein scharfer Analytiker, bekannt für seine gerissenen Verhandlungstaktiken. Er stand mit an der vordersten Spitze der Rechtsabteilung von Hanzon Industries. Orlando La Cara wunderte sich, dass ein so hoher Rechtsvertreter an einer relativ unbedeutenden Anhörung teilnahm. Leute wie Wakanabe traten normalerweise erst in Erscheinung, wenn das Vorgeplänkel erledigt und eine Lösung nicht in Sicht war.

Der Mann im Wickelgewand hatte eine tiefschwarze Haut und vom ersten Moment war das kampfbereite Funkeln in den Augen für jeden seiner Gesprächspartner unübersehbar. Didier M`Bele repräsentierte die Riege junger und hungriger Neu-Justiziare, die alle drei Jahre von den Universitäten ausgespuckt wurden und jetzt nach Macht und Anerkennung gierten. Er vertrat die Geschädigten und er würde bis zum bitteren Ende für seine Seite kämpfen. Als Orlando M`Beles Namen auf der Liste der anwesenden Rechtsvertreter gelesen hatte, hatte er sich seufzend auf eine Showveranstaltung eingestellt, bei der die Taten des in den Augen des Justiziars zweifellos schuldigen Skyye-Militärs zu einem blutrünstigen Massaker aufgebauscht werden würden.

Die Vorsitzende ergriff das Wort. »Meine Herren. Vielen Dank für Ihr Erscheinen. Kommen wir zum Grund dieser Sitzung. Wie bereits verlautet, müssen wir heute über die Zerstörung mehrerer Versorgungsdepots sprechen, die sich im Besitz der African Mining Corporation befanden. Es liegen eindeutige Hinweise vor, dass deren Zerstörung durch Angriffe aus der Luft erfolgte. Diese Hinweise deuten ebenfalls darauf hin, dass die beteiligten atmosphären- und vakuumtauglichen Jagdflugzeuge mit dem Hoheitszeichen des freien Systems Skyye gekennzeichnet waren. Weitere Hinweise deuten auf ein nicht registriertes Schlachtschiff unbekannter Bauweise hin, welches ebenfalls mit den Hoheitszeichen von Skyye markiert war. Die Aufnahmen des Überwachungssatelliten haben Sie erhalten, Botschafter?«

Orlando nickte. »Jawohl, Justiziarin Tierrina, und ich weise alle diesbezüglichen Vorwürfe, die gegen das System Skyye ausgesprochen wurden, mit aller Entschiedenheit zurück.«

»Die Gelegenheit dazu werden Sie im Laufe dieser Anhörung erhalten«, entgegnete Tierrina.

Dann wandte sie sich M`Bele zu. »Justiziar M`Bele, Sie dürfen Ihre Anschuldigungen jetzt vorbringen.«

M`Bele erhob sich. Eigentlich eine unnötige Geste zu diesem Zeitpunkt der Sitzung. Aber es war klar, dass er aus einer erhöhten Position auch optisch Druck auf Orlando ausüben wollte.

»Verehrte Kollegen Justiziare, Herr Botschafter. Was am sechsten Dezember 2286 Terra-Standardzeit in der besagten Region geschehen ist, war nichts anderes als ein feiger Angriff auf das Unternehmen, welches ich hier repräsentiere.« Sein Unilingua, die Amtssprache aller staatlichen Institutionen, hatte einen starken Akzent. »Die mutwillige Zerstörung der drei Versorgungsdepots am Rande des Tartarus-Sektors hat nicht nur die Versorgung von dreiundzwanzig besiedelten Welten unterbrochen, sondern African Mining zudem dazu gezwungen, eine äußerst kostspielige Umstrukturierung des Versorgungsnetzes vorzunehmen. Die Zerstörung dieser Depots kostet mein Unternehmen jetzt über acht Millionen Kronen pro Flug. Bis die Versorgungsdepots wieder einsatzbereit sind, vergehen schätzungsweise acht Monate. Das macht es erforderlich, zweimal im Monat einen außerplanmäßigen Versorgungsflug zu den dreiundzwanzig Welten durchzuführen. Wie Sie sehen, sind die Kosten, die uns dabei entstehen werden, katastrophal.«

M`Bele ließ eine Kunstpause einfließen, um seine Worte wirken zu lassen, und sprach mit leicht gesenkter Stimme weiter.

»Meine Herren, ich bete zum Schöpfer, dass wir diese Flüge reibungslos werden durchführen können. Denn es wäre eine Tragödie, wenn dringend benötigte Versorgungsgüter und medizinische Ausrüstung nicht rechtzeitig an ihren Bestimmungsort gelangten.« Er sah Orlando in die Augen. »Denn dann hätte das System Skyye nicht nur einen enormen monetären Verlust meines Unternehmens, sondern auch den Verlust von Menschenleben zu verantworten.«

Orlando ließ sich nicht aus der Fassung bringen. Sidneys hingegen wurde nach diesen Vorwürfen der Mund trocken. Doch er verkniff es sich, nach der Wasserkaraffe zu greifen, weil er wusste, dass Orlando ihm diese Reaktion der Schwäche nachher um die Ohren hauen würde.

M`Bele sprach noch weitere fünfzehn Minuten. Er schob ein Datenpad in den Holoprojektor und begleitete die Bilder des Angriffs mit ausschweifenden Kommentaren. Dabei betonte er immer wieder die Hinterhältigkeit der Aktion und beschwor abermals dankend den Schöpfer, dass zum Zeitpunkt des Angriffs kein Versorgungsschiff am Depot angedockt war. Er ließ außerdem regelmäßig spitze Bemerkungen in Richtung Skyye und des Bundes der freien Systeme fallen; ein recht offensichtlicher Versuch, die Organisation in einen zwielichtigen Bereich zu schieben. Tierrina fiel ihm schließlich ins Wort und forderte ihn auf, von derartigen Spitzfindigkeiten Abstand zu nehmen.

Es war ein offenes Geheimnis, dass der Bund der freien Systeme den Großen Sechs ein Dorn im Auge war. Nichts missfiel ihren Führern so sehr, wie ein ganzer Raumsektor, über den sie nicht die geringste Kontrolle hatten. Sämtliche Versuche, zu Beginn der organisierten Besiedelung den Bund der freien Systeme gar nicht erst entstehen zu lassen, waren gescheitert. Jetzt hatte man sich arrangiert und machte Geschäfte mit den Mitgliedern des Bundes, was nichts daran änderte, dass im Vorfeld von größeren Verhandlungen immer noch unangenehme Spannungen in der Luft zu liegen pflegten.

Nachdem M`Bele mit seiner Rede fertiggeworden war, übergab Tierrina das Wort an Orlando.

»Herr Botschafter, Sie dürfen sich jetzt zu den Vorwürfen äußern.«

Lässig schob Orlando Sidneys Computer beiseite und faltete die Hände.

»Geehrter Justiziar M`Bele. Ich habe Verständnis dafür, dass Ihre Firma keinesfalls darüber erfreut ist, dass sie in der nächsten Zeit erhöhte Aufwendungen bei der Versorgung der Tartarus-Welten zu gewärtigen hat. Trotzdem möchte ich die Zahlen, die Sie gerade genannt haben, doch in einen etwa realistischeren Bereich rücken. Mein Stab hat bei der Bewertung der Situation ebenfalls einige Berechnungen angestellt und selbst beim besten Willen werden die Kosten, die Sie genannt haben, in der Realität nicht einmal annäherungsweise in der genannten Höhe anfallen.« Orlando machte eine kurze Pause. »Bei der Hochrechnung alter Verbrauchsdaten der Tartarus-Welten kommen wir zu dem Schluss, dass Ihre Versorgungsschiffe nicht öfter als einmal im Monat in diese Region unterwegs sein werden. Die Kosten für eine solche Reise liegen auch nicht bei Ihren acht, sondern eher im Bereich von vier bis fünf Millionen Kronen. Natürlich ist das immer noch eine beträchtliche Summe. Allerdings haben Sie die Dauer für den Wiederaufbau der Versorgungsdepots ebenfalls ziemlich großzügig veranschlagt. Ihre eigene Pionier-abteilung hat größere Depots schon unter schwierigeren Bedingungen in der Hälfte der Zeit aufgebaut. Ich kann Ihnen die betroffenen Welten nennen, wenn Sie wünschen.«

Orlando lächelte M`Bele bei diesen Worten verbindlich an.

»Kommen wir nun zu dem Vorwurf, mutmaßliche Streit-kräfte der Skyye-Rangers seien an den Angriffen beteiligt gewesen. Als Erstes möchte ich betonen, dass das fünfte Ver-teidigungskontingent eine ehrenvolle Einheit ist. Es ist nicht nur auf Skyye für die Ideale bekannt und geachtet, die seine Angehörigen vertreten. Einsatzbereitschaft, Zusammengehörig-keit und Treue gegenüber der eigenen Einheit, das sind Worte, die in unserer Zeit nur noch wenig Wert zu haben scheinen. Der Krieg ist heutzutage ein Teil des Geschäfts und stellt für viele Entscheidungsträger nicht mehr als einen Posten in der Bilanz dar. Trotzdem kommen jedes Jahr neue Austauschrekruten nach Skyye, um die Regeln der ehrenvollen und fairen Auseinandersetzung zu erlernen. Niemals, ich wiederhole, niemals würde ein Kommandeur des fünften Kontingents noch irgendein anderer Kommandeur der Skyye-Rangers einen solch feigen und hinterhältigen Angriff ohne militärische Notwendigkeit befehlen. Und keiner ihrer Raumschiffskipper würde einen solchen Befehl in einer Situation ausführen, in der das Leben von unschuldigen Zivilisten bedroht wäre.«

Jetzt war es Orlando, der eine Kunstpause einlegte, während der er die drei Justiziare ihm gegenüber ruhig musterte.

Er ließ sie auch nicht aus den Augen, als er fortfuhr: »Aber trotzdem sehen wir auf diesen Aufnahmen offensichtlich AVK-Jäger, die die Hoheitszeichen des fünften Kontingents tragen. Meine Herren, ich muss gestehen, dass mich diese Bilder zuerst erschüttert haben. Könnte es wirklich sein, dass Schiffe aus dieser Einheit einen solchen Angriff geflogen haben? Und woher kommt dieses unbekannte Schlachtschiff? Ich habe mich daraufhin mit dem Oberkommando der Streitkräfte in Verbindung gesetzt und man hat mir freundlicherweise eine vollständige Liste aller Einsätze überlassen, an denen irgendwelche Einheiten der Skyye-Rangers im Laufe der letzten sechs Monate beteiligt waren. Man hat mir ebenfalls sämtliche Einheiten-Logbücher übergeben. In diesen beglaubigten Aufzeichnungen ist jede Bewegung von militärischem Gerät aufgezeichnet, denn es existiert bei diesen Daten eine Speicherpflicht, um genau bei solchen Vorfällen die tatsächliche Position eines bestimmten Kriegsgeräts zweifelsfrei feststellen zu können. Ich kann Ihnen hier auf der Stelle beweisen, dass sich kein Raumschiff, kein Panzerfahrzeug, kein Raketentransporter oder ein anderes Waffensystem des fünften Kontingents zum Zeitpunkt des Angriffes auch nur in der Nähe der Tartarus-Region befunden hat. Somit weise ich die Vorwürfe des geehrten Justiziars M`Bele zurück und übergebe ihm eine Kopie der Einheiten-Logbücher des fünften

Kontingents über den fraglichen Zeitraum.«

Orlando griff in die Innentasche seiner Jacke, holte ein Datenpad heraus und legte es vor M`Bele auf den Tisch. »Eine Kopie der Daten ist heute Morgen an die Datenbank des Justizflügels übersandt worden. Selbstverständlich stehe ich Ihnen jederzeit für weitere Erläuterungen zur Verfügung.«

Damit war Orlando am Ende seiner Ausführungen. Er lehnte sich in seinem Stuhl zurück, und wartete interessiert auf die Fragen seiner Kontrahenten. M`Bele wollte auch schon zu einer Gegenrede ansetzen, doch Tierrina brachte ihn mit einer Handbewegung zum Innehalten. Dann wandte sie sich Hiro Wakanabe zu.

»Justiziar Wakanabe, möchten Sie sich zu den bisherigen Ausführungen äußern?«

Wakanabe hatte während der ganzen Anhörung noch kein Wort gesagt und sah sehr nachdenklich aus.

»Meine Dame, meine Herren. Ich muss gestehen, dass ich verwirrt bin. Die Anschuldigung, über die wir in diesem Ausschuss verhandeln, wird mit größter Wahrscheinlichkeit mit den Daten, die uns der Botschafter zur Verfügung gestellt hat, entkräftet werden. Dessen bin ich mir sicher. Die Verteidigungsarmee von Skyye, die auch unter den Mitarbeitern der Sicherheitsabteilung meiner Firma einen exzellenten Ruf genießt, wird nach der Durchsicht der Einheitenlogbücher mit hoher Wahrscheinlichkeit von allen Anschuldigungen freigesprochen werden. Dies ist auch gut so. Wir haben lange für ein Rechtssystem gekämpft, in dem eine unschuldige Partei tatsächlich vollständig rehabilitiert wird, wenn sich erhobene Vorwürfe als nicht haltbar erwiesen haben. In unseren turbulenten Zeiten, in denen neben einer schlagkräftigen Verteidigung auch das Vertrauen zwischen den Geschäftspartnern unabdingbar ist, kann es verheerend sein, wenn auch nur der leiseste Zweifel an der Unschuld eines Beklagten besteht. Ich bin wie gesagt sicher, dass sich zum Zeitpunkt der Zerstörung der Versorgungsdepots kein Raumschiff der Skyye-Rangers im Tartarus-Sektor befunden hat.«

Wakanabe sah Orlando in die Augen, als er fortfuhr: »Trotzdem haben wir hier Aufnahmen gesehen, die angreifende Schiffe mit der Markierung des fünften Kontingents zeigen. Da stellt sich die Frage: Was sind das für Schiffe? Wer steuert sie und wer hatte das Kommando über diese Aktion? Und woher kommt das große Schlachtschiff, das die eigentliche Zerstörung der Depots vollbrachte? Dieser Typ ist völlig unbekannt. Wer also hat es gebaut? Wer hat die Kontrolle über dieses Schiff, das offenbar eine äußerst schlagkräftige Waffe darstellt? Ich weiß, dass es in allen großen Schiffswerften genügend Spione gibt, die den Bau neuer Prototypen von Schlachtkreuzern im Handumdrehen melden würden. Ja, schon in der erweiterten Konstruktionsphase wäre die Existenz eines neuen Typs unweigerlich bekannt geworden. Es gibt jede Menge Mechanismen, die verhindern, dass ein solches Schiff unbekannt bleibt, denn das unvermittelte Auftauchen einer solchen neuen Waffe würde das Gleichgewicht der Kräfte in unserem Teil des Weltalls beeinträchtigen. Ich möchte nicht darüber nachdenken, welche Fähigkeiten dieser Schachtkreuzer vielleicht noch besitzt, die uns nur noch nicht bekannt sind. Und ich kann nur hoffen, dass die Welt, die diese Fähigkeiten das erste Mal kennenlernen wird, keine Hanzon-Welt ist. Wir haben es hier mit einem unbekannten Machtfaktor zu tun, den noch niemand von uns einschätzen kann. Ich schlage dem Untersuchungsausschuss deshalb Folgendes vor.«

Wakanabe wies mit der Linken auf die immer noch vor M'Bele auf dem Tisch liegenden Unterlagen und erklärte: »Sollten die Einheiten-Logbücher tatsächlich lückenlos den Verbleib des fünften Verteidigungskontingents zum Zeitpunkt der Angriffe auf die Versorgungsdepots nachweisen, was ich wie gesagt annehme, plädiere ich dafür, dass die Untersuchung gegen Skyye eingestellt wird. Selbstverständlich wird in dem Fall auch eine vollständige Rehabilitierung ausgesprochen. Als nächsten Schritt schlage ich eine Untersuchung vor, die zum Ziel hat, die Identität und die Herkunft des unbekannten Schlachtkreuzers zu klären. Diese soll unter Nutzung aller benötigten Ressourcen der Geheimdienste, der Diplomatie und wenn notwendig auch des Militärs erfolgen. Berichtet werden sollte an den Terranischen Rat sowie an die anwesenden Ausschussmitglieder.«

Damit war Wakanabe am Ende seiner Rede. Er griff nach der Wasserkaraffe, schenkte sich ein Glas ein und trank einen Schluck. Da auch M`Bele jetzt nichts mehr zu sagen wollen schien, ergriff Tierrina nach einem Blick in die Runde das Schlusswort.

»Ich möchte mich der Meinung von Justiziar Wakanabe anschließen. Die Durchsicht der Einheitenlogbücher hat heute Morgen sofort nach ihrem Eintreffen begonnen. Bis zu Beginn dieser Anhörung konnten keine Eintragungen entdeckt werden, die beweisen, dass sich ein Raumschiff der Skyye-Rangers während der fraglichen Zeiträume im Bereich der Tartarus-Region aufgehalten hätte. Und wären entsprechende Daten noch im Verlaufe dieser Sitzung entdeckt worden, hätte man mir das mitgeteilt. Ich spreche deshalb das fünfte Verteidigungskontingent der Skyye-Rangers unter dem Vorbehalt einer zweiten vollständigen Durchsicht der Einheitenlogbücher vom Vorwurf der mutwilligen Zerstörung von Fremdeigentum frei. Sollten sich keine anderslautenden Ergebnisse als die von uns heute angenommenen ergeben, erhalten Sie den schriftlichen Bescheid über das Urteil vier Stunden nach der zweiten Prüfung. Ebenso den bestätigten Eintrag in das Skyye-Systemregister, der Ihre Unschuld somit öffentlich darstellen wird. Damit ist die Sitzung beendet.«

Die drei Justiziare standen auf.

»Erheben Sie sich«, sagte der Wachmann.

Orlando und Sidney erhoben sich.

»Ihre Ehrenbezeugung.«

Die beiden verneigten sich. Die Justiziare verneigten sich

ebenfalls und verließen das Anhörungszimmer. Als Orlando und Sidney wieder allein waren, ließ sich Sidney in seinen Stuhl fallen und atmete schwer aus. Orlandos Miene sah indes bei Weitem nicht so glücklich aus, wie Sidney sich fühlte. Er setzte sich langsam und begann, seine Unterlagen zusammenzupacken.

»Jetzt freuen Sie sich schon, Orlando. Wir haben es geschafft. Das Fünfte ist vom Haken. Ich hab ehrlich gesagt geglaubt, die reißen uns trotz unserer Beweise den Kopf ab. Aber es ist doch alles glattgegangen.«

Orlando sah seinen Assistenten an. Sidney erschrak fast, als er große Sorge in Orlandos Gesicht erkannte.

»Das hier war nicht mehr als ein Teilerfolg, Sidney. Fürs Erste sind wir raus aus der Sache, aber es gibt trotzdem ein Schiff da draußen, dessen Motive wir nicht kennen. Justiziar Wakanabe hat die Lage vollkommen richtig erkannt. Wenn das Schiff wieder zuschlägt, gibt es vielleicht Tote. Und dann wird es wieder Bilder geben. Bilder von zerstörten Gebäuden, von Verletzten und von weinenden Kindern. Als Nächstes folgen Bilder mit unserem Hoheitszeichen in Großaufnahme, die in allen Medien laufen. Sogenannte Experten werden sich bei SNN die Klinke in die Hand geben, und die öffentliche Meinung gegenüber Skyye und dem Bund der freien Systeme wird langsam aber sicher umschlagen. Und dann kommen wir nicht mehr so leicht davon. Wenn es so weit ist, wird man uns vor den Rat zerren und dann brauchen wir mehr als ein paar Einheitenlogbücher, um unseren Hals aus der Schlinge zu ziehen.« Orlando lehnte sich seufzend in seinem Stuhl zurück. »Dieser Tanz hat gerade erst angefangen.«

Kapitel 13

Datum: 23. Februar 2287 – Terra-Standardzeit

Sam Reilly war spät dran. In wenigen Minuten begann die nächste Einsatzbesprechung und er hetzte atemlos über das Quartiersdeck der *Rubikon*. Da man den Piloten nur das Notwendigste über ihren neuen Stützpunkt erzählte, hatte Sam es sich zur Aufgabe gemacht, das Schiff zu Fuß zu erkunden. An jedem Tag, da kein Einsatz oder Training auf dem Plan stand, zog er los, um sein vorübergehendes Zuhause kennenzulernen. Weil sich Mitglieder der Besatzung in dem weitläufigen Korridorsystem bereits verlaufen hatten, waren überall im Schiff kleine Info-Computer aufgestellt worden, die anzeigten, wo man sich gerade aufhielt. Außerdem gab der Computer auch bis zu einem gewissen Maß Informationen frei. Sam rief gelegentlich Daten ab, übertrieb es aber nicht, weil man sich für Auskünfte mit seinem Vitachip anmelden musste. Falls das Schiffskommando diese Abfragen überwachte, wollte er nicht durch übertriebene Neugier auffallen.

Sam bekam mit der Zeit einen guten Eindruck von der Systematik des Schiffskonzepts und er war von der Konstruktion schwer beeindruckt. Ein solches Design hatte er noch auf keinem anderen Schiff gesehen. Manchmal wurde er allerdings auch von einem bedrückenden Gefühl erfasst, während er durch die Gänge wanderte. Als Ursache hatte er schnell die merkwürdigen, erleuchteten Symbole ausgemacht, die fast jede freie Wandfläche in den Gängen bedeckten. Die meisten stellten wohl nur Wandschmuck dar, aber manche von ihnen erhöhten ihre Leuchtkraft, wenn man daran vorbei ging. Andere blinkten pulsartig in unterschiedlichem Tempo. Zusammen tauchten sie die Gänge in ein obskures Licht, in dem das Gefühl der Bedrückung besonders intensiv war.

Sam beeilte sich stets, wenn er eine solche Sektion passieren musste. Bemerkenswert war auch der Umstand, dass sich manche Muster zu verändern schienen, wenn man nicht hinsah. Sam war sicher, dass er aus dem Augenwinkel erkennen konnte, wie sich die Formen neu anordneten, doch wenn er sie dann genauer in Augenschein nahm, war alles so wie vorher. Jedenfalls war dieses Schiff das außergewöhnlichste Stück Technologie, das er je gesehen hatte und er wollte unbedingt mehr darüber erfahren. Auch wenn das bedeutete, dass er in Major Connellys Quartier einbrechen musste.

Oder in Saavredus Räume.

Sam hatte den Oberst der Omtaris-Spezialeinheiten sofort erkannt. Wenn Saavredu an der Sache beteiligt war, hieß das für das Gesamtbild, das sich vor Sams innerem Auge abzuzeichnen begann, dass alles wesentlich angespannter war als ursprünglich gedacht. Anfangs hatte er nur an eine konstatierte Mission gegen African Mining geglaubt, aber mit einem Spezialeinheiten-Oberst aus dem Bund der freien Systeme an Bord mochte der Plan politisch noch sehr viel weitreichendere Züge annehmen.

Während der letzten zehn Wochen war die *Rubikon* von Einsatz zu Einsatz geflogen und hatte dabei sechs Ziele einschließlich der African-Mining-Depots in der Region Tartarus zerstört. Nach Tartarus gingen noch zwei weitere Lager in Flammen auf, beides wertvolle Einrichtungen mitten im Hanzon-Raum. Dann flogen sie zu einer Welt, die im Loris-Sternenfeld unter der Kontrolle von Fennix L.M. stand. Dort griffen sie eine große Fabrik für Chemieprodukte außerhalb einer Großstadt an. Hier gab es zum ersten Mal mehr Widerstand als bei den Lasertürmen der Versorgungsdepots, denn die Besitzer hatten es regelmäßig mit Übernahmeversuchen kleinerer Firmen zu tun. Die *Shepherds* wurden mit Flugabwehrwaffen empfangen und es gab die ersten Verluste an Menschenleben. Sam wusste nicht, wie viele der Arbeiter in der Fabrik umgekommen waren, aber es mussten

Hunderte gewesen sein. Connelly verbot der Besatzung, Nachrichten von Stellar-News-Network zu hören, um zu verhindern, dass die Piloten von den zweifellos immensen Opferzahlen verunsichert wurden.

Aus dem Fennix-Raum flog die *Rubikon* weiter zur Bergbauwelt Porta Ferra im Bengal-Garuda-Sektor. Dort zerstörten sie die Förderanlagen der größten Lanthan-Mine, die Bengal-Garuda besaß. Einige der Piloten missachteten Connellys Nachrichtenverbot und erfuhren durch SNN, dass dabei über sechshundert Bergleute umkamen. Nur aufgrund des gerade anlaufenden Schichtwechsels, der zum Zeitpunkt des Angriffs stattfand, gab es nicht noch mehr Tote zu beklagen.

Auf Porta Ferra mussten auch die *Shepherds* die ersten Federn lassen. Von Sams roter Staffel kamen zwei Maschinen mit leichten Schäden zurück. Ein Pilot aus der grünen Staffel bekam einen Triebwerkstreffer ab und schleppte sich mit zwanzig Prozent Restantriebsleistung zurück zur *Rubikon*. Dem ersten Totalverlust entging ein Pilot der Aufklärungsstaffel nur um Haaresbreite. Unachtsamkeit hatte ihn in die Zielerfassung eines Raketenwerfers geführt. Die Rakete traf die Hecksektion des *Shepherds* und beschädigte den Fusionsreaktor. Der Pilot musste ihn abwerfen und erreichte mit dem letzten Rest an Reserveenergie das Trägerschiff. Eigene menschliche Verluste hatten die Angreifer aber zu diesem Zeitpunkt noch nicht zu verzeichnen.

Danach wurde eine Brennstoffraffinerie zerstört und es gab bei Bengal-Garuda wieder unzählige Tote und Schwerverletzte. Diesmal hatte auch die *Rubikon* ihr erstes Opfer zu beklagen. Die Raffinerie wurde gut beschützt, denn durch ihre grenznahe Lage zum Fennix-Raum war sie für Überfälle geradezu prädestiniert. Zehn leichte, aber dafür wendige Abfangjäger stiegen auf und warfen sich der anrückenden Meute von vierundzwanzig *Shepherds* entgegen. Der Kampf dauerte nicht lange, denn die simple Überlegenheit der angreifenden Feuerkraft setzte sich schnell durch. Nachdem acht Maschinen der Verteidiger abgeschossen waren, zogen sich die beiden letzten Verteidiger zurück und ließen die Angreifer gewähren.

Eine Staffel *Shepherds* kümmerte sich um die Beseitigung der Raketenwerferstellungen und Laserbatterien am Boden. Dabei erwischte es Tito, einen Piloten der blauen Staffel. Er hatte einen Laserturm zu tief angeflogen und berührte dabei die Tragfläche seines Flügelmannes. Dadurch gingen die Schüsse seiner schweren Laserkanone am Ziel vorbei. Tito kämpfte darum, die Kontrolle über den *Shepherd* zu behalten, und wurde vom Zielsucher des Laserturms erfasst. Wie durch ein Wunder schien der Treffer die Maschine kaum beschädigt zu haben und Tito konnte abdrehen. Der Schaden an seiner Maschine machte sich erst außerhalb der Atmosphäre bemerkbar. Antriebsleistung und die Lebenserhaltungssysteme fielen aus. Tito musste den Fusionsreaktor abstellen. Das wäre noch nicht problematisch gewesen, denn seine Kameraden hätten ihn nach Hause schleppen können. Aber gegen den Riss in der Pilotenkanzel konnten sie nichts tun. Sam hatte jetzt noch Titos Hilferufe in den Ohren, hörte, wie dessen Lungen Luft einsaugen wollten, die langsam ins Vakuum entwichen war. Wie ihm immer kälter wurde, als das All in sein kleines Cockpit eindrang und mit eisigen Fingern nach ihm griff. Dann ein letztes, grausames Keuchen und es wurde still. Tito war tot. Und jeder hatte es mit angehört. Connelly durchbrach den Schrecken und befahl mit ein paar dürftigen, wenig tröstlichen Worten Titos Maschine im All zu zerstören. Claus erledigte diese Aufgabe.

Die *Rubikon* flog weiter ins Hainfeld-System. Auf Hainfeld-Beta war eines der größten Verwaltungszentren im gesamten Norton-Harvard-Sektor ansässig. Hier wurden alle geschäftlichen und politischen Entscheidungen für die Hälfte des Territoriums gefällt. Der NH-Beta-Komplex war nach NH-Alpha auf der Hauptwelt Constance die zweitgrößte Zentraleinrichtung im gesamten Konzern.

Das Trägerschiff tauchte wie aus dem Nichts inmitten der

Orbitalverteidigung über dem Beta-Komplex auf, spuckte zwölf Raumjäger zum eigenen Schutz aus und begann sofort damit, das Feuer zu eröffnen. Nach fünf Minuten schweren Beschusses mit Marschflugkörpern war von den Kerngebäuden, in denen achttausend Menschen arbeiteten, nur noch eine Trümmerwüste übrig. So schnell wie die *Rubikon* aufgetaucht war, so schnell war sie auch wieder verschwunden.

Während der freien Zeit zwischen den Einsätzen verfolgte die Mannschaft trotz Connellys Verbot weiterhin Nachrichten von Stellar-News-Network. Wie erwartet füllten die Angriffe des unbekannten Raumkreuzers die Nachrichtensendungen aller Programme. Immer wieder wurde jetzt auch davon gesprochen, dass mutmaßlich Schiffe des freien Systems Skyye für die Angriffe verantwortlich seien. Kurze Filmausschnitte und Bilder wurden veröffentlicht, auf denen man die Einheitsmarkierungen des fünften Kontingents deutlich erkennen konnte. Zuschauerumfragen zeigten empörte Passanten, die lautstark nach Vergeltung und dem Eingreifen des Terranischen Rats riefen. Für Sam war nun klar, dass Skyye als das schuldige System dargestellt werden sollte, doch aus welchem Grund diese neue und unbekannte Macht ihre Aktionen initiierte, hatte er noch nicht herausfinden können. Sam beschleunigte seine Schritte. Major Connelly hasste es, wenn man zu spät zur Einsatzbesprechung kam.

Das Geschwader und die auf der Brücke gerade abkömmlichen Teile der Offiziersmannschaft besetzten die Stühle im Besprechungsraum, von denen jeder mit einem eigenen kleinen Holoschirm ausgestattet war. Die Piloten, in Connellys Augen durch die Bank ein undisziplinierter, aber talentierter Haufen, rutschten unruhig auf ihren Stühlen hin und her. Einige unterhielten sich, andere starrten bereits die Sternenkarte auf dem zwei mal drei Meter großen Holoschirm an und schienen sich Gedanken über ihr nächstes Ziel zu machen. Die Moral der Truppe war gut, trotz der ersten Rückschläge, die sie hatten erleiden müssen. Titos Tod beschäftigte sie eine Zeit lang, aber nach der von Saavredu angeordneten Trauerfeier zu Titos Ehren, hatten die Männer zu alter Stärke zurückgefunden. Connelly musste einsehen, dass er vielleicht ein wenig zu schlicht über Titos Tod hinweggegangen war. Aber auch ein alter Kriegshund konnte etwas dazulernen.

»Ruhe«, rief Connelly. »Wir fangen an.«

Die Piloten wandten sich dem Holoschirm zu. Connelly vergrößerte einen Ausschnitt. Ein großes Doppel-Sonnensystem nahm jetzt die gesamte Fläche des Holos ein. Es handelte sich offensichtlich um die Echtzeitübertragung eines Satelliten, denn man konnte sehen, wie sich die beiden Sonnen langsam gegenseitig umkreisten. Am oberen Bildrand erschien eine Überschrift.

Sternsystem »Zeus-und-Hera«
Raumkoordinaten 55,12-87, 63,96-87, 24,45-69
Regierungsinstanz: Bogatyr Alliance

»Wie Sie sehen«, begann Connelly, »geht es diesmal in den Bogatyr-Raum. Und zwar zum Zentralplaneten Fjedrograd.«

Damit hatte er die volle Aufmerksamkeit der Gruppe. Connelly drückte eine Taste und eine Welt wurde hervorgehoben.

»Diesmal haben wir eine schwere Nuss zu knacken, denn es gibt keine Autorisationscodes, mit denen wir die Orbitalverteidigung abschalten könnten. Unser Ziel ist die Vlad-Antonov-Fabrikstadt.«

Keiner sagte etwas. Alle dachten über ihr neues Ziel nach und darüber, dass der Vergleich mit der schweren Nuss ziemlich untertrieben war. Den Bogatyr-Zentralplaneten konnte man nicht anders denn als Festung im All bezeichnen. Er gehörte zu den achtzehn bewohnten Planeten des Zeus-und-Hera-Systems, um das nicht weniger als dreiundzwanzig Planeten kreisten. Jeder dieser achtzehn Planeten war eine einzige Industriewelt, die einen beträchtlichen Teil der gesamten Wirtschaftsleistung von

Bogatyr Alliance erbrachte. Fjedrograd stellte das große Schaltzentrum des Konzerns dar, dementsprechend aufwendig war die Welt gesichert.

Die militärische Abteilung der Alliance unterhielt ein dichtes Netz aus Überwachungssatelliten, von denen jeweils eine Hälfte ins All und eine auf die Oberfläche schaute. Dazu gab es massenhaft Flugabwehrstützpunkte und unzählige AVK-Flugfelder, die über den gesamten Planeten verteilt waren. All diese Einrichtungen sorgten dafür, dass sich kein Raumschiff Fjedrograd unbemerkt nähern konnte.

Das Impulssprungtor des Systems befand sich im Orbit und war das am besten bewachte Einzelobjekt des ganzen Systems. Sich dort ohne einen gültigen Autorisationscode hinzuwagen, war glatter Selbstmord. Und gerade zu dieser Zeit, in der es so viele Überfälle eines einzelnen unbekannten Raumkreuzers gab, würde die Raumüberwachung dort sicherlich noch wachsamer sein.

Die Vlad-Antonov-Fabrikstadt war die größte einzelne Industrieansiedlung des Systems. Auf einer Fläche von vierhundertachtzig Quadratkilometern arbeiteten fast sieben Millionen Menschen, die täglich in die Industrieanlagen im Stadtkern pendelten. Allein im Umkreis der Fabrikstadt waren Hunderte von Verteidigungsanlagen aufgebaut, die die Stadt gegen Angriffe vom Boden oder aus der Luft abzuriegeln vermochten. Mitten im Zentrum der Fabrikstadt stand ein achthundert Meter hoher Wolkenkratzer, in dem der Vorstand von Bogatyr Alliance residierte. Dieses Gebäude stellte wiederum eine eigene kleine Welt im Herzen der Stadt dar. Dort arbeitete der gut fünfzigtausend Mitarbeiter große Führungsstab des Konzerns abgeschottet gegen sämtliche störenden Einflüsse von außen.

Connelly sah in die betreten dreinschauenden Gesichter seiner Piloten. Es waren Söldner, Männer, die für Geld kämpften und taten, was man ihnen befahl. Aber es waren keine Idioten.

Er und Adrian Saavredu, der an einer Wand des Besprechungsraums lehnte, hatten von Anfang an darauf geachtet, sich keine Gehirnkrücken ins Team zu holen.

»Der Plan, den wir für diesen Angriff ausgearbeitet haben, sieht wie folgt aus.« Connelly rief die Darstellungen der Überwachungs- und Waffensatelliten auf, die Fjedrograd umkreisten. »Am ersten März um elf Uhr zehn wird die *Rubikon* an dieser Stelle in den Normalraum eintreten.« Ein Punkt im Orbit leuchtete auf. »Danach werden die Staffeln Rot, Blau, Grün und Schwarz starten und zuerst die Waffensatelliten zerstören, die sich in unserem Sektor befinden.« Vier Bereiche um das Zentrum des leuchtenden Punktes färbten sich in den Farben der Staffeln. »Wenn das geschehen ist, dringen die Maschinen in die Atmosphäre ein und zerstören die bodengestützten Verteidigungsanlagen. Jeder Staffel wird ein bestimmter Bereich zugewiesen.« Die Stadtansicht vergrößerte sich und wieder begannen einzelne Zonen, farbig aufzuleuchten. »Danach gehen wir tiefer. Staffel Gelb fliegt während des Beschusses Jagdschutz und putzt alles weg, das es geschafft hat, trotzdem zu starten. Staffel Weiß bleibt als schnelle Alarmrotte an Bord der *Rubikon* für den Fall, dass es zu Schwierigkeiten kommt.«

Staffel Weiß sollte eigentlich als Aufklärerstaffel eingesetzt werden. Aber sie hatte bis jetzt noch keinen richtigen Aufklärungseinsatz fliegen müssen, denn alle Angriffe der *Rubikon* waren Überraschungsattacken gewesen. Also flog sie Kampfeinsätze wie alle anderen und die Gruppe hatte auch bereits einen Piloten an die blaue Staffel abgegeben, um Titos Tod zu kompensieren.

»Die Jagdmaschinen müssen schnell zuschlagen«, fuhr Connelly fort. »Die Verteidigungsanlagen dürfen keine Zeit haben, sich auf uns einzustellen. Das Überraschungsmoment ist unser Vorteil. Wir tauchen schnell auf und sind noch schneller wieder weg. Jede Staffel erhält eine Liste ihrer Ziele mit den Anflugvektoren. Alles ist so aufgeteilt, dass niemand einem anderen ins

Gehege kommt. Haltet euch an den Plan und wir sind dreißig Minuten nach dem Eintritt wieder verschwunden. Noch Fragen?«

Nur einer meldete sich, ein braunhäutiger Mann von der grünen Staffel namens Domingo.

»Der Job ist doch ein Selbstmordkommando. Ich hab mal für Bogatyr gearbeitet und bin durch die Raumüberwachung von Vlad-Antonov geflogen. Da sind bestimmt hundert Waffenträger installiert, nur über der Fabrikstadt. Wir sind zwar vier volle Staffeln, aber wir können unmöglich alles ausschalten, was uns da im Weg steht.«

Connelly lächelte und sah zu Adrian, der keine Miene verzog. »Sie haben Recht, Domingo. Der Raum über Vlad-Antonov ist ohne Autorisationscode praktisch undurchdringlich. Wir haben allerdings eine sehr genaue Standortskizze der Waffensatelliten und wir haben den idealen Kurs berechnet, auf dem wir es mit den wenigsten Satelliten zu tun bekommen werden.« Connelly wandte sich wieder an die ganze Gruppe. »Ich wiederhole nochmal. Halten Sie sich alle an Ihre Einflugvektoren und der Job wird ein Kinderspiel. Und außerdem …«, er grinste. »Niemand hat behauptet, Ihr Job an Bord dieses Schiffes wäre ein Spaziergang. Noch weitere Fragen? … Nein? Dann weggetreten. Eintritt in den Normalraum in fünfzehn Tagen, elf Stunden.«

Die Routenkoordinatoren der Raumfahrtbehörde in Atlantika behaupteten seit Jahren, die Handelswege zwischen den größten Systemen seien überfüllt, und dadurch käme es immer wieder zu Verzögerungen beim Flug der großen Handelskreuzer durch die Impulssprungtore. Der Kollaps der Handelsverbindungen, so der Schluss, der aus diesem Befund gezogen wurde, sei nur noch eine Frage der Zeit. Das stimmte natürlich nur zum Teil und gehörte zu den üblichen Horrorszenarien chronisch unterversorgter Metropolregionen weit draußen in den Randsystemen. In Wirklichkeit war der Raum immer noch die endlose, kalte und menschenfeindliche Leere, in der man sich spielend leicht verirren konnte. Und natürlich nutzten viele Raumfahrer, die nicht gefunden werden wollten, diese Verlorenheit des Menschen in der kalten Leere aus, um ihren mehr oder weniger legalen Machenschaften nachzukommen. Wer sich in bestimmten Regionen der Randwelten auskannte, konnte über Jahre unerkannt seinen Geschäften nachgehen.

Die *Rubikon* war ein solches Schiff, das nicht gefunden werden wollte. Sie kreuzte seit Tagen am Rand des Praxes-Systems, dem äußersten, noch kartographierten Sternensystem des von Terra kontrollierten Raums und führte unbeobachtete Angriffsübungen durch. Irgendwann verschwanden die *Shepherd*s wieder in den Landebuchten des Trägerschiffs. Dann lag es noch zehn Stunden unbeweglich auf seiner Position, bis die Struktur des Schiffes zu zerfließen begann. Ohne Vorwarnung leuchteten die ER-Düsen auf, trieben das Schiff nach vorne und im nächsten Moment war es verschwunden. Nun war dort draußen wieder nichts als die Leere.

Datum: 10. März 2287 – Terra-Standardzeit

»Zehn Minuten bis zum Eintritt in den Normalraum«, schallte es über die Brücke der *Rubikon*.

Connelly stand vor seinem Kommandosessel. Um ihn herum arbeiteten die Crewmitglieder daran, den Wiedereintritt des Schiffs in den Normalraum vorzubereiten. Dieser Vorgang war stets eine komplizierte Angelegenheit, für die jede Menge Einstellungen vorgenommen werden mussten, damit das Schiff nicht aus seiner Zeitschleife herausgeschleudert wurde. Die Crew hatte auf die harte Tour gelernt, dass ein nicht ausreichend koordiniertes Auflösen der Einstein-Rosen-Brücke nicht nur die Geschwindigkeit, sondern auch die Schiffszeit verändern konnte. Es hatte einige Fehlfunktionen gegeben, bei denen während eines Auflösungsvorgangs sechs Männer auf der Brücke vor aller Augen in wenigen Sekunden wie im Zeitraffer gealtert waren. Ungefähr dreißig Jahre hatten die Männer verloren und die Veränderungen konnten nicht mehr rückgängig gemacht werden. Doch dann gelang es den Navigatoren, eine Prozedur zu entwickeln, die den Auflösungsvorgang stabilisierte.

Connelly drehte sich zu Adrian um, der auf einem Sessel am Rand der Brücke saß und warf ihm einen nachdenklichen Blick zu.

»Status der Navigation?«

»Fünf Minuten bis ER-Kollaps«, antwortete der erste Navigationsoffizier, der mit seinen Kameraden an den Konsolen direkt vor Connelly saß. »Schiff auf Kurs. Zeitaberration berechnungsgemäß rückläufig. Nullzeit wird bei Zielkoordinaten erreicht.«

Alles lief nach Plan. Die nebeligen Wände des Wurmlochs rasten an den Rändern des großen Sichtschirms vorbei, und der ER-Antrieb erzeugte im gesamten Schiff ein leises Summen sowie eine ständige Vibration. Solange beides vorhanden war, funktionierte die im Prinzip immer noch unbekannte Technik reibungslos. Connelly drückte einen Knopf an der Lehne seines Sessels. »Achtung Flugdeck. Bereitschaft melden. Sechs Minuten bis zum Start.«

Ein kleiner Bildschirmausschnitt öffnete sich rechts unten im großen Holoschirm und nacheinander leuchteten die Farben der einzelnen Staffeln auf, die seit zwanzig Minuten in ihren Maschinen sitzend auf das Startsignal warteten.

»Dreißig Sekunden bis Bremsmanöver.«

Die Hände der Navigatoren flogen über die Kontrollen. Ganz langsam wurde das Phänomen der Zeitverschiebung sichtbar. Alles auf dem Schiff begann, leicht unscharf zu werden. Die Konturen von Personen und Gegenständen verschwammen und liefen ineinander, aber solange dieser Zustand konstant blieb, war alles im grünen Bereich. Auch die Vibrationen waren jetzt deutlicher zu spüren.

»Zehn Sekunden bis Bremsmanöver.«

Die Fluktuationen stiegen weiter an, blieben aber noch im erwartbaren Rahmen.

»Fünf ... vier ... drei ... zwei ... eins ... Ausschalten.«

Für ein paar Momente wurde alles auf der Brücke stark verzerrt. Die Unschärfe nahm drastisch zu, doch im nächsten Augenblick sprangen die verschobenen Quanten zurück an ihren Platz und die *Rubikon* flog wieder mit konventionellem Antrieb.

»Positionsbestimmung durchführen«, befahl Connelly. »Flugdeck, bereitmachen zum Start.«

Der Holoschirm flackerte. Ein Nebeneffekt der Manöverprozedur, aber man akzeptierte diese kurze Blindheit, während die Sensoren die Umgebung abtasteten. Nachdem der Schirm wieder ein klares Bild zeigte, wussten alle auf der Brücke, dass etwas nicht stimmte. Sie hätten sich im Orbit von Fjedrograd aufhalten müssen, und links am Schirmrand sollte die grau-grüne Oberfläche des Planeten zu sehen sein. Aber da war nur dunkles All.

»Wir sind vom Kurs abgekommen«, fauchte Connelly. »Wo bleibt meine verdammte Positionsbestimmung?«

Fieberhaft versuchten die Navigatoren, dem System die Daten zu entlocken. Nach zwanzig stressigen Sekunden hatten sie die Position der *Rubikon* festgestellt. Der erste Navigationsoffizier wandte sich zu Connelly um.

»Wir befinden uns im Zeus-und-Hera-System, auf Raumkoordinaten 55,16-87, 60,97-11, 23,54-15. Das ist etwa zweihundertachtzigtausend Kilometer vom vorgesehenen Eintrittspunkt entfernt.«

»Wie konnte das passieren?«, zischte Connelly wütend. »Wer hat die Kursberechnung durchgeführt?«

Der erste Navigationsoffizier stand auf und nahm Haltung an.

»Das war ich, Herr Major. Aber ich bin mir hundertprozentig

sicher, dass die Berechnung in Ordnung war. Ich habe sie selbst dreimal überprüft und meine beiden Kameraden«, er deutete auf zwei verängstigt dreinschauende Kollegen, »haben die Berechnung ebenfalls kontrolliert. Ich kann mir die Abweichung nicht erklären.«

Connelly holte tief Luft, um seine Wut über die Inkompetenz seiner Untergebenen in den Griff zu bekommen.

»Setzen Sie sich hin, Mann. Ich will eine Darstellung unserer Flugbahn und die Flugzeit bis zu unserer Angriffsposition.«

Der Navigationsoffizier setzte sich schnell und begann, eine Karte mit dem Kurs der *Rubikon* auf den Holoschirm zu projizieren. Um die Kurslinie herum tauchten nacheinander kleine rote Kreise auf, die die Verteidigungsanlagen darstellten. Der Kurs, dem die *Rubikon* von der neuen Position aus folgen musste, führte an zwei kleinen Monden vorbei direkt durch eine dichte Ansammlung von Kampfsatelliten. Der eigentlich anvisierte Bremspunkt hätte weit jenseits von deren Reichweite gelegen.

»Kurs dargestellt. Flugzeit zweiundzwanzig Minuten bis Angriffsposition.«

Connellys Gesicht wurde rot vor Zorn. »Zweiundzwanzig Minuten. Zehn Minuten in dieser Wolke aus Satelliten und wir sind schrottreif geschossen.«

Er rieb sich mit beiden Händen das Gesicht und dachte über ihre Lage nach. Was konnten sie jetzt noch tun? Mitten durch die Verteidigungszone zu fliegen, war glatter Selbstmord und es blieb keine Zeit, auf die Schnelle ein anderes Ziel zu finden. Connelly sah nur eine Möglichkeit.

»Wendemanöver einleiten und volle Kraft voraus. ER-Generator neu starten. Ziel Fluchtposition Sofia drei.«

»Befehl zurückgenommen.«

Connelly fuhr herum. Adrian war aufgestanden.

»Oberst, was soll das? Warum nehmen Sie meinen Befehl zurück?«

»Weil wir es uns nicht leisten können, uns zurückzuziehen. Die Raumüberwachung von Zeus-und-Hera hat bereits begonnen, Daten über uns zu sammeln, seit wir wieder im Normalraum sind. Wir müssen das Überraschungsmoment ausnutzen, solange wir können, denn wir werden nach dem heutigen Tag keine zweite Chance für einen Angriff mehr bekommen.«

»Wir können uns ein anderes Ziel suchen.«

»Die Ziele sind keine Verhandlungssache.«

»Aber wie sollen wir durch die Raumverteidigung durchkommen? Ohne den Autorisationscode für den Durchflug werden die uns in tausend Stücke schießen.«

»Wir werden Folgendes machen. Setzen Sie Kurs auf die Angriffsposition und befehlen Sie volle Kraft voraus. Die Raumüberwachung wird uns rufen und uns auffordern, den Autorisationscode zu senden. Es vergehen ein paar Minuten, bis die da unten einsehen, dass wir nicht mit ihnen sprechen wollen. Dann werden sie uns warnen und uns auffordern beizudrehen. Irgendwann richten sie dann die Kampfsatelliten auf uns aus. Und das ist der Zeitpunkt, an dem unsere Jäger starten. Schicken Sie alles raus bis auf die Alarmrotte. Bis wir als Feind identifiziert werden, sind schätzungsweise zehn Minuten vergangen. Die Jäger müssen uns draußen einen Korridor freischießen, durch den wir die Angriffsposition erreichen können. Die Jäger folgen dann ihren Angriffsmustern und schalten die Verteidigungsanlagen am Boden aus. Wenn unser Beschuss beendet ist, verschwinden wir von hier wie geplant.«

Connelly war überhaupt nicht der Meinung, dass dieser improvisierte Plan Aussicht auf Erfolg bot. Aber Adrian hatte recht: Bei Zeus-und-Hera würden sie keine zweite Chance kriegen.

»Na schön, Oberst. Auf Ihre Verantwortung.« Connelly straffte sich und befahl: »Kurs zur Angriffsposition programmieren. Alle Maschinen volle Kraft voraus. Flugdeck, Sie erhalten neue Instruktionen.«

Sam saß nervös in seiner Maschine und wartete auf das Startsignal. Etwas musste da draußen gewaltig schiefgelaufen sein, denn während der letzten Minuten bekamen die Staffeln völlig neue Anweisungen. Offenbar hatte man den Bremspunkt für den Wechsel in den Normalraum verpasst und war jetzt zu weit von den geplanten Angriffskoordinaten entfernt. Das hieß, die *Rubikon* flog gerade in die dichtesten Verteidigungsanlagen hinein, die es im Orbit um Fjedrograd gab und markierte nach außen den Taubstummen. Man hatte die Funkverbindung von der Brücke zum Flugdeck offengelassen, um möglichst ohne Verzögerung das Startsignal an die Jägerstaffeln zu übermitteln. So konnten die Flieger die einseitige Kommunikation zwischen der Raumverteidigung des Planeten und der *Rubikon* mithören.

Die Raumverteidigung rief das Schiff mehrmals auf unterschiedlichen Funkkanälen. Zuerst erbaten sie die Übermittlung des Autorisationscodes für den Durchflug durch das System. Als die *Rubikon* nicht antwortete, wiederholte die Raumverteidigung ihre Bitte eindringlich und vor ein paar Minuten hatte sie den Code barsch eingefordert und mit dem Beschuss durch die Kampfsatelliten gedroht. Natürlich kam von der *Rubikon* keine Antwort und den Fliegern war klar, dass es jetzt jeden Moment losgehen musste. Die Kampfsatelliten würden ihre Zielerfassung auf die *Rubikon* ausrichten und auf einen Tastendruck am Boden von Fjedrograd das Feuer eröffnen. Aber so weit sollte es eigentlich gar nicht kommen.

»Verteidigungsanlagen haben uns erfasst. Startfreigabe, Startfreigabe!«

Die Stimme des Brückenoffiziers schallte hektisch aus den Lautsprechern und Sam biss für einen Moment die Zähne zusammen, als das Startsignal ungefiltert in seine Ohren drang. Dann drückte er den Schalter für die Auswurfvorrichtung und der *Shepherd* wurde aus dem Startkanal ins All geschleudert. Draußen zündeten die Triebwerke automatisch und erhöhten ihre

Leistung auf ein Viertel der Maximalkraft. Sam zog den Steuerknüppel zu sich heran und brachte die Maschine in einem Bogen auf die Steuerbordseite der *Rubikon*. Links und rechts von ihm nahmen seine Kameraden der roten Staffel ihre Positionen in der pfeilförmigen Formation ein.

»Rote Staffel. Aufschließen und Formation halten. Wir fliegen unseren Korridor an, sobald alle Schiffe gestartet sind.«

Claus´ Stimme übernahm das Kommando.

Die *Shepherds* sollten gruppenweise eine Schneise in die Verteidigungsanlagen schlagen. Jede Staffel musste einen bestimmten Bereich freiräumen, damit die *Rubikon* durch den entstehenden ringförmigen Kanal auf ihr Ziel zufliegen konnte. Sams rote Staffel übernahm die Steuerbordseite des Kanals. Die schwarze und die grüne Staffel sollten den nördlichen und südlichen Bereich des Kanals freimachen, Staffel Blau sollte die Backbordseite räumen. Eigentlich folgte die *Rubikon* damit weiterhin dem ursprünglichen Plan. Nur hatten sie es jetzt mit dem fünffachen Widerstand zu tun.

Die Maschinen jagten in wilden Manövern auf die Kampfsatelliten zu und begannen, sie mit ihren Bordwaffen unter Feuer zu nehmen. Schnell konnten viele von ihnen zerstört werden, aber es wurden auch immer mehr Raketen seitens der Satelliten gestartet und die die gelbe Staffel, die nur dafür abgestellt war, durchgekommene Raketen zu zerstören, hatten alle Hände voll zu tun, sie rechtzeitig abzufangen. Die Funkfrequenzen liefen über mit Gefechtskommunikation. Wer ins All blickte, sah dort ein Gewirr aus dahinjagenden Maschinen, zielsuchenden Raketen und vielfarbigen Laserstrahlen. Etwaige Beobachter, die keine Ahnung von Raumkampfmanövern hatten, mussten glauben, in das totale Chaos zu blicken.

Mit der Zeit gelang es Sams Staffel, den Korridor auf der Steuerbordseite von Kampfsatelliten zu befreien. Glücklicherweise, ohne jemanden zu verlieren. Blau Sechs hatte weniger Glück. Beim Versuch, sich von einer Rakete erfassen zu lassen und sie einem seiner Staffelkameraden vor die Kanonen zu ziehen, erwischte Blau Sechs einen zu steilen Anflugwinkel und sein Kamerad schoss an dem Flugkörper vorbei. Trotz einiger wilder Ausweichmanöver konnte der Pilot der Rakete nicht mehr entkommen und wurde in einer silbernen Splitterwolke pulverisiert.

Allmählich bekamen aber auch die anderen Staffeln die Oberhand und mit der Zeit konnte die *Rubikon* immer schneller auf ihre Abschusskoordinaten zufliegen. Da stellten sich neue Schwierigkeiten ein.

»Schwarze und grüne Staffel. Lösen Sie sich von den Satelliten und nehmen Sie Kurs Richtung Fjedrograd. Anflugvektor wird übermittelt. Soeben sind zwanzig Abfangjäger von der Oberfläche gestartet. Beschäftigen Sie sie, bis wir den Abschusspunkt erreicht haben. Staffelführer Schwarz hat das Kommando.«

Die beiden Staffeln brachen ihre Anflüge gegen die Satelliten ab und drehten nach Fjedrograd. Sie jagten den Abfangjägern vom Typ *Star Dagger* entgegen und sobald sie in Waffenreichweite waren, eröffneten beide Gruppen das Feuer. Zwölf *Shepherds* gegen zwanzig wendige *Star Dagger*s, ein fast aussichtsloses Verhältnis.

Finger aus kohärentem Licht rasten zwischen den aufeinander zu haltenden Jägern hin und her, und wer den Platz hatte, vollführte waghalsige Ausweichmanöver, um dem Beschuss zu entgehen. Die Maschinen rasten aufeinander zu und kurz bevor sie kollidierten, rief der Anführer der schwarzen Staffel: »Alle Mann Vollgas und durchbrechen. Dauerfeuer.«

Die *Shepherds* erhöhten ihr Tempo noch weiter und feuerten aus allen Rohren. Das Inferno der Laserstrahlen zwang die Abfangjäger, ihre Formation aufzulösen. Drei der *Star Daggers* wurden getroffen, einer davon explodierte sofort. Als sich die Flugbahnen der Gruppen kreuzten, verfehlten die Maschinen einander nur um wenige Zentimeter. Nachdem alle *Shepherds* den Kollisionsflug heil überstanden hatten, rief der Anführer der schwarzen Staffel neue Befehle.

»Formation auflösen. Verwickelt sie in Zweikämpfe und lockt sie von den Angriffskoordinaten weg.«

Die *Shepherds* stoben auseinander und flogen den *Star Daggers* erneut entgegen, die jetzt ihrerseits in ein Wendemanöver einschwenkten. Es dauerte keine Minute, da hatte jeder *Shepherd* mindestens einen Gegner an seinem Heck kleben.

Die *Rubikon* war nur noch wenige Minuten von ihren Angriffskoordinaten entfernt. Auf dem Planeten hatte man reagiert und die Verteidigungsanlagen hochgefahren. Noch gab es aber keinen Beschuss von der Oberfläche, und so konnte Connelly jetzt zum ursprünglichen Plan zurückkehren.

Die Jagdmaschinen hatten ganze Arbeit geleistet und einen sauberen Korridor in die stellare Verteidigung geschossen. Connelly befahl den Jägern der blauen und roten Staffel, einem der Ausweichpläne zu folgen und ihre Ziele am Boden auszuschalten. Allerdings mussten die Maschinen von zwei Staffeln jetzt die Arbeiten von vieren erledigen, da die anderen noch mit den anrückenden Abfangjägern beschäftigt waren.

Staffeln Blau und Rot durchstießen die Wolkendecke und tauchten in einen grauen Himmel ein, der von den Auswirkungen der industriellen Produktion gezeichnet war. Weiße und gelbe Nebelschwaden zogen wie riesige, geisterhafte Schlangen dahin und der Industriekomplex unter ihnen schien kein Ende zu nehmen; Fabrikanlagen und Bürohäuser, soweit das Auge reichte. Die Piloten aktualisierten die Angriffsmuster und steuerten ihre Ziele an.

Die Mannschaften der Verteidigungsanlagen begannen fieberhaft, Abfangraketen zu starten. Doch trotz ihres jahrelangen Trainings hatte der überfallartige Ansturm sie völlig überrascht. Niemand hatte jemals mit einem so dreisten Angriff aus dem Orbit tief im Herzen von Bogatyr Alliance gerechnet.

Laserbatterien und Raketenwerfer gingen von Bomben und Lasersalven getroffen in Rauch auf. Nur eine Handvoll schaffte es, ihre Raketen abzuschießen. Doch die Angreifer waren echte Könner. Mit einer Leichtigkeit, die fast schon an Arroganz grenzte, manövrierten die Raumjäger die Raketen aus und schossen sie vom Himmel. Der Schutzgürtel um die Fabrikstadt wurde mit jeder Sekunde dünner.

»Abschusskoordinaten erreicht. Zurzeit keine direkten Angreifer.«

»Ausgezeichnet«, bestätigte Connelly. »Feuerschema eins laden und Ziele erfassen. Geben Sie Meldung an die Jäger, dass wir kurz vor dem Angriff stehen. Sie sollen rechtzeitig verschwinden. Und hängen Sie ein -Gut gemacht!- dran.«

»Verstanden.« Der Navigator begann, Befehle in seine Konsole einzugeben.

Eine Minute später öffneten sich die Raketenschächte auf der Unterseite der *Rubikon*. Die Beleuchtung ließ die großen Öffnungen unheilverkündend glühen, als ob das Schiff es nicht erwarten konnte, seine tödliche Fracht auszuspucken.

»Ziele erfasst. Feuerbereitschaft hergestellt.«

»Na, dann wollen wir mal«, sagte Connelly. Er wollte gerade den Feuerbefehl geben, als ein anderer Offizier sich meldete.

»Neue Abtastung von der Oberfläche.«

Verärgert über die Unterbrechung fuhr Connelly herum. »Was für eine Abtastung?«

Der Offizier sah ihn mit geweiteten Augen an.

»Weitere Raumjäger sind von der Oberfläche gestartet. Sie nehmen Kurs auf unsere Position.«

Connelly stieß einen Fluch aus.

»Wie viele und wann sind sie hier?«

»Vierzig Maschinen vom Typ *Star Dagger 2* sind in fünfzehn Minuten in Waffenreichweite.«

Connelly drehte sich mit vielsagendem Blick zu Adrian um,

doch der blieb völlig ungerührt. Dann gab Connelly neue Befehle. »Startfreigabe für die Alarmrotte. Ziel sind die neuen Maschinen. Sie sollen sie solange wie möglich aufhalten. Waffenphalanx hochfahren und feuerbereit machen. Primärwaffe abfeuern. Dauerfeuer bis auf Weiteres.«

Das Licht in den Raketenschächten begann zu pulsieren, und kurz darauf wurden in Massen Marschflugkörper ausgestoßen, während die Alarmrotte startete und ihren Zielen entgegenflog.

»Stellung zerstört. Ich fliege in den nächsten Sektor. Wie viel Zeit haben wir noch?«

Sam hörte die Stimme von Toby Venarris, einem erfahrenen AVK-Piloten und Mitglied der roten Staffel in seinem Helmlautsprecher.

Claus antwortete ihm. »Höchstens noch zehn Minuten. *Rubikon* meldet, dass die Alarmrotte raus musste. Der Feind hat frische Einheiten gestartet, die in fünfzehn Minuten das Schiff erreichen. Kann sein, dass wir hier abbrechen müssen, um oben auszuhelfen. Die Primärwaffe ist abgefeuert worden. Wir kriegen hier nur wenig davon mit, haltet aber trotzdem die Augen nach Irrläufern offen.«

»Oh nein, nur noch zehn Minuten? Der Spaß kann doch nicht jetzt schon vorbei sein.« Ehrliche Enttäuschung lag in Tobys Stimme.

»Sei froh, Mann«, mischte sich Sam ein. »Je schneller wir von hier weg sind, umso besser. Ich will hier keine Sekunde länger als nötig bleiben, wenn die Raketen erst mal runterkommen.« In Wirklichkeit war Sam angewidert von Tobys Kampfeslust. Er hatte längst akzeptiert, dass er genauso wie die anderen Piloten angreifen und Ziele zerstören musste, um seine Fassade aufrecht zu erhalten, was zur Folge hatte, dass viele Tote und Verletzte mittlerweile auch auf sein Konto gingen.

»Ach sei's drum. Nehme Kurs auf den Hauptturm in Sektor dreizehn. Wer kann folgen?«

»Negativ, Rot Fünf. Bereitmachen zum Aufstieg.« Claus'
Stimme klang zornig. »Wir brechen früher ab. Die Raketen sind
unterwegs und die Alarmrotte braucht unsere Hilfe.«

»Kann Sie nicht hören, Staffelführer. Funk ist stark gestört,
Sie kommen nur verstümmelt rein. Ich zerstöre wie gemeldet das
Ziel und breche danach den Angriff ab. Ende.«

Das war nicht mehr als eine Ausrede. Sie hatten noch nie
Kommunikationsprobleme mit den *Shepherds* gehabt, selbst als
sie einmal durch schwere, elektromagnetische Interferenzen fliegen mussten. Toby wollte einfach nur sein Ziel zerstören. Das
war der Job, für den er eingekauft worden war. Sam wusste, dass
er dafür von Claus mit einem Eintrag auf dem Vitachip bestraft
werden würde. Aber das nahm der Mann einfach in Kauf. Claus
fluchte für alle hörbar in einer fremden Sprache.

»Rot Drei, Sie sind sein Flügelmann. Bringen Sie ihn sicher
nach Hause, damit ich ihm den verdammten Schädel einschlagen
kann.«

»Verstanden, Staffelführer.«

Sam drehte von seinem Kurs ab und jagte Toby hinterher.
Merkwürdigerweise verlangsamte der seine Maschine, als ob er
die Anweisung mitgehört hatte und Sam aufschließen lassen
wollte. Aber natürlich war Tobys Funk immer noch gestört.

Sie rasten gemeinsam durch Hochhausschluchten und wichen
gekonnt der Flugabwehr aus. In schnellen Zickzack-Manövern
näherten sie sich ihrem Ziel, dem Hauptgeschützturm, der sich
am nördlichen Rand des Kernstadtgebietes befand. Der Turm
war noch völlig intakt. Eigentlich war es die Aufgabe der blauen
Staffel gewesen, den Turm auszuschalten, aber die neuen
Anflugvektoren verliefen so ungünstig, dass der Angriff über
flachem deckungsfreiem Stadtgebiet geflogen werden musste.
Das bedeutete für die Turmbesatzung freie Sicht auf die Angreifer und genügend Zeit, ihre Waffen auszurichten. Die blaue Staffel hatte beschlossen, erst ihre anderen Ziele zu zerstören und
zum Schluss einen Angriff zu wagen. Allerdings befand sie sich

jetzt am anderen Ende ihres Einsatzgebietes und würde auch nicht mehr zurückkommen, nun, da Claus den Angriff vorzeitig abbrach. Also freie Bahn für Toby.

»Tritt mal ein bisschen auf die Bremse, Toby. Wir wollen noch heil nach Hause kommen«, funkte Sam rüber. Der Pfad, der sie zum Hauptturm führte, war stellenweise höchstens drei Flugzeugbreiten weit.

»Was hast du denn, Sammy? Da kommt doch Freude auf. Los, Mann. Wir packen noch 'ne Schippe drauf.«

Toby erhöhte die Geschwindigkeit auf ein leichtsinnig hohes Maß und Sam kam dem Maximum seiner Leistungsfähigkeit als Pilot gefährlich nahe.

»Verdammt, reduzier das Tempo. Das ist zu schnell, wir kommen auch so nah genug ans Ziel. Geh zwei Strich zurück.«

»Wir brauchen den Speed. Wenn uns die Zielerfassung erst einmal einfängt, haben wir nur noch ein paar Sekunden für den Abwurf. Lass dich zurückfallen, wenn du nicht dranbleiben kannst. Das Ganze ist in dreißig Sekunden vorbei.«

So ein Arschloch, dachte Sam und hielt Geschwindigkeit und Abstand. Sie waren nur noch wenige Häuserblocks vom Hauptturm entfernt, als der Platz zwischen den Maschinen und den Häusern noch weiter abnahm. Die Umrisse des Hauptturms zeichneten sich bereits ab. Sams Augen waren auf diesen einen Punkt fixiert, als die Häuser wie zerrissene Schemen an seinem Sichtfeld vorbeirasten.

»Wir sind fast da«, funkte Toby.

Im nächsten Moment begann der Zielerfassungswarner in Sams Cockpit Alarm zu schlagen.

»Die haben uns im Visier. Abbrechen.«

»Ich komme durch«, hörte er Toby rufen. »Bereite … Scheiße, Rakete unterwegs. Ich versuche, sie …«

Der Hauptturm hatte nur eine einzige Flugabwehrrakete abgefeuert. Entweder war die Besatzung unheimlich von sich überzeugt oder dort saß ein Haufen Hohlköpfe an den Reglern.

Jedenfalls reichte diese eine Rakete, um Toby in seiner Konzentration für einen Moment abzulenken. Als er kurz davor stand, das freie Gebiet um den Hauptturm zu erreichen, streifte er die Fassade eines Hochhauses. Der Kontakt destabilisierte die Flugbahn nur minimal, doch Toby musste darum kämpfen, die Kontrolle über den *Shepherd* zu behalten.

Er riss am Steuerknüppel und nahm Schub weg, doch gerade als er die Maschine wieder in den Griff zu bekommen schien, durchschlug die Rakete seine linke Tragfläche. Sie explodierte nicht, riss aber die Hälfte der Fläche ab. Jetzt hatte Toby keine Chance mehr, die Maschine zu halten. Die Energie des Raketentreffers riss den *Shepherd* vollends aus seiner Fluglage und ließ ihn trudelnd abschmieren. Die Maschine drehte sich wild in alle Richtungen und schlug krachend auf einem großen Parkplatz auf, der zu einem Knotenpunkt des öffentlichen Verkehrssystems der Fabrikstadt gehörte. Sie rutschte fast über die gesamte Länge des Platzes, überschlug sich mehrfach und zerstörte dabei ein Dutzend parkende Fahrzeuge, bis sie schließlich rauchend liegen blieb.

»Maschine am Boden«, rief Sam. Er war aus den Häuserschluchten herausgekommen und sah gerade noch, wie die Maschine auf dem Parkplatz zum Stehen kam.

»Toby, kannst du mich hören? Sag was, Alter.«

Weitere Raketen wurden gestartet, die sich sofort an Sams Maschine hängten. Er flog in einer weiten Kurve über den Parkplatz, um nachsehen zu können, ob Toby aus dem *Shepherd* ausstieg. Die Maschinen waren robust gebaut, doch als Sam sah, dass die Oberseite des Rumpfes über die gesamte Länge eingedrückt war, wusste er, dass Toby es nicht mehr schaffen konnte.

Da meldete sich eine fremde Stimme über Kom: »Hier ist die *Rubikon*. Wer ist in der Nähe der abgestürzten Maschine?«

»Hier Rot Drei. Ich war sein Flügelmann«, antwortete Sam.

»Wie ist der Zustand der Maschine?«

»Was? Wiederholen, *Rubikon*.«

»Wie ist der Zustand der Maschine? Ist sie noch intakt? Ist die Zelle noch intakt?«

Sam verstand die Fragerei nicht. Einer ihrer Männer war gerade abgeschossen worden und die interessierten sich nur für die verdammte Maschine.

»Die Zelle ist noch intakt«, antwortete er. »Aber das Cockpit ist hin.«

»Lebt der Pilot noch, Rot Drei?«

Sam holte tief Luft. »Negativ.«

Dann gab es eine Pause, die ihm ewig vorkam, und Sam musste sich auf's Fliegen konzentrieren. Der Zielerfassungswarner gab seinen Alarm schon lange als Dauerton wieder.

Die fremde Stimme meldete sich erneut. »Rot Drei, haben Sie noch eine Bombe an Bord?«

»Positiv. Bin aber im Moment ziemlich beschäftigt. Hab hier drei Raketen an meinem Hintern. Ich kann mögliche Ziele nicht angreifen und ziehe mich zurück. Es wäre nett, wenn mir jemand helfen könnte.«

»Hören Sie zu, Rot Drei. Neue Befehle! Benutzen Sie die Bombe, um die Maschine am Boden zu zerstören. Haben Sie verstanden?«

»Was? Nochmal wiederholen, *Rubikon*.«

Sam war für eine Sekunde verwirrt, aber dann verstand er. Er sollte Spuren verwischen. Eine abgestürzte Maschine mit intakter Zelle konnte nach Hinweisen auf ihre Herkunft durchsucht werden. Und dass ihre Gegner nichts über die sie angreifenden Schiffe wussten, stellte eine der wichtigsten Trumpfkarten der *Rubikon* dar. Aber selbst wenn Sam das ehrenvolle Grab seines Pilotenkameraden hätte zerstören wollen, wäre er gar nicht in der Lage dazu gewesen. Er hätte nicht einmal Zeit für misslungenen Abwurf gehabt, um der Bodenkontrolle mit der zerstörten Maschine einen Hinweis auf ihre Herkunft zu überlassen. Die Raketen rückten ihm immer näher auf den Pelz und er beschloss, gegen den Befehl zu handeln.

»Negativ, *Rubikon*. Habe keinen Anflugwinkel für einen sicheren Abwurf. Ich ziehe mich zurück und steige auf.«

Die fremde Stimme klang jetzt deutlich verärgert. »Rot Drei, ich befehle Ihnen, die abgestürzte Maschine zu zerstören. Und zwar sofort, haben Sie mich verstanden?«

»Negativ für Bombenabwurf. Rot Drei, wie geplant aufsteigen.« Es war Claus' Stimme, die sich einmischte. »Wir haben keine endlosen Ressourcen, *Rubikon*, und es gibt im Orbit genug zu tun. Ich will nicht noch eine Maschine hier unten verlieren.«

Nach einer Pause knurrte die fremde Stimme: »Bestätigt, Staffelführer. Abdrehen und die Alarmrotte unterstützen. Ende.«

Sam atmete trotz des Flugstresses erleichtert aus. »Verstanden, drehe ab und mache mich vom Acker.«

Nach fünf Minuten rasenden Flugs hatte er die Raketen abgeschüttelt und war auf dem Weg ins Orbit. Sam hoffte, dass die Bürogebäude bereits geräumt waren, als die Raketen dort einschlugen.

Die Geschosse, die die Vlad-Antonov-Fabrikstadt trafen, richteten unglaubliche Verwüstungen an. Die Hauptlast des Angriffs traf einen Distrikt, in dem Hochtechnologieforschung betrieben wurde. Der gesamte Stadtteil wurde innerhalb weniger Minuten ausgelöscht. Auch viele der umliegenden Produktionsstätten wurden schwer in Mitleidenschaft gezogen. Überall brachen Brände aus, und es gab weitere Explosionen, als sich Gas- und Treibstofftanks entzündeten. Die Energieversorgung des näheren Umlands brach zusammen, nachdem die Fusionskraftwerke zerstört worden waren.

Die Feuerwehr war von Anfang an ohne Chance. Jeder verfügbare Mann befand sich im Einsatz. Aber das Flammeninferno war so vollkommen, dass man sich irgendwann darauf beschränken musste, das Feuer vom Überspringen auf die angrenzenden Stadtteile abzuhalten. An die Rettung von Menschen aus den brennenden Gebäuden war auch mit den modernsten Vollschutzanzügen nicht zu denken. Die Zivilschutzabteilung sollte später am Tag eine erste Schätzung von sechzigtausend Toten veröffentlichen, die dem Überraschungsangriff aus dem All zum Opfer gefallen waren.

Sam hatte schnell zu seinen Staffelkameraden aufgeschlossen und gemeinsam stießen sie in den Orbit vor. Nach einer Kurskorrektur wurden sie von der *Rubikon* in Richtung des Raumkampfgefechts geleitet, in das die hoffnungslos unterlegene Alarmrotte verwickelt war. Die Söldnerpiloten hatten zwar nur die Aufgabe, die Bogatyr-Jäger am Vorrücken auf ihr Trägerschiff zu hindern, aber dieses Vorhaben wurde zusehends schwieriger. Bereits drei Maschinen hatten durch Feindbeschuss mittlere bis schwere Schäden davongetragen und sich aus dem Kampf zurückziehen müssen. Die Übermacht der Feindmaschinen war zu groß. Immer mehr *Star Daggers* schafften es, sich aus dem Gefecht zu lösen und Kurs auf die *Rubikon* zu nehmen.

Keine Sekunde zu früh griffen die rote und blaue Staffel in den Kampf ein und konnten die vordersten Verteidiger mit schwerem Beschuss von ihrem Kurs abbringen. Nur wenige Momente, bevor die *Star Daggers* selbst in Waffenreichweite kamen. Das Gefecht weiter unten im Orbit kippte jetzt vollständig zu Gunsten von Bogatyr. Sie überrannten die Söldnermaschinen und jagten der *Rubikon* entgegen. Denen blieb nichts anderes übrig, als ihnen zu folgen und sich ihrerseits mit den eigenen Staffeln zu vereinen.

Das Kampfgeschehen war jetzt gefährlich nah an die *Rubikon* herangerückt. Auf dem großen Bildschirm der Brücke konnte man zwar die kämpfenden Jäger nicht sehen, wohl aber das Gewitter aus vielfarbigen Laserstrahlen, die wild in alle Richtungen zuckten, nur unterbrochen von gelegentlichen Explosionen im Raum. Connelly sah abwechselnd auf den Schirm und auf die Zeitanzeige der Angriffsuhr. Die *Rubikon* schoss immer noch Marschflugkörper mit mittlerer Kadenz auf die Fabrikstadt ab. Ein kleinerer Bildschirmausschnitt zeigte die Stadt aus der Vogelperspektive. Die Verwüstungen waren längst verheerend und Connelly sah die Zeit für gekommen, zu verschwinden. Er sah sich zu Adrian um.

»Ich finde, wir haben erreicht, was wir wollten. Die halbe Zentralstadt steht in Flammen und Bogatyr wird noch lange an diesen Tag denken. Lassen Sie uns die Jäger einsammeln und zum Fluchtpunkt fliegen.«

Adrian stand aus seinem Sitz auf und betrachtete die beiden Darstellungen auf den Bildschirm.

»Wie sieht es bei der schwarzen und grünen Staffel aus?«

»Die sind immer noch in das Gefecht mit der ersten Welle Feindjäger verwickelt. Bis jetzt haben wir zwei schwer beschädigte Rückkehrer und auch dieser Kampf bewegt sich jetzt auf uns zu. Wenn wir noch lange hierbleiben, stecken wir bald mitten im Feindfeuer.«

Adrian schwieg und schien nachzudenken. Was gibt's da noch zu überlegen, dachte Connelly. Wenn wir noch länger hierbleiben, ist der gesamte Plan in Gefahr. Gib schon den verdammten Rückzugsbefehl. Adrian tat ihm den Gefallen.

»Den Beschuss mit der Primärwaffe beenden. Beordern Sie die Jäger zurück an Bord«, sagte Adrian ruhig. »Die Waffenphalanx hat Feuerfreigabe. Starten Sie das Massenzielerfassungsprogramm. Wenn alle Maschinen an Bord sind, springen wir zum Fluchtpunkt.«

Erleichtert begann Connelly, die Befehle zu geben. Daraufhin brachen alle Jagdmaschinen ihre Kämpfe ab und drehten in den offenen Raum ab, um dann auf die *Rubikon* einzuschwenken. Dieses Manöver war lange geübt worden und diente als Vorbereitung auf den Einsatz der Waffenphalanx.

Waffenphalanx war der Oberbegriff für die unzähligen Geschütztürme und Raumtorpedowerfer, die überall auf der *Rubikon* installiert waren. Jedes Geschütz und jeder Werfer war an ein spezielles Massenzielerfassungssystem gekoppelt, das in einer Zehntelsekunde eine Feindmaschine erkannte, ihre Flugbahn verfolgte und sie einem der Geschütze zuwies. Wenn das Ziel zerstört war, erhielt das Geschütz sofort ein neues Ziel. Durch einen Transponder wurde verhindert, dass ein eigener *Shepherd* ins Fadenkreuz geriet. Die Jäger hätten sich sogar weiter mit den Feindmaschinen duellieren können, ohne selbst getroffen zu werden. Nur auf Querschläger musste man immer gefasst sein.

»Massenzielerfassung ist programmiert und bereit zum Feuern.«

»Dann Feuer frei.«

Die Bogatyr-Jäger wurden vom Rückzug ihrer Gegner überrascht. Einige folgten den *Shepherds*, doch die wurden schnell zurückbeordert. Es galt, das feindliche Trägerschiff auszuschalten. Allerdings wussten die Verteidiger nicht, dass sie in ihr Verderben flogen. Die Kanoniere der *Rubikon* warteten, bis die feindlichen Jäger in Reichweite der Phalanx waren, dann lösten sie das Abwehrfeuer aus.

Überall auf der Außenhaut der *Rubikon* wurden Abdeckklappen eingefahren, die die Geschütze beim Normalflug verdeckten. Das elegante Erscheinungsbild des Schiffes verwandelte sich in ein grimmiges, pockennarbiges Antlitz. Schlagartig wurde die Umgebung des Schiffes in ein buntes Farbenmeer getaucht, als die Lasergeschütze anfingen zu feuern. Eine flimmernde Wolke aus kohärentem Licht jagte den angreifenden Bogatyr-Maschinen entgegen. Die Wolke war so dicht, dass sogar kleine, partielle Entladungen zwischen den Lichtfingern hin und her sprangen. Dabei war der Beschuss zugleich so präzise, dass nach nur wenigen Sekunden die gesamte vorderste Reihe der Angreifer pulverisiert war. Ein Jäger nach dem anderen zerbarst in seinem eigenen Fusionsfeuer und hinterließ nichts als eine Wolke aus Splittern.

Die Angreifer versuchten, dem Feuer auszuweichen, doch die programmierten Geschütze der *Rubikon* passten sich sofort dem neuen Kurs an und nur Augenblicke später fanden die nächsten Jäger ihr Ende. Es war, als würden die *Star Daggers* gegen eine Wand aus Licht anfliegen, in die sie ein Stück eintauchten, um gleich darauf in Flammen aufzugehen. Nach nicht einmal zwei Minuten war die Abwehrschlacht vorbei. Zurück blieben nur deformierte Wracks, in denen nichts überleben konnte. Kurz darauf begannen die *Shepherds* mit dem Landeanflug und nachdem der letzte Jäger auf dem Flugdeck aufgesetzt hatte, verschwand die *Rubikon* wieder im Nichts.

Kapitel 14

Datum: 26. März 2287 – Terra-Standardzeit

Sidney Pacheco stieg die Treppe aus dem Tunnel der Untergrundbahn hinauf ins sonnenhelle Tageslicht von Atlantika. Er blinzelte kurz und machte sich auf seinen üblichen Weg zum Botschaftsgebäude, das sich das freie System Skyye mit einigen anderen Systemvertretungen teilte. Es war wie jeden Tag viel los auf den Straßen, aber Sidney wusste, wie er sich durch den Menschenstrom bewegen musste, um voranzukommen. An schönen Tagen wie diesem, und es gab dank der Wetterkontrolle zu dieser Jahreszeit viele schöne Tage, ging Sidney das letzte Stück zur Botschaft zu Fuß. Er pflegte diese zehn Minuten dazu zu nutzen, sich auf den Tag einzustellen, und durchlief im Kopf die Liste der anstehenden Aufgaben. Und die war lang. Die vergangenen Tage waren turbulent gewesen.

Seit dem verheerenden Angriff auf die Vlad-Antonov-Fabrikstadt auf der Bogatyr-Zentralwelt sendete Stellar-News-Network einen Report nach dem anderen über die feigen Angriffe des mutmaßlich von Skyye kontrollierten Raumkreuzers, die von immer höherrangigen Offiziellen scharf verurteilt wurden. Die Folge davon war, dass Sidneys Botschaft mit Interviewanfragen und Aufforderungen zu Stellungnahmen überschwemmt wurde. Sein Vorgesetzter Orlando La Cara tat sein Bestes, die Anfragen zu befriedigen. Er gab ununterbrochen Interviews und verfasste Schriftsätze, in denen er die Vorwürfe, die man seiner Regierung zur Last legte, vehement zurückwies. Er wurde auch nicht müde, immer wieder auf den Verdacht einer Verschwörung hinzuweisen, wonach seine Welt als Sündenbock für unbekannte Mächte mit ebenso unbekannten Zielen herhalten sollte. Anfangs hatte er noch die Ergebnisse der Untersuchungskommission im Fall der zerstörten Versorgungsdepots in die

Gespräche eingebracht, aber spätestens seit Vlad-Antonov war dieses Argument nicht mehr zu gebrauchen. Schon kurz nach dem Angriff auf die Fabrikstadt war es immer wieder zu spontanen Kundgebungen gekommen, anlässlich derer sich tausende Bürger überall in Atlantika versammelten und lautstark Rache und die Bestrafung Skyyes forderten. Zum Glück war keine dieser Versammlungen eskaliert, was auch daran lag, dass die Ordnungshüter der Stadt immer schnell Präsenz zeigten. Vertreter von Stellar-News-Network führten indes stets Live-Interviews mit den Demonstranten und die zum Teil wilden Hasstiraden wurden im Rahmen der stündlichen Nachrichtenblöcke systemweit ausgestrahlt. Die Stimmung hatte sich gegen Skyye gewandt, und für die Botschaft bedeutete das schwere Zeiten.

Sidney hatte den Weg fast geschafft, als sein Mobiltelefon zu summen begann. Im Laufen griff er in seine Jackentasche und zog das schlanke zylinderförmige Gerät hervor. Er drückte einen Knopf und ein kleiner Holoschirm leuchtete auf. »Theresa ruft an«

Sidney hob das Telefon ans Ohr und sagte: »Verbinden.« Einen Moment später war die Verbindung zu Theresa Liebowitz, der Büroleiterin in der Skyye-Botschaft, hergestellt.

»Guten Morgen, Theresa. Ist das nicht ein wunderschöner Tag heute?«

»Hallo, Sidney. Ja, in der Tat. Wollen wir hoffen, dass er so bleibt«, antwortete Theresa. »Wo sind Sie gerade?«

»Ich muss nur noch um die Ecke in die Staynes Avenue.«

»Ach, schon …? Na gut. Dann hab ich eine kleine Überraschung für Sie.«

»Was ist denn? Ist irgendwas passiert?«

»Sind Sie wirklich gleich hier?«

»Ja, hab ich doch gesagt.«

»Na, dann werden Sie es ja sehen.«

Sidney verstand die rätselhaften Andeutungen nicht. So

etwas war gar nicht Theresas Art. Als er um die Ecke in die Staynes Avenue einbog, blieb er stehen. Normalerweise war die Staynes eine gut befahrene Straße, aber im Moment ging der Verkehr nur schwerfällig voran. Verkehrsandros lenkten die Fahrzeuge um eine große Menschenansammlung herum, die genau vor dem Eingang zum Botschaftsgebäude von Skyye stand. Es waren mindestens zweihundert Personen, die einem Mann zuhörten, der vor dem Treppenaufgang auf einem kleinen Podest stand und eine Rede hielt.

»Sidney, sind Sie noch da?«, meldete sich Theresa.

»Ach, du Schande. Die stehen doch nicht wirklich vor unserem Gebäude?«

»Ich fürchte, das tun sie. Vor dem Haupteingang und beiden Seiteneingängen.«

»Wie lange sind die denn schon hier?«

»Seit gut zwei Stunden, praktisch mit Sonnenaufgang. Die anderen Systemvertreter beschweren sich schon über den Lärm.«

»Wenn ich das richtig sehe, muss jeder, der ins Gebäude will, an der Meute vorbei«, stellte Sidney fest.

»So sieht's aus. Aber wir können uns das ersparen«, antwortete Theresa. »Botschafter La Cara hat nach Absprache mit den anderen Systemvertretern die unterirdischen Notausgänge, die in die Untergrundbahn führen, als vorübergehenden Zugang zur Botschaft freigegeben. Ich habe gerade einen Plan an alle Mitarbeiter geschickt und gehofft, ich könnte Sie noch im Tunnel erwischen.«

Sidney zog sein Datenpad hervor und sah die eingegangene Nachricht. Er öffnete eine Karte des hiesigen Untergrundbahnabschnitts mit Wegmarkierungen zu den vier Notausgängen.

»Wenn Sie noch dort gewesen wären, hätten Sie sich den Weg hierher sparen können.« Theresas Stimme klang besorgt. »Hören Sie, Sidney. Sie sollten lieber wieder zurückgehen und einen dieser Notzugänge nehmen. Ich traue der Meute vor unserem Haus nicht über den Weg. Da ist zwar auch jede Menge

Sicherheitspersonal, aber man weiß nie, was alles passieren kann.«

Sidney überlegte. Er kannte sich im Tunnelsystem der Untergrundbahn zwar ein bisschen aus, aber er würde trotzdem die zehn Minuten zurück zur Station gehen und dann dem markierten Weg folgen müssen. Das würde mindestens fünfzehn Minuten, wenn nicht noch länger dauern. Dazu hatte Sidney keine Lust.

»Ich glaub, ich riskier's, Theresa«, antwortete er und versuchte entspannt zu klingen, obwohl ihm doch ein wenig mulmig war. »Wird schon nicht so schlimm werden.«

»Na schön. Ist ja Ihr Schädel.«

»Ich mag Ihre Aufmunterungsversuche.«

»Ich sag den Sicherheitsleuten Bescheid, dass sie Ihnen eine Gasse frei machen. Am Gehweg ist die Menge nicht so dicht. Gehen Sie da lang. Und halten Sie sich von den SNN-Leuten fern.«

Sidney grinste, als er sein Telefon abschaltete und in die Jackentasche zurücksteckte. Er nahm die Schultern zurück und ging los. Es waren nur etwa hundertfünfzig Meter. Kurz nachdem er um die Ecke gebogen war, arbeiteten sich schon ein paar Sicherheitsleute durch die Menge und schoben die Menschen zur Seite. Der Vorderste winkte ihm zu, sich zu beeilen. Sidney beschleunigte seine Schritte. Es klappt, dachte er. Doch dann erfror sein Lächeln, als er die Reporterin von Stellar-News-Network sah, die sich zu ihm umdrehte. Sie sah auf ihr Datenpad, zog ihren Kameramann von den Demonstranten weg und wies ihn an, sein handgroßes Arbeitsgerät auf Sidney zu richten. Die Gruppe, die sie gerade interviewt hatte, war von dem abrupten Gesprächsende nicht sonderlich begeistert und folgte dem Blick der Reporterin. Sie glaubten wohl, einen Mann vor sich zu haben, der in der Skyye-Botschaft arbeitete und riefen ihm Parolen wie »Mörder!« oder »Vergeltung für die Toten in Vlad-Antonov!« entgegen.

»Scheiße«, stieß Sidney hervor, als die Reporterin auf ihn zukam. Es waren nur noch zehn Meter bis zu den Sicherheitsleuten, aber da lief die junge Frau schon neben ihm her.

»Botschaftsassistent Pacheco. Bitte geben Sie uns eine Stellungnahme zu den Vorwürfen, dass Skyye friedliche Fabrikstädte angreift und die Leben von tausenden Bürgern zerstört. Was sagen Sie dazu?«

Sidney ging unbeirrt weiter und die Reporterin hielt ihm ein Mikrofon unter die Nase.

»Bitte, Botschaftsassistent. Was ist Ihre Reaktion auf diese Vorwürfe? Stimmt es, dass Skyye eine neue Expansionsstrategie verfolgt, um eine Machtverschiebung zugunsten des Bundes der freien Systeme zu erwirken? Wie viele Systeme werden sich Ihnen anschließen und wen will Skyye noch angreifen? Was steckt hinter diesen grausamen Attacken gegen friedliche Welten?«

Sidney fühlte im Angesicht dieser wahnsinnigen Vorwürfe Zorn in sich aufsteigen. Er atmete tief und antwortete mit gereiztem Ton: »Das ist doch der reine Unsinn. Kein Kommentar. Lassen Sie mich in Ruhe.«

Er würdigte die Reporterin keines Blickes mehr und erreichte endlich die Gasse aus Sicherheitsleuten, die sich schwer gegen die drückende Menschenmasse stemmten.

»Los, beeilen Sie sich, Mann«, rief einer der Männer und Sidney begann, sich durch die Menge zu kämpfen.

Innerhalb der Demonstrantengruppe war es laut und trotz des Schutzes durch die Security wurde es sehr eng. Ständig brüllte ihm jemand die wildesten Beschimpfungen in die Ohren. Hände versuchten, nach ihm zu greifen, um ihn in die Menge zu ziehen. Er konnte jedoch jeden Angriff abwehren und war froh, als er endlich die Stufen vor dem Eingang erklommen und die Eingangstür erreicht hatte. Er sprach seinen Namen in das stimmgesteuerte Türschloss und zwängte sich durch die Türflügel. Mit einem Seufzer der Erleichterung drückte er die Tür mit der Hilfe des Sicherheitspersonals in der Halle wieder ins Schloss. Sidney atmete schwer, als er die Treppe zum ersten Stock hinaufging. Gerade oben angekommen fing Theresa ihn ab, bevor er in sein Büro gehen konnte.

»Orlando will Sie sehen«, rief sie ihm zu. »Gehen Sie gleich rein.«

Sidney sah ihr nach, wie sie wieder in ihrem Büro verschwand. Er hätte sich ein paar aufmunternde Worte gewünscht, aber damit war bei Theresa wohl nicht zu rechnen. Schließlich hatte er selbst entschieden, den Weg durch die Menschenmassen zu nehmen. Sidney ging weiter zu Botschafter La Caras Büro. Er richtete seine Krawatte, dann klopfte er an und öffnete die Tür. Orlando La Cara stand am Fenster und beobachtete die Menge. Er versuchte mitzubekommen, was der Wortführer gerade von sich gab, um die Menschen weiter aufzustacheln. Die Worte des großen grauhaarigen Mannes waren schwer zu verstehen, aber in ein oder zwei Stunden würde Orlando die Mitschnitte der Überwachungsanlage erhalten und sich noch einmal in Ruhe alles anhören können. Sidney Pacheco kam herein.

»Guten Morgen, Sidney. Ganz schön riskant, sich durch diese Menge zu schieben«, sagte Orlando. »Alles okay mit Ihnen?«

»Mir geht's gut«, antwortete Sidney. »Nicht mehr als ´ne harmlose Schubserei. Wie war Ihr Morgen?«

Obwohl der Tag noch jung war, sah Orlando La Cara schon müde aus. Dunkle, feine Augenringe zeigten jedem, unter welcher Spannung er in den letzten Tagen gestanden hatte. Er ging zu seinem großen Schreibtisch und ließ sich in den Sessel fallen.

»Eine verdammte Schinderei. Heute Morgen dachte ich, ich hätte nach all den Interviews meine Stimme verloren und Sie könnten meinen Job jetzt übernehmen. Aber leider ist sie immer noch da. Kommen Sie und setzen Sie sich.«

Er deutete auf einen der Stühle vor dem Schreibtisch und Sidney nahm Platz. Orlando tippte etwas in seinen Tischcomputer und betrachtete das Bild auf dem Holoschirm. Dabei zogen sich weitere Sorgenfalten über seine Stirn.

»Jetzt mal im Ernst, Sidney. Das müssen Sie in Zukunft besser machen.« Er drehte den Holoschirm in Sidneys Richtung. »Ist gerade auf Sendung gegangen.«

Auf dem Schirm war die Reporterin zu sehen, die gerade versucht hatte, mit ihm auf seinem Weg in die Botschaft ein Interview zu führen. Mit leichtem Schaudern erkannte Sidney, wie unfreundlich er wirkte und wie abweisend er rüberkam, als er offensichtlich versuchte, den unbequemen Fragen der Reporterin durch Flucht zu entgehen. Besonders eindrucksvoll war die Szene, in der sie ihm die letzten Fragen hinterherrief und er fast panisch davonstürmte. Als Sidney schließlich verschwunden war, wandte sich die Frau wieder der Kamera zu und begann zu sprechen: »Leider erhalten wir auch heute keine Stellungnahme eines Vertreters des freien Systems Skyye. Die Vertretung hüllt sich weiterhin in Schweigen, welche Hintergründe wirklich hinter diesem terroristischen Anschlag auf das Leben unschuldiger Bürger stecken. Wir können nur hoffen, dass das Justizministerium und der Terranische Rat schon bald entsprechende Maßnahmen einleiten, um dem Treiben dieses einflussreichen Mitglieds im Bund der freien Systeme ein Ende zu setzen. Zurück zu Ihnen, Jim.«

Damit erlosch das Bild der Reporterin. Orlando drehte den Bildschirm wieder zu sich und schaltete das Programm ab. Dabei schnaubte er verärgert.

»Wir hüllen uns in Schweigen? Das ich nicht lache. Ich kriege morgens kein Wort mehr heraus, weil ich mir Tag für Tag den Mund fusselig rede und diese Schnepfe tut so, als wäre dieses Haus der Vorhof zur Hölle. Ich bin sicher, ich hab ihr schon mindestens drei Interviews gegeben.« Er sah zu Sidney auf. »So etwas wie Ihre Vorstellung gerade eben können wir uns nicht mehr leisten, Sid. Die SNN-Leute sind wie die Bluthunde hinter uns her. Alles, was wir sagen, wird auf die Goldwaage gelegt. Wir müssen ab sofort eine fehlerfreie Außendarstellung abliefern, wenn wir nicht noch mehr Freunde verlieren wollen.« Orlando legte die Arme auf den Schreibtisch und faltete die Hände. »Seien Sie ab sofort zu jedermann freundlich, lassen Sie ein paar nette Bemerkungen fallen und erfinden Sie ein paar unverbindliche Ausflüchte, wenn einer dieser Schreiberlinge Sie noch mal anspricht. Vermitteln Sie einen kompetenten Eindruck und lassen Sie sich nicht mehr so überfahren wie gerade eben, ok?«

»Ich habe verstanden, Herr Botschafter«, antwortete Sidney. »Tut mir leid, ich hätte es besser wissen müssen.«

»Schon gut. Der ganze Stab wird in der nächsten Zeit mehr in dieser Richtung arbeiten müssen. Wir brauchen unbedingt mehr positive Wirkung in der Bevölkerung. Vor allen, wenn das hier bekannt wird.«

Orlando zog ein Datenpad mit dem Siegel des Justizministeriums aus der Tasche und hielt es Sidney hin.

»Was ist das?«, fragte Sidney.

»Das ist die erhobene Axt über unserem Kopf.«

Vorladung

Das freie System Skyye wird hiermit durch das Justizministerium zu Terra zu einer Vorverhandlung im Streit um militärische Interventionen geladen, die nicht durch die Hidalgo-Konvention Stand Juni 2097 als sekundär-militärische Okkupationsvorgänge abgedeckt sind.

Zur Diskussion stehen:
  • Angriffe auf drei Versorgungsdepots in der Region Tartarus
    im African-Mining-Sektor
  • Angriffe auf zwei Versorgungsdepots im kernwärtigen Seg-

ment der Hakaan-Sternengruppe im Hanzon-Sektor
- Angriff auf die Baekeland-Chemiefabrik auf der Welt Jezersko im Fennix-L.M.-Sektor
- Angriff auf die Mosander-Lanthan-Mine auf der Welt Porta Ferra im Bengal-Garuda-Sektor
- Angriff auf die Faraday-Brennstoffraffinerie auf der Welt Bichester im Bengal-Garuda-Sektor
- Angriff auf die NH-Beta-Zentraleinrichtung auf der Welt Hainfeld-Beta im Norton-Harvard-Sektor
- Angriff auf die Vlad-Antonov-Fabrikstadt auf der Welt Fjedrograd im Bogatyr-Sektor.

Das Justizministerium hat durch eigene Ermittlungen Hinweise darauf gefunden, dass das freie System Skyye als treibende Kraft hinter den angegebenen militärischen Aktionen steht. Aus diesem Grund werden die Regierung des freien Systems Skyye und ihr militärischer Führungsstab aufgefordert, zu den Vorwürfen Stellung zu nehmen und entweder ein Geständnis unter Angabe von Gründen abzulegen oder durch Nachweis eigener plausibler Nachforschungen den Vorsitzenden davon zu überzeugen, dass die Vorwürfe nicht zutreffen.

Die Vorverhandlung ist als ergebnisoffen zu betrachten. Der Vorsitzende behält sich vor, während oder nach der Vorverhandlung Sanktionen jedweder Art gegen das freie System Skyye auszusprechen oder zu empfehlen.

In Abhängigkeit des Ergebnisses der Vorverhandlung wird ein Termin zur Hauptverhandlung festgelegt. Den Beklagten wird rechtlicher Beistand gewährt, wenn dieser gewünscht ist. Die Vorverhandlung findet am zweiten April 2287 um zehn Uhr im Sitzungssaal 11C des Zentralgebäudes im Justizflügel des Regierungsbezirks in Atlantika statt. Zu Vorverhandlungen sind Besucher sowie die Presse unter Berücksichtigung der allgemeinen Verhaltensrichtlinien vor Gericht zugelassen. Um pünktliches Erscheinen wird gebeten.

Eleonor Taveniesco
Justiziarin
Büro Rechtsstreitigkeiten Hidalgo-Konvention

Sidney ließ das Datenpad auf den Tisch sinken. Er fühlte sich, als ob er gerade ein Dutzend Eiswürfel verschluckt hätte.

»Was bedeutet das?«, fragte er, um sich gleich danach selbst über die dumme Frage zu ärgern. Natürlich wusste er, was diese Nachricht bedeutete. Aber er konnte oder wollte nicht es glauben. »Es tut mir leid, Herr Botschafter, aber …«

Orlando sah seinem Assistenten den Schrecken an, dem er selbst vor zwanzig Minuten erlegen war, nachdem er die Vorladung das erste Mal gelesen hatte. Er stand auf und ging wieder zu dem Fenster, das auf die Hauptstraße hinausging. Er beobachtete die demonstrierende Menge, die weiter dem Redner zuhörte, achtete aber darauf, dass man ihn von außen nicht sah.

»Was das zu bedeuten hat?«, begann er. »Nun, um es etwas salopp auszudrücken, sie haben uns am Arsch.«

Sidney schluckte. Der Botschafter pflegte üblicherweise eine äußerst distinguierte Sprache, die auf Kraftausdrücke jeglicher Art weitestgehend verzichtete.

»Sie haben uns die Schlinge um den Hals gelegt und fangen an, sie zuzuziehen. Leider ist genau das eingetreten, was ich befürchtet habe. Jemand zieht uns da in eine Sache hinein, um uns zu diskreditieren. Er zerstört anscheinend wahllos fremde Einrichtungen und hinterlässt so gut wie keine Hinweise, mit Ausnahme inkriminierender Aufnahmen aller möglichen Überwachungskameras. Und wir? Wir haben nichts in der Hand. Nichts außer Einheitenlogbüchern, die ihre Aussagekraft schon angesichts der Tartarus-Aktion aufgebraucht haben.«

»Aber wir haben uns doch umgehört, haben Nachforschungen angestellt«, entgegnete Sidney. »Ich selbst habe mit einem Dutzend meiner Kontaktleute gesprochen. Wir haben doch etwas getan.«

Orlando sah ihn an. »Und? Haben Sie was herausgefunden?«

Sidney senkte den Blick, denn Orlando kannte die Antwort natürlich längst.

»Nein, Botschafter. Bei meinen Gesprächen habe ich nichts in Erfahrung bringen können.« Sidney wollte die Hoffnung nicht aufgeben. »Aber es hat doch jeder von uns an der Sache gearbeitet. Jeder hat mit Leuten gesprochen. Sie haben mit Vertretern der großen Sechs gesprochen und die waren doch bestimmt auch nicht untätig. Wir müssen doch etwas vorweisen können.«

Orlando sah wieder auf die Straße. »Wir haben nichts. Da draußen ist alles wie tot. Keiner weiß etwas. Selbst da, wo wir mit Geld um uns geschmissen haben, sind wir auf Grabesstille gestoßen. Diese Sache ist riesengroß und von langer Hand vorbereitet. Es ist heutzutage ein Ding der Unmöglichkeit, mit einem Schlachtschiff von System zu System zu reisen und keine Spuren zu hinterlassen. Diese Leute werden von ganz oben gedeckt. Und dann die Medienkampagne, die gegen uns läuft. So etwas geht auch nicht ohne Einfluss und wohlüberlegte Organisation. Kommen Sie mal ans Fenster.«

Sidney ging mit fragendem Blick zu Orlando. Der hielt ihn ein Schritt vor dem Fenster auf. »Nicht so nah, das reicht. Sehen Sie da unten am linken Rand dieser Gruppe den Mann im hellgrauen Anzug?«

Sidney reckte den Kopf und konnte den Mann sehen. Es war ein absolut durchschnittlich wirkender Anfangvierziger mit dunkelbraunem Haar, der gerade wieder die Faust in den Himmel reckte und die umstehenden Personen aufforderte, in seinen Ruf einzustimmen.

»Ja, ich kann ihn sehen. Was ist mit ihm?«

»Dieser Mann ist seit der ersten Minute der Demonstration da unten. Er ist zusammen mit dem Redner dort drüben gekommen und wechselt jetzt alle zehn Minuten seine Position in der Gruppe. Sehen Sie, wie er die Menge aufstachelt? Das ist sein einziger Job bei dieser Showveranstaltung. Stellar-News-

Network berichtet unterdes von einer aufgebrachten Menschenmenge vor der Botschaft von Skyye und macht eine Riesensache daraus. Verstehen Sie jetzt, was für eine Welle da auf uns zurollt?«

»Ich denke, ich verstehe, Herr Botschafter.«

Ganz langsam wurden Sidney die schwerwiegenden Folgen dieser Aktionen klar. Das ganze Universum mochte sich schon bald von Skyye abwenden. Konzerne würden ihre Verträge kündigen, die Erde und die anderen Mitglieder des Bundes freier Systeme konnten Skyye sämtliche Privilegien entziehen bis hin zum kompletten Ausschluss. Das wäre nichts weniger als eine Katastrophe und letztlich das Todesurteil für sein Heimatsystem.

»Was werden wir jetzt tun?«, fragte Sidney. Er versuchte, die Hilflosigkeit aus seiner Stimme herauszuhalten.

»Jetzt müssen wir uns erst mal auf die Vorverhandlung vorbereiten. Ich habe die Mitglieder unserer Delegation schon bestimmt.«

Orlando ging wieder zu seinem Schreibtisch, setzte sich und begann, den Computer zu bearbeiten. Namen und Zahlen huschten über den Holoschirm.

»Als ranghöchster Regierungsvertreter von Skyye auf der Erde übernehme ich den Vorsitz über die Delegation. Dann gehören Sie dazu und außerdem noch Melinda und Jo Wan. Als angemessenen Vertreter des Militärs sollten wir meiner Meinung nach jemanden aus dem Oberkommando dazuholen. Wir müssen jetzt ein Zeichen für unsere Kooperationsbereitschaft setzen. Deswegen wird General Dhellyann persönlich rüberkommen und uns unterstützen müssen.«

»Der General soll dabei sein?«, entfuhr es Sidney. »Das könnte ein heißer Tanz für ihn werden, wenn er hier auftaucht.«

»Ja, das wird wohl so kommen. Aber wir müssen deutlich machen, dass wir unschuldig sind und nichts zu verbergen haben. Er muss dabei sein.«

»Weiß er schon von seinem Glück?«

»Ich lasse eine Paulsen-Welle nach Skyye-Periphé aufbauen, um ihn darüber zu informieren, dass er seine Pläne für die kommenden zwei Wochen ändern muss. Sehen Sie, die Verbindung wird gerade hergestellt.«

Der Holoschirm zeigte das Einwahlbild des fünften Kontingents und Orlando legte es auf den größeren Konferenzschirm. Nach ein paar Sekunden erschien das Gesicht von Cedric Taylor, dem Adjutanten des Generals.

»Guten Morgen, Botschafter La Cara. Wir haben Ihre Anfrage sofort bearbeitet und der General erwartet Sie bereits. Ich stelle Sie zu ihm durch.«

»Vielen Dank, Leutnant.«

Einen Moment später tauchte Marcus Dhellyann auf dem Holoschirm auf.

»Hallo, Botschafter. Schön, Sie wiederzusehen. Hallo, Sidney. Wie geht es Ihnen auf der guten alten Erde?«

»Danke der Nachfrage, General. Es freut uns ebenfalls. Leider hätte ich gerne aus einem erfreulicheren Anlass Kontakt zu Ihnen aufgenommen.«

»Ich verstehe. Eine Paulsen-Welle kommt auch bei uns nicht allzu oft herein. Wie kann ich Ihnen helfen?«

Orlando schob das Datenpad mit der Vorladung in einen Steckplatz seines Computers und sendete mit ein paar Tastendrücken das Dokument über die Welle nach Skyye, während er sprach.

»Das, was ich Ihnen jetzt schicke, habe ich selbst erst vor dreißig Minuten erhalten. Lesen Sie es bitte, bevor wir weiter reden.«

»Sehr gern, Botschafter«, antwortete Dhellyann etwas verwundert. »Ah, die Nachricht ist angekommen.«

»Wir bleiben so lange dran, General. Lassen Sie sich Zeit.«

Sie konnten sehen, wie Marcus sich auf seinen Computer konzentrierte. Wenn er zu Beginn des Gesprächs noch guter Laune war, so konnte man jetzt zusehen, wie diese, während er las, im Zeitlupentempo aus seinem Gesicht verschwand. Als er sich schließlich wieder Orlando zuwandte, war nichts mehr davon übrig.

»Ich fürchte, wir stecken da in ziemlichen Schwierigkeiten, Botschafter.«

»Das, General, ist die Untertreibung des Jahrzehnts«, antwortete Orlando. »Das Schlimme ist, dass wir uns dieser Vorverhandlung ohne einen einzigen Trumpf stellen müssen. Und das auch noch in so kurzer Zeit. Unsere Leute hier auf der Erde haben all ihre Informationsquellen auf links gedreht, aber niemand hat etwas Nennenswertes herausgefunden. Wir werden also mit nicht mehr als Unschuldsbeteuerungen aufwarten können und müssen versuchen, Zeit bis zur Hauptverhandlung zu schinden. Die werden wir nicht verhindern können, so wie ich die Sache sehe.«

»Da stimme ich Ihnen zu, Botschafter. Ich habe selbst eigene Ermittlungen aufgenommen und gerade gestern erste Ergebnisse erhalten. Oberst Tabiros von Salamander, ich glaube, Sie haben ihn bereits kennengelernt, hat mich darüber informiert, dass es Mitte November letzten Jahres in der Hephaistos-Fabrikstadt hier auf Periphé zu einem Vorfall gekommen ist, bei dem vierzig *Shepherd*-AVKs bei einem Bombenanschlag zerstört wurden. Die Ermittlungsabteilung hat mechanische Teile und Spuren eines Sprengstoffes gefunden, die der Sicherheitsabteilung einer kleineren Firma aus dem Fennix-Sektor zugeordnet werden konnten. Offenbar wollte diese Firma damit einen Bedarf an neuen AVKs schaffen, denn sie haben kurz nach dem Anschlag ein entsprechendes Angebot abgegeben. Ziemlich dreist, aber wir wissen alle, zu was die Konzerne bereit sind, um ins Geschäft zu kommen. Na ja, Oberst Tabiros glaubt nun, dass dieser Anschlag ein Schwindel war und die Maschinen gar nicht zerstört wurden. Jedenfalls der größte Teil nicht. Allerdings hätte niemand vierzig *Shepherd*s von Periphé herunterschaffen können, ohne dass es aufgefallen wäre. Wenn das dieser unbekannten Macht, die die Angriffe ausführt, aber tatsächlich gelungen ist … dann will ich lieber gar nicht daran denken, welche technischen Möglichkeiten ihnen dafür zur Verfügung gestanden haben müssen.«

Während Dhellyanns Gesicht weiter besorgt wirkte, erhellte sich Orlandos Miene fast schlagartig.

»Das ist ja phantastisch, General. Sie sind unsere Rettung. Damit haben wir endlich etwas, womit wir arbeiten können.«

»Botschafter?«

»Wir brauchen Oberst Tabiros´ Erkenntnisse hier auf der Erde. Schicken Sie mir diese Daten aber nicht zu. Zu unsicher. Bringen Sie sie mit, wenn Sie zur Erde kommen. Und bringen Sie auch Oberst Tabiros mit. Wir werden einiges zu besprechen haben, bevor wir in die Vorverhandlung gehen.« Orlando konnte seine Freude nicht verbergen. »Endlich, General. Endlich haben wir etwas in der Hand.«

»Ich komme zur Erde? Und Oberst Tabiros auch?«, fragte der General überrascht. Man sah ihn im Geiste seinen Terminkalender durchgehen.

»Ganz richtig, General«, antwortete Orlando. »Wir brauchen Sie hier vor Ort. Wenn wir bei der Verhandlung überhaupt eine Chance haben wollen, müssen wir mit offenen Karten spielen. Völlige Kooperation und keinerlei Geheimnisse. Der Mann, der beschuldigt wird, für die schlimmsten Angriffe der letzten Jahrzehnte verantwortlich zu sein, stellt sich dem Gericht und arbeitet aktiv an der Aufklärung dieser Verbrechen mit. Genau das will das Justizministerium sehen.«

»Na, da kann ich nur sagen, vielen Dank, Botschafter«, erwiderte der General zynisch.

»Sie kennen die Berichterstattung. Das wird zwar kein Spaziergang, aber wir brauchen jetzt dieses Zeichen.«

»Ich verstehe«, gab sich Dhellyann geschlagen. »Also sehen wir uns in einer Woche.«

»In fünf Tagen, General. Wir brauchen noch etwas Zeit, um

uns vorzubereiten. Alle Daten müssen noch mal gesichtet werden. Vielleicht haben wir etwas übersehen. Bringen Sie so viele Leute von Ihrem Stab mit, wie Sie auf Periphé entbehren können. Das Gleiche gilt für Oberst Tabiros.« Orlando atmete hörbar auf. »Wenn alles klappt, wie ich mir das vorstelle, haben wir vielleicht eine Chance, nicht sofort ins Gefängnis geworfen zu werden.«

»Aber groß ist diese Chance nicht, oder?«

»Sie ist alles, was wir haben, General. Wir sehen uns in fünf Tagen. La Cara, Ende.«

»Bis dann. Dhellyann, Ende.«

Datum: 1. April 2287 – Terra-Standardzeit

Der Flug von Marcus Dhellyanns Kommandostab zur Erde verlief dank druckvoll formulierter Eingaben des obersten Botschafters ohne große Zwischenfälle. Nach fünf Tagen Flugzeit trat die *Avalon*, eines der großen Schlachtschiffe des Fünften, im Orbit der Erde wieder in den Normalraum ein. Der Transfer zur Oberfläche verlief ebenso störungsfrei und nach einer kurzen Erholungspause stürzte sich das Team zusammen mit Botschafter La Caras Assistenten in die Arbeit.

Marcus hatte entschieden, der Truppe auf Skyye nicht zu viele Offiziere zu entziehen und nur eine Rumpfmannschaft mit zur Erde gebracht. Neben seinen Adjutanten Cedric Taylor und einer seiner erfahrensten Leutnants, einer Veteranin mit französischen Wurzeln namens Sarah Deyette, nahm er nur noch Luc Tabiros und zwei Mann aus dessen Team mit. Die beiden Salamander-Agenten waren schweigsame und unauffällige, junge Burschen. Luc stellte sie nur als Eli und Jakob vor und merkte gleich an, man solle den beiden lieber keine Fragen über ihre Arbeit bei Salamander stellen. Sie seien sonst gezwungen, den Fragesteller zu liquidieren. Sidney Pacheco und die Männer aus

Orlandos Team starrten die beiden etwas eingeschüchtert an, bis Jakob schließlich lachte und sagte: »Bleiben Sie locker, wir sind keine Menschenfresser. Fragen Sie uns einfach nur keine Löcher in den Bauch.«

Sidney konnte nur verlegen lächeln. Trotzdem umgab Eli und Jakob von Anfang an eine Aura aus Gefahr. Da half es auch nicht gerade, dass Eli angesichts Jakobs Friedensangebot keine Miene verzog und fortwährend weiter finster dreinschaute. Marcus, Luc und Orlando amüsierten sich im Stillen.

Seit zwölf Stunden brütete die Truppe über den Daten, die während der letzten Monate gesammelt worden waren. Mittlerweile war es später Abend und auf dem großen Konferenztisch lag ein zerwühlter Berg aus Datenpads, Computerausdrucken, Laserprints und Verpackungen von gelieferten Speisen.

Die Stimmung war im Keller. Marcus, Luc und Orlando hatten sich an ein Ende des Tisches zurückgezogen, wo sie die öffentlichen Berichte und Zeugenaussagen durchgingen. Cedric, Sarah Deyette und Sidney bearbeiteten zusammen mit den Kollegen aus Orlandos Stab die Ergebnisse der Nachforschungen der Botschaftskontakte. Eli und Jakob studierten zum wiederholten Mal die Ermittlungsergebnisse, die Luc Tabiros und Salamander beigesteuert hatten.

Immer wieder wurden Personen zwischen den Teams ausgetauscht. Marcus hoffte, auf diese Weise würden sie neue Kombinationsmöglichkeiten zwischen den einzelnen Puzzleteilen entdecken. Jeder von ihnen hatte schon so oft über die gleichen Zusammenhänge nachgedacht, dass sie alle langsam blind gegenüber dem Offensichtlichen zu werden drohten. Ein neuer Gedanke würde vielleicht die Mauer in den Köpfen überwinden.

Doch bisher waren alle Bemühungen erfolglos geblieben. Neue Rückschlüsse, bis auf die, die sie schon hatten, ließen sich einfach nicht erarbeiten. Klar war nur, dass eine fremde Macht im Gewand der Skyye-Rangers völlig unmotivierte Angriffe in jedem Teil des bewohnten Raums ausführte. Die Angriffe waren intensiver geworden und hatten im Beschuss der Vlad-Antonov-Fabrikstadt ihren derzeitigen Höhepunkt gefunden. Eine ebenso gute wie schlechte Nachricht stellte der abgeschossene *Shepherd* dar, denn außer Satellitenaufnahmen und Filmen aus Überwachungskameras gab es keine handfesten Beweise für die Beteiligung Skyyes. Jetzt hatte das Justizministerium etwas, woran es sich festbeißen konnte, um Skyye den Todesstoß zu versetzen.

Marcus warf das Datenpad auf den Tisch zurück und fuhr sich müde durch die zerzausten Haare. Alle saßen erschöpft um den Konferenztisch herum. Das ständige Lesen von Berichten, technischen Daten und anderen Aufzeichnungen hatte das ganze Team ausgezehrt.

»Leute, ich kann nicht mehr. Mir raucht der Kopf von diesem ganzen Mist. Habt ihr noch was herausgefunden?«, fragte er an Eli und Jakob gewandt.

»Nichts Neues«, antwortete Eli. Die beiden Salamander-Agenten waren genauso ausgelaugt wie die anderen, konnten das aber hinter ihren finsteren Mienen besser verstecken.

»Lassen Sie uns zusammenfassen, was wir bis jetzt haben«, versuchte Orlando, die Gruppe wieder in Schwung zu bringen. »Wir haben massenhaft Einzeldaten. Eine Beobachtung hier, ein kleiner Zwischenbericht dort, aber nichts Greifbares. Oder besser gesagt, wir können keine Verbindung zwischen diesen Informationen herstellen. Uns fehlt der entscheidende Hinweis.«

»Ich dachte, diese geheime Rekrutierungsaktion auf Triesta könnte ein hoffnungsvoller Ansatz sein«, bemerkte Luc. »Aber zur gleichen Zeit sind noch drei ähnliche Aktionen in Fort Loudon angelaufen. Die Informationen sind entweder zu vage oder laufen in eine total andere Richtung.«

»Das Einzige, was wir haben, hat auch unser Gegner«, Sarah Deyette stellte die kalt gewordene Tasse Kaffee auf den Tisch zurück. »Wenn wir herausfinden könnten, ob der abgeschossene *Shepherd* wirklich aus dem Anschlag auf Hephaistos stammt, könnten wir argumentieren, dass wir hereingelegt worden sind.«

»Ja, aber kann man das denn nicht herausfinden?«, fragte Sidney vorsichtig.

»Da sieht's leider schlecht aus«, sagte Cedric. »Wenn ich mich richtig erinnere, waren die Maschinen auf dem Flugfeld noch nicht personalisiert. Darin ist aber alles enthalten: Wer die Maschine fliegt, welcher Einheit sie zugeordnet wurde und so weiter. Das alles war noch nicht in den Bordrechner geladen. Wenn jemand die Kiste klauen will, kann er stattdessen einen Datenträger mit einer Rumpfprogrammierung einspielen. Dann wird ein *Sheperd* zumindest flugtauglich und man kann damit abhauen. Datentechnisch bleibt der Vogel dabei absolut jungfräulich.«

Luc Tabiros rieb sich nachdenklich das Kinn. »Na ja, vielleicht gibt es doch eine Möglichkeit, die Herkunft der zerstörten Maschine heraus zu finden.«

Alle Köpfe fuhren herum.

»Ach, die gibt es?«, fragte Marcus verwundert. »Und warum rückst du erst jetzt damit heraus?«

»Weil diese Sache nicht ganz einfach ist. Und außerdem ist es mir jetzt erst eingefallen, als Sidney gefragt hat.«

»Was soll daran nicht einfach sein?«, fragte Orlando. »Worum geht es dabei überhaupt?«

»Also.« Luc rückte seinen Stuhl zurecht. »Ich versuche, es möglichst simpel auszudrücken. Jedes elektronische Teil, das in einem *Shepherd* verbaut wird, muss in ein komplexes System aus Datenverbindungen eingepasst werden. Die einzelnen Komponenten stehen laufend miteinander in Interaktion. Ständig fließen Datenströme, Sensoren werden ausgelesen und Ergebnisse an den Hauptrechner geleitet. Ohne dieses Netzwerk kann heutzutage kein modernes Fluggerät vom Boden abheben, geschweige denn ins All fliegen. Das Besondere an diesen

Datenströmen ist nun, dass sie sehr genau kalibriert sind. Jede Komponente hat ihre eigene Frequenz zur Identifizierung im ganzen System. Ein Teil der Frequenz gibt Auskunft über den Hersteller der Komponente. Sie enthält solche Daten wie zum Beispiel Produktionsdatum, Leistungsmerkmale, Fertigungslos und so weiter. Die Herstellerfirma, in unserem Fall Hephaistos, diese muss Daten viele Jahre vorhalten, falls es mal zu Schadensfällen mit Rechtsansprüchen kommt. Ihr kennt das ja. Mit anderen Worten: Wenn wir Zugang zu der abgestürzten Maschine bekämen, könnte ich die Frequenzen im Cockpit herunterladen und sie mit den Daten von Hephaistos vergleichen. Es wäre nicht mehr als eine Minutenangelegenheit und wir wüssten Bescheid, wo die Maschine hergestellt worden ist.«

»Aber wo liegt denn nun das Problem?«, fragte Marcus.

Orlando gab die Antwort: »Das liegt darin, dass sie uns niemals so nahe an die Maschine heranlassen werden.«

Luc nickte und sprach weiter. »Das Justizministerium wird denken, wenn wir in das System der Maschine eingreifen, werden wir versuchen, Beweise zu vernichten. Selbst unter Aufsicht kann das passieren, wenn man an einer empfindlichen und beschädigten Elektronik herumfummelt. Das zweite und fast wichtigere Faktum ist das Ergebnis einer solchen Untersuchung. Was wäre, wenn es sich tatsächlich um eine der angeblich zerstörten Maschinen von Hephaistos handelt? Die Vorverhandlung legt nur den Umfang für den großen Prozess fest. Wenn dabei schon klar werden würde, dass gegen Skyye eine Verschwörung im Gange ist, stehen unsere Chancen gut, aus der Hauptverhandlung mit heiler Haut heraus zu kommen. Und das entspricht nicht den Plänen unseres Gegners. Wenn es nach ihm geht, werden wir alle schon nach der Vorverhandlung in den nächsten Gefangenentransport gesteckt und die Regierung zuhause könnte sich geschlossen den Strick nehmen. Nein, die wollen sicher nicht, dass diese Information gefunden wird und deswegen werden sie jeden Paragraphen einsetzen, der es ermöglicht, uns den näheren Zugang zum *Shepherd* zu verwehren. Und sie haben gute Karten, dass ihnen das auch gelingt.«

»Und selbst wenn wir irgendwie an diese Daten kämen«, führte Orlando den Gedanken weiter, »könnten wir sie nicht einsetzen. Man wird uns vorwerfen, dass wir sie uns illegal besorgt haben, und wird sie nicht anerkennen.«

»Aber wenn wir das Ministerium sozusagen mit der Nase darauf stoßen und verlangen, dass diese Daten ermittelt werden?«, fragte Cedric. »Dazu müssen wir doch das Recht haben.«

»Das haben wir«, antwortete Orlando. »Aber ich schwöre jeden Eid, dass keine Daten in der Maschine gefunden werden. Ich halte unseren Gegner für so einflussreich, dass diese Daten beim Versuch ihrer Rettung verloren gehen werden.« Orlando schob das Datenpad von sich. »Wie gesagt, beschädigte Elektronik ist empfindlich.«

»Also haben wir nur die Behauptung, dass man uns vierzig *Shepherds* gestohlen hat, mit denen jetzt jemand das All unsicher macht. Ziemlich dünn in meinen Augen«, sagte Marcus.

»Auch in meinen, General«, antwortete Orlando. »Ich werde ein entsprechendes Plädoyer vorbereiten und kann nur hoffen, dass die Justiziare zumindest ein wenig beeindruckt sind. Das, was wir im Moment am dringendsten brauchen, ist ein gutes Image und vor allem Zeit. Vielleicht erhalten wir während der Vorverhandlung neue Erkenntnisse und können dieses Gewirr an Informationen ein wenig ordnen.« Dann stand Orlando auf. »Lassen Sie uns für heute Schluss machen, meine Herren. In zehn Stunden beginnt der Tanz und da sollten wir alle fit sein. Gehen Sie schlafen und wir sehen uns dann morgen um neun Uhr. Gute Nacht.«

Kapitel 15

Datum: 2. April 2287 – Terra-Standardzeit

Die Botschaft hatte für die Fahrt zur Vorverhandlung eine Limousine zur Verfügung gestellt. Außer Marcus gehörten Orlando, Luc, Cedric Taylor und Sidney Pacheco zur offiziellen Delegation. Sarah Deyette sowie Eli und Jakob würden die Vorverhandlung im Zuschauerraum verfolgen und fuhren mit dem öffentlichen Transportwesen in den Justizflügel.

Marcus hatte erwartet, sich in der Nacht schlaflos und voller Sorgen im Bett herumwälzen zu müssen. Aber dem war nicht so. Marcus war nicht abergläubisch, aber er empfand seinen guten Schlaf trotzdem als ein hoffnungsvolles Omen. Orlando sah wesentlich abgespannter aus. Er hatte noch einige Zeit arbeitend in seinen Räumlichkeiten verbracht und war erst Stunden nach den anderen zu Bett gegangen. An Luc schien die Anspannung einfach abzutropfen. In seiner Eigenschaft als Geheimdienstkommandeur gehörten entscheidungsträchtige Alles-oder-Nichts-Situationen zum täglichen Geschäft. Den jüngsten Mitgliedern der Delegation, Sidney und Cedric, stand der Stress dafür umso deutlicher ins Gesicht geschrieben. Beide wirkten nervös und prüften im Minutenrhythmus ihre Unterlagen, bis Luc damit drohte, den ganzen Krempel aus dem Wagen zu werfen.

Die Menschenmenge vor dem Eingang zum Verhandlungsgebäude war schon von Weitem zu sehen. Hunderte von Demonstranten hatten sich mit altmodischen Plakaten und Holotafeln am Haupteingang versammelt und skandierten Protestrufe gegen die Skyye-Delegation. Zum Schutz aller Beteiligten hatte der Sicherheitsdienst einen Teil der Straße gesperrt und ein Spalier aus tragbaren Gittern aufgebaut, durch das man sich ein wenig geschützt vor der Menge ins Gebäude begeben konnte.

Sarah Deyette stand mit Eli und Jakob bei den Demonstranten. Alle drei trugen an diesem Morgen zivile Kleidung, um keine Anfeindungen durch übermütige Protestler zu provozieren. Sie waren erst wenige Minuten vor der Delegation angekommen und hatten sich an einen Platz in der Nähe des Eingangs vorgedrängt, um auf jeden Fall als Zuschauer ins Gebäude gelassen zu werden. Sarah schaute sich unter der aggressiven Stimmung der Demonstranten angespannt um. Wilde Rufe nach Vergeltung für die Angriffe überschlugen sich mit der Forderung, man solle die Verantwortlichen noch heute ins Gefängnis stecken. Die zahlreichen Sicherheitsmänner hatten alle Hände voll zu tun, die Menge in Zaum zu halten. Sarah hatte den Eindruck, es sollten besser doppelt so viele vor Ort sein.

Dann fuhr die Botschaftslimousine heran und die Delegationsmitglieder des freien Systems Skyye stiegen aus. Sofort wurde der Lärm noch intensiver. Protesttiraden, Sprechchöre und noch üblere Beschimpfungen schlugen den Männern entgegen, die schnellen Schrittes zur Eingangstreppe strebten.

»Das sieht übel aus«, rief Sarah den beiden Agenten zu. »Wir sollten uns etwas näher ans Gitter stellen.«

Die beiden nickten und schoben sich weiter nach vorn.

Marcus war auf heftige Proteste eingestellt, aber das hatte er nicht erwartet. Die Menge, die sie durchqueren mussten, warf ihnen den puren Hass entgegen. Er sah vor Wut verzerrte Gesichter und der Lärm innerhalb des Spaliers war ohrenbetäubend. Marcus versuchte, Selbstsicherheit auszustrahlen, und schritt mit hocherhobenem Kopf vorwärts. Der Einzige, dem die Situation nicht auszumachen schien, war Orlando. Er wirkte von den Protesten völlig unbeeindruckt und ging zügig voran, ohne nach links oder rechts zu blicken.

»Ich schätze, da können wir von dem Alten noch was lernen«, rief ihm Luc ins Ohr. »Übrigens, da vorn stehen Sarah und meine Jungs.«

Mit einem Kopfnicken deutete er auf Sarah, Eli und Jakob, offenbar die einzigen in der Menge, die sie gerade nicht zum Teufel wünschten. Marcus nickte den beiden leicht zu und die Gruppe ging an den Dreien vorbei.

Orlando spornte sie an. »Einfach weitergehen. Wir haben es gleich geschafft.«

Sarah sah der Delegation hinterher. Noch knapp zehn Meter ging es für sie durch das Spalier, da drängte sich jemand mit ruppigen Bewegungen an ihr vorbei und schob sich rücksichtlos durch die Demonstranten auf die Gruppe zu. Auch andere drehten sich um und riefen dem ungehobelten Klotz einige üble Verwünschungen hinterher.

»So ein Idiot«, meinte Jakob, während er sich die Schulter hielt. »Kann's wohl nicht abwarten.«

Sarah sah dem Mann nach. Er war mittelgroß, kräftig gebaut und trug eine alte, verschlissene Jacke. Auf dem Rücken war ein Schriftzug zu erkennen, abgewetzt und kaum noch lesbar.

Bengal Garuda
Mosander Bergbaukomplex – Porta Ferra

Instinktiv drängte Sarah dem Mann hinterher. Sie schob sich genauso rücksichtslos durch die Menge und erntete die gleichen Beschimpfungen. Dann hatte der Mann in der Bergarbeiterjacke die Blockade erreicht. Die Delegation war endlich an der Eingangstreppe angekommen und Orlando La Cara stieg als erster die Stufen hinauf. Die Sicherheitsleute mussten die herandrängende Menge jetzt mit vollem Körpereinsatz zurückhalten. Keiner hatte ein Auge für den Mann mit der Bergarbeiterjacke, der mit einem Satz über das Gitter sprang und plötzlich ein Messer in der Hand hielt. Er lief auf die Gruppe zu, die hintereinander die steinernen Stufen hochstieg. Er konzentrierte sich auf denjenigen, der das meiste Lametta trug; das musste der

Befehlshaber sein. In dem Lärm hörte ihn niemand näher kommen und er hob sein Messer.

Marcus war froh, dass sie endlich die Gruppe der Demonstranten hinter sich hatten. Aber etwas hielt ihn davon ab, die Stufen schneller hochzusteigen. Ein Schrei. Jemand ruft meinen Namen, schoss es ihm durch den Kopf.

Marcus drehte sich um und sah nur einen Schatten, der sich schnell auf ihn zubewegte. Reflexartig zuckte sein linker Arm nach oben und wurde sofort hart niedergedrückt. Marcus sah das Messer blitzen, das durch die Abwehrbewegung nur Zentimeter über seinem Kopf zum Stillstand gekommen war. Im nächsten Moment setzten seine antrainierten Reflexe ein. Er packte den Arm des Angreifers mit beiden Händen und zog ihn mit aller Kraft nach vorn. Gleichzeitig drehte er sich mit einer schnellen Bewegung um den Mann herum, sodass er jetzt fast mit dem Rücken zu ihm stand. Der Angreifer war von der Abwehrreaktion seines Opfers völlig überrascht und konnte nicht anders, als dem Wurf zu folgen, der ihm den Messerarm schmerzhaft verdrehte und ihn schwer zu Boden warf.

Marcus hielt das Handgelenk des Angreifers fest und bog es stark nach innen. Der Mann schrie vor Schmerz und ließ das Messer fallen. Marcus trat es mit dem Fuß weg. Die anderen hatten von dem Angriff nichts mitbekommen und sahen jetzt mit Entsetzen, was gerade passierte. Sicherheitsleute stürmten auf Marcus zu, doch der rief: »Alles in Ordnung.« Dann wandte er sich dem Angreifer zu, einem vielleicht vierzig Jahre alten Mann, dem man jedes Lebensjahr in seinem vorzeitig gealterten, faltigen Gesicht ansah. Ihm fiel nicht Besseres ein als den Mann anzuschreien.

»Was soll der Scheiß? Warum greifen Sie mich an?«

»Ihr Mörder!«, schrie der Mann zurück. »Ihr feigen Mörder zieht durchs All und bringt Unschuldige um. Man sollte euch alle ausradieren.«

Die Menge hatte den Angriff mit verfolgt und jubelte auf, als der Mann Marcus seine Wut ins Gesicht brüllte. Marcus war ratlos. Was sollte er dem Mann darauf antworten?

Orlando rief ihm zu: »Lassen Sie ihn los. Wir müssen hier weg. Die Sicherheitsleute kümmern sich um ihn.«

Marcus hörte Orlandos Worte, aber es widerstrebte ihm, diesen Mann einfach der Sicherheit zu überlassen. Protestieren ja, aber jemanden auf offener Straße umbringen? Ruckartig zog er den Angreifer auf die Beine.

»Vorwärts, Mann. Hoch mit Ihnen.«

Der Mann musste aufstehen, sonst wäre sein Handgelenk gebrochen. Marcus drehte ihm den Arm auf den Rücken und schob ihn vor sich her die Treppe hoch an den anderen ratlos dreinschauenden Mitgliedern der Delegation vorbei ins Gebäude.

»Was haben Sie vor?«, rief Cedric ihm nach.

»Für eine positive Außendarstellung sorgen.«

Marcus schob den Mann durch den kleinen Vorraum des Eingangsbereichs und drückte ihn mit dem Rücken an die Wand. Von draußen drang ein gellendes Rufkonzert herein, bevor die Sicherheitsposten die schweren Türflügel schlossen. Zwei Wachmänner wollten den Mann packen.

»Hände weg«, fuhr Marcus sie an. »Sie können ihn haben, wenn ich mit ihm fertig bin.«

Wut hatte die Ratlosigkeit abgelöst. Er wollte genau wissen, warum der Mann diesen Versuch unternommen hatte, ihn umzubringen.

»Was soll das, verdammt nochmal«, schrie Marcus ihn an. »Wieso wollen Sie mich töten? Was hab ich Ihnen getan?«

Der Mann hatte sich wieder gefangen. »Euch Mörder aus dem Skyye-System sollte man allesamt umbringen«, fauchte er. »Ihr habt Tausende von unschuldigen Menschen umgebracht. Harmlose Bürger, die nichts weiter als ihre Arbeit getan haben. Einfach nur ihre Familien ernähren wollten. Frauen und Kinder habt ihr umgebracht, ihr Mörder.« Beim letzten Wort begann seine Stimme zu zittern. »Ihr habt sie umgebracht.«

Jeder in der Nähe schien fühlen zu können, dass den Angreifer mehr bewegte, als der Tod all der Menschen. Marcus lockerte seinen Griff etwas. Von diesem Mann ging keine Gefahr mehr aus.

»Wie heißen Sie?«

Der Mann sah ihn verstört an. Seine Augen begannen glasig zu werden. »James. James Whitney.«

»Sie arbeiten für Bengal Garuda?« Auch Marcus war der Schriftzug auf der Jacke aufgefallen.

»Hab dort gearbeitet. Als …«, er stockte und schluckte schwer. »Als meine Familie umgekommen ist, hab ich gekündigt, um zur Erde zu kommen, und Sie …«

Er beendete den Satz nicht. Die erste Träne floss die Wange herab. Marcus verstand ihn jetzt.

»Was ist mit Ihrer Familie geschehen?«, fragte er, obwohl die Antwort ziemlich klar war und sie ihm den Magen umzudrehen drohte.

Der Mann erschlaffte in seinem Griff. »Meine Frau und mein Kind« Er weinte jetzt. »Ermordet auf Porta Ferra bei dem Angriff eures neuen Raumschiffs. Sie wollten mich überraschen und mich nach meiner Schicht in der Mine abholen. Ich wollte dasselbe tun und bin früher gegangen. Ich war schon nicht mehr da, als die Gebäude beschossen wurden. Wir haben uns einfach verpasst. Es war ein verdammter, beschissener Zufall. Wenn ich doch nur …«

Die letzten Worte heulte er nur noch vor Schmerz und wollte sich einfach fallen lassen. Doch Marcus hielt ihn mit aller Kraft auf den Beinen.

»Hören Sie mir zu, James. Sehen Sie mich an.«

Der Mann wandte den Kopf gequält zur Seite, doch Marcus schrie: »Sehen Sie mich an, James.«

Der Mann sah ihn mit roten Augen an.

»Ich bin selbst Vater einer Tochter und ich würde ebenfalls

durchdrehen, wenn ihr etwas zustieße. Aber Sie müssen mir glauben, dass ich nichts mit dem Angriff auf Porta Ferra zu tun habe. Auch meine Einheit nicht. Jemand versucht, uns hier in etwas hineinzuziehen, uns etwas anzuhängen. Ich schwöre Ihnen, dass wir die Schuldigen finden werden, die für den Tod Ihrer Familie verantwortlich sind. Das verspreche ich Ihnen.«

Whitneys Augen wurden schwer. »Aber alle sagen, Sie hätten es getan. Ständig laufen Berichte, und es gibt diese Filmaufnahmen.«

»Ich bezweifle nicht, dass es die Aufnahmen gibt. Ich hab sie selbst gesehen. Aber ich glaube, nein, ich weiß hundertprozentig, dass diese Schiffe nicht unter dem Kommando eines Offiziers der Skyye-Rangers stehen. Und ich versprechen Ihnen noch mal, dass ich die Verantwortlichen dafür vor den Rat bringen werde.«

Whitney sah Marcus in die Augen. Er suchte nach etwas, das ihm versicherte, dass Marcus die Wahrheit sagte und er nicht der Massenmörder war, für den ihn alle hielten. Schließlich nickte er. Als Marcus ihn endlich losließ, griffen zwei Wachmänner zu und wollten ihn wegbringen. Doch er wehrte sich und wandte sich nochmal Marcus zu.

»Sie versprechen mir, dass Sie sie finden?«

»Das tue ich.«

Als die Wachmänner James Whitney schließlich wegbrachten, war der Hass aus seiner Miene gewichen und hatte vielleicht sogar einem ersten kleinen Funken von Frieden Platz gemacht.

»Das war knapp, Mann.«

Luc sah dem Bergarbeiter nach, wie er in den Katakomben des Gebäudes verschwand.

»Das war es wirklich«, antwortete Marcus. »Wenn Deyette draußen nicht meinen Namen gerufen hätte, würde ich jetzt mit einem Messer im Rücken auf der Straße liegen. Ich werde ihr wohl noch eine Auszeichnung verleihen müssen.«

»Genau genommen wäre Ihr Tod sogar zu unserem Vorteil

gewesen, mein lieber General«, bemerkte Orlando La Cara, der die Geschehnisse aus einigem Abstand verfolgt hatte. »Das wäre ausgezeichneter Stoff für eine Helden- und Märtyrergeschichte gewesen, die uns ungeahnte Sympathien eingebracht hätte.«

»Wirklich schade, dass Sie Ihr Heldenepos jetzt um jemand anders herum aufbauen müssen, mein lieber Botschafter«, entgegnete Luc sarkastisch.

»In der Diplomatie muss man manchmal das Größte aller Opfer bringen, um erfolgreich zu sein, mein lieber Oberst. Und jetzt lassen Sie uns gehen. Die Vorsitzenden warten nicht gern.«

Luc wollte zu einer gepfefferten Antwort ansetzen, doch Marcus hielt ihn zurück.

»Lass gut sein, Luc. Das hier ist sein Spielfeld. Und wir können froh sein, dass wir ihn haben. Eine Sache noch.«

»Was denn?«

»Finde alles über diesen James Whitney heraus. Wenn er die Wahrheit gesagt hat, organisierst du eine Rentenzahlung für ihn, lebenslang. So viel, dass er nicht mehr arbeiten muss. Der Mann hat genug gelitten.«

»Und wenn er geflunkert hat?«

»Dann ist er ein unglaublich guter Schauspieler.«

Die Vorverhandlung verlief wie erwartet. Bei einem solchen Termin wurde die anhängige Klage normalerweise bis ins Kleinste definiert und festgeschrieben. Die Vertreter des Klägers wie des Beklagten nehmen dabei jedes Detail der zukünftigen Klageschrift unter die Lupe, wobei beide Seiten versuchten, den Text so zu gestalten, dass ihre Ansprüche deutlich herausgearbeitet wurden. Es war ein hartes Ringen um jede einzelne Formulierung. Jegliches Beweismittel, das beide Parteien in der Hauptverhandlung verwenden wollten, musste vorab durch die Vorverhandlung genehmigt werden. Dasselbe galt für sämtliche Zeugen. Jede Seite hatte das Recht, einen Zeugen aus berechtigtem Grund abzulehnen.

Die drei Vorsitzenden saßen auf einem Podest hinter einer Richterbank. Alle drei waren als erfahrene Vertreter ihres Standes bekannt. In der Mitte saß Matis Faareborg, ein alter Gerichtsveteran aus Finnland. Zu seiner Rechten Eleonor Taveniesco, eine Italienerin, die sich in der Zeit der letzten großen Mafia-Säuberungsaktionen einen hoch geachteten Namen gemacht hatte. Die dritte Vorsitzende, Veronique Tierrina, war wegen ihrer Vorkenntnisse im Fall der Angriffe in der Tartarus-Region berufen worden.

Die meiste Zeit führte Orlando La Cara das Wort seiner Partei. Marcus bewunderte den Mann im Stillen, wie er zielsicher durch dieses Haifischbecken manövrierte. Immer wieder trieb er unsichere Zeugen der Anklage in die Enge, bis sie völlig verunsichert waren und am Ende abgelehnt wurden. Sie sahen sich zahllose Filmaufnahmen von Satelliten an, von denen Orlando die Hälfte wegen unklarer Darstellung der wichtigen Details verwarf. Dabei geriet er immer wieder mit dem Vertreter der Anklage aneinander, einem jungen Justiziar schweizerischer Abstammung namens Kurt Baumann. Im Großen und Ganzen stehen wir nicht schlecht da, dachte Marcus, trotz der immer noch erdrückenden Beweislast.

Es gab noch genügend Filmaufnahmen, die die Einheitsmarkierung der Skyye-Rangers deutlich darstellten und selbst Orlando konnte gegen solche Fakten nicht viel ausrichten. Auch zahlreiche Zeugen gaben glaubhaft ihre Eindrücke von den Angriffen wieder, denen manche nur mit knapper Not entkommen waren. Orlando selbst führte keinerlei Zeugen ins Feld, die Skyye entlasten konnten. Er hatte schlichtweg keine. Marcus als Befehlshaber der beschuldigten Einheit wurde nur zweimal für wenige Minuten befragt. Jedes Mal schaffte es Orlando, ihn schnell wieder aus der Gefahrenzone zu bringen.

Es stand Unentschieden. Jede Partei fuhr ihre Teilerfolge ein und für die Skyye-Delegation war es an der Zeit, bald ihre einzige und entscheidende Karte auszuspielen und zu hoffen, damit die Situation entscheidend zu ihren Gunsten zu drehen. Dann sprach Baumann endlich den abgeschossenen *Shepherd* an.

Der große Holoschirm zeigte den schwerbeschädigten AVK. Eine Tragfläche war abgerissen und von der anderen nur noch ein Stummel übrig. Die Leitwerksaufbauten sahen ähnlich aus. Die Maschine war übersät mit Rissen und großen Brüchen. Nicht ein Stück der Verkleidung schien unbeschädigt. Eine Treibwerksdüse hatte sich aus ihrer Verankerung gelöst und hing nur noch an einigen Streben. Die Nase hing um mindestens zwanzig Grad nach unten abgeknickt. Die Oberseite des Jägers war massiv eingedrückt und die gesprungene Cockpithaube wurde nur noch von einem verbogenen Scharnier offengehalten. Die ganze Maschine lag auf dem Bauch und für Marcus sah sie wie ein abgeschossener Raubvogel aus, schwer mitgenommen und unrettbar verloren. Er beugte sich zu Luc.

»Kannst du damit schon etwas anfangen?«

Luc verzog das Gesicht. »Aus der Entfernung nicht. Ich müsste näher ran. Das Ding ist ohne Zweifel schrottreif, aber die Cockpitstruktur scheint noch halbwegs intakt zu sein. Wenn es La Cara gelingt, uns wenigstens in die Nähe der Maschine zu bringen, kann ich dir mehr sagen.«

Marcus nickte und folgte wieder den gestenreichen Worten des Justiziars von der Klägerseite.

»Wie Sie alle sehen, handelt es sich eindeutig um einen Raumjäger des Typ *Shepherd*, eines Typs, der von Werften des Skyye-Systems entwickelt wurde. Die Maschine ist für ihre Vielseitigkeit bekannt und geradezu prädestiniert für schnelle Angriffe. Sie kann ohne Probleme in der Atmosphäre und im Vakuum operieren.« Baumann warf einen angewiderten Blick in Richtung der Skyye-Delegation. »Wenn diese Maschine nicht für solch abscheuliche Taten benutzt worden wäre wie die, über die wir heute sprechen, dann würde ich sagen, sie ist ein technisches Meisterwerk.«

Ein Raunen ging durch den Zuschauerraum. Justiziar Faareborg hielt es jetzt für nötig, einzuschreiten.

»Justiziar Baumann, ich habe Sie bis jetzt agieren lassen, wie Sie wollten. Aber nun muss ich Sie auffordern, von dieser Polemik und voreiligen Beschuldigungen Abstand zu nehmen. Jeder kennt den *Shepherd*-AVK und meines Wissens wird er auch im terranischen Militär und von wenigstens vier Konzernen der großen Sechs geflogen. Also bleiben Sie bitte sachlich.«

»Es tut mir leid, Herr Vorsitzender. Sie haben natürlich recht, diese Maschine ist weit verbreitet. Aber ich muss trotzdem darauf hinweisen, dass dieses Modell ein Exportschlager der Hephaistos-Fabrikstadt auf Skyye-Periphé ist. Was liegt da für Skyye näher, als sich der vorhandenen Technologie zu bedienen?«

»Trotzdem kann aus der Tatsache, dass Skyye dieses Fluggerät baut, nicht zweifelsfrei abgeleitet werden, dass das Skyye-Militär für die Angriffe verantwortlich zu machen ist.« Orlando war aufgestanden. »In der Hephaistos-Fabrikstadt werden auch Küchenmesser hergestellt. Wollen Sie uns etwa auch dafür verantwortlich machen, wenn sich jemand beim Kochen schneidet? Außerdem wird dieses Raumfahrzeug auch in neun weiteren Fabriken außerhalb Skyyes hergestellt.«

Faareborg hob beschwichtigend die Hand.

»Ihr Einwand ist angenommen, Herr Botschafter.« Er wandte sich an Baumann. »Bitte keine weiteren Spekulationen, Justiziar.«

Baumann nickte kurz und sprach weiter. »Trotz allem zeigt die Kennzeichnung der Maschine eindeutig die Insignien des fünften Verteidigungskontingents der Skyye-Rangers.«

Er drückte den Knopf einer kleinen Fernbedienung, die er in der Hand hielt, und auf dem Holoschirm wurde das ramponierte, aber deutlich erkennbare Symbol des blauen Greifvogels auf weißem Grund sichtbar.

»Ich würde sagen, dass diese Markierung einen konkreten Verdacht über die Beteiligung des Skyye-Militärs durchaus zulässt. Denken Sie nicht auch, Botschafter?«

Orlando ging auf den Nadelstich nicht ein und nahm stattdessen ein Datenpad auf, das Cedric ihm reichte. Er las kurz etwas ab und begann seine Gegenrede.

»Geehrte Vorsitzende, uns allen ist bekannt, dass der Sinn einer Vorverhandlung darin besteht, alle Beweise zu prüfen, um eventuell unzureichendes Beweismaterial vorzeitig auszusortieren, was dann einer zügigen Hauptverhandlung zu Gute kommt. Deshalb bitte ich darum, mit meiner Delegation das Wrack des AVK persönlich in Augenschein nehmen zu dürfen.«

Die Anspielung, der abgeschossene Jäger könne ein unzureichendes Beweismittel darstellen, ließ die ersten entrüsteten Rufe aus dem Zuschauerraum aufflammen. Justiziar Faareborg sah sich genötigt, die Anwesenden zur Ordnung zu rufen. Danach wandte er sich wieder an Orlando.

»Wollen Sie damit andeuten, dieses Beweisstück könnte abgelehnt werden, Botschafter? Ich muss Ihnen sagen, dass ich in keinster Weise dazu bereit bin, es abzulehnen. Sie wissen, dass mich der Paragraph 23, Absatz 3 im Abschnitt Verhandlungsrecht der Hidalgo-Konvention dazu ermächtigt, über die Annahme oder Ablehnung eines Beweismittels nach eigenem Ermessen zu entscheiden. Also verschwenden Sie unsere Zeit nicht mit undurchsichtigen Spekulationen. Außerdem ist die Darstellung des Holoschirms für gerichtliche Ansprüche freigegeben und allgemein akzeptiert.«

»Selbstverständlich haben Sie das Recht, ein Beweismittel in jedem Fall zuzulassen«, entgegnete Orlando. »Aber laut Paragraph 34 Absatz 12 im selben Abschnitt der Hidalgo-Konvention hat die beklagte Partei das ausdrückliche Recht, jedes Beweismittel, das in die Verhandlung eingebracht wird, vor Ort und persönlich in Augenschein zu nehmen, um gegebenenfalls Zweifel an seiner Authentizität auszuräumen oder aber zu bestätigen. Ich denke, in diesem Fall ist eine persönliche Überprüfung des Beweismittels in Anbetracht des Gewichts der erhobenen Vorwürfe durchaus gerechtfertigt.« Orlando legte das Datenpad auf den Tisch zurück. »Alles, was wir wünschen, Herr Vorsitzender, ist nicht mehr als unser Recht.«

Justiziar Faareborg verzog kurz den Mund und wandte sich an seine zwei Beisitzer. Tierrina rief etwas in ihrem Datenpad auf und sie berieten sich. Dann sagte Faareborg laut: »Der Vorsitz dieser Vorverhandlung gewährt der Skyye-Delegation Zugang zu Beweisstück 12a, das sich in der Asservatenhalle 2 befindet. Die Verhandlung wird zeitweilig dorthin verlegt. Neben den Vorsitzenden ist einzig der Anklagevertretung sowie der Delegation des freien Systems Skyye der Zugang zur Asservatenhalle gestattet. In Kürze werden uns geeignete Transportmittel zur Verfügung stehen. Die Fahrt zur Asservatenhalle nimmt etwa zehn Minuten in Anspruch. Sie werden vom Gerichtsdiener ins Untergrundnetz geleitet.«

Die Skyye-Delegation verließ zusammen mit Kurt Baumann und seinem Stab den Verhandlungssaal durch einen separaten Ausgang. Der Gang führte zu einem Terminal, von dem sie mit der Untergrundbahn zur Asservatenhalle gebracht werden sollten. Baumann ging mit seinen Leuten voran. Zusätzlich wurden sie von einem Dutzend Sicherheitsleuten begleitet. »Zu Ihrem eigenen Schutz«, wie Baumann anmerkte.

Dabei war Marcus durchaus bewusst, dass sie sich hier in den unterirdischen Gängen weitab von den Demonstranten vor dem Gebäude befanden und dass ihre Sicherheit nicht im Geringsten gefährdet war.

Während sie gingen, hörte Marcus eine vertraute Stimme in seinem Kopf. *Warum sagt Orlando nicht, dass wir Hinweise haben, die Maschine könnte geklaut sein? Gelegenheit hätte er doch längst gehabt.*

Es war Lucs Stimme über sein Headlink. Seit Marcus mehr und mehr Zeit im Büro verbrachte, war für ihn die Kommunikation mittels Headlink nur noch selten nötig. Er sah kurz zu

Luc, der stur geradeaus ging. *Weiß ich auch nicht*, sendete er. *Vielleicht will er noch eine bessere Gelegenheit abwarten. Manchmal erinnert das Getue in der Verhandlung mehr an Schauspielerei als an die Klärung der Faktenlage. Er will die Bombe wohl mit einem schönen theatralischen Effekt platzen lassen.*

Na hoffentlich verspekuliert er sich dabei nicht.

Einer der Sicherheitsleute griff sich im Gehen ans Ohr und schien in den Hörer zu lauschen, den er trug. Er beschleunigte seinen Schritt und flüsterte Baumann etwas zu. Sofort blieb Baumann stehen und fuhr herum.

»Sie kommunizieren über Headlink. Diese Art der Nachrichtenübermittlung ist hier verboten. Unterlassen Sie das oder es wird eine Ordnungsstrafe gegen Sie verhängt.«

Orlando wollte ihm etwas entgegnen, doch Marcus winkte ab.

»Schon gut, Botschafter. So sind nun mal die Regeln.«

Er wandte sich Baumann zu. »Entschuldigung, Justiziar. Es kommt nicht wieder vor. Headlinks bis auf Weiteres deaktivieren.«

Marcus sprach bewusst die ganze Gruppe an, obwohl außer ihm nur noch Luc und Cedric ein Headlink besaßen. Aber auch hier galt es wieder, Kooperation zu beweisen. Baumanns Augen glitten über die Gruppe, dann drehte er sich um und setzte seinen Weg fort.

»Headlinküberwachung sogar hier unten«, bemerkte Luc anerkennend, als sie weitergingen. »Der Laden ist wirklich top ausgestattet.«

Als sie das Terminal erreichten, stand schon ein Zug für sie bereit. Die Fahrt dauerte die angekündigten zehn Minuten und verlief weitgehend still. Nur Baumann tuschelte leise mit zwei Mitgliedern seines Stabs. Nachdem sie am Ziel ausgestiegen waren, ging es durch eine Identifizierungsschleuse, die Baumann mit einem Retina-Scan seines rechten Auges öffnete. Danach musste sich jeder mit einer genetischen Probe anmelden. Nachdem die Prozedur abgewickelt war, öffneten sich die schweren Stahltüren zu Asservatenhalle 2.

Die Halle war riesig: wenigstens zweihundert Meter lang, hundertfünfzig Meter breit und so hoch wie ein dreistöckiges Haus. Lange, gleißende Beleuchtungsstreifen an der Decke erhellten die stahlgrauen Wände. Nur ein paar Schritte vor ihnen lag das Wrack des *Shepherds*, umringt von acht mannshohen, röhrenförmigen Barrierefeldgeneratoren. Die Anlage erzeugte ein durchtrittsicheres, unsichtbares Magnetfeld, das das Wrack vor ungenehmigtem Zugriff schützte. Nur am fernen Ende der Halle befand sich noch eine Handvoll anderer Objekte. Die Gruppe der drei Vorsitzenden war zusammen mit weiteren Sicherheitsleuten bereits vor Ort und erwartete die Delegationen.

»Also, meine Herren«, sagte Orlando. »Jetzt sind Sie gefragt.«

Während Orlando La Cara gestenreich mit den drei Justiziaren diskutierte, hatte sich Marcus von der Gruppe entfernt und sah sich den *Shepherd* von allen Seiten gründlich an.

Die Maschine war unwiederbringlich verloren und er wunderte sich, wie Luc Tabiros aus diesem Gewirr von verbogenem Stahl, gesplittertem Karbon und elektrischen Leitungen noch eine aussagekräftige Information herausholen wollte. Luc gesellte sich zu ihm.

»Die reden sich die Köpfe heiß und La Cara hat immer noch nichts von unserem Verdacht erwähnt.«

Besorgt warf Marcus einen Blick zu der Gruppe, wo Justiziar Faareborg die beiden Anführer der Delegationen gerade zur Mäßigung ihrer Ausdrucksweise anhielt.

»Ich hoffe wirklich, er weiß, was er tut«, antwortete Marcus. »Und? Was denkst du? Ist das eine Maschine von Hephaistos?«

Luc rieb sich nachdenklich das Kinn. »Ich fürchte ja.« Er deutete auf einen großen Riss auf der rechten Seite der Maschine. Dahinter konnte man einen silbergrauen Kasten erkennen, an den mehrere Leitungen angeschlossen waren.

»Das ist eindeutig die verbesserte Version des 3D-Radars, das in Hephaistos erfunden wurde. Dieses Teil ist eine Spezialität der Entwicklungsabteilung und wird nur in Maschinen eingebaut, die man an das Skyye-Militär liefert. Nicht einmal die Mitglieder des Bundes bekommen dieses Radar.«

Marcus warf einem Sicherheitsmann einen scharfen Blick zu, der sich ihnen beiläufig genähert hatte, worauf der sich wieder verzog.

»Dann ist die Maschine möglicherweise eine der Gestohlenen?«

»Ist gut möglich. Sie wurde in Hephaistos gebaut, und zwar für unsere eigenen Leute. Hundertprozentig sicher können wir uns aber noch nicht sein.«

Luc biss die frustriert die Zähne zusammen und ging so nah an das Wrack heran, wie es ging, ohne den Barrierealarm auszulösen. Jetzt stand er nur noch knapp zwei Meter von der abgeknickten Nase des Jägers entfernt.

»Verdammt, ich kann von hier aus die Identifizierungsplakette sehen. Wenn ich nur die Nummer entziffern könnte, hätten wir in ein paar Minuten Klarheit.«

Marcus wandte sich von der Maschine ab und schlenderte zu einem fest installierten Computerterminal, das nur ein paar Schritte entfernt aufgebaut war. Hier wurden offenbar neu entdeckte Erkenntnisse sofort ins Netzwerk des Justizministeriums eingegeben, wobei die Direktverbindung die mögliche Sicherheitslücke einer drahtlosen Datenübertragung ausschloss.

»Hab ich mir auch schon angesehen«, bemerkte Luc. »Mit der Kiste hat man ganz sicher Zugang zu allen bisher festgestellten Daten. Da würd´ ich zu gern mal reinschauen. Ich könnte schwören, dass Baumann nicht mit allen Informationen herausrückt, die er besitzt. Wahrscheinlich hält er immer noch ein paar Trumpfkarten zurück.«

»Das darf er nicht«, entgegnete ihm Marcus. »Was er jetzt nicht vorlegt, kann bei der Hauptverhandlung nicht verwendet werden.«

»Eigentlich darf er das nicht. Aber wenn Faareborg anderer Ansicht ist, wird er die Information zulassen. Das Recht hat er und wir sehen dann ziemlich alt aus.«

Hinter ihnen lachte jemand laut auf. Es war Baumann. Irgendetwas schien ihn sehr zu amüsieren, während La Cara und die drei anderen Justiziare sachlich blieben. »Das ist doch nicht Ihr Ernst!« Mehr verstanden die beiden nicht.

»Gehen wir zurück. Orlando hat ihnen wohl gesagt, was wir vermuten.«

»Und dieser Schwachkopf Baumann lacht sich eins«, zischte Luc. »Vollidiot.«

Sie gingen zurück zur Gruppe. Cedric kam auf sie zu.

»Was ist los, Cedric?«, fragte Marcus.

»Botschafter La Cara hat den Vorsitzenden gerade von unserem Verdacht erzählt, die Maschinen könnten gestohlen sein.« Cedrics Gesicht war rot vor Aufregung. »Und was Baumann davon hält, haben Sie ja eben gehört. Er glaubt uns kein Wort.«

»Was sagen Faareborg und die anderen?«, fragte Luc.

»Sie wirken kritisch, verwerfen unsere Theorie aber zumindest nicht im Vorhinein. Vielleicht haben wir sie ja zum Nachdenken gebracht. Orlando hat noch auf ein paar Ungereimtheiten bei dem Wrack aufmerksam gemacht. So ist das Einheitensymbol am Rumpf offensichtlich mit Farbe aufgefrischt worden, sodass es besser identifiziert werden kann. Und noch ein, zwei Dinge. Die Maschine ist jedenfalls filmreif hergerichtet worden.«

»Was ist eigentlich mit dem Piloten?«, fragte Marcus. An den Piloten hatten sie nur am Rande Gedanken verschwendet.

»Der Pilot ist tot. Das Untersuchungsteam des Ministeriums hat allerdings erstaunliche Schwierigkeiten, seine Identität festzustellen. Der Mann hat anscheinend mit einer Menge Gencode-

Rekombinierer versucht, seine DNA zu maskieren, um die Scansysteme täuschen zu können. Ohne einen Hinweis auf die Originalcodierung könnte das Team noch Wochen brauchen, bis die Identität des Mannes feststeht.«

»Ihnen fehlen also noch Hinweise«, sagte Marcus nachdenklich und sah Luc an. Der schien seinen Gedanken folgen zu können.

»Wenn ich …«

Doch Marcus unterbrach ihn. »Nicht hier, wir reden später. Da vorne passiert was.«

Justiziar Faareborg sprach mit den Versammelten, und Orlando ließ kaum merklich die Schultern hängen. Er war offensichtlich von Faareborgs Worten enttäuscht, wohingegen Baumann zufrieden lächelte. Dann löste sich die Gruppe auf und die einzelnen Delegationen sammelten sich. Orlando wirkte ernstlich besorgt.

»Wie ist es gelaufen?«, fragte Marcus.

»Nicht so gut. Genau genommen miserabel. Die Vorsitzenden tun unseren Verdacht zwar nicht völlig ab, aber sie sagen auch, dass er uns nicht merklich entlasten könne. Solange wir keine besseren Beweise bringen, müssen sie so handeln, wie sie es jetzt tun werden.«

»Und was genau passiert jetzt?«

»Jetzt haben wir ein Embargo am Hals.«

Jane Amanati richtete ihre Frisur in dem kleinen Handspiegel, ohne dabei das Justizgebäude aus den Augen zulassen, in dem die Vorverhandlung gegen das freie System Skyye stattfand.

Mittlerweile mussten sich dort Hunderte von Demonstranten eingefunden haben, die allesamt wilde Sprechchöre skandierten. Seit Wochen hatte sie immer wieder über die Skyye-Affäre berichtet und unzählige Interviews mit allen möglichen Leuten geführt. Es war klar, dass im Laufe der intensiven Berichterstattung über die Vorfälle die Stimmung gegen Skyye immer mehr ins Negative kippte.

Sie selbst bemühte sich trotzdem um eine objektive Berichterstattung. Der Redaktionsleiter bei SNN und einige ihrer Kollegen sahen das jedoch anders. Allzu viele berichteten nur noch offen aggressiv über Skyye. Und der Redaktionsleiter unterstützte sie nicht nur dabei, sondern forderte noch massivere Kritik gegenüber dem beschuldigten System. Das hatte zu dem sehr schlechten Image des Systems geführt und spitzte sich jetzt anlässlich dieser Vorverhandlung noch zu, denn niemand hatte Zweifel daran, dass man genügend Beweise für eine Verurteilung in der Hauptverhandlung finden würde.

Die Vorverhandlung war vor wenigen Minuten zu Ende gegangen und das Trio der Vorsitzenden hatte gehandelt. Noch während Justiziar Faareborg den Beschluss verkündete, lief die SNN-Maschinerie an. Zwischen ihrem Handspiegel und dem Blick zum Eingang musste sich Jane auch noch auf die Promptereinspielungen konzentrieren, die ihr die Aufnahmeleitung in das Glas ihrer Brille überspielte. Sie las den Text jetzt zum dritten Mal und versuchte, so viel wie möglich davon zu speichern. Die Aufnahmeleitung bestand darauf, dass Jane den Text ablas. Die neue Faktenlage war so brisant, dass man sich keine Fehler durch etwaige Improvisationen eines Sprechers erlauben wollte. Also musste Jane den Text ablesen und dabei in die Linse ihres Kameramannes schauen.

»Mach dich bereit, Jane«, sagte Spike, der jetzt seine Kamera hochnahm und den Eingang anvisierte. »Ich höre gerade, dass sie gleich rauskommen.«

Jane ließ den Spiegel in einer Tasche verschwinden.

»Wie sehe ich aus?«

»Toll wie immer. Da, sie kommen. In drei … zwei … eins … und los.«

Jane prüfte schnell den Sitz ihres Bügelmikros und begann mit ihrem Bericht.

»Hier ist Jane Amanati von Stellar News Network. Ich

befinde mich hier vor dem Zentralgebäude des Justizministeriums in der Kernstadt von Atlantika und wir erleben gerade das Ende der Vorverhandlung, in der das freie System Skyye sich heute dem Vorwurf des mehrfachen, erheblichen Verstoßes gegen die Hidalgo-Konvention gestellt hat. Gerade sehen wir, wie die Delegation von Skyye das Gebäude verlässt.«

Spike schwenkte die Kamera leicht nach rechts und vergrößerte den Bildschirmausschnitt, in dem sich fünf Männer schnellen Schrittes durch die wild protestierende Menge zu ihrem Fahrzeug drängten. Er hielt das Bild für drei Sekunden und schwenkte wieder zu Jane.

»Soeben wurde die Presse über den Ausgang der Vorverhandlung unterrichtet. Demnach hat der Vorsitzende der Verhandlung, Justiziar Matis Faareborg, in Absprache mit den Justiziaren Taveniesco und Tierrina folgenden Beschluss bekanntgegeben:

Über das freie System Skyye wird ein Handelsembargo der Stufe 2 verhängt. Bei einem solchen Embargo wird der Handel mit dem betroffenen System eingeschränkt. Hochtechnologietransfers, die zum Bau von Waffen und Maschinen zur Energieerzeugung benötigt werden, sind ab sofort nicht mehr gestattet. Der Verkauf des Voloniaskristalls an Skyye wird ebenfalls eingeschränkt. Die diplomatischen Vertretungen werden bis auf Weiteres von allen Handelsgremien, an denen sie beteiligt sind, ausgeschlossen. Das Stimm- und das Vortragsrecht wird Skyye sowohl im großen Konzil als auch im Bund der freien Systeme bis auf Weiteres entzogen. Die folgenreichste Auswirkung der Vorverhandlung liegt aber zweifellos darin, dass Repräsentant Korriliov von Bogatyr Alliance gleich nach Bekanntgabe des Embargos verlauten ließ, das vor Kurzem abgeschlossene Wirtschaftsabkommen mit dem freien System Skyye werde aufgrund der schweren Vorwürfe einer erneuten Prüfung unterzogen. Bogatyr Alliance behält sich das Recht vor, das Abkommen fristlos aufzukündigen. Dies ist der schwerste Rückschlag, den

Skyye im Augenblick erleiden muss. Neben dem Handel mit Technologien sieht das Wirtschaftsabkommen mit Bogatyr auch den Handel mit Gebrauchsgütern vor. Sollte das Abkommen eingestellt werden, wäre die Versorgungslage der Bevölkerung unter Umständen gefährdet.

Justiziar Faareborg erklärte in seiner Begründung des Beschlusses, dass kein Weg an dieser schweren Sanktion vorbeigeführt hätte. Die Erklärungsansätze der Skyye-Delegation habe er zwar als durchaus interessant empfunden und er wolle den Hinweisen, die Skyyes oberster Botschafter Orlando La Cara vorgebracht hat, weiter nachgehen. Trotzdem bleibe das Embargo solange in Kraft, bis Skyye aussagekräftigere Beweise vorlegen kann oder die Verantwortlichen für die verlustreichen Angriffe auf zivile Einrichtungen dem Justizministerium übergibt. Der ebenfalls anwesende Oberbefehlshaber des fünften Verteidigungskontingents, Skyye-Rangers General Marcus Dhellyann, dem die Angriffe zugeschrieben werden, zeigte sich davon unbeeindruckt.

Wir haben heute einen großen Tag der Gerechtigkeit erlebt. Die Verantwortlichen haben sich den Vorwürfen gestellt und den ersten Teil ihrer Strafe erhalten. Das Justizministerium hat eine weise Entscheidung getroffen und nun liegt es am freien System Skyye, die Schuldigen ihrer gerechten Strafe zu überstellen. Das war Jane Amanati von Stellar News Network in Atlantika, und damit zurück ins Studio.«

»Und … aus. Sehr gut, das haben wir im Kasten.« Spike nahm die Kamera herunter, vergewisserte sich, dass der Signaltransfer abgeschlossen war, und schaltete sie aus. »Kein schlechter Text. Für die Kürze der Zeit, die wir hatten. Das Ende kommt vielleicht nur ein bisschen prosaisch rüber.«

»Prosaisch ist fein ausgedrückt«, entgegnete Jane. »Bei dem ganzen Mist, den wir zur Zeit in die Welt hinausposaunen. Wir verbreiten die übelste Propaganda und der Boss will noch mehr davon. Ich bin gespannt, wo das noch hinführt. Lass uns besser von hier abhauen.« Sie deutete auf die Demonstranten. »Wenn die erst alle nach Hause gehen, kommen wir hier nie weg.«

Die Demonstranten blieben noch den ganzen Tag.

Die Fahrt zurück in die Botschaft verlief alles andere als ruhig. Noch im Wagen nahm die Gruppe Verbindung zu Orlandos Stab auf und diskutierte über die Entscheidung der Justiziare. Ein Embargo der Stufe 2 war zwar eine schwere Sanktion, aber Skyye konnte damit eine Zeitlang leben. Dass Bogatyr Alliance jedoch darüber nachdachte, das gerade erst unterzeichnete Wirtschaftsabkommen einseitig aufzukündigen, konnte das freie System Skyye hingegen seine Existenz kosten. Wobei die Signalwirkung einer solchen Aussage in der Öffentlichkeit genauso fatal war , wie die Beendigung des Abkommens selbst.

Es wurde viel über das Verhalten von Kurt Baumann gesprochen, der mehr als einmal über seine Kompetenzen hinausgegangen war. Die Weigerung des Ministeriums, ihnen Zugang zu dem abgestürzten *Shepherd* zu gewähren, war ebenfalls Teil der Diskussion. Letzten Endes suchten alle nach einer Möglichkeit, der Vorverhandlung irgendwie noch etwas Positives abzugewinnen, denn sie mussten sich eingestehen, dass alles genauso gekommen war, wie sie vermutet hatten: Skyye stand nun offiziell am Pranger und wenn sich keine neuen Lösungsansätze auftaten, würde man sie von dort aus direkt auf den Scheiterhaufen befördern.

Marcus beteiligte sich nur gelegentlich, denn seine Gedanken eilten dem Gespräch bereits voraus. Und der in seinen Augen nächste logische Schritt würde dazu führen, dass man ihnen bei einem Fehlschlag nicht mehr erlaubte, den Planeten zu verlassen, es sei denn im Gefangenentransport nach Sixtus. Als ihr Fahrzeug am Thompson-Park vorbeifuhr, forderte Marcus den Fahrer auf anzuhalten. Auf Orlandos fragenden Blick sagte er nur: »Es ist nichts. Ich brauche nur frische Luft. Kommst du mit, Luc?«

»Na klar.« Luc Tabiros stieg so beschwingt aus dem Wagen aus, als würden sie zum Picknick gehen. Bevor der Wagen davonfuhr, legten sie noch ihre Uniformjacken in die Gepäckzelle, um im Park nicht unnötig aufzufallen. Orlando sah die beiden mit ahnungsvollem Blick an.

»Wirklich nur frische Luft, Botschafter«, sagte Luc. »Wir sehen uns später.«

Der Wagen fuhr davon und die beiden betraten den Park. Man hatte hier eine traumhaftschöne Landschaft mitten in Atlantika entstehen lassen. Nach nur einer Minute war von dem Trubel der Straßen nichts mehr zu hören. Kleine Wäldchen reihten sich an leuchtend farbige Buschreihen. Blumenfelder wechselten sich mit Teichen ab. Überall war Vogelgezwitscher zu hören. Eine Oase der Ruhe inmitten des alltäglichen Chaos.

»Also, General? Was hast du auf dem Herzen?«, fragte Luc und hörte als Antwort in seinem Kopf: *Bleiben wir erst mal bei Headlinkkommunikation.*

Ok, sandte Luc zurück. *Wo drückt der Schuh?*

Ehrlich gesagt hab ich es satt, als der größte Massenmörder der Geschichte hingestellt zu werden. SNN zerreißt sich das Maul über uns, während wir uns den Arsch abarbeiten, um zu zeigen, dass wir unschuldig sind. Marcus seufzte hörbar. *Und Faareborg verpasst uns ein Embargo, obwohl ich sicher bin, dass er uns geglaubt hat. Und dieser Bastard Baumann verschwendet nicht eine Sekunde daran, unseren Hinweisen nachzugehen. Für den sind wir so schuldig wie nur möglich. Orlando tut sein Bestes, aber mittlerweile stößt auch er an seine Grenzen. Am allermeisten geht mir auf die Nerven, dass das einzige Beweisstück, das wir haben, in dieser verdammten Asservatenhalle liegt. Die Maschine ist das wichtigste Glied in unserer Verteidigungslinie; zusammen mit dem Piloten. Der nächste Schritt kann nur lauten: Wir müssen in die Asservatenhalle und diese Maschine genauer untersuchen. Wir müssen uns die Daten, die das Ministerium bis jetzt gesammelt hat, aus dem Terminal holen. Ohne neue Hinweise sind wir aufgeschmissen.*

Da hast du recht. Und was willst du jetzt machen? Luc kickte einen kleinen Stein, der auf dem Weg lag, zurück ins Gras.

Marcus ging weiter. *Ich will in die Asservatenhalle einbrechen und mir diese Daten holen. Und du überprüfst die Teilecodes der Maschine.*

Luc konnte sich ein hörbares Pfeifen nicht verkneifen. Dann antwortete er wieder stimmlos. *Interessant. Und wie willst du da einsteigen? Dieser Bunker ist absolut wasserdicht.*

Da kommst du ins Spiel. Kannst du hier in der Stadt ein Team zusammenziehen und einen Plan entwickeln? So wie ich euren Laden kenne, habt ihr doch bestimmt jede Menge Bau- und Lagepläne der City und sicher auch einen über diesen Gebäudekomplex.

Luc grinste seinen Freund breit an. *Jetzt weiß ich, warum mich mein Gefühl dazu gedrängt hat, Eli und Jakob mitzunehmen. Die Jungs sind zwei meiner besten Kommando-Agenten, wie geboren für solche Einsätze.*

Sowas dachte ich mir schon. Marcus grinste zurück. *Also schnapp dir deine Asse und tüftle etwas aus. Ich will noch heute Nacht dort rein.*

In Ordnung, ich lass mir was einfallen. Im Übrigen höre ich immer ›wir‹. Du hast doch nicht etwa vor, mitzukommen?

Genau das hatte ich vor.

Stopp, General. Absolut negativ. Ich kann zwar verstehen, dass dich dein Schreibtischjob langweilt, aber das ist definitiv die falsche Gelegenheit, um in die Kampfzone zurückzukehren. Ich hab mir die Asservatenhalle sehr genau angesehen. Der Bau ist vollgestopft mit der neuesten Überwachungstechnologie. Das heißt, wir müssen uns manuell durch das System hacken. Dazu werde ich einen Spezialisten außerhalb brauchen. Selbst für uns Profis wird das kein Spaziergang. Deswegen bitte ich dich, überlass das den Fachleuten. Und außerdem ... wenn wir mit dir geschnappt werden, können wir uns alle am nächsten Morgen ohne Umwege nach Sixtus einschiffen. Ohne dich haben wir uns einfach über deinen Befehl hinweggesetzt und es auf eigenes Risiko versucht. Ihr könntet dann entrüstet unsere Herausgabe zwecks Überführung in unsere eigene Strafkolonie verlangen. Aber wenigstens wärt ihr noch in der Lage, den Planeten zu verlassen und an der Sache weiterzuarbeiten.

Lucs Argumente klangen vernünftig.

»Einverstanden«, sagte Marcus. Der Headlink war nicht mehr nötig.

Kapitel 16

Die drei maskierten Gestalten bewegten sich in der schwachen Beleuchtung zielstrebig durch die Wartungsgänge unter dem Regierungsbezirk. Alle drei trugen Texturfeld-Kampfanzüge der neuesten Generation. Hätten diese Flure über Kameras verfügt, wären nicht mehr als vorbeihuschende Luftspiegelungen aufgezeichnet worden, die man nur mit geübtem Auge erkennen konnte. Außerdem blieben die drei für die üblichen Überwachungssensoren unsichtbar.

Luc folgte Eli und Jakob durch die Gänge. Obwohl er den Plan, in die Asservatenhalle einzudringen, selbst entworfen hatte, überließ er ihnen die Führung. Die beiden waren hochspezialisiert und mit einem sechsten Sinn für Gefahren ausgestattet. Sie bewegten sich völlig lautlos durch die Gänge, trotzdem musste Luc sich sogar ranhalten, um ihrem hohen Tempo folgen zu können. Traumwandlerisch glitten sie von einer dunklen Nische in die Nächste, immer darauf bedacht, im Schatten zu bleiben. An einer Wegkreuzung bogen sie nach links und hielten unter einem Luftschacht, der in zweieinhalb Meter Höhe über ihnen durch ein Gitter versperrt war. Das war ihr Einstieg in das Lüftungssystem des Justizflügels.

Luc aktivierte sein Headlink.

Eagle, bitte melden.

Eagle hört, vernahm er in seinem Kopf. Eagle war der Computerspezialist, den Luc in Atlantika für diesen Einsatz aktiviert hatte. In seinem öffentlichen Leben arbeitete Eagle als Routendisponent bei einer kleinen Transportfirma. In der Organisation von Salamander war er Experte für das Manipulieren von Computernetzwerken. Eagle saß in einem Hotelzimmer am Südrand des Regierungsbezirks und heute Nacht würde er alles zeigen müssen, was er konnte.

Wir stehen unter Luke vierunddreißig. Zum Öffnen vorbereiten. Danach wechseln alle auf die Einsatzfrequenz.

Verstanden ... entschärft und offen.

Obwohl es keine aktiven Überwachungssysteme in den Lüftungsrohren gab, war jedes Gitter elektronisch gesichert. Eagles Aufgabe, bestand unter anderem darin, den Schutz zu entfernen, damit Luc und seine Kameraden es öffnen konnten. Jakob hielt seine Hände zu einer Räuberleiter und Eli stieg an seinem Partner hoch. Mit einer Hand griff er nach dem Gitter und hielt sich fest. Mit der anderen Hand zog er einen kleinen Schweißbrenner hervor und durchtrennte die zwei Haltebolzen. Das Gitter schwang auf. Mit einem Klimmzug war Eli in der Dunkelheit des Rohres verschwunden. Dann stieg Luc auf die Räuberleiter und zog sich ebenfalls nach oben. Einen Moment später wurde ein Einsatzseil heruntergelassen. Jakob griff zu und kurz darauf standen alle drei in dem stockfinsteren Lüftungsrohr.

Alles klar. Ich bin dabei, den Weg für euch frei zu machen, sendete Eagle. *Ruft jetzt den Wegeplan auf. In hundert Metern Luftlinie nach Norden beginnt der Überwachungsbereich. Vor zehn Minuten hat das letzte Wächterprogramm den Zielbereich gescannt. Das heißt, ihr solltet euch beeilen. Sobald ein neuer Scan ansteht, habt ihr maximal sechzig Sekunden Zeit, aus der Halle rauszukommen. Weiter kann ich meine eigene Überwachung nicht ausdehnen, ohne selbst aufzufallen. Viel Glück.*

Luc rief die Karte mit den Wegen auf, die sie aus den Gebäudeplänen herausgearbeitet hatten. Sie zeigte ein Wirrwarr aus Gängen, Schächten und Tunneln. Und es gab Dutzende von Sperreinrichtungen, die alle von Eagle deaktiviert werden mussten.

Ihr Weg führte sie durch Wartungskorridore, die jetzt mitten in der Nacht verlassen dalagen. Die Gänge waren mal mannshoch, mal so klein, dass sie kriechen mussten. Das ständige Entschärfen der Sicherheitseinrichtungen hielt sie zusätzlich auf.

Dass jeder für den Fall von unerwartetem Widerstand wie Wachpersonal oder Wartungsarbeitern ein kleines Impulsgewehr auf dem Rücken trug, machte den Weg auch nicht leichter.

Luc machte sich mit der Dauer ihres Einsatzes zunehmend Sorgen über die Wächterprogramme, die den gesamten Gebäudekomplex in unregelmäßigen Abständen scannten. In ein von automatisierten Täuscherprogrammen geschütztes Gebäude einzudringen war eine Sache. Aber gegen die willkürlichen Wächterscans gab es kein Mittel. Die Wächter prüften jede Sicherheitseinrichtung auf unbefugte Aktivität und was nicht auf den Autorisationslisten freigegeben war, löste sofort Großalarm aus. Und das wäre das Ende ihres kleinen Ausflugs.

Wächterscan ein Sektor voraus. Unbedingt Position halten. Sofort blieb Luc stehen und sank reflexartig auf ein Knie. Eli und Jakob taten es ihm gleich. Eagle hatte sie auf einer niederwelligen Funkfrequenz gewarnt, die auch von den fortschrittlichsten Überwachungssystemen nicht aufgespürt werden konnte. Das war die einzige Möglichkeit, mit Eagle und untereinander zu kommunizieren, ohne schallgesteuerte Sensoren auszulösen.

Luc sah auf dem Wegeplan, wie sich der Bereich unmittelbar vor ihnen rot einfärbte und die gelben Linien des Plans überdeckte. Sie mussten volle fünf Minuten warten, bis der Scan beendet war. Dann gab Eagle das Zeichen zum Weitergehen.

Sie brauchten schließlich über zwei Stunden, um endlich die Versorgungsklappe im Vorraum von Asservatenhalle 2 zu erreichen. Obwohl Luc im aktiven Außendienst stand, hatte ihn der Weg angestrengt. Unter seinem Anzug war er völlig durchgeschwitzt. Eli und Jakob wirkten, als hätten sie höchstens einen kleinen Spaziergang hinter sich gebracht. Spezialisten waren eben Spezialisten.

Luc schloss vorsichtig die Versorgungsklappe.

Sind vor der Tür des Objekts. Eagle, Status?

Benötige noch Sekunden ... fertig, Systeme in der Halle

Hoffentlich war die ganze Arbeit nicht umsonst, dachte Luc und ging zu dem Retinascanner neben der Tür. Er zog ein Glasröhrchen aus der Tasche. In dem Röhrchen befand sich ein feuchtglänzender menschlicher Augapfel. Luc hielt das Röhrchen gegen das Licht und betrachtete die weiße Kugel. Das war ihr Schlüssel zur Asservatenhalle.

Normale Retinascanner konnte man recht einfach austricksen und die Nachbildung eines Augapfels war in der Alltagsmedizin keine große Sache. Man brauchte nur den genetischen Code einer Person und jedes benötigte Körperteil konnte innerhalb von Stunden in einem Genlabor nachgezüchtet werden. In ihrem Fall hatten sie nur in die Personaldatei der Wachmannschaften eindringen müssen und dort diejenigen Personen finden, die Zugang zur Halle hatten. Das Profil eines geeigneten Wachoffiziers hatte sich schnell gefunden. Als Nächstes hatten sie die Zuchtsequenz in einem versteckten Geheimlabor in Gang gesetzt und nur vier Stunden später die originalgetreue Kopie von Wachoffizier Smits rechtem Auge in Händen gehalten.

Doch damit war der Schlüssel noch nicht fertig. Von jeder Person, der man Zutritt zu sensiblen Bereichen gewährte, wurde nicht nur ein digitalisierter Abdruck ihrer Retina entnommen. Es wurden ihr auch einige hundert Nanobots injiziert. Die mikroskopisch kleinen Maschinen bahnten sich ihren Weg durch den Körper, bis sie den Sehnerv genau bei seinem Austrittspunkt aus dem Glaskörper erreichten. Dort begannen sie, sich zu verbinden und um den Sehnerv herum einen winzigkleinen Sender zu bilden. Wenn die Person in einen Retinascanner blickte, wurde nicht nur ihre Netzhaut gescannt, es wurde auch ein Codeabgleich durchgeführt. Wenn eines der beiden Prüfmuster nicht übereinstimmte, blieb die Tür verschlossen.

Die Beschaffung des Identifizierungscodes hatte ein echtes Problem dargestellt. Luc und zwei weitere Spezialisten der örtlichen Salamanderzelle brauchten drei Stunden, um sich durch die unzähligen Sicherheitsprogramme und Firewalls zu hacken, bis sie endlich die richtige Codedatei in der Datenbank des Justizministeriums gefunden hatten. Aber jetzt lag ein hauchfeiner, funktionstüchtiger Senderring um den Nervenstummel, der aus der Rückseite des Auges hervortrat.

Luc hob das Röhrchen mit der Pupille voran an den Scanner und startete den Identifikationsvorgang. Ein kegelförmiger, weißblauer Laserstrahl leuchtete auf und strich über das Auge. Auf einem Bildschirm konnte man das Profil der Retina erkennen und der Computer begann, den Scan mit seinen gespeicherten Daten zu vergleichen. Luc hielt vor Spannung die Luft an und sogar Eli und Jakob wirkten jetzt ein wenig angestrengt. Der Computer brauchte quälend lange für seine Arbeit und nach endlosen zehn Sekunden erlosch das Retinabild auf dem Bildschirm und eine Begrüßungsformel tauchte auf.

Zugang gestattet
Guten Abend, Wachoffizier Smit

Das Türschloss geriet in Bewegung und die beiden schweren Türflügel glitten langsam zur Seite. Luc reckte den Kopf nach vorn und spähte in die Halle. Etwas spärlicher beleuchtet als bei ihrem letzten Besuch lag die riesige Fläche vor ihnen. Die drei betraten den Raum. Jakob trennte sich von seinen Kameraden und steuerte das Computerterminal an. Seine Aufgabe bestand darin, alle verfügbaren Daten über die Attacken des angeblichen Skyye-Schlachtschiffs in der Justizdatenbank aufzuspüren, wobei die Daten über den Piloten am wichtigsten waren. Luc und Eli würden indes versuchen, die Komponentendaten aus der zerstörten Maschine selbst zu bergen.

Am Wrack angekommen zog Eli ein faustgroßes Gerät aus der Schenkeltasche und schaltete es ein. Dann befestigte er es an einem der summenden Barrierefeldgeneratoren, die um die Maschine verteilt waren. Eagle hatte bei ihrer Einsatzbesprechung festgestellt, dass er die Generatoren von außen nicht abschalten konnte. Sie mussten das die Maschine schützende Barrierefeld mit einem Feldmanipulator vor Ort deaktivieren. Eli drückte drei weitere Tasten und der Manipulator leuchtete kurz auf. Einen Moment später hörten die Generatoren auf, ihr weißes Licht abzustrahlen, und das Barrierefeld brach zusammen. Eli nickte Luc zu. Der hielt den Atem und ging am nächsten Generator vorbei auf die Maschine zu. Nichts passierte.

Er winkte Eli zu sich und sie begannen, an dem *Shepherd* hochzuklettern. Am Cockpit angekommen schaute Luc hinein und verschaffte sich einen Überblick.

Es sah wüst aus. Praktische alle Instrumente waren zerstört. Gesplittertes Glas lag im Fußraum und Kabelstränge hingen lose aus der Verkleidung. Die Rückenlehne wies ein großes Loch auf und an den Rändern hatte sich ein roter Fleck ausgebreitet. Das Blut des Piloten. Der Kerl war anscheinend von einem Trümmerstück an seinen Sitz genagelt worden. Eli deutete die Frage an, ob Luc denn so an die Komponentendaten herankommen konnte. Der zeigte ihm, dass die gesuchte Apparatur sich weiter vorn im Cockpit befand.

Luc zwängte sich über die Bordkante und ließ sich auf den Sitz nieder. Der Fußraum war nur noch halb so tief wie vor dem Absturz und er musste eine äußerst unbequeme Haltung einnehmen. Dann griff er nach unten und tastete die Oberseite des Fußraums ab. Als er gefunden hatte, wonach er suchte, begann er daran zu rütteln, doch das Teil löste sich nicht. Luc bedeutete Eli, ihm etwas zu geben, das als Hebel dienen konnte, und Eli reichte ihm sein Kampfmesser. Damit begann Luc weiterzuarbeiten und schließlich löste sich die zentrale Steuerbox mit einem Knacken aus ihrer Halterung. Luc gab das Messer zurück und hob die etwa zwanzig mal zwanzig Zentimeter große Box hoch. Aus ihrer Rückseite ragten mindestens zwei Dutzend Kabel, die allesamt im Fußraum verschwanden. Einige waren rußgeschwärzt und durchgeschmort, aber die meisten schienen in Ordnung. Luc holte ein handgroßes Gerät aus seiner Brusttasche und zog daraus ein Kabel hervor. Den Stecker schob er in eine passende Buchse der Steuerbox und drückte einen Knopf an seinem Gerät. Der Stecker schraubte sich von selbst ein weiteres Stück in die Box hinein und eine Sekunde später begannen Lichter darauf zu leuchten.

Gut, dachte Luc. Wir haben funktionierende Schaltkreise. Jetzt lass uns nur noch ein paar Frequenzen finden.

Er drückte eine Tastenfolge auf seinem Auslesegerät und der Download der Komponentendaten begann.

Jakob, wie sieht's bei dir aus? Kurz darauf kam Jakobs Antwort. *Bin im System. Falldaten und Piloteninfos gefunden. Download läuft. Brauche noch fünfzig Sekunden.*

Sehr gut. Schätze, wir brauchen für unseren eigenen Download auch nicht länger. Langsam begann Luc daran zu glauben, dass sie hier eine echte Chance hatten.

ACHTUNG! Wächterscan in weniger als sechzig Sekunden. Aktion sofort abbrechen. Sofort abbrechen.

Es war Eagles Stimme. Sofort schoss Adrenalin in Lucs Körper. Sie mussten hier raus. In weniger als einer Minute würde das Wächterprogramm feststellen, dass Asservatenhalle 2 außerplanmäßig geöffnet worden war und dass jemand Zugriff auf die Justizdatenbank genommen hatte. Eli blieb ruhig, hatte nur eine Frage für Luc.

Bleiben oder Gehen?

Was sollten sie tun? Wenn sie den Download jetzt abbrachen, würde ihnen möglicherweise die entscheidende Information fehlen. Wenn sie blieben, kamen sie vielleicht nicht mehr aus dem Gebäude heraus. Luc überschlug die benötigte Zeit für den Download und traf eine Entscheidung. Wenn alles glatt lief, hatten sie zehn Sekunden, um die Verbindung zur Steuerbox zu trennen, den Feldmanipulator abzunehmen, die Halle zu verlassen und die Tür zu schließen. Knapp, aber machbar.

Wir bleiben.

Die nächste knappe Minute war zugleich die kürzeste und die längste in Lucs Leben. Er verfolgte den Fortschritt des Downloads auf dem Auslesegerät und die Prozentzahl erhöhte sich so langsam, dass er sie beinahe angeschrien hätte, um sie anzutreiben.

Dreißig Sekunden.

Luc kletterte bereits aus dem Cockpit, darauf bedacht, keines der Kabel versehentlich aus der Steuerbox zu ziehen. Trotzdem musste er sich immer noch weit ins Cockpit beugen. Eli war schon von der Maschine herabgeklettert und hatte sich am Feldmanipulator postiert, bereit, das Gerät abzuschalten, sobald Luc aus dem Schutzbereich heraus war.

Zwanzig Sekunden bis zum Wächterscan.

Endlich war der Download vollständig. Mit zittrigen Fingern entfernte Luc den Stecker aus der Steuerbox und warf sie so weit er konnte zurück in den Fußraum; sie wieder einzubauen, blieb keine Zeit. Er stopfte das Lesegerät in die Tasche, sprang von der Maschine herunter, rollte sich über die Schulter ab und spurtete in Richtung Ausgang. Kaum war er an Eli vorbei, schaltete der den Feldmanipulator ab, entfernte das Gerät vom Generator und rannte hinter Luc her.

Zehn Sekunden bis zum Wächterscan.

Sie erreichten kurz vor Jakob die Tür und Eli startete den Schließvorgang. Die Türflügel hatten sich schon halb geschlossen, als Jakob in den Vorraum stürzte. Seinen Rucksack mit dem Feldrechner hatte er unter den Arm geklemmt.

Fünf ... vier ... drei

Die Tür fiel ins Schloss und das Öffnungsterminal schaltete wieder in den Bereitschaftsmodus.

Zwei ... eins ... Wächterscan läuft. Wie ist euer Status?

Alle drei lehnten schwer atmend an der Wand des Vorraums. Sie hatten es geschafft. *Alles in Ordnung. Machen uns bereit für den Rückweg.*

Marcus steht am Rand des Schützengrabens. Er holt einen Feldstecher hervor und beobachtet das Feld vor seiner Stellung. Die Luft ist von Geschützlärm und Explosionen erfüllt. Impuls- und Laserprojektile fliegen kreuz und quer. Durch den Feldstecher sieht er schwere Panzerfahrzeuge auf sich zurollen, umringt von schwarzgekleideten Infanteristen, die merkwürdige weiße Helme tragen. Sie müssen ihre Stellung gegen die anrückenden Kräfte halten.

General?

Marcus öffnet sein Headlink und sendet: *Der vierte Zug sofort zur linken Flanke, Unterstützung geben.*

Hallo, General. Melde dich.

Und passt auf das ...

Das hochenergetische Impulsgeschoss schlägt keine zehn Meter vor Marcus mit einer gewaltigen Explosion in die Erde. Marcus wird zurückgeschleudert und stürzt hart auf den Grabenboden.

Rauschen um ihn herum. Marcus hört nur noch dumpfen Lärm und einen Pfeifton in seinem Kopf. Die verschwommene Sicht wird nur langsam klar. Er kann kaum atmen. Er will sich aufrichten, doch es ist, als ob ein Tonnengewicht auf ihm liegt. Er versucht, die Beine zu bewegen, doch die gehorchen nicht. Er sieht an sich herunter. Ein großer Stahlträger aus der Stellungsbefestigung liegt quer auf seiner Brust und sein gesamter Unterleib ist unter einem Berg von Erde begraben. Schmerzen überall.

Er sieht sich um. Keiner seiner Kameraden steht mehr. Viele sind schwer verletzt, manche tot. Rechts von ihm sieht er einen abgerissenen Arm, der noch in die Uniform eines Skyye-Rangers gehüllt ist. Dann springen feindliche Infanteristen in den Graben. Jetzt erkennt Marcus, dass sie gar keine weißen Helme tragen, sondern Masken, die einen brüllenden, weißen Tiger darstellen.

Marcus will aufstehen. Er versucht, den Stahlträger zu bewegen. Da liegt sein Gewehr, fast in Reichweite. Doch die unerträglich schwere Last auf seinem Oberkörper presst ihm die letzte Luft aus dem Brustkorb. Er kann nicht mehr atmen. Ein Infanterist steht auf dem Träger. Seine Maske ist furchterregend. Er zieht sein Kampfmesser.

Hallo, Marcus, was ist los bei dir?

Marcus zerrt und zieht, versucht, sich zu bewegen. Doch er kommt kein Stück unter dem Träger hervor. Der Infanterist nimmt sein Messer in beide Hände und hebt es über den Kopf. Marcus ist wehrlos. Er sieht in rotglühende Augen. Dann verlassen ihn die Kräfte, und der Infanterist lässt das Messer mit einem tigergleichen Brüllen niederfahren.

MARCUS!

Marcus fuhr hoch, die Hände vor der Brust gekreuzt. Es war dunkel und still. Schwer atmend sah er sich um. Er lag mit schweißnassem Gesicht in seinem Hotelzimmer. Nur ein Traum. Aber der Traum war genauso so real, wie das Ereignis, auf dem er beruhte. Er sah auf die Uhr, es war früher Morgen. Dann war da wieder diese Stimme, die ihn die ganze Zeit schon angesprochen hatte.

Hey, General. Du schläfst doch nicht etwa, während wir hier ackern müssen?

Es war Luc. Marcus griff nach der Bettdecke, die er im Traum von sich weggeschoben hatte und rieb sich den Schweiß aus dem Gesicht.

Mit Schlaf hatte das gerade wenig zu tun, sendete er zurück. *Bist du aufnahmefähig?*

Ja ... ja, natürlich. Wie sieht's bei euch aus?

Marcus stand auf und zog seine Pyjamajacke aus.

Wir wären zwar um ein Haar aufgeflogen, aber es hat alles wie geplant funktioniert. Die Auswertung läuft noch, aber wir können schon einen Zwischenstand abgeben. Es gibt eine gute und eine schlechte Nachricht. Welche willst du zuerst hören?

Marcus warf die Jacke aufs Bett und schenkte sich ein Glas Wasser ein. *Verschont mich mit euren Spielchen. Aber meinet-*

wegen, die Gute zuerst.

In Ordnung. Die gute Nachricht ist die, dass der Pilot, den sie aus der Maschine gezogen haben, kein Skyye-Bürger war.

Wie hast du das herausgefunden?

Cedric hat mich auf die Idee gebracht, als er meinte, das Untersuchungsteam könne die Identität des Piloten nicht herausfinden. Ich habe ins Dunkle geschossen und den Gencode durch einen Sequenzsimulator gejagt. Als Basiscodes habe ich all unsere Söldnerkandidaten eingesetzt, die zum fraglichen Zeitpunkt von Triesta verschwunden sind. Nach einer Stunde hatten wir das Ergebnis. Unser Freund heißt Toby Venarris und kommt aus einer Kernwelt im Norton-Harvard-Raum. Klassische Söldnerkarriere. Schule, Militärakademie, Pilot bei NH. Dann Rausschmiss wegen Befehlsverweigerung. Danach Söldnerpilot. Der Junge hat zwar schon eine Menge erlebt, aber seine Vita führte ihn noch nie in den Bund der freien Systeme. Sein letzter Job war eine Anstellung als Begleitflieger in Fort Loudon, wo er von einem Tag auf den anderen gekündigt hat.

Gut. Wenigstens etwas. Und was ist die schlechte Nachricht?

Die abgestürzte Maschine gehört definitiv zu den Maschinen, die angeblich durch den Bombenanschlag bei Hephaistos zerstört wurden. Das steht hundertprozentig fest. Wir haben dutzendweise Übereinstimmungen bei den Komponentendaten gefunden.

Scheibenkleister. Aber trotzdem, wenigstens haben wir jetzt mehr Informationen. Jemand hat den Bombenanschlag fingiert und vierzig Maschinen gestohlen, ohne dass es irgendjemandem aufgefallen wäre. Wer hat so viel Macht und Einfluss, um das zu bewerkstelligen?

Das kann nur jemand von ganz weit oben gewesen sein. Da müssen Untersuchungen gestoppt und ganze Abteilungen angewiesen werden, bestimmte Vorgänge nicht weiter zu bearbeiten. Aber was machen wir jetzt? Wir haben nichts als gestohlene Daten, die wir nicht verwenden können.

Darüber muss ich noch nachdenken. Saubere Arbeit, Kumpel. Wirklich. Sag das auch den anderen. Jetzt hau dich erst mal aufs Ohr. Wir werden uns später nochmal unterhalten.

Okay. Ich bin weg.

Dann war wieder Stille in Marcus´ Kopf. Er ging zum Fenster und sah die ersten Sonnenstrahlen am Horizont. Die Lage stellte sich jetzt besser dar, obwohl sie in der Tat nichts von den neuen Erkenntnissen offiziell verwenden konnten. Aber sie hatten jetzt Gewissheit. Sie wussten nun, mit welchen Waffen der Feind zuschlug und mit welchem Menschenschlag sie es zu tun hatten. Daraus musste sich doch etwas entwickeln lassen.

Kapitel 17

Tau materialisierte sich in der von Rho programmierten virtuellen Umgebung. Sandteufel wirbelten über den Wüstenboden und zogen feine Spuren hinter sich her. Die knorrige Eiche wiegte sich ächzend im leichten Wind. Eta und Rho waren bereits vor Ort und wie Tau in ihre Kabuki-Tarnung gehüllt. Man verzichtete auf die üblichen Begrüßungsfloskeln, was dem Neuankömmling ganz recht war.

»Haben Sie es dabei?«, fragte Eta.

»Natürlich«, antwortete Tau. »Wie wir es besprochen haben.«

»Dann geben Sie es ihm.«

Rho trat vor, hob die rechte Handfläche und hielt sie Tau hin. Tau imitierte die Bewegung und platzierte seine Rechte so vor Rhos Hand, dass sich ihre Fingerspitzen fast berührten. Sie hielten die Position der Hände, bis sich über Taus Handfläche eine kleine weiß leuchtende Kugel von der Größe einer Walnuss zu bilden begann. Die Kugel pulsierte und bewegte sich langsam von Tau weg auf Rhos Hand zu. Als sie darüber zum Stillstand kam, begann die Kugel, wieder zu schrumpfen, bis sie schließlich verschwunden war. Beide senkten ihre Hände.

»Daten sind übertragen«, sagte Tau.

Rho schien kurzzeitig abwesend zu sein, doch dann bestätigte er: »Daten erhalten.«

»Ausgezeichnet.«

Eta schien erfreut über den reibungslosen Übertragungsvorgang. Die Datensätze, die Tau besorgt hatte, waren streng geheim.

»Ich weiß, Sie dürfen darüber nicht sprechen, wie Sie das geschafft haben. Aber ich will Ihnen trotzdem sagen, dass wir hiermit unserem Ziel einen großen Schritt nähergekommen ... «

»Lassen Sie es gut sein«, fuhr Tau dazwischen. »Ich verrate

hier gerade meine Welt und habe längst tausende Menschen ins Unglück gestürzt. Ich kann auf Ihre politischen Lobreden, die sowieso nichts wert sind, gern verzichten. Halten Sie einfach Ihren Teil der Abmachung ein.«

»Natürlich«, entgegnete ihm Eta. »Trotzdem, gute Arbeit.«

Tau nickte ihm zu. »Dann sind wir hier wohl fertig. Lassen Sie es mich wissen, wenn Sie noch etwas benötigen. Meine Herren.«

Damit löste sich Taus Erscheinung auf.

»Er fängt an, unter dem Druck zu leiden«, bemerkte Adrian. »Glaubst du, dass er das bis zum Ende durchsteht?«

Viktor sah sich die alte Eiche an und fuhr mit seiner Hand nachdenklich über die Rinde.

»Glaub mir, mein Freund. Taus Motivation ist so groß, er wird bis zum bitteren Ende durchhalten. Daran habe ich keine Zweifel.«

»Na, wollen wir es hoffen. Wenn er zusammenbricht, wirst du mir seine Identität geben müssen. Dann werde ich mich um das Problem kümmern, und zwar endgültig.«

Datum: 22. April 2287 – Terra-Standardzeit

Connelly und Adrian Saavredu schritten durch die Gänge in Richtung des Raums, den sie für ihre Besprechung ausgesucht hatten. Er lag etwas abseits des allgemeinen Bordlebens der *Rubikon* und die übrigen Mitglieder der Besatzung wussten mittlerweile aus Erfahrung, dass ein neuer Einsatz kurz bevorstand, sobald sich die beiden dorthin zurückzogen.

An der Tür angekommen gab Connelly einen Öffnungscode ein und die beiden betraten den Raum. Den winzigkleinen Kreiselspion, der aus seinem Versteck hinter einem Deckenträger hervorgeschwebt kam und ihnen folgte, bemerkten die beiden dabei nicht. Kaum durch die Tür geschlüpft glitt die Sonde in eine Ecke des Raumes, wo sie unsichtbar und geräuschlos ihre Position hielt. Ein Schiffsdeck über Saavredu und Connelly klappte Sam Reilly zufrieden eine kleine Fernsteuerung zusammen. Sein Kreiselspion hatte es endlich durch diese Tür geschafft.

Sam hatte von Anfang an viel Zeit darauf verwandt, das Leben an Bord zu lesen. Er erforschte die Gewohnheiten der Offiziere und der Mannschaften und war bald im Bilde, wie auf der Kommandoebene gearbeitet wurde, wer charakterlich stärker oder schwächer war und wie sich die Mannschaft in bestimmten Situationen verhielt. Aber es hatte einfach nie geklappt, den Kreiselspion bei Saavredus und Connellys Planungsbesprechungen zu platzieren. Zumal die beiden am Anfang der Mission ihre Besprechungsräumlichkeiten regelmäßig wechselten. Kaum hatte Sam den Öffnungscode des aktuellen Raumes herausbekommen, zogen sie ins nächste Zimmer um.

Mittlerweile war die Entscheidung wohl endgültig für den Raum kurz vor der schwarzen Zone gefallen; wohlwissend, dass die Nähe zu diesem Bereich des Schiffes allzu neugierige Ohren und Augen fernhalten würde.

Sam schätzte, dass die schwarze Zone irgendwann zum Problem werden konnte, denn es kam immer wieder zu unerklärlichen Ereignissen. Die Zone erstreckte sich über die untersten vier Decks im Kiel des Schiffs zwischen den Abschussvorrichtungen der Primärwaffe und der Antriebssektion. Die rätselhaften Vorgänge, die mittlerweile auch Connelly und Saavredu in Sorge versetzten, erstreckten sich über unerklärliche Ausfälle der Bordkommunikation, das Versagen von Reparaturausrüstung bis hin zur Reaktivierung von Schiffsbereichen, die normalerweise nicht genutzt wurden und von der Versorgung mit Energie abgetrennt waren.

Der bemerkenswerteste Vorfall ereignete sich, als zwei Männer des Wartungsteams sich in die schwarze Zone aufmachten, um drei Energiekonverter zu reparieren, die vermutlich auch infolge der merkwürdigen Ereignisse ausgefallen waren. Kurz nach Verlust des Blickkontaktes brach die Kommunikation mit ihnen ab. Nach zwei Stunden ohne Nachricht schickte der Offizier vom Dienst drei Männer in die Zone, um nach den Technikern zu suchen. Nach einer weiteren Stunde kamen die drei schwer eingeschüchtert zurück und berichteten von seltsamen Lichteffekten auf den Wänden und eigenartigen Verzerrungen der Realität, woraufhin sie die Suche abgebrochen hatten. Hinterher schworen sie Stein und Bein, dass sie sich nicht länger als zwanzig Minuten in der Zone aufgehalten haben konnten.

Der OvD informierte Connelly, der daraufhin befahl, niemanden mehr in die Zone hinein zuschicken und erst einmal abzuwarten. Wieder eine Stunde später kamen die beiden vermissten Techniker des Wartungsteams fröhlich flachsend um die Ecke geschlendert, hinter der sie vier Stunden zuvor verschwunden waren und verstanden nicht, warum um ihre glückliche Rückkehr ein solches Drama gemacht wurde. Die Konverter hatten sie schnell repariert gehabt und waren froh gewesen, dass der ganze Einsatz nicht länger als eine halbe Stunde in Anspruch nahm. Als man ihnen sagte, dass man sie hingegen ganze vier Stunden vermisst hatte, konnten sie nur ungläubig staunen.

Solche und ähnliche Ereignisse ließ die gesamte Besatzung einen großen Bogen um die schwarze Zone machen. Connelly ordnete an, nur für die notwendigsten Tätigkeiten Personal dorthin zu schicken.

Sam ließ sich davon nicht abhalten. Er erforschte die Zone, soweit es ihm möglich war, hielt sich aber möglichst nicht lange dort auf. Er wollte auf keinen Fall, dass man auf ihn aufmerksam wurde, weil ein weiteres Rettungsteam losgeschickt werden musste, um ihn zu suchen.

Sam hatte den Kreiselspion so programmiert, dass er sich beim Aktivieren des Türschlosses einschaltete und durch die Tür flutschte, sobald sie geöffnet wurde. Ein Dutzend dieser kleinen Helfer verrichtete an wichtigen Orten auf dem Schiff seinen

Dienst und versorgte Sam mit Informationen. Die Kreiselspione ähnelten kleinen Münzen von etwa der halben Größe eines Fingernagels. Sie flogen mit Hilfe eines Magnetfelds, das sie durch schnelle Rotation um ihre vertikale Achse erzeugten. Die Energie für den winzigen Elektromotor konnte der Kreiselspion überall da durch Ferninduktion abziehen, wo starke elektrische Ströme entlangliefen. Der Elektromotor versorgte auch Kamera und Mikrofon, die alles in einem Umkreis von fünfzehn Metern in bester Bild- und Tonqualität aufzeichneten.

Dieses Mal hatte er Glück, denn er konnte Saavredus und Connellys Gespräch unmittelbar mitverfolgen, während er in seiner Kabine saß, die er sich mit Domingo von der grünen Staffel teilte. Domingo war einer der wenigen im gesamten Haufen, die wirklich etwas im Kopf hatten, und Sam bedauerte es fast, dass der Mann nach dem Scheitern der Mission den Rest seines Lebens wohl auf Sixtus würde verbringen müssen. Aber für Sentimentalitäten war in seinem Geschäft kein Platz. Sam steckte sich einen kabellosen Hörer ins Ohr und begann, dem Gespräch zu lauschen.

»Unser nächstes Ziel ist wie geplant die Erde.« Adrian verschwendete keine Zeit. »Es läuft alles wie am Schnürchen. Jetzt, da Skyye mit dem Embargo zu kämpfen hat, wäre eine Racheaktion schließlich ein durchaus nachvollziehbarer Schritt. Außerdem trifft sich der Rat in sechs Tagen gemäß dem Standardterminplan zu einer regelmäßigen Konferenz im Regierungsbezirk. Im Moment sind alle Mitglieder des Rates wohlauf und werden daran teilnehmen. Der Thompson-Tag ist der perfekte Zeitpunkt.«

»In Ordnung«, antwortete Connelly. »Die Codes für die planetare Verteidigung haben Sie? Ohne die können wir uns auch gleich selbst in die Luft jagen. Das wird keine so einfache Angelegenheit wie bei Fjedrograd.«

Adrian zog ein Datenpad hervor. »Ist alles hier drauf. Wir werden heute auch schon die nächsten Ziele festlegen. Dadurch sparen wir Flugzeit, denn diesmal will ich eine schnelle Schlagfolge. Haben wir die kommenden vier Aktionen erst durchgezogen, wird die Galaxie nicht nur die Köpfe des fünften Kontingents verlangen, sondern auch gleich die von Skyyes Regierung. Das wird unser Vorhaben insgesamt vorantreiben.«

Adrian lehnte sich zurück und schob ein weiteres Datenpad in den Holoprojektor. Das Bild einer Region erschien, die als das Tor zu Babylon bekannt war. Drei Welten leuchteten darin hell auf. Connelly studierte das Bild und begann, ihre Route zu planen.

»Die Ziele liegen weit auseinander. Eine schnelle Abfolge von Schlägen wird da schwer umzusetzen sein. Zumal auch die Erde nicht gerade ein Spaziergang werden wird. Wir müssen vielleicht Zeit für Reparaturen einrechnen.«

»Deshalb muss der Plan perfekt sein. Wenn alles funktioniert, wie wir es uns vorstellen und es die gewünschten Opfer gegeben hat, stehen unsere Verbündeten bald vor dem Ziel.«

Sam saß geschockt auf seinem Bett. Die Erde, der innerste Kern der menschlichen Gesellschaft, war das nächste Ziel. Aber der Orbit der Erde war so schwer befestigt, dass niemand ohne aktuelle Durchfluggenehmigung auch nur in die Nähe der Atmosphäre kam. Und was meinte Saavredu mit »gewünschten Opfern«? Den Regierungsapparat? Das hätte sicherlich weitreichende Folgen für die Administration, ließe sich aber mit geschickter Reorganisation schon bald in den Griff kriegen. Und die großen Sechs hätten sicher nichts dagegen, für unbestimmte Zeit noch etwas mehr Handlungsspielraum zu erhalten.

Oder waren die Ratsmitglieder gemeint? Unmöglich. Niemand griff die oberste Führungsriege der menschlichen Zivilisation an. Der Luftraum über Atlantika galt als der sicherste, der je über irgendeiner Stadt eingerichtet worden war.

Sam vergewisserte sich, dass das Gespräch zwischen Connelly und Saavredu von seiner kleinen Steuereinheit aufgezeichnet wurde. Er hörte den beiden weiter zu und ihm wurde klar, dass es für die Erde schon keine Rettung mehr gab. Irgendeine Quelle hatte sie mit allen benötigten Durchflugscodes ausgestattet. Damit konnte die orbitale Verteidigung mit ein paar Tastendrücken ausgeschaltet werden. Das bedeutete: keine Kampfsatelliten, keine aktiven Raketenbasen und eine viermal so lange Vorwarnzeit für die Abfangjägergeschwader. Am Ende des Gesprächs wusste Sam, dass die von Menschen bewohnte Galaxie bald ins Chaos gestürzt werden würde.

Das Briefing am nächsten Tag verlief ungewöhnlich ruhig. Nicht einer der Piloten stellte eine Zwischenfrage, obwohl Connelly mehrfach dazu aufforderte. Den Männern und Frauen war vollkommen klar, welche Auswirkungen dieser nächste Einsatz auf die Geschicke der Administration haben würde. Außerdem war ein Angriff auf die Erde etwas so Unglaubliches, dass niemand je damit gerechnet hatte.

Wie bei der Attacke auf die Vlad-Antonov-Fabrikstadt wurden wieder Angriffsteams gebildet, die den Raum um die *Rubikon* von Gegenangriffen freihalten sollten. Obwohl die Codes für die Deaktivierung der Orbitalverteidigung vorlagen, gab es immer noch genügend erdgebundene Verteidigungseinrichtungen, deren Reichweite sich bis zum Trägerschiff erstreckte. Also wurden die Angriffsteams wieder mit deren Zerstörung betraut, bevor die *Rubikon* ihre Primärwaffe abfeuern würde. Alles nichts Neues, nur das Ziel Erde verlangte allen Männer einiges an Ehrfurcht ab.

Am nächsten Tag begannen die Teams erneut damit, ihre Angriffsmuster zu erarbeiten, doch in allen Gruppen war die Euphorie, die normalerweise vor einem neuen Einsatz aufbrandete, einer kühlen Nüchternheit gewichen. Jeder wusste, dass sie dieses Mal für wirklich tiefgreifende Veränderungen sorgen würden. Danach gab es wahrlich keinen Weg mehr zurück. Dazu kam die Sorge, dass es eigentlich langsam Zeit für eine Schlappe war. Jeder Kampfpilot bekam während seiner Ausbildung eingepaukt, dass man nicht endlos Glück haben und Siege einfahren konnte. Das galt besonders bei Einsätzen im Raum. Irgendwann würden Fehler gemacht werden und Kameraden würden sterben. Bis jetzt hatten sie Glück gehabt. Die Zahl ihrer eigenen Verluste war erstaunlich gering, aber insgeheim rechnete jeder mit einem Rückschlag. Und ausgerechnet jetzt ging es zur Festung Erde.

Sam hatte lange nachgegrübelt, wie er eine Nachricht an seine Leute bei Salamander schicken konnte, ohne dabei enttarnt zu werden. Das war eine schwierige Aufgabe. Seine üblichen Methoden, für die er auch verstecktes Equipment dabei hatte, funktionierten hier nicht und die *Rubikon* steuerte bewohntes Terrain nur an, um dort ein Ziel zu zerstören. Bei einer solchen Kampagne gab es natürlich nie Urlaub und für die gesamte Mannschaft war die *Rubikon* über Monate hinweg ihr Zuhause. Auf irgendeinem Raumhafen eine Nachricht zu hinterlassen, war schlicht unmöglich, bis Sam schließlich die richtige Idee kam.

Achtzehn Stunden vor dem Sprung zur Erde waren alle Vorbereitungen abgeschlossen, sämtliche Angriffsschemata erstellt, die nötigen Programmierungen durchgeführt und alle *Shepherds* startbereit. Sam betrat die Wartungshalle durch einen Nebeneingang und ging an den Maschinen seiner Staffel entlang. Jede war in perfektem Zustand und sah mit ihrem aggressiven Profil faszinierend aus. Als er vor seinem *Shepherd* stand, sah er sich um. Am gegenüberliegenden Ende der Halle arbeiteten zwei Mechaniker an einem Flieger der weißen Staffel. Sie waren so konzentriert, dass sie ihn nicht bemerkten.

Sam ging zum Backbordflügel und betrachtete eine der beiden Tennex-Schmelzbomben. Diese Eier vermochten sich durch die dicksten Bunkerwände zu brennen, bevor sie explodierten. Er griff in eine Tasche und holte einen kleinen Elektroschrauber hervor. Damit löste er vier Schrauben der Verkleidung und nahm eine Platte von der Größe seiner Hand ab. Dahinter lag der Zündmechanismus der Bombe. Sam schob einige Kabel beiseite, bis das gesuchte Element frei lag, ein kleiner rechteckiger Steuerblock. Der regelte den Zündvorgang, aber Sam wollte die Bombe nicht explodieren lassen.

Er löste drei Halteklammern, zog zwei Steckverbindungen auseinander, nahm den Steuerblock heraus und ließ ihn in seine Hosentasche gleiten. Dann zog er einen mit einem Peilsender kombinierten Speicherchip hervor, auf den er das Gespräch zwischen Connelly und Saavredu zusammen mit einer Nachricht kopiert hatte. Er schob den Speicherchip anstelle des Steuerblocks in den Hohlraum. Als Nächstes begann er, bestimmte Steckverbindungen zu lösen und neu zusammenzufügen. Damit sorgte er dafür, dass die Bombe bei der Flugleitung weiterhin als funktionsfähig erkannt wurde und sich der Peilsender beim Abwurf automatisch aktivierte. Nur die entscheidenden Kabel, die die Bombe explodieren ließen, blieben voneinander getrennt. Sam schob die Verkleidungsplatte wieder an ihren Platz und schraubte sie fest.

»Hey, Flyboy. Was machst du da?«

Sam fuhr herum. Einer der Mechaniker, die vorhin noch an der Maschine der weißen Staffel arbeiteten, kam auf ihn zu.

Verdammt, fluchte Sam innerlich. Glücklicherweise war der Mechaniker noch so weit entfernt, dass er wahrscheinlich nichts von Sams Manipulation der Bombe mitbekommen hatte. Trotzdem musste er ihn davon abhalten, sich die Maschine noch mal genauer anzusehen. Grinsend ging Sam auf den Mechaniker zu.

»Alles locker, Mann. Ich konnte nicht schlafen. Da hab ich mir einfach nur nochmal meinen Vogel angesehen. Alte Angewohnheit.«

»Glaubst du etwa, wir bereiten deine Maschine nicht richtig vor, Flyboy?«, schnauzte der Mechaniker. »Es ist immer dasselbe mit euch arrogantem Pilotenvolk. Ihr sitzt in euren Kisten, werft in hundert Kilometer Höhe eure Spielzeuge ab und verschwindet wieder. Oder ihr kommt nach einem Luftkampf mit hundert Löchern im Rumpf zurück und wir dürfen Sonderschichten schieben, bis die Mühle wieder glänzt.«

Sam seufzte innerlich. Der ewige Konflikt zwischen Piloten und Mechanikern hatte eine so lange Tradition, wie es die Fliegerei gab und er wollte sich keine weitere Episode davon antun.

»Komm runter, Alter. Hab ich vielleicht irgendwas gesagt? Ihr leistet alle Spitzenarbeit. Ohne euch wären wir aufgeschmissen. Also beruhig dich, okay?«

»Nichts ist okay, Flyboy. Ihr Typen geht mir einfach auf den Sack.«

Der Mechaniker wandte sich ab und ging zu seinem Kameraden zurück. Offenbar hatte er nur etwas Dampf ablassen wollen und da bot es sich geradezu an, einen Vertreter des natürlichen Feindes ordentlich anzuschnauzen. Sam sah dem Mechaniker kurz hinterher, dann ging er kopfschüttelnd davon. Er warf noch einen letzten Blick auf die Bombe. Vielleicht konnte Skyye jetzt endlich aktiv werden, denn die üblen Nachrichten über das Embargo gegen seine Heimatwelt bereiteten Sam nicht wenige Sorgen.

Kapitel 18

Datum: 28. April 2287 – Terra-Standardzeit

Viktor Bashkoff und sein Sekretär Tonshi blieben ungerührt stehen, als sich das Shuttle seines Vaters auf einem der sechs Landeplätze mit fauchenden Triebwerken niederließ. Hinter dem Shuttle landeten zwei kleine Kanonenboote, die die *Toryiu*, Sergej Bashkoffs persönliches Transportschiff, seit ihrer Ankunft im Orbit der Erde begleitet hatten.

Die Landeplätze umschlossen ein Areal, das als das Zentrum des Lichts bezeichnet wurde. Jeder Vertreter der Großen Sechs hatte seinen eigenen Landeplatz und einen eigenen Zugang zu dem gewaltigen Tagungskomplex, in dem sich die Konzernoberen und die Regierung in ihrer Funktion als Terranischer Rat trafen, um Regierungsgeschäften nachzugehen. Das Zentrum des Lichts lag genau in der Mitte des Regierungsbezirks von Atlantika. Abgeschirmt von der Außenwelt und beschützt von einem Regiment Elitesoldaten wurden hier die Weichen für die Zukunft gestellt, und niemand außerhalb der Regierung konnte ohne Einladung eines Mitglieds des Terranischen Rates diesen Komplex betreten.

Die Einstiegsluke des Shuttles öffnete sich und eine Treppe wurde ausgefahren. Drei schwarzgekleidete und maskierte Männer traten heraus. Sie blieben auf der Treppe stehen und sahen sich misstrauisch um. Nachdem sie entschieden hatten, dass die Lage sicher war, gab einer ein Zeichen und die drei stiegen die Treppe herunter. Danach trat ein alter, weißhaariger Mann in einem dunkelgrauen Anzug heraus und folgte ihnen mit vorsichtigen Schritten. Der Mann schien an die siebzig Jahre alt zu sein, aber jeder konnte die Autorität und die Stärke fühlen, die er ausstrahlte. Obwohl die Bashkoffs mongolische Wurzeln hatten, stammte ein Teil ihre Blutlinie aus dem westlichen Teil des europäischen Kontinents, was ihrem äußeren Erscheinungsbild eine kaukasische Note verlieh und man sie für Halbasiaten halten konnte.

Drei weitere schwarzgekleidete Männer traten hinter ihm aus dem Flieger und bildeten das Ende der Gruppe. Sergej Bashkoffs persönliche Leibgarde, alles hochspezialisierte Personenschützer der Sicherheitsabteilung, ließ ihren Herrn niemals unbegleitet irgendwo hingehen. Mit dem Neuesten an Waffentechnologie und Körpermodifikationen ausgerüstet bildeten die Leibwächter eine unüberwindbare Mauer vor jedem potentiellen Angreifer.

Sergej Bashkoff trat auf Viktor zu und der spürte, wie er schneller zu atmen begann. Er ärgerte sich innerlich über diese verhasste Angewohnheit.

Sergej sah älter aus, als die Anzahl seiner Lebensjahre vermuten ließ. Er verzichtete auf die Schönheitskorrekturen, die heutzutage so beliebt waren und stand zu jeder Falte in seinem Gesicht. Auffällig war eine münzgroße Scheibe an der linken Schläfe, sein Identifikationssensor. Jedes Mitglied des Terranischen Rates bekam vor seiner Amtseinführung einen solchen Sensor in die Schläfe implantiert. Von außen eher unscheinbar verbarg sich der entscheidende Teil des Sensors im Innern des Kopfes. Bei der Implantation wurden medizinische Nanobots eingesetzt, die haarfeine metallische Elektroden aus dem Sensor zogen und sie an den Windungen des Gehirns entlang ins Innere transportierten, um sie an bestimmten Stellen mit dem Gewebe zu verbinden. Die längsten Elektroden legten dabei einen Weg von dreißig Zentimetern zurück, die kürzesten drangen immer noch zehn Zentimeter tief vor. Jede Elektrode maß die Spannung und das Muster der Gehirnwellen im Neokortex. Das Ergebnis war ein einzigartiges und absolut fälschungssicheres Gehirnwellenschema. Jede Entscheidung, die ein Mitglied des Terranischen Rats fällte, musste durch eine Messung des Sensors an der Schläfe bestätigt werden. Es hatte dabei noch nie irgendwelche Schwierigkeiten gegeben.

»Mein Sohn!«, grüßte der Ältere mit einem jovialen Lächeln im Gesicht. »Es freut mich, dich zu sehen.«

Viktor verneigte sich tief vor seinem Vater. »Auch ich bin froh, dich nach so langer Zeit wiederzusehen, Vater«, sagte er, trat einen Schritt beiseite und hob einladend die Hand, um seinen Vater den Vortritt zu lassen. Sergej nickte knapp und sie betraten den Korridor, der in die große Konferenzhalle führte. Als sie an Tonshi vorbeigingen, verneigte auch der sich. Sergej beachtete ihn nicht.

»Wie war dein Flug?«, fragte Viktor.

»Ach, lang und strapaziös wie jeder Raumflug. Wenn man dabei nicht etwas arbeiten könnte, wären Reisen durchs All eher die Geißel der Menschheit als ihre größte Leistung. Bei meiner Arbeit auf dem Weg hierher habe ich unter anderem auch die Zeit gefunden, deinen letzten Halbjahresbericht zu lesen.«

»Sehr schön. Hast du irgendwelche Fragen?«

»Die habe ich in der Tat, mein Junge. Ich lese deine Budgetzuteilungen und frage mich, warum die Forschungsabteilung eine so großzügige Aufstockung ihrer Gelder erhalten hat. Und ich frage mich, warum über sechzig Prozent davon an die Forschungsgruppe Antriebstechnik gegangen ist, während der Rest der Abteilung nur marginale Budgeterhöhungen bekommt.«

»Eine Erhöhung war längst überfällig, Vater. Wir unternehmen in diesem Bereich viel zu wenig alternative Forschung, um neue Antriebsmöglichkeiten zu entwickeln.«

»Du hast das Budget vervierfacht. Wie kommst du auf die Idee, so viel Geld in diese kleine Abteilung zu stecken, wo andere Forschungsgruppen um jede Krone kämpfen müssen.«

Viktor war diese Problematik natürlich bekannt. Er hatte die Forschungsgruppe Antriebstechnik mit Geldern überschüttet, um dort neue Ressourcen aufzubauen. Deren Mittel waren in den Jahren nach der Einführung der neuesten Generation von Fusionsantrieben zurückgefahren worden und Viktor benötigte neue Kapazitäten für die Durchführung seiner Pläne.

»Ich habe zwei vielversprechende Abgänger der Nakajima-Universität einstellen können, deren bahnbrechende Forschungsergebnisse bei der ER-Generatorenentwicklung auf Basis des Blaufeuer-Kristalls uns äußerst nützlich sein werden und …«

Sergej ließ ihn nicht ausreden. »Du lässt wieder am blaufeuer-basierten ER-Generator arbeiten?«, fragte er verstimmt. »Haben wir nicht entschieden, dass wir darauf kein Geld mehr verschwenden, Sohn?«

»Natürlich haben wir das, Vater. Aber diese beiden haben eine so vielversprechende Theorie über die Erhöhung der Wurmlochstabilität aufgestellt, dass ich es für sinnvoll gehalten habe, jetzt einen neuen Versuch zu wagen. Wir reden von einer Effizienzsteigerung auf bis zu fünfzig Prozent des Voloniaskristalls.«

Sergej entgegnete nichts mehr, während sie weiter durch den hell erleuchteten Korridor gingen. Er schien in tiefes Nachdenken versunken. Dann: »Du glaubst tatsächlich, sie schaffen eine Effizienzsteigerung auf fünfzig Prozent?«

»Das glaube ich, Vater.«

Auch wenn Sergej Bashkoff einer der dreißig mächtigsten Menschen im menschlich besiedelten Raum war, steckte in seinem Inneren immer noch eine Krämerseele, die jede ausgegebene Krone gegen ihren möglichen Profit abwog. Mach keine Geschäfte, die sich nicht rechnen und konzentriere dich auf deine Stärken, das war schon immer der Grundsatz der Familie und des Konzerns gewesen. Aber vielleicht wurde es ja nun Zeit, ein Geschäft wieder aufzunehmen, das er lange für tot gehalten hatte.

»Also gut, mein Sohn. Du sollst das Geld haben. Aber ich möchte alle sechs Monate einen Fortschrittsbericht des Projektleiters erhalten. Haben wir uns verstanden?«

»Natürlich, Vater.«

»Ich werde dieses Budget vor den anderen Mitgliedern im Vorstand vertreten müssen. Dass ich dich zu meinem Beisitzer gemacht habe, ist nicht überall auf Zustimmung gestoßen, wie du weißt.« Sergej blieb stehen und sah seinen Sohn an. »Also enttäusche mich nicht, Viktor.«

»Das werde ich nicht«, antwortete Viktor. »Wenn alles läuft, wie ich es geplant habe, stehen uns großartige Zeiten bevor.«

Sie gingen weiter den Korridor entlang. Das Einheitsgrau der Stahlbetonwände des Flugfelds wich einer edlen, in Weiß und Gold gehaltenen Ausstattung. Sanftes Licht erfüllte die Gänge, das über geschickte Spiegelanordnungen von draußen ins Innere des Gebäudes geleitet wurde. Der eigentliche Konferenzraum war einer prächtigsten Säle, die Viktor je gesehen hatte, und er war jedes Mal von Neuem von seiner Schönheit angetan. Bilder und Statuen wetteiferten mit traumhaften Wandfresken, die von den begabtesten Künstlern ihrer Zeit geschaffen worden waren. Den Höhepunkt stellte ein Deckengemälde von Milo Vincenzo dar, dem größten Maler der vergangenen zweihundert Jahre. Glanz und Prunk allerorten. Sogar der Holoprojektor in der Mitte des luxuriösen ringförmigen Tisches war aus den edelsten Materialien gefertigt worden. Auch im Konferenzraum wurde das Licht durch Spiegel in den Saal geleitet und manches besonders prächtige Kunstwerk wurde separat angestrahlt.

Sergej und Viktor betraten als die letzten Mitglieder des Rates den Saal. Alle anderen waren bereits eingetroffen und unterhielten sich mit ihren Beisitzern und Mitgliedern der terranischen Fraktion.

Der Terranische Rat bestand aus den vier Vorstandsmitgliedern der Großen Sechs sowie den vier höchsten Vertretern der irdischen Regierung. Jedes Ratsmitglied hatte einen Assistenten an seiner Seite. Die Beisitzer besaßen jedoch kein Stimmrecht, sondern hatten nur beratende Funktion. Trotzdem war ihre Stellung hoch angesehen, denn alle Beisitzer galten als die potentiellen Nachfolger ihrer Mentoren. Während Sergej und Viktor zu ihren Plätzen gingen, begrüßte der Ältere seine Ratskollegen mit freundlichen Worten und auch Viktor verneigte sich mehrmals mit einem Lächeln. Die Begrüßung unter den Beisitzern fiel längst nicht so förmlich aus. Man schüttelte einander die Hände und fand sogar die Zeit für den einen oder anderen kleinen Scherz. Viktor bemerkte, dass einige der Beisitzer ihm unauffällig zunickten und er wünschte sich, sie würden damit aufhören.

»Meine Herren, lassen Sie uns Platz nehmen, damit wir beginnen können. Wir haben heute noch viel zu besprechen«, forderte Trevor MacRae, ein vollbärtiger Schotte von der terranischen Fraktion seine Kollegen auf. Alle setzten sich und Trevor, der für die heutige Sitzung den Part des Moderators innehatte, begann, die Agenda des Tages vorzulesen. Viktor hörte nur mit einem Ohr zu. Er versuchte, nicht zu oft auf die Uhr zu sehen und machte unbemerkt einige Atemübungen, um seine aufsteigende Nervosität zu kontrollieren, während der Rat über verschiedene Themen diskutierte. Es gab Abstimmungen über materielle Zuteilungen an bestimmte Systeme und die Neuregelung der Aktivperioden der Impulssprungtore. Alles eher unwichtiges Zeug.

Knapp zwei Stunden bat er in einem Antrag darum, mit einigen weiteren Beisitzern der Beratungsrunde vorübergehend fernbleiben zu dürfen, um mit ihnen konzernübergreifende Angelegenheiten besprechen zu können. Ganz, wie er es schon Wochen zuvor offiziell angemeldet hatte. Sie würden sich dazu in einen etwas entfernteren Konferenzraum zurückziehen und in spätestens einer Stunde wieder ins Zentrum des Lichts zurückkehren.

Nachdem sich Viktor und die sieben Beisitzer verabschiedet hatten, gingen sie schweigend zu einem kleinen Nebengebäude, das in fünfhundert Metern Entfernung lag. Eine kaum fassbare Spannung lag in der Luft, denn jeder von ihnen war sich im Klaren, was in den nächsten Stunden bevorstand.

Einer der Beisitzer, ein Engländer namens James Blair, schloss zu Viktor auf, der die Gruppe anführte, und brach das

Schweigen. »Wollen wir das wirklich tun? Noch können wir zurück und es verhindern.«

Blair fühlte sich sichtlich unwohl, und seine Augen wanderten hin und her, als ob er nach unerwünschten Zuhörern suchte.

»Die Aktion ist längst angelaufen«, beschied ihn Viktor und ging weiter. »Jetzt kann nichts mehr aufgehalten werden. Bekommen Sie kalte Füße, James? Sie stecken genauso tief in der Sache drin wie wir alle. Für keinen von uns gibt es einen Weg zurück.«

»Ich weiß. Tut mir leid, Viktor«, erwiderte Blair. »Wann geht es los? «

Viktor sah auf seine Uhr. »In dreiunddreißig Minuten.«

Als sie das Nebengebäude erreichten, ging die Gruppe nicht hinein, sondern stieg in einen Kleinbus, der im Hof vor fremden Blicken geschützt geparkt hatte und sofort losfuhr. Nach fünfzehn Minuten hielt er in der Auffahrt einer Villa, die ein wenig erhöht über dem Regierungsbezirk lag. Die acht Beisitzer stiegen wortlos aus und betraten das Gebäude. Dann sie setzten sich in das große Wohnzimmer und warteten.

»Zwölf Minuten bis zum Eintritt in den Normalraum. Flugdeck räumen!«

Die Stimme des Flugleiters dröhnte über den Hangar, und Techniker, die bis zuletzt an den *Shepherds* gearbeitet hatten, packten eilig ihre Werkzeuge zusammen und machten sich auf den Weg zum Ausgang. Die Beleuchtung wurde auf Nachtmodus geschaltet und in dem aufflackernden Rotlicht sahen die Maschinen aus wie sprungbereite Raubkatzen, bereit sich auf ihre Gegner zu stürzen.

Sam saß im Cockpit seines *Shepherds* und wartete wie die anderen Piloten nervös auf die Startfreigabe. Alle waren noch viel angespannter als sonst. In die Festung Terra einzudringen und das Zentrum des Lichts anzugreifen, erschien vielen trotz ihrer Söldnermentalität als zu gewagt und manch einer hatte vor den Kameraden mehr oder weniger offen seine Reue über die Teilnahme an dieser Kampagne zum Ausdruck gebracht. Das war Connelly und Claus nicht entgangen, die alle Zweifler mit einer Mischung aus Zuckerbrot und Peitsche wieder in die Spur gebracht hatten.

Vielleicht wird ja bald alles anders werden, dachte Sam. Er hatte sich entsprechend vorbereitet und war gewillt, die Nachricht in der Bombe an seiner Tragfläche sicher nach unten zu bringen. Aber das war eine Sache. Eine ganz andere war es, die örtliche Salamanderzelle darauf aufmerksam zu machen, dass es überhaupt eine Nachricht gab. Aber auch dafür hatte er vorgesorgt.

Er zog aus der Brusttasche seines Fliegerkombis einen kleinen, fingernagelgroßen Steckadapter und legte ihn vorsichtig auf eine Ablagefläche. Als Nächstes holte er den Magnetschrauber aus dem Werkzeugset unter dem Sitz hervor. Er setzte ihn an einer Schraube der Abdecktafel für die 3D-Radarkonsole an und entfernte sie. Dann legte er sie ebenso vorsichtig zu dem Adapter. So verfuhr er mit den fünf weiteren Schrauben, bis die Konsole lose in der Instrumententafel hing. Er nahm sie vorsichtig heraus und begann, auf der Rückseite einige Polyfaserkabel beiseitezuschieben. Nachdem er den gesuchten Stecker befreit hatte, atmete er noch einmal tief durch und zog ihn mit einem Ruck aus der Tafel heraus. Dann griff er nach dem Adapter und steckte ihn sorgfältig auf den herausgezogenen Anschluss. Während er arbeitete, wartete er auf die Meldung der Flugleitung, die nach nur wenigen Sekunden einging.

»Rot Drei, ich habe hier eine Fehlfunktion Ihres 3D-Radars. Können Sie das bestätigen?«

Sam hatte gewusst, dass die Meldung kommen würde. Die Telemetrie zwischen den *Shepherds* und der *Rubikon* übertrug jegliche Signalunterbrechung und logischerweise fragte die Flugleitung nach, sobald ein Fehler angezeigt wurde. Sam fummelte den Anschluss durch das Gewirr von Polyfaserkabeln und setzte ihn auf den zugehörigen Stecker auf, ohne ihn einzuschieben.

»Standby, Flugleitung«, antwortete er, »Ich checke das.«

Dann begann er, einige Knöpfe und Hebel an verschiedenen Instrumenten zu drücken, die der Flugleitung vorspielen sollten, dass er an dem Problem arbeitete. Dazwischen schob er den Stecker wieder fest an seinen Platz und begann damit, die Tafel festzuschrauben. Die Flugleitung würde unter all den eingehenden Signalen auch die Wiederbelebung der Radaranlage feststellen.

»Radaranlage wieder klar, Rot Drei. Konnten Sie den Grund für den Ausfall feststellen?«

»Negativ, Flugleitung. Ich habe nur ein paar Systeme neu gestartet. Muss wohl ein Fehlerstrom gewesen sein.«

»Verstanden, Rot Drei. Behalten Sie das im Auge. Wenn der Fehler nochmal auftritt, muss sich die Wartung darum kümmern.«

»Verstanden.«

Sam öffnete den Bordcomputer und programmierte eines der voreingestellten Impulsmuster des 3D-Radars um. Jede Radaranlage konnte auf unterschiedliche Umgebungsverhältnisse eingestellt werden, um die optimale Darstellung zu erzeugen. Sam veränderte die Einstellungen für Gebirgsflug so, dass das Radar einen zehnfach verstärkten Impuls aussandte und er veränderte auch dessen Frequenz. Er würde über seinem Ziel dann die Einstellung wechseln und für einige Sekunden den verstärkten Impuls aussenden. In dem von Funksignalen überfüllten Äther würde der Impuls nicht groß auffallen, aber die Salamanderzelle hörte diese spezielle Frequenz ab und, darauf spekulierte er, würde entsprechend reagieren. Denn dieser Impuls bedeutete: Nachricht abgesetzt. Unbedingt aufnehmen.

»Dreißig Sekunden bis Normalraumeintritt. Alle Stationen auf Grün.«

Connelly stand hinter seinem Sessel und hatte die Hände auf die Lehne gestützt. Die Spannung, die vor dem so waghalsigen Angriff auf der Mannschaft lag, war förmlich zum Schneiden. Die Männer und Frauen bedienten sorgfältig ihre Kontrollen und überprüften jede Einstellung zweimal. Die jungen Navigatoren, die die Wurmlochberechnung durchführten, saßen seit Stunden leichenblass in ihren Sesseln. Sie wollten sich auf keinen Fall ein zweites Fjedrograd erlauben, obwohl alle Sprünge nach jenem Flug störungsfrei verlaufen waren. Der Einzige, den das alles wieder völlig kalt zu lassen schien, war Adrian Saavredu. Er saß scheinbar unbeteiligt auf einem der hinteren Stühle und beobachtete wie ein wenig interessierter Gast die Szenerie.

Hoffentlich geht das heute gut, dachte Connelly. Seit der Angriff auf das Zentrum des Lichts auf dem Plan stand, plagte ihn ein schlechtes Gefühl. Immer wieder war er mit Claus und den Staffelführern das Angriffsmuster durchgegangen, hatte alle Einflugvektoren doppelt checken und ebenso oft die Funkanlage prüfen lassen. Eigentlich waren sie perfekt vorbereitet, doch das schlechte Gefühl wollte nicht verschwinden. Ach, zum Teufel damit, dachte er. Wir sind hier in Rekordzeit wieder verschwunden. Noch ein halbes Dutzend Angriffe maximal und die Sache ist erledigt. Dann hatten Adrian und seine Hintermänner ihre Staatskrise und konnten das Universum so umgestalten, wie sie es für richtig hielten. Er wäre dann längst sehr weit weg, würde sich aus dem Geschäft zurückziehen und vielleicht Bienen züchten.

»Achtung. Eintritt in den Normalraum in fünf … vier … drei … zwei … eins … jetzt.«

Die Umgebung verschwamm wie jedes Mal in Unschärfe und sprang nach drei Sekunden wieder an ihren Platz zurück. Die Navigatoren begannen sofort mit der Positionsfeststellung und ihre Finger flogen hektisch über Tastaturen und Holodisplays. Connelly richtete sich hinter seinem Stuhl auf.

»Navigation, wie ist unsere Position?«

Der Navigator, der damals den Sprung nach Fjedrograd berechnet hatte, drehte sich auf seinem Sessel um und grinste siegesgewiss.

»Kursabweichung liegt bei null Komma drei Meter. Befohlene Position erreicht.«

Wenigstens ein gutes Zeichen, dachte Connelly. Zeit für ein Lob. »Ausgezeichnet, Navigation. Gute Arbeit.«

Der Navigator drehte sich wieder zu seinen Kameraden um und erntete zwei Schulterklopfer.

»Funkoffizier, bereit zum Senden des Entschärfungssignals?«

»Alles bereit. Warte auf Ihren Befehl.«

»Dann senden Sie das Signal.«

Der Funkoffizier drückte ein paar Schalter und schickte das Entschärfungssignal auf die Reise.

Die normale Vorgehensweise beim Einflug in den Orbit der Erde sah so aus, dass ein eintreffendes Schiff ein Autorisationssignal an die Abwehrsatelliten weiter draußen im All sowie an die Kampfstationen rund um die Erde schickte. Zugriffsberechtigungen und Legitimationsanfragen wurden kontrolliert, automatisierte Rückfragen an die Bodenstationen geschickt und Antworten empfangen. Eine solche Autorisation wurde innerhalb einer Minute mehr als dreihundert Mal geprüft. Normalerweise musste als letzte Instanz der terranische Wachoffizier vom Dienst schließlich die Freigabe zum Einflug in den Korridor über dem Zentrum des Lichts genehmigen, indem er nach unbeanstandeten Prüfungen in einem der vielen Verteidigungstürme rund um den Regierungsbezirk den Freigabeschalter drückte. Zehn Sekunden später wurde die Durchfluggenehmigung gesendet und die Kampfsatelliten schalteten sich in den gesicherten Modus.

Das alles passierte diesmal nicht.

Es gab nicht mehr als eine Handvoll Autorisationscodes, die

die planetare Verteidigung ohne die Zustimmung des Bodenpersonals deaktivieren konnten und ihre Zeichenfolgen gehörte zu den bestgehüteten Geheimnissen. Nicht ein Satellit schaltete sich ein und erkannte hinter dem Skyye-Konsularschiff *Exeter*, das einen dieser Codes aussendete und unbehelligt auf seine Position über dem Zentrum des Lichts zuglitt, die getarnte *Rubikon*. Wenige Minuten später starteten die *Shepherds* und die Abschussschächte der Primärwaffe öffneten sich.

Der Verteidigungsring, der den Regierungsbezirk schützte, bestand aus fünf Sektoren, in deren Zentrum sich ein großes Zentralgebäude befand. Jedes dieser Gebäude war eine Festung für sich. Groß wie ein Hochhaus und schwer mit meterdicken Panzerwänden geschützt, koordinierten sie die unzähligen Verteidigungsanlagen, die in ihrem jeweiligen Sektor aufgebaut waren. Alle Zentralgebäude konnten mit ihren Waffen nicht nur jeden Punkt ihrer Sektoren erreichen, sondern dienten zudem als Abschussrampe für Raketen, die Angriffe aus dem All abwehrten. Die sechseckigen Gebäude bestimmten die Skyline des Regierungsbezirks und jeder Besucher der Hauptstadt war beeindruckt von ihrer Präsenz.

Der befehlshabende Oberst der Luftraumüberwachung über dem Regierungsbezirk beugte sich über den Holoschirm.

»Was ist denn?«.

Der Feldwebel, der ihn herbeigerufen hatte, deutete auf die Anzeigen. »Wir haben gerade ein vorrangiges Autorisationssignal empfangen und die gesamte Verteidigungsphalanx im Luftraum über dem Regierungsbezirk beginnt, sich abzuschalten.«

»Was? Wer zur Hölle ist das?«

Der Feldwebel rief die Daten auf.

»Absender ist das Konsularschiff *Exeter*. Gehört zum Bestand des freien Systems Skyye und ist zurzeit an die Vertretung auf Constance überstellt.«

»Das berechtigt sie noch lange nicht, unsere gesamte Verteidigung auszuschalten. Rufen Sie sie und fordern Sie sie auf, den Code sofort zu deaktivieren.«

»Neue Abtastung«, rief ein zweiter Feldwebel. »Die *Exeter* setzt offenbar fünf Landefähren in der Sperrzone ab.«

»Verdammt nochmal«, knurrte der Oberst. »Die Vorschriften sind unmissverständlich. Kein Absetzen von Tochterfahrzeugen über dem Regierungsbezirk. Sobald Sie jemanden dran haben, sagen Sie denen, sie sollen ihre Schiffe wieder aufnehmen und zum Raumhafen fliegen. Und zwar pronto.«

Der Feldwebel rief wie befohlen das Konsularschiff, während der Oberst sich die vorhandenen Daten über die *Exeter* ansah.

»Weiteres Abtasterergebnis«, rief der zweite Feldwebel.

Der Oberst sah auf dessen Holoschirm.

»Die fünf Kontakte lösen sich in viele, kleine Einzelkontakte auf, die sich jetzt in Dreiergruppen sammeln und ihre Geschwindigkeit massiv erhöhen. Ihr Kurs führt sie genau ins Zentrum des Regierungsbezirks.«

»Was ist da nur los?«, fluchte der Oberst. Eigentlich hätte er bei einer so dreisten Verletzung der Vorschriften sofort Großalarm auslösen müssen. Aber der Autorisationscode ließ ihn zögern. Er hatte erst einmal erlebt, wie ein solcher Code aktiviert worden war. Damals war er noch ein kleiner Unteroffizier auf einer Basis in Südamerika gewesen und Zeuge der Notlandung eines Mitgliedes des Terranischen Rates geworden. Maschinenschaden und Ausfall der Primärenergie. Die Basis befand sich in einer Hochsicherheitszone und hätte der Skipper des Schiffes nicht den Code gesendet, sie hätten das Ratsmitglied ohne zu zögern vom Himmel geschossen. Er griff an seinen Ohrhörer und schaltete sich in die Kommunikationsleitung zur *Exeter* ein.

»*Exeter*, hier spricht der wachhabende Offizier der Luftraumüberwachung. Sie haben widerrechtlich Tochterfahrzeuge mit Kurs auf das Zentrum des Regierungsbezirks abgesetzt. Rufen Sie Ihre Schiffe augenblicklich zurück oder ich muss trotz Ihres

Autorisationscodes Verteidigungsmaßnahmen gegen Sie einleiten.«

Er klinkte sich aus der Leitung aus und fragte: »Wann sind die unten?«

»Wenn sie dieses Tempo beibehalten, sind sie in drei Minuten auf Erdflughöhe.«

»Schalten Sie die Kameras der Überwachungssatelliten ein. Sehen wir uns mal an, wer uns da besuchen kommt.« Dann wandte er sich um und rief in den Raum: »Ich brauche eine Verbindung zur Flugabwehrkontrolle.«

»Kameras sind online.«

Die Schwärze des Weltraumes mit seinen funkelnden Sternen erfüllte den Holoschirm.

»Drehen Sie die Kamera. Drei Grad nach oben.«

Der Feldwebel bewegte die Kamera, bis er plötzlich vor dem Holoschirm zurückschreckte. Eine Gruppe Raumjäger jagte an dem Satelliten vorbei; und es waren nicht wenige. Es waren sogar so viele, dass man sie unmöglich zählen konnte.

»Abtaster, zur Hölle. Ich will eine Messung«, fauchte der Oberst.

Die Finger des Feldwebels wirbelten über die Konsolen und versuchten, die Daten zu beschaffen.

»Und holen Sie mir die *Exeter* auf den Schirm.«

Nachdem eine weitere Kamera neu ausgerichtet war, erschien das Raumschiff, das sich als *Exeter* identifiziert hatte, auf dem Holoschirm.

»Das ist nicht die *Exeter*«, sagte der Oberst leise.

Auf dem Holoschirm war ein gigantisches Raumschiff zu sehen, das überhaupt nichts mit den Abbildungen in der Datenbank gemeinsam hatte. Dieses Schiff hier war mindestens dreimal so groß und auf der Unterseite öffneten sich gerade riesige Luken, die den Blick in ein weißglühendes Inneres freigaben. Ein Alarmsignal begann aufzuheulen. Der Oberst fuhr herum.

»Was ist passiert?

Ein Offizier kam auf ihn zu. »Wir haben Alarm in unserem Sektor ausgelöst. Irgendjemand attackiert die anderen Verteidigungszonen aus der Luft und zerstört die Abwehranlagen. Offenbar handelt es sich um mehrere Staffeln AVKs. Die Maschinen greifen den Verteidigungsring an.«

Dem Oberst lief es eiskalt den Rücken hinunter. »Haben wir die Abwehrgeschwader gestartet?«

»Die Geschwader waren das erste Ziel. Infolge des Autorisationscodes wurde die Bereitschaftsstufe nicht erhöht. Bis jetzt wissen wir nur, dass das nördliche Hauptflugfeld gerade angegriffen wird.«

»Aber die Verteidigungstürme bekämpfen den Feind?«

»Die tun, was sie können.«

»Setzen Sie den gesamten Verteidigungsring unter Alarm. Jeder, der ein Gewehr tragen kann, ist ab sofort im Dienst.«

»Jawohl, Herr Oberst.« Der Offizier drehte sich um und gab Anweisungen.

»Schalten Sie auf die Außenkameras des Verteidigungsrings.«

Die Kameras zeigten Wehrtürme, die mit allem, was sie hatten, auf die heranjagenden *Shepherds* feuerten. Innerhalb weniger Minuten war aus den Verteidigungssektoren eine Kampfzone geworden. Immer wieder gingen kleinere Verteidigungsanlagen in Flammen auf, während von den angreifenden Maschinen anscheinend keine einzige getroffen wurde. Die *Shepherds* jagten elegant durch die Gebäudeschluchten und wichen anfliegenden Raketen oder grellrotem Laserbeschuss gekonnt aus. Wenn nicht bald Abfangjäger aufstiegen und die *Shepherds* abdrängten, konnte die Lage für das Zentrum des Regierungsbezirks bedrohlich werden.

»Wir müssen für Unterstützung sorgen. Die erdnahen Kampfsatelliten neu ausrichten. Vielleicht können wir ein paar von ihnen im Rücken erwischen.«

Einer der Feldwebel versuchte verzweifelt, wieder die Kontrolle über die Satelliten zu bekommen. Doch schließlich musste er aufgeben.

»Alle planetaren Verteidigungsanlagen sind immer noch offline, ich komme nicht gegen den Autorisationscode an. Wir können von hier aus nichts tun.«

Der Oberst biss die Zähne zusammen. Feindliche Angreifer im Zentralbezirk. Und wir haben sie einfach durchgelassen.

Der Angriff lief wie am Schnürchen. Nachdem die *Rubikon* weitab vom Standardeintrittspunkt in den Normalraum eingetreten war und den von Tau besorgten Autorisationscode gesendet hatte, gingen alle orbitalen Verteidigungssysteme in den Standby-Modus und die *Rubikon* konnte unbehelligt tief ins Orbit eindringen. Auf ihrer endgültigen Position angekommen startete sie sämtliche *Shepherds* mit Ausnahme der weißen Staffel. Die fünf Gruppen stürzten sich mit dem größtmöglichen Einflugwinkel in die Atmosphäre und ihre magnetischen Eintauchschilde wurden bis an die Grenze belastet.

Die blaue Staffel übernahm die Spitze. Sie flog mit waghalsigen Manövern ihr primäres Ziel an, das Flugfeld des Abfangjägergeschwaders, welches den Luftraum über dem Regierungsbezirk mit regelmäßigen Patrouillenflügen überwachte.

Das Timing des Angriffs war perfekt. Gerade rollte die letzte Patrouillenstaffel in die Hangars zurück. Die *Shepherds* fegten über das Flugfeld und die schwer gesicherten Gebäude. Obwohl der gesamte Fliegerhorst mit eigenen Flugabwehrbatterien ausgestattet war, schafften die Verteidiger es nicht, auch nur eine Rakete zu starten. Die feindlichen Maschinen teilten sich auf und zerstörten in der ersten Angriffswelle die Abschussrampen und die auf die Startfreigabe wartenden Abfangjäger der nächsten Patrouille. Eine einzige Plasmabombe, sauber gezielt zwischen den Jägern abgeworfen, ließ die Maschinen in einer Wolke aus Feuer vergehen.

Die nächste Welle richtete sich gegen die Gebäude des Fliegerhorsts. Ein weiteres halbes Dutzend Plasmabomben, ließ den Tower, das Verwaltungsgebäude, die Unterkünfte und die Reparaturhallen als brennende Höllen zurück, aus denen ebenso brennende Menschen ins Freie rannten und um Hilfe schrien.

Doch da war niemand mehr, der hätte helfen können, denn das Sanitätsgebäude und die Feuerwehrstation standen ebenfalls in Flammen. Die wenigen leicht verletzten oder unversehrten Männer und Frauen versuchten ihr Bestes, um dem Chaos Herr zu werden, doch es war ein aussichtsloser Kampf. Menschen mit schwersten Verbrennungen, Knochenbrüchen und großen offenen Wunden irrten jammernd und orientierungslos umher. Einigen fehlten Gliedmaßen, doch in ihrem Schockzustand liefen oder krochen sie einfach weiter. Es roch überall nach Feuer, brennendem Sekundärtreibstoff und verbranntem Fleisch. Schwarze Qualmwolken legten sich über das Gelände, die den Menschen die Atemluft raubten.

Der Tower konnte noch einen kurzen Notruf absetzen, bevor er getroffen wurde. Seine letzte Nachricht lautete: »Mehrere Jagdmaschinen greifen die Flugabwehrstellungen an. Eine Staffel bereits am Boden zerstört. Schicken Sie unbedingt Hilfe und alarmieren Sie …«. In dem Augenblick traf eine einzelne Bombe das Dach des Towers.

Der Angriff auf den Fliegerhorst dauerte keine zwei Minuten und hatte sämtliche Gebäude in ein brennendes Inferno verwandelt. Von den stationierten Abfangjägern war nicht ein einziger gestartet und von der Flugabwehr nichts mehr übrig. Mit einer Siegesrolle überflogen die Angreifer in enger Formation ihr Zerstörungswerk und machten sich auf zu ihrem zweiten Ziel.

Für den Rest des Geschwaders begann es nach dem Angriff der blauen Gruppe schwieriger zu werden. Der Überraschungseffekt war verbraucht. Kurz nach dem Eintauchen in die Atmosphäre lösten sich die *Shepherds* in Dreiergruppen auf und flogen ihre Ziele an. Die Hauptaufgabe der Jäger war die Zerstörung der Flugabwehrabstellungen mit großer Reichweite. Sie sollten jede Anlage ausschalten, die bis ins höhere Orbit feuern und damit die *Rubikon* treffen konnte.

Noch während das Flugfeld unter Beschuss lag, wurde im gesamten Verteidigungsring Großalarm ausgelöst. Die Flugabwehranlagen richteten ihre elektronischen Augen aus und fanden schnell zahlreiche Ziele. Die *Shepherds* mussten sich durch Laserstrahlgewitter und Wolken aus silbrig schimmernden Impulsgeschossen und ballistischen Projektilen kämpfen.

Jeder der Piloten konzentrierte sich ausschließlich auf sein primäres Ziel und die erdnahen Abwehranlagen wurden nur beschossen, wenn es für das Fortkommen notwendig war. Die Langstreckenlasergeschütze stellten das eigentliche Ziel dar. Davon gab es im Verteidigungsring über zwei Dutzend und jedes wurde von mehreren Erdkampfstellungen verteidigt. Das zweite und fast noch wichtigere Ziel waren die Zentralgebäude der fünf Verteidigungssektoren. In ihnen befanden sich nicht nur die Kommandozentralen. Dort in den obersten Stockwerken lagen auch die Abschussrampen der Flugabwehrraketen, und diese Rampen galt es unter allen Umständen zu vernichten. Um die Anlagen zumindest soweit zu beschädigen, dass keine Raketen mehr gestartet werden konnten, war jede Maschine, mit zwei Plasmabomben ausgerüstet. Diese Bomben hatten einzeln nicht die Sprengkraft, die schwere Bunkerdecke auf dem obersten Stockwerk eines Zentralgebäudes zu durchdringen, aber mehrere Treffer würden selbst diese massiven Bauten nicht wegstecken können.

Sam jagte zusammen mit Claus und Alvarez, einem Pilotenkameraden aus seiner roten Staffel ein weiteres Mal auf das Zentralgebäude im nordöstlichen Verteidigungssektor zu. Wie bei den zwei vorangegangenen Angriffen flogen sie durch ein Gewitter aus kohärentem Licht.

Bis jetzt war noch keiner von ihnen getroffen worden. Im Funkverkehr des Geschwaders hatten sie jedoch mitbekommen, dass bereits drei Maschinen so schwer beschädigt worden waren, dass sie den Angriff abbrechen und zurück zur *Rubikon* hatten fliegen müssen. Claus hatte darauf bestanden, dass jede angeschlagene Maschine sofort aus dem Kampf ausschied und sich in Sicherheit bringen sollte. Er wollte unter keinen Umständen noch mehr Maschinen verlieren.

»Nochmals bestätigen, Staffelführer. Zwei Treffer im Ziel.«

Es war Alvarez' Stimme, die Sam in seinem Helm hörte. Alvarez war zwar von kleiner Statur und er hatte sich eine Zeitlang einiges an kindischem Geschwätz von den anderen Piloten anhören müssen, aber nach ihrem Einsatz auf Porta Ferra war davon nichts mehr zu hören gewesen. Dort hatte er aus unmöglicher Entfernung einen Bombentreffer auf ein Geschütz gelandet und dann im Alleingang drei Abfangjäger ausgeschaltet.

»Zweiter Treffer an der Außenmauer eingeschlagen, Rot Sechs. Das reicht nicht. Wir müssen noch mal ran.« Claus' Stimme kam kühl und professionell wie immer über den Funk.

»Verdammt«, zischte Alvarez. Er war fest davon überzeugt, dass sein Abwurf auf das Dach des Zentralgebäudes im Ziel gelegen hatte. Aber Claus war in einem besseren Winkel darauf zugeflogen und konnte den Einschlag genau beobachten.

Von den sechs Bomben, die sie insgesamt mitführten, hatten sie bereits zwei auf die Langstreckenlaserstellungen abwerfen müssen. Eine Weitere konnte Claus punktgenau auf dem Dach des Zentralgebäudes platzieren. Die Explosion war gewaltig und das Bunkerdach bereits schwer beschädigt. Danach hatte Alvarez seine letzte Bombe abgeworfen und weiter Schäden erzielt, aber eben nicht in dem Ausmaß, dass aus den Abschussrampen mit Sicherheit keine Raketen mehr starten konnten.

Nur Sam trug jetzt noch beide Bomben unter den Flügeln. Er hatte sein Möglichstes getan, sich im Kampf zurückzuhalten und die Kollegen vorgelassen. Er konnte es auch vermeiden, während ihrer Angriffe auf die erdgebundenen Abwehrstellungen eine seiner Bomben abwerfen zu müssen, und hatte seine Ziele nur mit den Bordwaffen zerstört. Er musste die Bombenabwürfe solange wie möglich hinauszögern, denn er hatte noch längst keine passende Stelle gefunden, an der er seinen manipulierten Blindgänger hätte abwerfen wollen. Es musste eine Stelle sein, die zu Fuß erreichbar war, denn nach dem Angriff würde der gesamte Regierungsbezirk zur Sperrzone erklärt werden. Dann würden nur noch Spezialisten zu dem Blindgänger mit der Nachricht an Skyye vordringen können.

Als sie das Zentralgebäude das zweite Mal anflogen, hatte er endlich ein passendes Gebäude ausgemacht und musste jetzt nur noch die geplante Fehlfunktion vortäuschen.

»Sie sind dran, Rot Drei. An die Spitze.« Claus Stimme riss ihn aus seinen Gedanken. »Rot Sechs, auf Kontrollkurs.«

»Verstanden«, bestätigten beide.

Sam flog eine weite Rechtskurve und wartete kurz, bis Claus an seiner Steuerbordseite angekommen war und begann, die Verteidigungsanlagen mit seinen Laserkanonen zu beschießen.

Der Anflug war schwierig. Sam jagte im Tiefflug durch verlassene Straßencanyons und wich dem Beschuss durch Hakenschlagen aus. Er musste so tief wie möglich bleiben und erst im letzten Moment hochziehen. Dann gab es einen kleinen toten Winkel in den Geschützreihen, in dem er noch einmal beschleunigen, über das Gebäude hinwegfliegen und im richtigen Moment die Bombe auslösen musste.

Sams Herz klopfte heftig. Er schwitzte und rieb sich, so gut er konnte, den Schweiß aus den Augen. Dann raste er genau auf das Gebäude zu und das Abwehrfeuer wurde mit jeder Sekunde dichter. Claus´ vereinzeltes Gegenfeuer ging darin fast unter.

Gleich hochziehen. Gleich …

Für ein paar Sekunden musste er ungeschützt durch das Verteidigungsfeuer fliegen und betete, dass er nicht getroffen wurde. Das war der gefährlichste Moment des Anflugs.

Jetzt hochziehen.

Sam zog den Steuerknüppel zu sich heran und sah den blauen Himmel über den Regierungsbezirk. Von dem Sperrfeuer des Verteidigungsturms war nichts mehr zu sehen. Er schaute auf den künstlichen Horizont und gab Vollgas, während er den Steuerknüppel wieder nach vorn drückte.

Abwurf.

Sam drückte den Abwurfauslöser und die Bombe fiel. Genau auf die Mitte des Bunkerdachs. Die Explosion war wieder gewaltig, aber anders als bei den vorigen Treffern. Neben großen Trümmerstücken des Daches wurden jetzt auch metallische Teile weit in den Himmel geschleudert und eine grünliche Feuerwolke hüllte das Dach ein. Eindeutig eine unkontrollierte Verbrennung von Raketentreibstoff innerhalb der Abschussrampe.

»Ja, sauberer Treffer, Rot Drei. Genau ins Schwarze.« Alvarez' Stimme klang euphorisch. »Gar nicht so schlecht für ´nen Bodyguard.«

Sam hoffte, dass der Treffer nicht allzu viele Menschenleben gekostet hatte, als er die Maschine hinter dem Zentralgebäude wieder absenkte und zurück in den Tiefflug ging. Doch dann hörte er Claus´ Stimme.

»Abdrehen, Rot Drei. Sie fliegen in schweres Sperrfeuer.«

Sam sah vor sich das dichteste Sperrfeuer, in das er je geflogen war. Den Besatzungen der erdnahen Verteidigungsgeschütze waren die Treffer auf dem Dach ihrer Zentrale nicht entgangen und sie schienen jetzt voller Wut alles gegen den Feind zu werfen, was sie hatten. Viele Beinahetreffer schüttelten die Maschine durch und Sam musste all sein Können aufbieten, um den *Shepherd* stabil zu halten. Und genau vor ihm lag das Gebäude, das er sich als Ziel für seinen Blindgänger ausgesucht hatte. Er musste nur noch ein bisschen näher herankommen.

Sam ging noch tiefer, um zwischen den Häuserreihen Deckung zu finden, und das Sperrfeuer ließ etwas nach. Er schaltete das 3D-Radar auf die umprogrammierte Frequenz. Das Zielgebäude, eine große Bibliothek, behielt er fest im Blick.

Jetzt war es Zeit, die Show abzuziehen.

»Bin getroffen. Fehlfunktion der letzten Bombe.«

»Sind Sie manövrierfähig, Rot Drei?«

»Steuerung unbeschädigt. Aber meine Bombe hat was abgekriegt. Habe mehrere Meldungen über Fehlfunktionen im Sicherungssystem. Ich werde das Ding los. Damit zurückzufliegen ist zu gefährlich.«

»Verstanden. Weg damit und sofort aufsteigen. Alle Ziele sind zerstört und die Primärwaffe wird gleich eingesetzt.«

Man lässt uns wieder mal keine Zeit, dachte Sam und wich einer Wand aus Lasergeschossen aus. Er flog zwei weite Kurven und löste den Blindgänger über der Bibliothek aus. Gleich darauf drückte er auf den Sendeknopf des 3D-Radars. Der Sender strahlte den Impuls aus und der Holoschirm leuchtete grellweiß auf, als alle anderen Radarfunktionen für die Dauer der Sendung übersteuerten. Da Sam der Auslöser des Impulses war, konnte nur er den Effekt sehen, der für alle anderen Piloten unsichtbar blieb. Nach fünf Sekunden schaltete Sam das Signal wieder ab und löschte die einprogrammierte Frequenz. Dann drehte er die Maschine auf den Rücken und sah gerade noch, wie sich der Staub an der Stelle legte, wo die Bombe in den ersten Stock der Bibliothek eingedrungen war. Hoffentlich noch in einem Zustand, in dem man ihr die Nachricht entnehmen konnte, sonst wäre alles umsonst gewesen.

Auf dem Hauptschirm der Brücke war ein großes Fadenkreuz abgebildet. Darunter bewegte sich langsam eine stark vergrößerte Darstellung des Zentrums des Lichts auf die Mitte des Kreuzes zu. Connelly ließ sich laufend Berichte über Angriffe seiner Jäger und eventuelle Gegenaktionen geben. Obwohl alles nach Plan lief, machte er sich immer noch Sorgen. Ständig lief er zwischen den einzelnen Stationen auf der Brücke hin und her und überzeugte sich mit eigenen Augen, dass alle Missionsparameter eingehalten wurden. Und er wunderte sich wieder mal, wie Saavredu so gelassen die ganze Zeit auf seinem Sessel sitzen konnte. Nein, eigentlich wunderte er sich schon lange nicht mehr. Connelly schob den Gedanken beiseite und nahm wieder seine Position auf dem Sessel des Kommandanten ein. Eine weitere Minute verging, in der die Spannung auf der Brücke weiter anstieg.

»In dreißig Sekunden auf Abschussposition«, rief der Feuerleitoffizier. »Abschussschächte offen und feuerbereit.«

Jetzt geht es also los, dachte Connelly. Er stand wieder auf und ging zu Adrian, der sich unbemerkt erhoben hatte. Nun glaubte er, auch in Adrians Gesicht eine Spur von Anspannung erkennen zu können. Er flüsterte so leise, dass niemand sonst sie hören konnte.

»Wollen wir das wirklich tun? Das Ganze könnte ein Chaos auslösen, das selbst Sie und Ihre Freunde nicht mehr zu kontrollieren vermögen.«

Die Spur von Anspannung war wieder aus Adrians Gesicht verschwunden und er antwortete genau so leise: »Seien Sie unbesorgt, Major. Meine Leute werden die Situation vollkommen im Griff behalten. Führen Sie einfach nur Ihre Befehle aus.«

Connelly wandte sich ab und wartete auf das Bereitschaftssignal der Feuerleitstelle. Die letzten Sekunden zogen sich ins Endlose, bis der Offizier endlich die erlösende Meldung gab.

»Abschussposition erreicht. Bereit zum Feuern.«

Connelly ging ein paar Schritte nach vorn, holte tief Luft und sagte: »Feuer frei.«

Unten, tief im Kiel der *Rubikon*, leuchteten die Abschussrampen weißglühend auf, als die ersten Marschflugkörper ausgestoßen wurden.

Viktor stand allein auf der großzügigen, stilvoll mit exotischen Pflanzen dekorierten Terrasse der Villa. Er sah hinüber zum Zentrum des Lichts, dessen kolossaler Umriss sich deutlich von den umgebenden Gebäuden abzeichnete. Man konnte das Heulen von Alarmsirenen hören und an einigen Stellen innerhalb des Regierungsbezirks gab es Explosionen. Schwarze Rauchsäulen stiegen in den Himmel. Wenn man ganz genau hinsah, konnte man sogar die angreifenden *Shepherds* erkennen. Viktor wirkte nach außen völlig entspannt, doch in seinem Inneren brodelte es wie in einem Vulkan. Und es missfiel ihm sehr, dass er sich trotz all der Vorbereitungen immer noch so nervös erlebte.

»Wow, Ihre Leute hauen ganz schön auf den Putz.«

Luis Romero, ein Beisitzer von Norton-Harvard, war an Viktors Seite getreten, um das Schauspiel von der Terrasse aus besser verfolgen zu können. Für seinen Geschmack waren sie hier immer noch zu nah am Geschehen, aber diesen Gedanken behielt er für sich.

»Ja, sie leisten ganze Arbeit«, antwortete Viktor. »Wie sieht es drinnen aus?«

»Jimmy Blair hat sich wieder beruhigt. Ich konnte nicht umhin, Ihr kleines Gespräch auf dem Weg hierher mit anzuhören.«

»Kein Problem.«

»Dafür sitzen jetzt die anderen wie auf glühenden Kohlen.«

»Weil sie langsam kapieren, dass ab Morgen alles anders sein wird. Dann werden sie die unumschränkte Macht in ihren Sektoren haben und entscheiden können, was immer sie wollen.«

»Unumschränkte Macht kann aber nicht nur beflügeln«, bemerkte Romero. »Wer sich davon überfordert fühlt, wird das System eher lähmen, als es voranzubringen.«

»Deswegen sind wir viele. Wir werden einander unterstützen und so die Menschheit in eine neue und bessere Zukunft führen. Unsere Kameraden werden schon rechtzeitig wieder zurück in die Spur finden.«

»Weise Worte, mein Freund«, sagte Romero. »Ich hoffe nur, dass Sie recht behalten.« Er wollte wieder ins Haus gehen, hielt dann aber noch mal inne. »Ich habe noch zwei Fragen, wenn Sie gestatten.«

»Natürlich.«

»Falls in der Zeit, während der wir hier warteten, einer von uns mit aller Gewalt hätte aussteigen wollen, weil ihn sein Gewissen zu sehr plagt. Was hätten Sie getan?«

»Derjenige hätte das Gebäude nicht lebend verlassen«, antwortete Viktor. »Der Rubikon ist längst überschritten.«

»So was dachte ich mir schon. Die zweite Frage bezieht auf Ihr geheimnisvolles Schiff.«

»Und sie lautet?«

»Die Sicherheitsetage unter dem Zentrum des Lichts ist einer der am besten geschützten Orte auf der Erde. Glauben Sie wirklich, Ihr Piratenschiff hat genügend Feuerkraft, um die Bunkerwände zu durchdringen?«

Viktor wirkte einen Moment nachdenklich, dann antwortete er: »Ehrlich gesagt waren wir uns da in der Tat nicht ganz sicher. Mit genügend Zeit hätten wir es natürlich in jedem Fall geschafft. Aber Zeit war ja schon immer ein knappes Gut. Machen Sie sich keine Sorgen, Luis. Ich habe entsprechende Vorbereitungen getroffen, damit wir uns mit diesem Problem gar nicht erst befassen müssen.«

»Dann bin ich wieder einmal sehr gespannt, wie Sie das schaffen werden.« Luis Romero lächelte und ging zur Brüstung der Terrasse, schaute hinab auf seinen goldenen Chronometer. »Ah, es müsste gleich losgehen. Noch zwanzig Sekunden nach meiner Uhr.«

»Ihre Uhr geht nach«, erwiderte Viktor und deutete in den Himmel. Ein weißgoldener Flugkörper näherte sich in senkrechtem Flug der Erde und hinterließ einen hellblauen Streifen am Himmel. Dann tauchten mehr der Flugkörper auf, die alle ein gemeinsames Ziel anzusteuern schienen. Der Lärm ihrer Triebwerke tönte bis zur Villa. Mit jeder Sekunde, die verging, erschienen weitere, bis es schließlich Dutzende waren.

»Es geht gerade los.«

Major Ingersham rannte die Flure durch das Zentrum des Lichts entlang. Er bog blindlings um die Ecken und stieß zwei Angestellte des Kommunikationsbüros um, die ihm wütende Verwünschungen hinterherriefen. Als er schließlich den Eingang zum großen Saal erreichte, verlangsamte er seine Schritte und richtete im Gehen die Uniform. Er musste gleich in eine Sitzung des Terranischen Rates platzen und für diesen unglaublichen Verstoß gegen das Protokoll wollte er wenigstens ordentlich aussehen. Vor der großen Zugangstür standen zwei Männer der Wachgarde auf Posten. In den seitlich abführenden Gängen hatten sich die Leibwachen der Ratsmitglieder postiert. Der Wachgardist zu seiner Rechten streckte den Arm aus, als Ingersham näher kam.

»Kein Zutritt während der Sitzung«, sagte er knapp und in einem Ton, der keinen Spielraum für Verhandlungen zuließ.

»Bitte, Gardist. Ich muss vorsprechen. Es sind Dinge vorgefallen, über die der Rat informiert werden muss. Jeder Mann und jede Frau in diesem Gebäude befinden sich in höchster Gefahr. Lassen Sie bitte mich durch.«

Der Gardist hielt ihn am Arm fest. Ingersham war ein kräftiger Mann, aber dieser Klammergriff ließ ihn zurückzucken.

»Es gibt absolut keinen Grund, warum ich Sie hier hereinlassen sollte. Also gehen Sie und kommen Sie nach der Sitzung wieder.«

Dann begann die Alarmsirene anzuschlagen. Mit anschwellendem Ton dröhnte sie durch alle Gänge des Zentrums.

»Ich hoffe, ein Großalarm im Regierungsbezirk ist für die Wachgarde Grund genug, sich ausnahmsweise mal über das Protkoll hinwegzusetzen. Kann ich jetzt bitte eintreten und den Rat vor einer Gefahr für sein Leib und Leben warnen?«

Der Gardist sah seinen Kameraden an. Ingersham wusste, dass sie mit ihren Headlinks wortlos miteinander kommunizierten. Dann griff der Gardist nach dem goldenen Türöffner. »Ich mache das. Sie folgen mir und tragen Ihr Anliegen vor.«

Ingersham atmete erleichtert auf, als der Gardist die Tür aufschob und in den Sitzungssaal trat. Als sie durch die schwere Tür getreten waren, sah er die Mitglieder des Terranischen Rates allesamt mit verdutzten Gesichtern ob des ungewöhnlichen Alarms. Trevor MacRae stand gerade vor einer Holokarte und befand sich offensichtlich mitten in einer Erklärung über ein Abbaugebiet auf einer kolonialisierten Welt. Der Mann war sichtlich verärgert über die Störung.

»Was ist hier los? Gardist? Was soll die Alarmsirene und wer ist dieser Offizier?«

Ingersham trat vor und verneigte sich.

»Geehrte Mitglieder des Terranischen Rates. Mein Name ist Major Ingersham. Ich bin der zurzeit verantwortliche Wachoffizier des Zentrums des Lichts. Dieser Alarm ist der Grund für mein Eindringen in Ihre Sitzung. Es erschien mir unmöglich, Ihnen diese Nachricht über die Gebäudekommunikation mitzuteilen.«

»Was ist los, Wachoffizier?«, fragte MacRae mit offensichtlich rapide abnehmender Geduld.

»Ratsmitglied, ich muss melden, dass der Regierungsbezirk im Augenblick angegriffen wird. Feindliche Kräfte kämpfen sich soeben durch den Verteidigungsring von Atlantika. Unsere Einheiten haben bereits schwere Verluste erlitten.«

»Der Regierungsbezirk wird angegriffen?« MacRae konnte nicht glauben, was ihm dieser Soldat da sagte. Ein Raunen ging durch den Saal. So etwas hatte es seit dem Bau des Zentrums nicht gegeben. Die Vorstellung, dass sich feindliche Kräfte über der Hauptstadt Terras aufhielten, war angesichts der undurchdringlichen orbitalen Verteidigung schlicht undenkbar.

»Wer sind die Angreifer, Major?« Ein Ratsmitglied, das Ingersham als Sergej Bashkoff erkannte, hatte die Frage gestellt.

»Wir sind uns noch nicht sicher, Ratsmitglied. Wir werten zurzeit noch die verfügbaren Satellitenaufnahmen aus, aber wir haben festgestellt, dass es sich dabei um das Schlachtschiff handeln könnte, das unter dem Emblem des freien Systems Skyye seit Monaten die Industriewelten aller großen Konzerne terrorisiert.«

Die Gruppe der Ratsmitglieder geriet in Unruhe.

»Wie konnten die bis hierher vordringen?«, rief MacRae.

»Das wissen wir noch nicht. Dies ist auch sicher ein Umstand, den wir zu einem späteren Zeitpunkt noch genauer analysieren müssen. Aber in Anbetracht der Angriffsmuster, die wir bei den vergangenen Attacken dieses Schlachtschiffs erkannt haben, befürchten wir, dass die Jäger, die den Verteidigungsring angreifen, nur die erste Welle darstellen. Ich möchte deshalb die geehrten Ratsmitglieder dringend bitten, sich bis zum Ende des Alarms in die Sicherheitsetage zurückzuziehen.«

»Hat man schon das Hauptziel dieses Angriffs ausmachen können?«, fragte Bashkoff. Er war als Einziger ruhig geblieben, während die anderen begannen, miteinander zu diskutieren.

Ingersham holte tief Luft: »Wir befürchten, das Ziel ist das Zentrum des Lichts. Das Angriffsmuster deutet darauf hin: Die Zerstörung der Langstreckenflugabwehr, die Positionsveränderung und der Annäherungsvektor des Schlachtschiffs sind charakteristische Belege für einen Einsatz von Marschflugkörpern, wie sie das Schiff früher schon eingesetzt hat.«

»Er hat recht«, mischte sich ein weiteres Ratsmitglied ein. »Ich bin alle Aufzeichnungen durchgegangen, die es gibt. Diese Hunde gehen immer nach dem gleichen Schema vor. Erst die Verteidigungsanlagen zerstören und dann das Hauptziel angreifen. Bei Fjedrograd hätten wir sie fast erwischt, doch ihr Schiff muss über eine immense Feuerkraft verfügen.«

Eine Diskussion schien loszubrechen, und Ingersham sah die Zeit davonlaufen. Wieder ergriff Sergej Bashkoff das Wort. »Wie viel Zeit haben wir noch, bevor das Zentrum des Lichts attackiert wird, Wachoffizier?«

»Das wissen wir nicht genau. Im Moment finden noch Angriffe auf die Verteidigungsstellungen statt. Vielleicht noch eine halbe Stunde, vielleicht auch nur ein paar Minuten. Deshalb möchte ich Sie jetzt wirklich dringlichst auffordern, mir zur Sicherheitsetage zu folgen.«

Die letzten Worte hatte er schärfer ausgesprochen, als es ihm eigentlich zustand. Aber wenn man anders nicht auf ihn hörte? Zumindest schien selbst MacRae die Situation jetzt ernstzunehmen.

»In Ordnung, Major. Wir folgen Ihnen zur Sicherheitsetage.« Er wandte sich an seine Kollegen. »Meine Damen und Herren, erleichtern wir dem Mann seine Arbeit.«

Keines der Ratsmitglieder widersprach. Eilig wurden Unterlagen und Datenpads eingepackt, Netzwerkverbindungen getrennt und neu verschlüsselt. Dann folgte die Gruppe Ingersham aus dem Saal. Er wies die Ratsmitglieder an, den rechten Gang entlang zu gehen. Bevor er ihnen nach hastete, wandte er sich an den Wachgardisten.

»Das ist ein Evakuierungsalarm. Verschwinden Sie von hier und nehmen Sie jeden mit, der Ihnen begegnet. Ihr Bunker ist im nordwestlichen Teil der Anlage.«

Der Gardist nickte und ging davon. Auf einmal standen mehrere Dutzend Leibgardisten vor Ingersham, die ihre Herren in die Bunkeranlage begleiten wollten.

»Ich fürchte, das geht nicht«, sagte er dem Vordersten. »Die Sicherheitsetage ist zwar geräumig, hat aber längst nicht genug Platz für Sie alle.«

»Ich fürchte, es geht nicht, dass unsere Schutzbefohlenen ohne uns in die Sicherheitsetage gehen«, sagte der vorderste Gardist, ein muskelbepackter, weit über zwei Meter großer Riese im schwarzen Kampfanzug.

»Was ist los? Warum geht es nicht voran?« Bashkoff war zurückgekommen.

»Ratsmitglied, wir haben nicht genug Platz in der Sicherheitsetage, um alle Leibgardisten dort unterzubringen, und ich versuche gerade, das diesem Herrn klar zu machen.«

»Wir lassen unsere Schutzbefohlenen nicht allein, Exzellenz«, sagte der Riese.

»Verstehe. Für wie viele reicht der Platz?«

Ingersham kramte in seinem Hirn nach den Daten. »Maximal zwei Personen pro Ratsmitglied zusätzlich, für mehr reicht es wirklich nicht.«

»Na meinetwegen«, knurrte Bashkoff. »Typisch. Bei der Bauplanung wurde mal wieder am falschen Ende gespart. Das ändert sich wohl nie.«

Dann wandte er sich an die wartenden Leibgardisten. »Pro Ratsmitglied zwei Leibwächter. Der Rest geht in die öffentlichen Bunker. Entscheiden Sie sich schnell. Wir werden nicht warten.«

Dann griff er nach Ingershams Arm. »Kommen Sie, Major. Verlieren wir nicht noch mehr Zeit.«

Die Leibgardisten sahen einander hektisch an und kommunizierten wortlos. In Sekundenschnelle war die Entscheidung getroffen, wer mitging und wer zurückblieb. Die Gruppe löste sich auf und diejenigen, die bei ihren Herren blieben, folgten den Ratsmitgliedern. Die anderen liefen mit den Wachgardisten zu den öffentlichen Bunkern.

Die Gruppe folgte Ingersham durch ein breites Treppenhaus, das sie auf die Wartungsebene brachte. Sie kamen durch große Katakomben, vorbei an Steuerpults und dicken Rohrleitungen. Verwirrte Techniker, die dabei waren, die gewaltige Anlage am Laufen zu halten, verneigten sich, überrascht angesichts des hohen Besuchs. Während die Ratsmitglieder weitergingen, schickte Ingersham die Techniker mit der Anweisung, sich in Sicherheit zu bringen, nach oben. Er und seine Schutzbefohlenen betraten dann eine große Transportplattform, die sie neunzig Meter senkrecht nach unten brachte und dort vor einem Abgang stehenblieb.

»Folgen Sie mir«, sagte Ingersham. »Wir sind fast da.«

Sie folgten einem Gang, von dem weitere Abzweige in die Wartungskatakomben führten und standen schließlich vor einer

Zugangstür.

Die Sicherheitsetage war der am besten gesicherte Raum nicht nur auf der Erde, sondern wahrscheinlich auch der sicherste im ganzen Sonnensystem. Die Etage bestand aus einer einzigen weitläufigen Wohn- und Arbeitslandschaft, in der die Mitglieder des Terranischen Rates mindestens fünf Jahre von der Außenwelt abgeschirmt überleben konnten. Die Dicke der Wände war ein sorgfältig gehütetes Geheimnis und auch über die Energieversorgung gab es nur Gerüchte von exotischen, neuartigen Technologien, die in der Anlage verbaut waren.

Ingersham trat zur Seite. »Wenn bitte jemand von Ihnen die Tür öffnen würde.«

»Ich mache das.«

Sergej Bashkoff trat an das Kontrollpult heran, zog ein scheibenförmiges Lesemodul an einem dünnen Kabel heraus, führte es an seine Schläfe und drückte die Eingabetaste. Auf dem Bildschirm erschien eine Meldung.

Identifikation läuft …

Darunter erschien ein Fortschrittsbalken, der sich zu füllen begann. Diese Prozedur lief normalerweise zügig ab, aber jetzt dauerte der Identifikationsvorgang erstaunlich lange und der Balken bewegte sich ausgesprochen langsam. Als er schließlich voll war, wurde der Bildschirm schwarz.

»Na endlich«, brummte Bashkoff. Er entfernte das Lesemodul und wollte es gerade zurück in das Pult führen, als eine Nachricht auf dem Bildschirm erschien.

Identität nicht verifiziert …
Bitte wiederholen Sie den Vorgang.

Die Tür blieb verschlossen. Verdutzt las Bashkoff die Nachricht. Nicht verifiziert? Das ist doch völlig unmöglich. Er hatte heute schon dreimal seinen Sensor benutzt und jedes Mal war seine Identität bestätigt worden. Trevor MacRae drängte sich nach vorn.

»Was ist denn los? Warum geht die Tür nicht auf?«

»Sieht so aus, als ob die Sicherheitsetage ein Problem mit meiner Person hat«, antwortete Bashkoff und deutete auf den Bildschirm. Ungläubig starrte MacRae auf die Nachricht.

»Das kann doch nicht sein. Wir alle haben uns heute schon zig Mal identifiziert.«

»Meine Rede, Trevor, meine Rede. Vielleicht sollten Sie es mal versuchen.«

»Na schön.«

MacRae nahm Bashkoff das Lesemodul aus der Hand und führte es an seine Stirn. Dabei achtete er darauf, dass er es korrekt aufsetzte und startete den Identifikationsvorgang. Diesmal füllte sich der Fortschrittsbalken sehr schnell.

Aber es erschien dieselbe Nachricht wie zuvor.

Identität nicht verifiziert …
Bitte wiederholen Sie den Vorgang.

»Verdammt«, fluchte MacRae. »Was ist denn nur los?«

Er drehte sich um und winkte ein weiteres Ratsmitglied an das Pult heran.

»Vincent, versuchen Sie es mal.«

Der untersetzte grauhaarige Vincent Avanius, einer der Vorsitzenden von Norton-Harvard, führte den Test ebenfalls durch. Diesmal erschien die Meldung der fehlgeschlagenen Verifikation noch schneller und die Tür blieb weiterhin geschlossen. Bashkoff und MacRae wandten sich an Ingersham, während unter den anderen Ratsmitgliedern langsam Unruhe aufkam.

»Wachoffizier, was zur Hölle ist hier los? Wieso lässt sich die Tür zur Sicherheitsetage nicht öffnen?«, fragte Bashkoff ernst.

Ingershams Gesicht hatte jede Farbe verloren. »Ich schwöre, dass ich keine Ahnung habe, wie das möglich ist, Ratsmitglied«, sagte er mit leichtem Zittern. »Diese Tür hier kann von niemandem außer einem Mitglied des Terranischen Rates geöffnet werden. Die Identifikationssensoren sind die sichersten Zugangsschlüssel, die es gibt und eine Manipulation ist ausgeschlossen.«

»Offensichtlich doch nicht«, rief MacRae. »Das ist doch nicht zu glauben. Der sicherste Bunker der Welt und wir werden einfach ausgesperrt.« Er wandte sich an Bashkoff. »Was machen wir jetzt, Sergej? Etwa hierbleiben?«

Bashkoff grübelte und schien MacRae nicht zuzuhören. Er dachte über die Ungeheuerlichkeit nach, dass es jemand möglicherweise doch geschafft hatte, das Sicherheitssystem hier unten zu überlisten und sie tatsächlich auszusperren. Aber wie war das diesem Jemand gelungen? Welche Informationen waren dafür notwendig und wo konnte er sie herbekommen haben? Bashkoff war klar, dass es stets nur genügender Ressourcen bedurfte, um selbst das beste Sicherheitssystem zu knacken. Seine eigene Spionageabteilung hatte das schon unzählige Male bewiesen. Es brauchte nur genügend Zeit und die richtigen Informanten …

»Sergej.«

Bashkoff sah auf. »Entschuldigen Sie, Trevor.«

»Ich würde vorschlagen, wir gehen zurück nach oben und versuchen, das Landefeld zu erreichen. Wenn wir uns beeilen, können wir mit den Shuttles von hier fliehen, bevor die Angreifer das Zentrum aufs Korn nehmen.«

»Davon würde ich abraten«, entgegnete Bashkoff. »Wir haben keine Ahnung, wie viel Zeit uns noch bleibt. Womöglich beginnt der Angriff gerade, wenn Sie das Flugfeld erreichen. Ihnen bliebe keine Chance zu entkommen. Ich bin dafür, hier unten zu bleiben und durch die Katakomben aus diesem Bereich zu fliehen. Wir können zwar die Sicherheitsetage nicht betreten, aber über uns befinden sich immer noch neunzig Meter Beton, Stahl und Erde. Diese Barriere muss erst mal fallen. Ich halte unsere Überlebenschance hier unten jedenfalls für sehr viel größer als an der Oberfläche.«

MacRae lachte auf. »Sie wollen sich hier verkriechen, während oben die Welt einstürzt? Das ist erbärmlich, Sergej.«

Zwei von Bashkoffs schwarzen Leibwächtern traten vor und wollten ihre Waffen in Anschlag bringen. Ein Wink ihres Herrn ließ sie jedoch zurückweichen.

»Kein Grund, beleidigend zu werden, Trevor. Wir sind alles erwachsene Menschen und können unsere eigenen Entscheidungen treffen. Ich jedenfalls bleibe hier.«

MacRae ließ ein schiefes Grinsen sehen. Dann sagte er: »Wie Sie wollen. Ich werde zurückgehen. Und wer sich nicht in diesem Gewirr aus Gängen hoffnungslos verlaufen und lebendig begraben lassen will, kann gerne mitkommen.«

Damit wandte er sich ab und lief zurück zur Plattform. Alle folgten ihm, sogar Sergejs Kollegen von Hanzon. Nur Vincent Avanius und seine beiden Leibwächter blieben. Ingersham wusste nicht recht, ob er ihnen nachgehen sollte. Niemand schien wissen zu wollen, was er als Wachoffizier empfehlen würde. Sergej nahm ihm die Antwort auf die Frage über sein eigenes Verbleiben ab.

»Major Ingersham. Ratsmitglied MacRae hat in einem Punkt recht. Wir wollen uns hier nicht verlaufen. Haben Sie eine Karte über die Gänge hier unten verfügbar?«

Bashkoffs Frage holte Ingersham aus seinen Gedanken. Er griff nach seinem Datenpad und begann, darauf herumzutippen. »Ich habe hier Daten über das Netzwerk. Einen Moment.«

Ingersham öffnete das Wegenetz der Sicherheitsetage und suchte nach einer Möglichkeit, die Gruppe schnell möglichst weit wegzubringen. Er hielt das Datenpad hoch, sodass die beiden Ratsmitglieder das Holodisplay ebenfalls sehen konnten, und deutete auf einen langen, mehrfach abknickenden Gang, der in Richtung des großen Parlaments führte.

»Wenn wir hier entlanggehen, können wir das Parlament erreichen. Dort müssten wir erst mal sicher sein.«

»Wie lang ist dieser Gang?«, fragte Bashkoff.

»Nach dem was ich hier sehe, knapp fünf Kilometer.«, antwortete Ingersham. »Und er ist leider nicht motorisiert. Wird ein langer Fußmarsch.«

»Dann sollten wir keine Zeit verlieren, meine Herren«, sagte Bashkoff und wies einladend mit einem Arm den Weg. »Wenn Sie vorangehen würden, Wachoffizier.«

Ingersham schluckte. »Natürlich.«

Je weiter sie nach oben kamen, umso zuversichtlicher wurde MacRae, dass er die richtige Entscheidung getroffen hatte. Es war ihm nicht eine Sekunde in den Sinn gekommen, den Angriff vor der Sicherheitsetage über sich ergehen zu lassen und einfach abzuwarten. Dass Sergej Bashkoff dortbleiben wollte, hatte ihn nicht überrascht.

Sie eilten durch die mittlerweile menschenleeren Gänge. Der Alarm heulte immer noch mit unverminderter Lautstärke und MacRae wies seine Kollegen an, per Funk die Skipper ihrer Shuttles zu rufen und die Triebwerke warmlaufen zu lassen. Je näher sie dem Flugdeck kamen, desto deutlicher war der Kampflärm von draußen zu hören und umso weiter steigerte sich die Angst der Männer.

Einige beschlossen, ihr Tempo zu erhöhen, und legten den letzten Weg im Laufschritt zurück. Die Gruppe war jetzt nicht mehr kompakt, sondern lang auseinandergezogen. MacRae beeilte sich nicht und erreichte als einer der Letzten das Flugdeck. Auch sein Shuttle wartete mit laufenden Triebwerken. MacRae stieg nicht sofort ein, sondern begann sich auf seiner erhöhten Position umzusehen.

Überall um sie herum stiegen tiefschwarze Rauchsäulen in den Himmel. Explosionen ertönten und jeder der fünf großen

Verteidigungstürme stand an seiner Spitze in Flammen. Laserstrahlen und Impulsgeschosse jagten in den Himmel und versuchten, kleine wieselflinke Punkte zu treffen, die wie Mücken um sie herumschwirrten. Jedes Mal, wenn sich einer der Punkte wagemutig auf eine Quelle des Beschusses stürzte, explodierte sie im nächsten Moment in einem Feuerball.

»Der Angriff dauert noch an«, rief jemand. »Warte … Jetzt brechen sie ab. Sieh doch.«

MacRae hörte die Stimmen, konnte sich aber nicht von dem Szenario abwenden, das doch eigentlich gar nicht stattfinden durfte. Nicht hier. Dann sah er, wie sich die schnellen Punkte von ihren Bodenzielen abwandten und steil in den Himmel aufstiegen. Jemand packte ihn am Arm. Es war einer seiner Leibwächter.

»Exzellenz, sehen Sie doch. Wir müssen hier weg.«

MacRae folgte dem in den Himmel deutenden Arm. Und er erschrak bei dem Anblick der silbernen Marschflugkörper, die zu Dutzenden auf ein einziges Ziel zusteuerten. Auf ihn.

Einem Fluchtimpuls folgend wollte er loslaufen. Sein Shuttle stand nicht weit entfernt. Vielleicht noch zwanzig Meter und der Leibwächter versuchte, ihn dorthin zu ziehen. Doch da erkannte MacRae, wie nah die Marschflugkörper tatsächlich schon waren. Er konnte hören, wie das Brausen ihrer Triebwerke immer lauter wurde, so laut, dass sie jedes Geräusch aufzusaugen schienen. Mit der Erkenntnis entschwand jeder Antrieb aus MacRaes Körper.

»Sie sind schon da«, sagte er, doch der Leibwächter schien ihn nicht zu hören. MacRae befreite sich von dessen Griff.

»Sie sind schon da«, flüsterte er. »Schöpfer, steh uns bei!«

Einen Herzschlag später verschwand das gesamte Flugfeld in einer Wolke aus weißem Feuer.

Innerhalb weniger Sekunden war alles Leben auf dem Flugfeld ausgelöscht. Die Feuerwolke hüllte auch die paar Shuttles ein, die es zusammen mit ihren Kanonenbooten geschafft hatten abzuheben, und jedes einzelne stürzte als Wrack zurück ins Inferno. Die Explosionen im Zentrum des Lichts schienen kein Ende nehmen zu wollen. Ein Geschoss nach dem anderen jagte in den prächtigen Bau. Die Marschflugkörper, die nicht direkt das Zentrum trafen, richteten in der näheren Umgebung unglaubliche Verwüstung an. Die Menschen, die es vorgezogen hatten, über die Straßen zu fliehen, waren chancenlos und starben kurz vor denjenigen, die sich Schutz in einem der öffentlichen Bunker versprachen. Ganze Häuserblocks stürzten ein, begruben Menschen unter sich und standen in hellen Flammen, weiter angefacht von geborstenen Energieleitungen. Feuerstürme wälzten sich durch die Straßen. Es war das reine Chaos.

Weit entfernt im Orbit nahm das Raumschiff, das für die Auslöschung der obersten Regierungsebene und die Verwüstung eines ganzen Stadtteils verantwortlich war, seine Jagdflieger wieder an Bord, startete seinen ER-Generator und verschwand in den Tiefen des Alls.

Epilog

Datum: 29. April 2287 – Terra-Standardzeit

Marcus saß am Rand eines Sessels in seinem Büro auf der Rockwood-Militärbasis und starrte in den Holo-Fernseher. Seit zwei Stunden verfolgte er die Berichterstattung über den Angriff des fremden Raumkreuzers auf das Zentrum des Lichts in Atlantika. Ein Statusbericht reihte sich an den nächsten, und in der gesamten Medienwelt gab es kein anderes Thema. Die Zahlen über die Toten und Verletzten des Angriffs wurden im Minutentakt aktualisiert und es zeichnete sich ein grauenhaftes Bild der Zerstörung ab. Natürlich gab es wieder Filmaufnahmen von anfliegenden *Shepherds* und dem Raumkreuzer, wie er seine Raketen ausspuckte. Und natürlich redeten alle Kanäle über die Skyye-Rangers. Marcus wurde mit Archivvideos aus seiner Frontkämpferzeit als energischer, fordernder Kommandant dargestellt. Die Wortwahl war so gestaltet, dass die Zuschauer nur zu einem einzigen Schluss kommen mussten: Marcus Dhellyann war der Täter. Das war so offensichtlich, dass selbst ein Kind darauf kommen musste.

Marcus' Kehle war trocken. Er nahm einen Schluck Wasser aus einem Glas, das auf dem Tisch stand. »Verdammter Mist«, flüsterte er. »Was mach ich jetzt?«

Das Telefon klingelte. Es war Luc Tabiros. Marcus stellte die Verbindung her und verschob das Videosignal in eine Ecke des Holo-Fernsehers. Luc wirkte gestresst und überarbeitet.

»Hallo. Hast du es gesehen? Was auf der Erde passiert ist?«

»Das halbe Universum hat es gesehen, Luc«, antwortete Marcus. »Das ist eine verdammte Katastrophe. Der Terranische Rat ist tot und das Zentrum des Lichts eine Trümmerwüste. Und jeder Mensch kann in hochauflösender Grafik verfolgen, wer das getan hat. Wir stecken so tief in Schwierigkeiten wie überhaupt nur möglich.«

»Was denkst du, was jetzt passieren wird?«, fragte Luc. »Ich kann es mir zwar vorstellen, aber ich will deine Meinung hören.«

»Was passieren wird? Die Justizmaschinerie wird richtig ins Rollen kommen. Die Konzerne werden uns unter Druck setzen. Alle Handelsabkommen, die wir haben – weg. Wer will mit uns noch Geschäfte machen? Jeder Bürger Skyyes überall auf der Erde und in den Sektoren steht jetzt unter Generalverdacht.« Marcus stand auf. »Es geht hier nicht mehr nur um mich. Ab jetzt geht es um die nackte Existenz von Skyye und langfristig sogar um den Bund der freien Systeme. Und alles, was wir haben, sind diese Informationen aus der Aservatenhalle, die zu nichts zu gebrauchen sind. Wir werden zu den größten Verbrechern der Menschheitsgeschichte gestempelt und können absolut nichts dagegen tun.«

Marcus` Kehle war wieder trocken und er griff nach dem Wasserglas. »Wir müssen etwas tun, Luc.« Er leerte das Glas in einem Zug. Das kalte Wasser spülte das Brennen in seinem Hals und das lähmende Gefühl davon, das sich in den letzten Stunden wie ein Netz über seinen Geist gelegt hatte.

»Ich muss etwas tun.«

Lesen Sie weiter im zweiten Teil der Geschichte.